ERSTER T

Die Tapete übe

Dürfte ich vielleicht für
Mein Hund beißt nicht, wer
Der Antichrist schreit mich sch
Ja, ich hab's
Wieder mal von der M
Ich muß dir etwas sagen,
aber jetzt ist
Ja, ich weiß, was du ü
denn du hältst ja nie
Ja, ich hab's
Doch wenn ich ei
In seinen Je
Ihrem Name
Ach, was soll's, de
Ich sagte ma
Höre ich meine Stim
Hier, all die Jah
All die Jahre

Tori Am

Michael Mar

STARK

Der Traumdetektiv

Science Fiction Roman

BASTEI LÜBBE

Für mei
David, Marg
und im Ander

Darv leitete die Sitzung ein, indem er den Fahrstuhl verpetzte, der dazu übergegangen war, grobe Andeutungen über die sexuellen Vorlieben der Innenarchitekten des Gebäudes zu machen. Royn benutzte das Telefon, und schon wurde irgendwo im Keller ein Reparaturteam aus Fahrstuhlingenieuren und hydraulischen Psychotherapeuten tätig.

»Nun zu Ihnen, Mister Stark«, fuhr er fort und verdrehte seinen Kopf, um mich anzusehen. »Ich bin mir sicher, daß Ihnen klar ist, daß jemand wie Sie keineswegs meine erste Wahl für eine solch Dringende Angelegenheit wäre. Ich möchte, daß ins Protokoll aufgenommen wird, daß ich der Ansicht bin, dies könnte ein Fehler sein.«

Ich sah ihn eine Zeitlang an, während die anderen darauf warteten, daß ich etwas erwiderte. Ich blies etwas Rauch aus und überlegte mir eine passende Antwort.

»Nun«, sagte ich, »solange ich keine Ahnung habe, worum es bei diesem Job geht, ist es sehr schwierig für mich zu entscheiden, ob Sie möglicherweise recht haben oder bloß ein Arschloch sind.«

Sowohl Zenda als auch Royn verdrehten die Augen, und Darv dachte mit Sicherheit darüber nach, ob er mir eins auf die Nuß geben sollte. Dann entdeckte ich jedoch die Andeutung eines Lächelns auf C's Gesicht, und das erschien mir viel wichtiger. Obwohl Darv offensichtlich als Sprecher auserkoren war, lag die Macht in diesem Raum bei C. Ich hob meine Augenbrauen, und nach einer bedrückenden Pause machte Darv weiter.

»Die Situation ist im Grunde ziemlich einfach, aber sehr schwerwiegend. Ein älterer Aktionist mit Namen Fell Alkland ist verschwunden. Alkland war ein hochgeschätztes Mitglied der Zentralen Planungsabteilung und widmete sich der bahnbrechenden Arbeit an den Wirklich Grundlegenden Sachen.«

Darv stand auf und begann, um den Tisch herumzugehen, wobei er die Hände hinter dem Rücken verschränkt hielt. Ich machte mir nicht die Mühe, meinen Hals zu verdrehen, um ihn im Auge zu behalten, also lauschte ich einfach auf seine monotone Simme und prüfte gelegentlich Zendas Mienenspiel.

»Alkland verließ seine Abteilung vor drei Tagen um 6 Uhr 59 und betrat die nahegelegene Einschienenbahnstation Strebsamkeit! um 7 Uhr 01. Das wissen wir, weil sich ein Bahn-Angestellter genau an ihn erinnert. Alkland gab ihm einen nützlichen Tip, wie man die gebrauchten Abrisse der Tickets wirklich ordentlich deponiert. Dann bestieg er die Bahn. Wie Sie vielleicht wissen, Mister Stark, ist hier im Zentrum von sieben bis acht Ruhezeit, und Alkland entspannte sich gewöhnlich damit, sich auf den Weg zu den Schwimmbädern im Unterbezirk ›Nur Erfolge zählen!‹ zu machen. Dort arbeitete er üblicherweise sehr hart, während er einen Badeanzug trug. An jenem Tag jedoch kam er nie bei den Schwimmbädern an.«

Er machte eine dramatische Pause, bevor er weitersprach. »Niemand hat ihn mehr gesehen, seit er die Einschienenbahn bestieg.«

»Aha«, sagte ich, während mir unter dem Eindruck von so viel schlechten Filmdialogen übel wurde. »Dann müssen Sie ihn lokalisieren!«

Darv seufzte theatralisch, wie ich erwartet hatte. Sämtliche Aktionisten verfügen über ein Implantat im Unterarm, damit man sie jederzeit im Zentrum lokalisieren und ihre Telefonanrufe umleiten kann. Wenn der AZGD mit mir sprach, hieß das, daß man das bereits ohne Erfolg versucht hatte. Aber manchmal bringt es nichts, wenn man jedem alles verrät, was man weiß. Sehen Sie? Auch ich habe Abgründe in meiner Seele.

»Natürlich haben wir das bereits versucht, Stark, natürlich haben wir das.«

»Oh!« sagte ich grinsend. Zenda schmunzelte mir verstohlen zu. »Und?«

»Achtung! Achtung!« Darv fiel fast vom Schreibtisch, als er beim Gebrüll der Sprechanlage zurücksprang. »Miss Renn, Ihr Besucher wird in zwei Minuten explodieren!«

»Heiliges Kanonenrohr«, murmelte Darv, als er unter dem Tisch verschwand. Es war nicht zu übersehen, daß er ein sehr vorsichtiger Mensch war. Ich streckte Zenda mein Handgelenk hin. Sie hielt ihren Autorisator darüber und gab mir damit eine weitere halbe Stunde. C blieb die ganze Zeit über völlig ruhig.

»Darv?« sagte ich freundlich, als er wieder zum Vorschein kam. »Wollen Sie damit sagen, daß Sie den Verdacht haben, Alkland wurde in ein anderes Viertel gebracht?«

»Nein, das ist nicht mein Verdacht«, antwortete er kalt, setzte sich wieder und beugte sich vor, um mir direkt ins Gesicht zu sehen. »Ich weiß es. Alkland ist nicht mehr im Zentrum, soviel steht fest. Er war mit sehr wichtigen und streng geheimen Arbeiten vertraut. Er wurde offensichtlich entführt, und wir wollen ihn wiederhaben.«

»Sicher hätte doch selbst ein dreiundvierzigklassiger Bahn-Angestellter an den Toren etwas bemerken müssen, oder? Wie hätte ihn jemand ohne sein Einverständnis rausbringen können?«

»Das«, sagte C und wandte mir langsam sein ausdrucksloses Gesicht zu, »ist es, was Sie für uns herausfinden sollen.«

Ich verließ die Abteilung zehn Minuten später, um noch genug Zeit zu haben, heil aus dem Zentrum herauszukommen. Statt direkt zur Station zu gehen, lief ich rüber zum Erholungsbereich Schwarzer Peter, einem kleinen grünen Fleckchen mitten zwischen Türmen der Erhabenheit. Leider war der Park ziemlich überfüllt mit Leuten, die spontane Treffen im Freien abhielten oder sich an andere Leute heranmachten, die für sie nützlich sein konnten. Also verzog ich mich wieder in Richtung B-Linie auf der anderen Seite. Erinnern Sie mich daran, Sie irgendwann mal zu einer Bar im Zentrum mitzunehmen. Sie werden nicht glauben, wie öde das ist.

In der Sitzung wurde nicht mehr viel besprochen. C hatte den Auftrag klar umrissen, der im Grunde ziemlich einfach war. Ich sollte herausfinden, wer sich Alkland geschnappt und wohin man ihn gebracht hatte, und ihn lebend zurückbringen. Es gab auch noch einen unausgesprochenen

Nebenauftrag: Laß niemanden wissen, was du vorhast. Die Aktionisten mögen es nicht, wenn bekannt wird, daß nicht alles wie am Schnürchen läuft, und der AZGD hat außerhalb des Zentrums keine Handhabe. Ihrer Meinung nach war es sehr wahrscheinlich, daß die Dunkelmänner, wer immer sie auch waren, sich im Rot-Viertel verkrochen hatten, das östlich ans Zentrum angrenzt. Ich war mir da nicht so sicher, aber irgendwo mußte ich ja anfangen, und außerdem hatte ich dort sowieso was zu erledigen.

Man hatte mir einen Info-Würfel über Alkland mit einer Personenbeschreibung und anderen Informationen über ihn gegeben, und ich hatte vierundzwanzig Stunden, bis ich meinen ersten Bericht an Zenda abliefern sollte. Eine ganz normale und gewöhnliche Standardsache also.

Ich nahm die Bahn zum Aktions-Portal 3, und da ich noch fünf Minuten Zeit hatte, suchte ich Hely auf, den Angestellten, der Alkland zuletzt gesehen hatte. Er war aus dem inneren Bereich versetzt worden, und Royn hatte mir gesagt, wo ich ihn finden würde. Er war sehr hilfsbereit, konnte mir aber auch nicht mehr erzählen, als ich schon wußte.

Bevor ich die Bahn bestieg, zeigte Hely mir noch seine gebrauchten Tickets. Ich verstand, warum sie so versessen darauf waren, Alkland zurückzubekommen. Der Haufen war wirklich sehr ordentlich.

2. KAPITEL

Ich bestieg die Linie Rot 1 um 20 Uhr 30 und bereute es wie gewöhnlich schon im nächsten Augenblick.

Das Rot-Viertel ist ganz anders als das Zentrum oder das Farben-Viertel. Es ist mit keinem anderen zu vergleichen. Der Hauptgrund, daß das Zentrum diese blöde Mauer hochgezogen hat, ist der, die Leute aus dem Rot-Viertel nicht reinzulassen.

Ich will Ihnen ein bißchen über die Viertel erzählen. Vor

langer, langer Zeit ging die alte Vorstellung, daß Städte durch Rasse und Religion ihrer Bewohner geteilt wurden, den Bach runter. Ich denke, so ziemlich jeder hatte die Lust verloren, ständig seine Nachbarn hassen zu müssen. Zur gleichen Zeit begann sich die gesamte Vorstellung von einer Stadt zu ändern. Wenn die Hauptstadt eines Landes allmählich mehr als siebzig Prozent des ganzen Landes bedeckt, müssen die Dinge eindeutig etwas anders geregelt werden.

So entstanden die Viertel, selbstverwaltete und -verantwortliche kleine Staaten, die machen können, was sie wollen. Die Leute, die in einem Viertel leben, haben eine gemeinsame Vorliebe. Wenn einem das Viertel nicht gefällt, verschwindet man einfach und sucht sich ein anderes, das einem besser gefällt. Es sei denn, man kommt aus einem schlimmen Viertel, wo man dann festsitzt. Einige Dinge ändern sich, andere Dinge bleiben so, wie sie schon immer waren. So weit, so gut.

Mit der Zeit wurde die Angelegenheit allerdings etwas verrückter, und dabei ist es dann auch geblieben. Alles beschleunigt sich, ballt sich zusammen und verhärtet sich, aber nicht immer in dieselbe Richtung. Es gibt ein lockeres Bündnis verschiedener Viertel, die so ziemlich auf einer Ebene liegen, und wenn landesweite Entscheidungen getroffen werden müssen, tun sie sich zusammen und versuchen, die Sache gemeinsam durchzuziehen. Und die andern? Tja, das weiß niemand so genau. Ich bin schon viel in der City rumgekommen. Aber es gibt Gegenden, wo ich noch nie war, wo schon seit hundert Jahren niemand mehr war, außer den Leuten, die dort leben. In einige Gegenden geht man nicht, weil es dort zu gefährlich ist, und andere lassen erst gar keinen rein. Glauben Sie mir, da draußen gibt es einige Viertel, in denen wirklich seltsame Dinge vor sich gehen.

Das Rot-Viertel fällt jedoch nicht in diese Kategorie. So schlimm ist es dort gar nicht. Nur ziemlich extrem. Ich war in Rot, wiel ich mir eine Waffe kaufen mußte, und in Farben oder im Zentrum kann man keine Waffen kaufen. In Rot kann man alles kaufen, was das Herz begehrt, und sogar recht günstig.

Es gibt keine guten oder schlechten Zeiten, um eine Rot-Bahn zu besteigen. Es gibt dort keine Stunden, in denen bestimmte Dinge getan werden, nicht einmal Tage. Man bezahlt einfach und läßt sich überraschen. Gemessen am Rot-Standard ging es in dem Wagen, den ich bestieg, eigentlich recht zivilisiert zu. Auf dem Sitz neben mir lag zwar sowohl Erbrochenes als auch menschlicher Kot, aber ich habe schon Schlimmeres gesehen. Die Prostituierten waren überwiegend viel zu bedröhnt, um ernsthaft ihrem Geschäft nachgehen zu können, der Kampf am anderen Ende war sehr schnell vorbei, und im Wagen lagen niemals mehr als zwei Tote gleichzeitig herum.

Zenda meint, ich wäre sehr mutig, wenn ich mich ganz allein nach Rot wage. Zum Teil hat sie recht. Aber es kommt im Grunde nur darauf an, wie man sich einfügt, ohne sich reinziehen zu lassen. Wenn Darv oder sonst jemand von diesen AZGH-Typen hier nur den Kopf reingesteckt hätten, würde man sie sofort verprügeln, bevor sie sich setzen könnten, weil man ihnen auf den ersten Blick ansieht, daß sie nicht hierher gehören.

Sehen Sie dagegen mich an! Gut, ich trage ordentliche Kleidung, aber darum geht es gar nicht. Kleidung ist kein Thema. Kleidung kostet nichts. Es ist das Gesicht. Ich sehe nicht so aus, als würde ich darauf brennen, endlich diese Fahrt hinter mich zu bringen, als würde ich mich vor Angst naßmachen. Ich sehe nicht so aus, als wäre ich entsetzt über das, was ich sehe. Ich sehe aus wie ein Typ, der ein Messer aus der Tasche ziehen würde, bevor man richtig angefangen hat, mir Ärger zu machen. Ich sehe aus wie ein Typ, dessen Mutter auf der Straße krepiert ist, als sie Dopaz erbrochen hat. Ich sehe aus wie ein Typ, der seine Schwester nicht nur wegen des Geldes auf den Strich schickt, sondern weil er sie haßt.

Ich sehe aus wie ein Typ, der hierher gehört.

Ich stieg an der Station Abgefuckt aus und ging durch ein paar Nebenstraßen. Im Rot-Viertel macht man sich nicht die Mühe, den Abfall wegzuschaffen. In den extremen Bezirken von Rot – wie zum Beispiel Hu – gibt es Müll, der buchstäblich versteinert ist. Sich dort zurechtzufinden, ist kein Problem, vorausgesetzt, man weiß, wo man ansetzen muß, denn es gibt keine Karten. Wenn man nicht weiß, wohin man will, sollte man schleunigst aus Rot verschwinden, bevor einem etwas Entmutigendes und möglicherweise Verhängnisvolles zustößt.

Es war schon ein paar Monate her, seit ich das letzte Mal Rot besucht hatte. Ich war erleichtert, als ich sah, daß es die Ji-Bar noch gab. Die Fluktuationsrate von Freizeiteinrichtungen ist hier ziemlich hoch, was auf Bandenkriege, Brandstiftung und wahllose Napalmeinsätze zurückzuführen ist. Die Ji-Bar gab es nun schon seit fast sechs Jahren, was vermutlich absoluter Rekord ist. Der Grund dafür ist sehr einfach. Der Grund heißt Ji.

Es ist stets ein sehr heikler Augenblick, wenn man seinen Kopf in eine Bar des Rot-Viertels steckt. Man kann eigentlich immer davon ausgehen, daß gerade irgendein Kampf im Gange ist, aber was für ein Kampf es ist, läßt sich nur sehr schwer vorhersagen. Wird er mit Fäusten, Pistolen oder mit chemischen Waffen ausgetragen? Ist es eine persönliche Auseinandersetzung oder eine allgemeine, bei der jeder mitmacht? Diesmal war der Kampf in der Ji-Bar nur ein begrenzter Konflikt, bei dem lediglich Messer eingesetzt wurden. Es war friedlich wie in der Kirche, trotz des extrem lauten Trash-Rocks, der aus den Lautsprechern dröhnte.

Der Grund dafür? Ji.

Ji ist ein alter Freund, darf ich wohl sagen. Wir haben uns vor langer Zeit kennengelernt, als wir beide mal mit derselben Sache zu tun hatten. Vielleicht erzähle ich Ihnen später davon, wenn sich die Gelegenheit ergibt. Damals lebte er noch nicht in Rot, sondern in Turn, bei dem es sich um das zweitseltsamste Viertel handelt, in das ich je meinen Fuß gesetzt habe. Ich war zweimal in Turn, und ich werde mich hüten, dieses Plätzchen noch einmal aufzusuchen.

Vom allerseltsamsten Viertel, das ich je gesehen habe, werde ich Ihnen nicht einmal *erzählen*.

Selbst am Turn-Standard gemessen war Ji ein extremer

Schweinehund, also war er in Rot der König. In den umliegenden Gegenden vertreiben sich die Banden die Zeit, indem sie die Straßen in gepanzerten Autos rauf und runter rasen, sich gegenseitig mit Panzerabwehrraketen in Stücke fetzen und die Fußgänger mit Flammenwerfern rösten. Wenn sie durch Jis Bereich kommen, lassen sie die Waffen schweigen und halten sich an die Geschwindigkeitsbegrenzung. Durch eine Reihe von sorgfältig geplanten und sehr eindrucksvollen Greueltaten hat sich Ji fest als jemand etabliert, dem man nicht einmal in Gedanken Ärger machen möchte. Damit ist er für mich eine ausgezeichnete Kontaktperson in Rot, vor allem, da er mir noch ein paar Gefallen schuldig ist. Ich schulde ihm auch ein paar, aber es handelt sich um Sachen, die sich nicht gegeneinander aufrechnen lassen. Zumindest sind wir beide dieser Ansicht, aber inzwischen blickte keiner von uns mehr so richtig durch.

Ich setzte mich an einen Tisch an der Seite und bestellte Alkohol. Der Barkeeper war davon nicht sehr begeistert, aber ich konnte mit seiner Mißbilligung leben. Ich wußte, daß Jis Mitarbeiter jeden per Video überwachten, der die Bar betrat, und daß Ji sein Okay geben würde, sobald er Zeit dazu fand. Ich nippte an meinem Drink, stellte mein Gesicht auf ›ziemlich gefährlich‹ ein und ließ das Lokalkolorit auf mich wirken.

Das Lokalkolorit war überwiegend in Orange gehalten. Die Einrichtung war orange, die Getränke, das Licht, und die Körper der Frauen, die sich auf der orange-beleuchteten Bühne gegenseitig gynäkologisch untersuchten, waren ebenfalls orange bemalt. Jis Bar ist eine Dopaz-Bar, und wie jeder Dopaz-Junkie Ihnen schlüssig erläutern würde, ist Orange eben ... also Orange ist die Farbe, die Farbe von ... Orange, du weißt schon, Orange ist einfach ... Orange eben.

Dopaz hat im Rot-Viertel zwei Aspekte. Erstens ist es die wichtigste Freizeitdroge. Zweitens ist es die Haupttodesursache. Ist Dopaz zu stark? Ich versuche es Ihnen zu erklären. Drogen sind oft verdünnt oder mit anderen Substanzen gestreckt, entweder um die Käufer reinzulegen oder um einfach nur die Dosis zu verringern. Viele Drogen sind mit Backpulver gestreckt. Wenn man Dopaz verdünnen will, wird dazu gewöhnlich Crack benutzt.

Die meisten Junkies in der Ji-Bar hockten im Hauptraum und verfolgten den Biologieunterricht auf der Bühne, während sie sehr gering dosierte Dopaz-Drinks zu sich nahmen. Vier solcher Drinks machen einen für ungefähr achtundvierzig Stunden bewußtlos. Die harten Typen waren längst zu den hinteren Räumen weitergezogen, und morgen würden die Hälfte von ihnen draußen zwischen den Abfallhaufen auf den Straßen liegen, wo ihre Leichen ebenso wie der übrige Müll langsam in den Zustand der Versteinerung übergehen würden. Es gibt keine soziale Absicherung im Rot-Viertel: Wer abgestürzt ist, ist abgestürzt. Man kann von Rot aus nicht in ein anderes Viertel wechseln, denn es gibt Anforderungen und Kriterien, Prüfungen und Gebühren. Wer in Rot geboren wurde, stirbt in Rot, es gibt keinen Weg nach draußen. Der einzige Ausweg aus Rot ist der Tod.

Während ich auf Ji wartete, beschäftigte ich mich mit Alklands Info-Würfel. Der Aktionist war zweiundsechzig Jahre alt und im Zentrum geboren und aufgewachsen. Sein Vater war sieben Jahre lang B in der Abteilung Hoch die Ärsche und dann rekordverdächtige dreizehn Jahre lang A. Seine Mutter hatte die Theorie und Praxis interner Mitteilungen revolutioniert. Alklands weitere Karriere verlief wie ein Pfeil oder irgend was anderes Gerades. Er war nicht einfach nur ein Mann, der hervorragend Sachen erledigen konnte, sondern ein perfektes Produkt des Zentrums, hundertprozentig bei der Sache. Seine Arbeit während der letzten fünf Jahre war geheim, und meine Einstufung war nicht hoch genug, um den Code zu knacken, aber ich wußte, daß es sehr fleischiges Zeug gewesen sein muß. Die Abteilung für Wirklich Grundlegende Sachen ist die wichtigste Abteilung des Zentrums. Dort landen schließlich alle Berichte, und der A dort ist praktisch der Chef der Aktionisten.

Der Würfel verriet alles, was man über Alkland wissen mußte, vorausgesetzt, man war ein Aktionist. Für sie war das, was man in der Bürozeit tat, das, was einen Menschen ausmachte. Aber ich mußte wissen, warum die Entführer ausgerechnet ihn erwählt hatten und nicht jemand anderen. Ich mußte nicht wissen, was Alkland war – ich mußte wissen, *wer* er war. Ich mußte den Mann verstehen.

Schließlich gab ich auf und schaltete auf Porträt-Modus um, woraufhin ein lebensgroßes Hologramm von Alklands Gesicht über dem Tisch erschien. Er hatte knochige Züge, ausgedünntes graues Haar und eine schmale Nase. Die Augen hinter seiner Brille waren intelligent, aber freundlich, und die Falten um seine Mundwinkel verrieten, daß er in seinem Leben oft ein ironisches Lächeln aufgesetzt hatte. Für eine Aktionisten sah er sehr freundlich aus. Das war alles. Mehr konnte ich von dem Würfel nicht erfahren, und ich hatte auch keine weiteren Anhaltspunkte.

»Stark, du Mistkerl! Wie geht's dir, Arschloch?«

»Geh zum Teufel!« sagte ich und drehte mich lächelnd um. Ich weiß, daß meine Sprache zu wünschen übrig läßt, aber im Vergleich zu Ji klinge ich wie ein begnadeter Dichter. Ich stand auf und reichte ihm meine Hand, die er heftig und schmerzhaft schüttelte, wie es seine Gewohnheit ist. Die beiden zwei Meter zehn großen Männer, die links und rechts von ihm standen, musterten mich mißtrauisch.

»Wer ist der Scheißkerl?« fragte er und nickte in Richtung des Holos.

»Darüber wollte ich mit dir reden«, sagte ich und setzte mich wieder.

Der Hauptraum ist wirklich der beste Platz in Jis Laden, um ungestört zu reden, denn sämtliche Gäste sind so fertig, daß man ihnen Feuer unter der Nase machen könnte, ohne daß sie es merken. Außerdem sind sie bestimmt nicht hergekommen, um die Gespräche von anderen Leuten zu belauschen.

»Nun, er muß ziemlich tief in der Scheiße stecken, wenn du nach ihm suchst«, sagte Ji, als er sich in einen der Stühle am Tisch fallen ließ. Ji sieht aus, als wäre er von einem Künstler aus einem sehr großen Felsblock gehauen worden, einem Künstler, der zwar talentiert war, aber die ganze Zeit unter Drogen gestanden hatte. Er hat so etwas Gerades und Eckiges, abgesehen von seinen runden Augen. Dort hat er ein paar große Narben.

Seine Leibwächter verzogen sich an den Nachbartisch und beobachteten jede meiner Bewegungen. Da Ji alle beide hätte töten können, ohne auch nur ins Schwitzen zu geraten, habe ich sie immer für ziemlich überflüssig gehalten, aber ich denke, das gehört wohl zur Etikette eines psychologischen Bandenkönigs.

Ji winkte zur Bar rüber, und bevor seine Hand die Bewegung ganz ausgeführt hatte, stand schon ein Krug Alkohol auf dem Tisch. Er nickte in Richtung der Bühne. »Wie findest du die Show?«

»Obszön«, sagte ich mit einem anerkennenden Nicken. »Wirklich obszön.«

»Ja«, grunzte er zufrieden. »Hab sie gezüchtet, weißt du.« Das war kein Witz. Rot ist nicht gerade das Viertel, für das Frauen sich freiwillig entscheiden würden. Ich bemerkte, daß die Mädchen wie gewöhnlich dickes schwarzes Haar hatten. Ji stand darauf.

Dann kauten wir erst einmal die Neuigkeiten durch. Ich faßte die letzten paar Monate zusammen und erwähnte einige gemeinsame Bekannte, die ich getroffen hatte. Ji erzählte mir, daß sich sein Gebiet um einen Kilometer weiter nach Norden ausgedehnt hatte, womit die anhaltende Existenz seiner Bar erklärt war. Außerdem berichtete er mir von einigen besonders schrecklichen Erfolgen und benutzte die Worte ›Scheiße‹, ›Teufel‹ und ›verdammt‹ in verschiedenen Zusammensetzungen wohl an die vierhundert Mal.

»Also«, sagte er schließlich, winkte und erhielt einen neuen Kurg. »Was zum Teufel willst du? Ich meine, abgesehen von der Freude, mein Gesicht wiederzusehen? Nette Hose übrigens.«

»Danke. Zwei Sachen«, sagte ich, beugte mich über den Tisch und senkte vorsichtshalber die Stimme. »Ich muß diesen Kerl finden. Sein Name ist Alkland. Die Leute, die ihn suchen, denken, daß er vielleicht irgendwo in Rot ist.«

»Aktionist?«

»Ja, aber nicht irgend so ein alter Schleimscheißer. Das ist ein ziemlich hohes Tier.«

»Was, zum Teufel, macht er dann hier?«

»Das weiß ich eben nicht. Ich bin mir nicht mal sicher, ob er wirklich hier ist. Ich weiß nur, daß er nicht mehr im Zentrum ist. Der AZGD glaubt, daß man ihn entführt und dann irgendwo in Rot eingebunkert hat. Ich denke, das ist die erste logische Schlußfolgerung, die einem dazu einfällt.«

Ich lehnte mich zurück und nahm einen Schluck Alkohol. Ji wußte, worum ich ihn bat, ich mußte es ihm nicht einzeln buchstabieren. Auf der Bühne stieß ein neues Paar Mädchen zu den vor Aufregung schwitzenden Künstlerinnen hinzu und setzte sich auf die Toilette über ihnen. Das ist eine Art von Unterhaltung, die in Rot geboten wird.

»Nein.«

Ich nickte und steckte mir eine neue Zigarette an. Ich glaube, ich habe vergessen zu erwähnen, daß ich gerade eine geraucht hatte. Also, ich habe sie aufgeraucht, ausgemacht und mir dann eine neue angesteckt. Lassen Sie Ihre Phantasie spielen.

»Das dachte ich mir.«

»Ich werde die Ohren offenhalten. Wohnst du noch in Farben?«

»Ja.«

»Ich werde dich informieren, wenn ich was höre. Glaub's aber nicht.«

»Ich auch nicht. Ich glaube nicht, daß es in Rot eine Gang mit genug Macht gibt, um einen Aktionisten direkt aus dem Zentrum zu entführen. Es muß jemand anderes sein, vielleicht eine Gruppe aus Turn oder so. Aber sie könnten ihn trotzdem hier versteckt halten.«

»Was ist die zweite Sache?«

»Ich brauche eine Waffe. Meine alte habe ich verloren.«

Ji grunzte und winkte einem seiner Leibwächter zu. Ji ist wirklich gut im Winken, denn der Leibwächter mußte nicht mal rüberkommen und fragen, was er wollte. Er verschwand einfach nach hinten.

»Danke.«

»Kein Problem. Überläßt du mir den Info-Würfel?«

»Geht nicht. Zenda würde mich umbringen.«

»Du arbeitest immer noch für sie?«

Ich drückte auf den Würfel, ließ ein Farbbild von Alkland ausdrucken und gab es Ji.

»Du kennst mich doch. Ich würde für jeden arbeiten.«

»Besonders für sie?«

»Besonders für sie.«

Als ich wieder in meine Wohnung zurückkehrte, war es schon sehr spät. Es ist verboten, das Zentrum mehr als einmal pro Tag zu betreten, also mußte ich einen großen Umweg durch zwei anliegende Viertel machen. Glücklicherweise hatte Ji, der schlaue alte Fuchs von einem Psychopathen, mir Waffentarnfolie besorgt, so daß ich die Waffe unbemerkt einschmuggeln konnte.

Die Waffen, um genau zu sein. Ji gab mir eine sogenannte Kanone, meine Lieblingswaffe, und als Zugabe einen Zischer. Der Zischer ist ein ziemlich hochwertiger Laser, der auch als Schneidewerkzeug zu gebrauchen und somit recht nützlich ist. Die Kanone verschließt lediglich Energiegeschosse. Sehr primitiv, aber äußerst wirksam, und da sie die Geschosse selbst erzeugt, muß man niemals nachladen, was mir schon elfmal das Leben gerettet hat. Es war dasselbe Modell wie meine letzte Waffe, die ich vor kurzem bei dem Auftrag verloren habe, von dem ich Ihnen immer noch nichts erzählt habe. Die Kanone lag auf jeden Fall sehr bequem in meiner Hand.

Über ein paar weiteren Krügen hatten Ji und ich versucht, unsere Gefallensbilanz auf den neuesten Stand zu bringen. Schließlich waren wir beide ganz schön besoffen, aber das Endresultat war, glaube ich, daß er mir jetzt einen Gefallen mehr als vorher schuldig ist.

Dann machte ich mir eine Tasse Jahavan-Kaffee, dessen Moleküle darauf programmiert sind, im Körper rumzudüsen und dabei allen Alkoholmolekülen, die sie unterwegs treffen, den Garaus zu machen. Dabei überlegte ich, wo ich nun weitermachen sollte. Bis jetzt hatte ich nicht mehr sehr viele Anhaltspunkte. Ich hatte festgestellt, daß Ji nichts mit

Alklands Entführung zu tun hatte, aber das war mir schon vorher klargewesen. Ji wollte lediglich soviel wie möglich von Rot unter seiner Kontrole bringen und dabei so lange wie möglich am Leben bleiben, während er so viele Leute wie möglich umbrachte. Er war ein einfacher Mensch mit einfachen Bedürfnissen.

Alklands Entführung war eine wesentlich größere Sache. Den Leuten konnte es nicht ums Geld gehen, denn das Zentrum hatte keins. Aber es war unwahrscheinlich, daß sie es einfach nur so zum Spaß getan hatten. Sie wollten vermutlich etwas, das nur das Zentrum ihnen geben konnte. Es war sehr wichtig, herauszufinden, was das war, und ich legte ein Memo in meinem mentalen Zettelkasten ab, diesen Ansatz bei Gelegenheit weiterzuverfolgen. Mit meinen mentalen Momos verhält es sich etwas anders als mit meinen mentalen Notizen, denn irgendwann kümmere ich mich wirklich darum. Außerdem sind sie in Druckschrift erstellt, so daß ich auch lesen kann, was draufsteht. Zum Beispiel:

Internes Memo: Wer hat Alkland entführt?

1) Jemand, der soviel Teamgeist besitzt, um Leute ins Zentrum einzuschleusen und ihn schnappen zu können.
2) Jemand, der soviel Teamgeist besitzt, um überhaupt über ihn Bescheid zu wissen.
   (Der Teamgeist-Faktor dieser Leute muß ziemlich hoch sein. Das Zentrum verteilt nicht in aller Öffentlichkeit Listen ihrer ›Leute, die wirklich wichtige Sachen machen und die man vielleicht entführen könnte‹. Selbst ich hatte bisher noch nichts von Alkland gehört, und für einen Außenseiter kenne ich das Zentrum ziemlich gut.)
3) Jemand, der etwas will, das nur das Zentrum hat.
   (Wenn ich wüßte, was das sein könnte, wüßte ich auch, mit was für Leuten ich es zu tun habe, womit es wesentlich einfacher wäre, ihre Handlungen vorherzusagen.)
4) Neue Batterien für den Gravitator besorgen.

Sehen Sie? Sehr fleißig, nicht wahr? Zenda würde staunen. Na ja, so sehr nun wieder auch nicht, denn ich bin mir sicher, daß ihre mentalen Memos 120 Seiten Umfang haben und mit Diagrammen, Stichwortverzeichnissen und audiovisuellen Aufzeichnungen versehen sind. Vielleicht wäre sie angenehm überrascht. Überrascht auf jeden Fall.

Ich machte mir übrigens noch eine Notiz, von der ich Ihnen aber nichts erzählen werde. Es war eine sehr verblüffende Idee und eine sehr unwahrscheinliche dazu, aber ich habe sie trotzdem abgelegt. Ich werde Ihnen davon erzählen, falls es irgendwann eine Rolle spielen sollte.

Als ich die Tasse ausgetrunken hatte, war ich völlig nüchtern. Nüchterner als ich eigentlich sein wollte, denn ich hatte so viel Kaffee getrunken, daß ich jetzt weit im schwarzen Bereich war, was die Nüchternheit betraf. Dadurch fiel mir zum Beispiel auf, daß meine Wohnung, jedesmal wenn ich zurückkomme, ziemlich leer ist. Es ist eine nette Wohnung, komplett farbabgestimmt und mit Erlebnismöbeln, aber ich benutze sie nur als Ort, wo ich meine Sachen unterbringen und wo ich zusammenbreche, wenn ich im Viertel bin. Wenn ich zurückkomme, ist sie jedesmal leer. Nichts los. Oder niemand da, um etwas genauer zu sein.

Ich habe eine Wohnung, ich habe mehr Kredit, als ich brauche, ich habe eine Arbeit oder so was Ähnliches. Aber habe ich auch ein Leben?

Sehen Sie, was ich meine? Idiotische, unnütze Gedanken. Ich sah mir die Packung Jahavan an und erkannte, daß ich aus Versehen die Sorte ›Extrastark‹ erwischt hatte. ›Warnung‹, stand auf der Packung. ›Wenn Sie kein Alkoholiker sind, kann es zu idiotischen und unnützen Gedanken kommen!‹

Ich war nicht müde, beschloß aber, trotzdem ein wenig zu schlafen. Wenn ich voll und ganz mit einem Job beschäftigt bin, neige ich dazu, tagelang überhaupt nicht zum Schlafen zu kommen, weswegen ich am Ende immer so müde bin. Heute nacht gab es für mich nichts mehr zu tun, also war es eine gute Idee, etwas auf Vorrat zu schlafen.

Bevor ich mich hinlegte, sah ich noch schnell nach, ob

irgendwelche Nachrichten für mich eingegangen waren. Immerhin bestand eine winzige Chance, daß Ji vielleicht doch etwas durchgefaxt hatte. Im Faxkorb war aber nur eine Botschaft von der Verwaltung. Der Computer für die Koordinierung der Straßenfarben teilte mir mit, daß es ihm großen Spaß gemacht hatte, mit meiner Hose zu arbeiten.

3. KAPITEL

Um 4 Uhr 45 wachte ich auf und war sofort am Leben und hellwach. Ich drehte mich um und versuchte, noch einmal einzuschlafen, aber es ging nicht. Der Jahavan-Kaffee tobte immer noch durch meinen Blutkreislauf, machte Lärm, arbeitete wie wild und weckte alle Zellen auf. Ich stand auf, duschte mich, ging in die Küche und warf den Kaffee weg. Ich kann es nicht ertragen, wenn mir ein Getränk so etwas antut.

Ich machte mir eine Tasse Debe. Das Zeug ist fast wie Kaffee, nur daß es keinerlei natürliche Produkte beinhaltet und auch nicht sehr nach Kaffee schmeckt. Ich setzte mich im Wohnzimmer an die Wand und wartete darauf, daß der Tag anbrach. Eine erstaunlich und lächerlich große Spinne lief vor mir über den Fußboden. Ich starrte sie für eine Weile an und fragte mich, wie sie wohl reingekommen sein mochte. Meine Wohnung liegt im vierten Stock. Ich konnte nicht glauben, daß das Vieh dreißig Meter Wand hochgekraxelt war, um sich dann bei mir einzunisten. Sie mußte irgendwo in der Wohnung einen Unterschlupf haben, obwohl ich mir nicht vorstellen konnte, wo. Es war schwer zu glauben, es könnte hier eine Ritze geben, die groß genug war, daß ein Tier von dieser Größe hineinpaßte. Vermutlich hockte sie einfach den ganzen Tag lang rum und hatte sich als Möbelstück getarnt, während sie darauf wartete, daß es Nacht wurde und sie auf dem Fußboden herumflitzen konnte, wie es Spinnen offenbar so großen Spaß macht. Ich hätte mich auf sie setzen können, ohne es zu bemerken. Oder ein Glas auf sie stellen können. Scheiße, ich hätte mich hinlegen und darauf einschlafen können!

Auf halbem Weg hielt die Spinne an, drehte sich um und sah mich an. Ich erwiderte den Blick. Es war ein sehr spannender Moment.

Ich kann zur Not damit umgehen, wenn man mich verarscht, aber nicht von etwas, das auf der Evolutionsleiter so tief unter mir steht wie eine Spinne. Ich glaube, das hat sie dann gemerkt. Nach einer Weile drehte sie sich um und schlenderte langsam mit ihren vielen Beinen in Richtung Tür. Dann erkannte sie wahrscheinlich, daß jetzt die letzte Gelegenheit für die heutige Nacht war, noch einmal richtig herumzuflitzen, denn plötzlich beschleunigte sie auf Überlichtgeschwindigkeit und zischte hinaus in den Flur, wobei sie die Kurve auf zwei Beinen sah.

Anders als viele andere Viertel liegt Farben unter freiem Himmel, so daß gegen 5 Uhr 30 in der Schwärze vor meinen Fenstern ein Hauch Blaurosa erschien. Das nützte nicht viel, da es immer noch viel zu früh war, um etwas zu tun, aber es sah nett aus. Über Farben ist immer ein hübscher Himmel. Ich vermute, daß sie irgendwie daran herumdoktern.

Da es immer noch zu früh war, um etwas Sinnvolles zu tun, ging ich also statt dessen Einkaufen.

Am frühen Nachmittag war ich wieder in der Wohnung und saß im Schneidersitz auf der Decke des Wohnzimmers, wo ich ein üppiges Mittagsmahl verzehrte.

Es gibt Phasen, in denen ich überhaupt keine Lust zum Einkaufen habe, vor allem nicht Lebensmittel. Ich versuche es, aber wenn ich in der Nähe der Läden komme, wird mir entweder die ganze Idee zu langweilig, oder ich kriege Angst vor der Auswahl, so daß mir alles einfach zuviel wird. Heute habe ich es allerdings geschafft. Ich bin wirklich Einkaufen gewesen! Lebensmittel, Batterien für den Gravitator, Lebensmittel, normalstarken Kaffee, Lebensmittel und Lebensmittel. Ich machte den Kühlschrank wieder einmal richtig glücklich. Endlich hatte er wieder etwas, in das er seine Zähne schlagen konnte, jede Menge Zeug, das er schön kalt und frisch halten durfte. Nicht alle Lebensmittel waren für mich. Auf meiner Liste stand auch, daß ich mich mal wieder mit meiner Katze, Paillette heißt der Kater, in Verbindung setzen wollte, um zu sehen, ob er vorbeikommen und vielleicht für eine Weile bleiben wollte.

Zuerst mußte ich jedoch noch ein paar Anrufe erledigen. Ich erledigte sie. Ich rief alle zuverlässigen Kontaktpersonen an, die ich in den Vierteln um das Zentrum herum habe, und auch einige der unzuverlässigen.

Nichts. Wer immer sich Alkland geschnappt haben mochte, hatte ausgezeichnete Arbeit geleistet, was die Geheimhaltung betraf. Es sah immer mehr danach aus, daß es eine Bande aus dem Turn-Viertel war, was keine sehr gute Neuigkeit war. Ich machte diese Sachen, diese normalen Sachen, hauptsächlich, um etwas zu tun zu haben. Ich muß irgendwie meine Zeit ausfüllen, nachdem sie jetzt das einzige ist, was ich noch habe. Aber ich finde es besser, wenn die Sache nicht zu brenzlig wird. Ich bin in den letzten Jahren etwas ruhiger geworden. Sich mit einem Haufen wohlorganisierter Psychopathen anzulegen, reizt mich nicht mehr so sehr, wie es das früher einmal getan hat.

Dann aß ich noch mal. Die Sache entwickelte sich nicht besonders gut, aber so lauft es meistens. Die City ist verdammt groß und in Hunderte von Einheiten aufgesplittert, die keine Ahnung davon haben, was anderswo vor sich geht. Es hat keinen Zweck, munter loszudüsen und zu hoffen, dem, wonach man sucht, an der nächsten Ecke zu begegnen. Man bekommt einen solchen Auftrag nicht mit einer Schachtel voller Hinweise und nützlicher Fingerzeige. Ich jedenfalls nicht. Im Anfangsstadium gehört eine Menge Warten dazu. Ich streckte meine Fühler aus, peilte die Lage, und das war auch schon alles, was ich tun konnte.

Plötzlich gab es ein rasselndes Geräusch im Faxkorb. Unglücklicherweise befindet sich das Ding an der Wand in der Nähe des Fußbodens, und ich konnte ihn von der Stelle aus, wo ich saß, das heißt von der Decke aus, nicht erreichen. Ich schaltete den Gravitator ab, damit die Dinge wieder in ihren Normalzustand zurückkehrten.

Da wußte ich, daß es nicht nur die Batterien waren, sondern daß das ganze Ding im Arsch war. Anstatt den Raum allmählich den normalen Schwerkraftverhältnissen anzupassen, schaltete es nämlich einfach ab und ließ mich samt den Überresten meiner Mahlzeit in einem großen und ekligen Haufen mitten auf dem Fußboden landen. Ich machte mir eine mentale Notiz, daß ich mich irgendwann einmal draußen vor die Wohnung meines ehemaligen Klienten stellen und rufen würde: ›Seien Sie vorsichtig, wenn dieser Herr Sie in Naturalien bezahlen möchte, denn die Waren, die er Ihnen anbietet, sind nicht in ordnungsgemäßem Zustand‹, oder etwas ähnlich Verletzendes. Dann kroch ich unter Schmerzen durch den Dreck zum Faxkorb. Ich hatte noch gar nicht die Unordnung von der letzten Gravitator-Katastrophe aufgeräumt, bevor ich ihn wieder eingeschaltet hatte. Sie haben keine Ahnung, was Unordnung ist, wenn sie noch nie einen Raum gesehen haben, in dem die Schwerkraft zweimal in verschiedenen Richtungen ausgefallen ist.

Die Botschaft stammte von Ji. Er wollte eine Enklave im Rot-Bezirk Hu überfallen und fragte, ob ich mitmachen wollte. Ich kannte Ji gut genug, um zu wissen, daß dies nicht nur eine Einladung zu einem geselligen Beisammensein war. Er hatte etwas für mich.

Ich zog mir schnell eine Kluft an, die für einen Bandenkrieg angemessen war, der vermutlich nur vor dem Einsatz nuklearer Waffen zurückschrecken würde. Langer schwarzer Mantel, schwarze Jacke, schwarze Hose, schwarzes Hemd. Spontan behandelte ich das Hemd zuerst noch mit dem Dressman, woraufhin es zwar schwarz blieb, aber ein sehr kompliziertes, fast fraktales Muster in dunklen Blau-, Rot- und Grüntönen erhielt. Ich suchte meine Waffe und steckte sie in den Schulterholster.

Es ist immer sehr schwer vorherzusagen, wie lange eine solche Sache dauert, daher rief ich Zenda an, um sie darauf vorzubereiten, daß ich mich vielleicht etwas später melden würde. So bin ich, wenn ich voll im Action-Modus bin: dynamisch, tatkräftig, aber auch überlegt. Royn nahm den Anruf entgegen.

»Hallo, Stark! Schickes Hemd.«

»Danke. Ist Zenda zu sprechen?«

»Tut mir leid, Stark, sie ist zu beschäftigt, um jetzt mit dir zu sprechen. Viel zu beschäftigt.«

»Sie ist immer beschäftigt.«

»Ja, aber gerade in diesem Augenblick ist sie extrem beschäftigt. Sie ist sogar viel zu beschäftigt, um mit den Leuten reden zu können, mit denen sie Geschäfte macht, von anderen ganz zu schweigen. Soll ich ihr etwas ausrichten?«

»Nur, daß ich mich heute vielleicht etwas später melden werde. Ich gehe nämlich zu einem Bandenkrieg.«

»Hey, geil! Also dann viel Spaß! Ich werde es ihr ausrichten.«

Ich suchte nach dem Zischer, konnte in der Unordnung aber keine Spur von ihm entdecken. Das Essen war völlig verschwunden – das tut es eine Stunde, nachdem es gekocht wurde, von selbst –, aber da waren noch die Möbel, die Bücher und der ganze sonstige Krempel im Zimmer verstreut, und der Zischer ist eine sehr kleine Waffe. Meine Wohnung ist mit einer Suchfunktion ausgerüstet. Da gibt es ein kleines Gerät, in das man einfach eintippt, was man vermißt. Dann wird die Wohnung elektronisch durchsucht, und man bekommt eine Mitteilung, wo es sich befindet. Dummerweise habe ich das Gerät verloren, also stehe ich ziemlich auf dem Schlauch. Aber dort, wo ich hingehen wollte, machte ein kleiner Zischer ohnehin keinen großen Unterschied, also gab ich es auf und machte mich statt dessen auf den Weg zu Einschienenbahn.

Ich habe Ihnen ja gesagt, daß die Dinge von selbst in Bewegung geraten würden.

An der Station Abgefuckt holten mich zwei von Jis Leibwächtern ab, die vornehme Abendanzüge und schwarze Krawatten trugen. Sie waren höflich und respektvoll. Der gute Freund eines Bandenkönigs zu sein, ist irgendwie cool.

Wir gingen schnell zur Ji-Bar, während die zwei Klötze mich in die Mitte nahmen. Das Straßenleben machte sich schleunigst aus dem Staub, sobald es uns kommen sah. Das ist eine der Sachen, die man in Rot sehr schnell lernt, sich schnellstens aus dem Staub zu machen, wenn man in Schwarz gekleidete Männer sieht, um einem furchtbaren Gewaltausbruch zu entgehen.

Ji trug ebenfalls einen schwarzen Schlips und wirkte ruhig und gelassen.

»Wir müssen uns beeilen«, brummte er, »es heißt, daß die Scheißkerle Wind davon bekommen haben, daß wir unterwegs sind.«

Ich hielt das für besorgniserregend und sagte es ihm.

»Also werden sie uns erwarten?« fragte ich und überlegte, ob ich den Nachmittag sinnvoller verbringen würde, wenn ich meine Wohnung aufräumte.

»Nein, also werden sie sich schnellstens verpissen. Wenn wir uns nicht verdammt beeilen, ist niemand mehr da, den wir umbringen können.«

In strenger Formation marschierten wir aus der Bar. Die gepanzerten Autos draußen nahmen das als Zeichen und donnerten mit quietschenden Reifen in Richtung Hu davon. Ji und ich gingen hinter ihnen die Straße hinunter. Wir wurden von Leibwächtern flankiert, während uns zwei weitere Wagen folgten. Genauso wie die Stripperinnen sind auch die Leibwächter in Rot speziell für ihre Aufgabe gezüchtet. Sie sind alle über zwei Meter groß und so gebaut, daß sie einen direkten Zusammenstoß mit einem Meteoriten überleben. Ganz besonderen Wert wird auf den Umfang ihrer Brustkörbe gelebt. Ji hatte natürlich nur die Allerbesten, und die sechs Wächter um uns herum hatten einen Brustdurchmesser von weit mehr als einem halben Meter. Ein erstklassiger Leibwächter mußte in der Lage sein, für seinen Besitzer etwa dreißig Kugeln oder zwei kleine Granaten abzufangen. Ich bin nur 182 cm groß und konnte überhaupt nicht erkennen, wohin wir gingen, aber ich fühlte mich ziemlich sicher.

Rot liegt nicht unter freiem Himmel, deshalb ist es hier ständig Nacht. Die Straßen waren dunkel, aber überall von den Neonlichtern der Dopaz-Bars und Bums-Lokale gesäumt. Die Gehwege waren wie leergefegt, aber viele

Gesichter sahen uns aus den Fenstern nach. An einigen Bars hingen handgeschriebene Schilder mit der Aufschrift ›Viel Erfolg, Chef!‹

Ein Penner stolperte um eine Ecke und uns in den Weg, und ich zuckte bereits zusammen. Ji mag keine Penner, nicht nur, weil sie keine Kunden sind und sie ihm nichts nützen, sondern hauptsächlich, weil er keine Leute ertragen kann, die sich hängenlassen. Ich war schon immer der Ansicht gewesen, daß Ji einen ziemlich schlimmen Aktionisten abgeben würde, obwohl das Zentrum in einem solchen Fall seine Vorstellungen über das, was akzeptabele Ziele sind, erheblich erweitern müßte. Also gab Ji, ohne seine Schritte zu verlangsamen, einen Schuß ab, so daß der Kopf des Penners sich plötzlich über drei Meter Wand verstreute. Aus einer der Bar kam leiser Jubel.

Hu ist ein kleiner Bezirk, der fast mitten in Rot liegt, an der westlichen Grenze von Jis Territorium. Es ist einer der ältesten Teile des Rot-Viertels, und obwohl Rot ja schon ziemlich schlimm ist, ist Hu am schlimmsten. In Hu passieren die wirklich schlimmen Sachen. Auf den Straßen von Hu hält sich niemand auf, und es gibt auch keine Bars. Es gibt überhaupt kein Geschäftsleben in Hu, da niemand jemals seine vier Wände verläßt. Hu ist der geeignete Ort für einen Serienmörder, der ungestört jemanden aufschlitzen möchte. Hu ist der geeignete Ort, um den Teufel anzubeten, ohne dabei von Leute gestört zu werden, die noch bei Verstand sind. Hu ist ganz unten. Wer in Hu ist, ist entweder tot oder bald tot oder hockt in einem dunklen, verlassenen Gebäude und nagt die Knochen der Toten ab.

»Welche Interessen verfolgst du hier, Ji?« fragte ich etwas außer Atem, da ich bereits fünf Minuten lang stramm marschiert war. »Hu nützt dir doch überhaupt nichts.«

Ji drehte mir seinen Kopf zu. »Ich habe mich gestern abend erkundigt. Niemand wußte etwas über deinen Freund, aber ich habe gerüchteweise von einer neuen Bande gehört, die sich hier in Hu verkrochen haben soll. Vielleicht sind es die Leute, die du suchst. Auf jeden Fall will ich die Scheißkerle nicht in meiner Nähe haben.«

Vor uns wurden die gepanzerten Wagen langsamer, als wir uns der Grenze von Jis Territorium näherten. Die Übergangszonen in Rot sind die Schlimmsten. Jeder haßt dort jeden. Plötzlich wurde aus einem Fenster im dritten Stock rechts von uns geschossen, und einer der Leibwächter zuckte zusammen, während ein kleiner roter Fleck auf dem ansonsten fleckenlosen Weiß seines Oberhemdes erschien.

»Gute Arbeit, Fyd«, sagte Ji und klopfte ihm auf die Schulter. »Alles klar?«

»Fühl mich prima, Ji«, brummte der Wächter und benutzte einen Kugelschreiber, um sich die Kugel herauszupulen. Er war ein ziemlich harter Bursche, wurde mir klar. Eines der Panzerautos drehte um und feuerte, worauf das dritte Stockwerk des fraglichen Gebäudes verschwand. Wir trabten nach vorn zum ersten Wagen, während die Wächter eine perfekte Abschirmung bildeten. Die Tür öffnete sich, und Ji und ich schlüpften hinein, gefolgt von drei Leibwächtern.

»Nur ein einzelner Heckenschütze«, meinte der Fahrer, »aber da vorne ist schon etwas mehr los.«

»Okay«, sagte Ji und machte es sich am Geschütz bequem. »Hier ist mein Plan. Wir dringen ein und knallen jeden ab.«

»Ist mir recht«, grinste der Fahrer und trat aufs Gaspedal.

In zehn Minuten war alles vorbei. Die vier Fahrzeuge stürmten Hu, die Maschinengewehre verteilten ihre Energiegeschosse über einen 360-Grad-Kreis, und die Kanoniere schossen Granaten auf alles ab, was sich bewegte oder so aussah, als könnte es sich noch bewegen. Aus Fenstern und Läden wurden Geschosse und Granaten auf uns abgefeuert, aber mit einem Mann wie Ji kann man nicht diskutieren. Wenn man auf ihn schießt, wird er nur um so wütender.

Als die Gebäude um uns herum stockwerkweise explodierten, wurde das feindliche Feuer allmählich dünner, und die Autos konzentrierten sich auf die Menschen, die in den Straßen erschienen und panisch vor uns wegliefen. Ein Verrückter sprang aus einem Fenster im zweiten Stock auf unseren Wagen und versuchte, seinen Raketenwerfer durch die Windschutzscheibe zu schießen. Fyd, der in aller Ruhe die

Kugel aus seiner Brust geholt hatte, stieß mit der Faust durch das zolldicke Glas, worauf der Körper des Mannes in einem anmutigen Bogen gegen die Wand klatschte, an der wir entlangfuhren. Das meiste von ihm, aber nicht alles, fiel dann auf den Gehweg.

»Okay«, sagte Ji ruhig. »Sag Wagen vier Bescheid, sie sollen umdrehen und zurückstoßen, für den Fall, daß jemand dorthin flieht. Eins und Drei sollen zurückkommen, um uns in Formation zu flankieren.«

Die drei Wagen rasten die Straße entlang ins Zentrum von Hu, wobei sie alles niedermachten, was ihnen in den Weg kam. Ich hätte jetzt um keinen Preis der Welt auf der anderen Seite sein mögen. Auf Erden durch die Hölle zu rennen, halb taub vom Lärm dreier gepanzerter Wagen, die dem gefährlichsten Mann in Rot gehörten, war bestimmt kein Spaß. Es mußte ein niederschlagendes Gefühl sein. Zum Glück würde dieses Gefühl nur von kurzer Dauer sein, da sie alle recht schnell von ihrem Elend erlöst wurden.

»Halt«, sagte Ji ruhig, und die Wagen blieben sofort stehen. Es gab einen Moment der Stille, während Ji seinen Kopf neigte und wohl auf seinen Dschungelinstinkt lauschte, den Menschen in seiner Position einfach haben müssen. Um uns herum waren die Straßen leer bis auf die Überreste toter Menschen und brennenden Abfall, während die Mauern rot vom Blut und Feuerstein waren. »Okay«, sagte er dann zufrieden. »Los jetzt!«

Fyd teilte die Waffen aus. Er bot mir einen Granatwerfer an, aber ich klopfte auf mein Holster, worauf er nur mit den Schultern zuckte. Als jeder ausgerüstet war, öffnete ein anderer Wächter die Tür, und wir stiegen aus. Die übrigen drei Wächter warteten bereits auf uns, und Ji und ich traten in ihren Schatten. Ji blickte sich schnell um und nickte dann in Richtung eines Gebäudes links von uns.

»Da«, sagte er.

Wir gingen langsam auf das Gebäude zu, während die Wächter in unserem Rücken mit angeschlagenen Granatwerfern nach hinten sicherten. Kurz bevor wir die Tür erreichten, feuerte einer von ihnen. Gleich darauf waren auf der anderen Straßenseite ein Schrei und eine Explosion zu hören.

»Guter Schuß, Bij«, sagte Ji, ohne sich umzudrehen.

»Danke, Chef.«

Im Erdgeschoß des Gebäudes brannte ein kleines Feuer, aber es sah nicht danach aus, als würde es sich ausbreiten. Es gab nichts Brennbares. Nur Steinwände, nachdem alles, was nicht niet- und nagelfest war, schon vor Jahrzehnten weggeschafft worden war. Vor hundert Jahren schien dies einmal ein Bürohaus gewesen zu sein, als hier noch Menschen wohnten. Der Geruch war etwas merkwürdig, aber sonst sah alles ganz normal aus. Doch Ji kennt sich mit solchen Dingen aus – ich weiß nicht, wie er das macht, aber so ist es.

Wir wandten uns der Treppe zu und stiegen langsam hinauf, ohne unsere Formation aufzugeben. Der erste Stock war verlassen. Der Gestank war hier noch schlimmer, und ich sah Ji mit fragendem Blick an.

»Scheint, daß hier jemand seine Speisekammer eingerichtet hat«, sagte er.

Er hatte recht. Im zweiten Stock war die Treppe zu Ende, und wir mußten quer durch die Etage, um weiter nach oben zu kommen. Leise betraten wir den ersten Bürobereich. Plötzlich bewegten sich alle Leibwächter gleichzeitig, und im nächsten Augenblick standen wir hinter der Tür zusammengequetscht, während Ji und ich vollkommen von den Wächtern abgeschirmt wurden. Dann entspannten sie sich wieder.

»'Tschuldigung, Chef«, sagte Fyd. »Falscher Alarm.«

Wir sahen uns im Büro um. Es war ziemlich dunkel. Das einzige Licht kam von den Feuern, die draußen immer noch tobten. Der Boden war von menschlichen Leichen übersät, und der Gestank war furchtbar.

»Schon gut«, sagte Ji. »Ein ausgezeichnetes Manöver.«

Da wir zusammenbleiben mußten, schlängelten wir uns langsam durch das Stockwerk. Draußen fing etwas Brennbares Feuer, und rote oder orangfarbene Lichter flackerten durch den Raum.

Auf dem Boden lagen etwa vierzig Leichen, hauptsächlich Erwachsene, aber auch ein paar Babys. Viele waren ohne Kleidung, und allen war das Gesicht abgezogen worden, so daß nur noch bleiche Knochen zu sehen waren. Die meisten waren geschminkt, blauer Lippenstift war über die Reste des Zahnfleisches geschmiert und grüner Lidschatten um die verwesenden Augäpfel. Allen Frauen steckten Schraubenzieher im Unterleib, und allen Männern waren die Hände zusammengeschweißt worden.

Ich dachte zuerst, daß die Babys verbrannt waren, aber als wir uns der anderen Seite des Raums näherten, bemerkte ich eine Veränderung im Erhaltungszustand der Leichen. Sie wurden älter und verwester und waren offensichtlich auch stärker abgenagt worden. Jemand hatte hier seine Mordopfer gelagert und die ältesten zuerst gegessen, die Babys gebraten, die Erwachsenen, die bereits vor Maden wimmelten, roh. Ich fragte mich, wo er jetzt wohl war, irgendwo dort draußen in Rot, stellte ich mir vor, wie er seine Ernte einbrachte und für den Winter einlagerte. Ich bin ja ein toleranter Bursche, aber auf was für Ideen manche Leute kommen!

Wir erreichten die Treppe und gingen in den dritten Stock hinauf. Alles war ruhig. Kurz bevor wir in den vierten kamen, blieb Ji stehen und lauschte.

»Okay«, flüsterte er. »Beendet das Spielchen!«

Bij und ein zweiter Wächter traten als erste hinaus. Eine Rakete zischte zwischen ihren Köpfen hindurch und schlug in der Wand hinter ihnen ein. Statt zu erschrecken, setzten sie ihre Überraschung sofort in Handlung um und pumpten den Raum mit Granaten voll. Als sie der Ansicht waren, die Luft wäre rein, stießen wir zu ihnen.

Was noch vom Büro übrig war, zeigte die Spuren von Bewohnung und der Vorbereitung auf einen Angriff. Leere Munitionskisten sowie Nahrungsreste und Kleidung lagen im Raum herum. Ein schwaches Licht drang aus dem nächsten Büro, und Ji marschierte zur Tür voraus. Hinter ein paar Kisten in einer Ecke des Zimmers war ein leises Geräusch zu hören. Instinktiv machte ich eine Rolle vorwärts und kam direkt vor Ji wieder zum Stehen, während meine Waffe in die Dunkelheit zielte. Der Schein eines Laserzielsuchers erschien auf Jis Brust, und ich feuerte fünfmal in den Schatten. Langsam kippte das letzte Bandenmitglied aus der Dunkelheit heraus und auf den Boden. Ji sah mich an und nickte.

Mit den Wächtern hinter uns traten wir die Tür auf. Das Büro war fast leer. Darin stand nur ein Sessel mit einem Tisch daneben, auf dem eine Lampe helles Licht spendete. Jemand saß in dem Sessel.

»Hallo, Ji«, sagte eine Stimme, die ich kannte. »Hallo, Stark. Hey, scharfes Hemd!«

»Gottverdammte Scheiße!« bellte Ji, als wir näher an den Sessel herantraten. Ich starrte die massige Gestalt an, die kampflustig darin hockte, bemerkte den Anflug aufkochender Gewalt und die grünen Ziffern auf der Stirn.

»Gottverdammte Scheiße!« schrie ich. »Was, zum Teufel, machst *du* denn hier?«

»Gottverdammte Scheiße, Snedd!« brüllte Ji etwas ruhiger. »Was, zum Teufel, ist das für ein Scheißspiel?«

»Nun«, sagte Snedd und schnipste mit den Fingern. »Das ist so etwas wie eine Begrüßung, denke ich. Was zu trinken?«

»Gottverdammte Scheiße«, sagte ich noch mal. Irgendwie schien es die einzig treffende Bemerkung. Ich hätte es vielleicht noch tagelang wiederholt, wenn Ji nicht das Thema gewechselt hätte. Unvermittelt begann er zu grinsen und schüttelte seinem Bruder die Hand.

»Ja«, sagte er. »Alkohol. Und dann gibst du mir lieber eine Erklärung ab.«

Ein kleiner und sehr ängstlich aussehender Mann von etwa siebzig Jahren erschien aus dem Schatten und trug ein Tablett mit einem Krug Alkohol und mehreren Gläsern. Er stellte es lautlos auf dem Tisch ab und verschwand wieder.

»Snedd«, sagte ich, während Fyd einschenkte, »du hättest uns alle umbringen können!«

»Ach, Quatsch!« sagte Snedd. »Eigentlich sollten sie gar nicht gegen euch kämpfen. Sobald ich hörte, daß ihr kommt, habe ich allen geraten, sich schnellstens in Sicherheit zu bringen. Ich kenne nur eine Person, die gefährlicher ist als ich, und das ist Ji. Vielen Dank übrigens. Ich habe zwei Wochen gebraucht, um diese Gang aufzubauen, und ihr habt sie in fünf Minuten ausradiert. Prost!«

»Selber Prost, Arschloch!« sagte Ji, und wir tranken.

An dieser Stelle wäre vielleicht ein Wort der Erklärung angebracht. Snedd ist Jis jüngerer Bruder. Abgesehen von der Tatsache, daß er nicht ganz so häufig flucht und grüne Zahlen auf der Strin hat, sind sie fast völlig identisch. Ich kenne Snedd aus meiner Zeit in Turn, als Ji und ich zusammengearbeitet haben. Ich hatte ihn seit acht Jahren nicht gesehen und auch nicht mehr damit gerechnet, ihn jemals wiederzusehen.

Snedd hat Zahlen auf der Stirn, weil er mal zum Tode verurteilt worden war. Hauptsächlich aus Spaß, war er eines Nachts ins Status-Viertel eingebrochen und dabei unglücklicherweise geschnappt worden. Status ist eins der Viertel, die sich völlig von der Außenwelt abgeschottet haben. Niemand darf rein und niemand raus. Alle Informationen über die Außenwelt werden abgeblockt, so daß die Bewohner keine Ahnung haben, was außerhalb ihrer Welt los ist.

Die Regierung von Status läßt sich nicht zum Narren halten. Die Strafe für Einbruch in ihr Viertel ist Tod durch DNS-Auflösung. Die DNS des Übeltäters wird so verändert, daß der Körper genau ein Jahr nach dem Urteil stirbt. Die Körperfunktionen hören einfach auf, und die Substanzen, die den Körper bilden, lösen sich auf. In zivilisierten Vierteln ist es eine durchaus übliche Exekutionsmethode, und einige gehen sogar noch weiter und pflanzen den verurteilten Verbrechern digitale Ziffern in die Stirn ein, die anzeigen, wieviele Tage der Kerl noch zu leben hat. Manche Leute halten das für unnötig grausam, aber den Gezeichneten ist das ziemlich egal. Meistens werden sie in Restaurants sogar schneller bedient, wenn das Personal sieht, daß der Kerl nicht mehr viel Zeit zu verlieren hat. Vor allem in der letzten Woche, wenn die Zahlen hellrot blinken.

Außerdem kann man gut die Zeit abschätzen, wenn man in den Spiegel sieht. Das ist ganz nützlich, wenn man keine Lust hat, eine Armbanduhr zu tragen.

»Hättest du nicht schon seit einer ganzen Weile tot sein müssen?« fragte ich Snedd.

»Ja«, lachte er. »Aber du kennst mich doch. Ich bastle gern. Ich habe entdeckt, wie man die Uhr zurückdreht, so daß ich am Ende jedes Jahres ein weiteres Jahr kriege. Es ist zugegebenermaßen stets ein angespannter Augenblick, wenn die Anzeige auf 00:00:00:01 steht, aber bislang hat es immer funktioniert.«

»Wußte Ji, daß du noch lebst?«

»Ja«, brummte Ji. »Aber ich habe versucht, es zu vergessen. Was, zum Teufel, machst du hier, Snedd? Und was hast du dir, verdammt noch mal, dabei gedacht, hier eine Bande aufzuziehen?«

»Ich hatte Langeweile«, antwortete er. »Ich dachte, ich sollte mal wieder mit dir ins Geschäft kommen.«

»*Mit* mir?«

»Ja, ich wollte nicht einfach nur bei dir einsteigen. Ich dachte, ich sollte meinen eigenen Anteil in die Sache einbringen. Aber jetzt hast du alle umgelegt.«

»Snedd«, fragte ich, »war es nur die Gang, die du einbringen wolltest, oder noch etwas anderes?«

»Was meinst du?«

»Stark sucht nach jemandem«, sagte Ji und schenkte sich selbst Alkohol nach. Der alte Mann ging herum und teilte winzige Dosen an die Leibwächter aus.

»Ein Aktionist namens Alkland ist entführt worden«, sagte ich und sah Snedd dabei in die Augen. »Der AZGD glaubt, daß die Bande irgendwo in Rot sitzt.«

»Nein«, sagte Snedd kopfschüttelnd. »Erstens habe ich nichts mit der Sache zu tun. Zweitens habe ich in den letzten Wochen jede Menge Erkundigungen eingezogen, um dieses Viertel kennenzulernen und etwas zu haben, auf das ich aufbauen kann. Ich habe jeden durchleuchtet, um zu erfahren, wie die Machtverhältnisse aussehen. Die einzige Bande, die halbwegs die Voraussetzungen für einen solchen Coup mitbringt, gehört meinem Bruder.«

»Und es ist auch niemand aus Turn hier?« sagte ich verwirrt.

»Nur wir zwei.«

»Scheiße. Dann ist es nicht hier.«

»Nein. Aber ich habe etwas gehört, das dich interessieren könnte.«

»Was?«

Snedd sah meinen Bruder an.

»Erzähl ihm ruhig, was du weißt«, sagte Ji nickend. »Wir haben mit der Sache nichts zu tun. Das ist ganz allein Starks Problem.«

»Okay.« Snedd nahm ein Stück gewürztes Huhn von dem Teller, den der alte Mann herumreichte. Ich lehnte ab, nahm aber noch etwas von der Avocadosoße. »Eigentlich ist es nichts Besonderes. Ich hörte, daß vor ein paar Tagen jemand aus dem Zentrum hier durchgekommen ist. Ich weiß nicht, wer ihn hatte, darüber war nichts zu erfahren.«

»Wie konntest du davon erfahren?« fragte Ji gereizt. »Ich habe mich erkundigt und nichts davon gehört.«

»Das ist genau der Punkt«, sagte Snedd selbstgefällig. »Ich habe mich nicht um die Information bemüht, sondern die Information kam zu mir. Die Entführer, wer immer sie sein mögen, haben nach mir gesucht. Sie hatten es zuerst in Turn versucht und mich dann irgendwie hier aufgespürt.

Ji lachte. »Was, zum Geier, wollten sie von dir?«

»Nun, das habe ich mich auch gefragt. Wenn sie den härtesten und mächtigsten Typen in der Gegend gewollt hätten, wären sie direkt zu dir gegangen. Also wollten sie etwas ganz anderes. Sie wollten etwas, das ich ihnen geben konnte und du nicht.«

»Und was soll das sein?« fragte ich, während ein Verdacht in mir aufstieg.

»Ich glaube, sie wollten wissen, wie man ins Status-Viertel kommt.«

Kurz darauf zogen wir uns wieder in die Ji-Bar zurück. Die Siegesparty war noch in vollem Gange, als ich mich verabschiedete. Es ist selten, daß an einer solchen Feier die Anführer beider Banden beteiligt sind, also war die Atmosphäre ungewöhnlich gut. Sobald sich die Nachricht verbreiten würde, daß es nun zwei von diesen Verrückten gab, würden die anderen Bandenführer in Rot ziemlich nervös werden. Fyd schüttelte mir an der Tür die Hand, was ich sehr nett fand, obwohl er mir dabei fast die Finger brach. Auf seiner Seite zu stehen, erschien mir als eine wirklich gute Sache.

Ich erreichte die Abteilung für Besonders Dringende Angelegenheiten kurz vor 20 Uhr. Der Fahrstuhl funktionierte wieder richtig und erzählte die Geschichte der Abteilung, was mich sehr bedrückte, bis ich merkte, daß er alle Daten durcheinanderbrachte.

»Weiter so!« flüsterte ich ihm zu, als ich ausstieg. »Zersetz den Laden von innen!«

»Wird gemacht«, flüsterte er zurück.

Zenda Büro war verlassen, also hing ich eine Weile dort herum. Royn steckte kurz ihren Kopf rein und sagte, daß sie auf dem Weg wäre, sich aber vielleicht etwas verspäten könnte. Ich runzelte die Stirn. Zenda verspätete sich niemals, nicht einmal, wenn sie sich mit mir traf. Das ist auch so eine Sache, die ich an ihr mag.

Sie kam um 21 Uhr 03. Im Zentrum war das etwa so, als würde man eintreffen, nachdem alle anderen längst an Altersschwäche gestorben waren. Ich ließ sie erst einmal einen Drink nehmen, bevor ich etwas sagte. Sie ließ sich umständlich in ihren Sessel fallen und starrte dann eine Weile vor sich hin, bevor sie mich ansah.

»Probleme?« fragte ich.

»Nein«, sagte sie, aber ich wußte, daß sie log. Nach einer weiteren Pause schlug sie auf die Taste der Sprechanlage und bellte jemandem eine Anweisung über ein Treffen, das in vier Tagen stattfinden sollte. »Okay«, seufzte sie. »Was hast du herausbekommen?«

»Alkland ist nicht in Rot«, sagte ich.

»Scheiße!«

»Aber ich glaube, ich weiß, wo er sein könnte.«

Zendas Stimme besserte sich daraufhin zusehends, und sie schenke mir sogar ein Lächeln.

»Guter Junge. Wo?«

»Ich fürchte, das ist keine gute Nachricht. Ich glaube, daß er nach Status gebracht worden sein könnte.«

»*Status?* Wovon, zum Teufel, sprichst du?«

»Denk mal drüber nach, Zenda! Alklands Entführer müssen hervorragend organisiert sein. Wo ist der beste Platz in der Gegend, um jemanden zu verstecken?«

»Dort, wo niemand hinkommt. Scheiße!« Sie trommelte eine Weile mit den Fingern auf dem Tisch. »Ich muß jemand Höheren einschalten.«

Sie nahm den Telefonhörer auf. Kurz darauf sprach sie mit jemandem und erzählte ihm, daß sie so schnell wie möglich mit C reden mußte. Zur Antwort nickte sie nur und legte den Hörer wieder auf.

»Ich kann keine Genehmigung zum Eindringen in ein verbotenes Viertel erteilen. Scheiße, Scheiße, Scheiße!«

»Zenda«, fragte ich freundlich, »was ist los?«

»Nichts«, sagte sie. »Nichts.« Sie sah mich an und ich sie, und ich erkannte, daß sie Probleme hatte, und sie sah, daß ich es erkannte. Berufliche Beziehungen sind schwierig, vor allem, wenn man sich früher kennt. Je besser man jemanden kennt, desto größer wird der Unterschied zwischen dem, was man weiß, und dem, was man sagen kann. Es gibt einige Dinge, die man in einem Büro einfach nicht besprechen kann, nicht einmal am Wasserkessel im Küchenbereich.

Die Sprechanlage summte. »Spontane Sitzung beginnt in minus zwanzig Sekunden, Countdown läuft«, brüllte sie. »Ihre Sitzungspartner sind unterwegs, Miss Renn.«

Zenda stand auf, um sich auf die Begrüßung vorzubereiten, und wandte sich dann an mich.

»Natürlich habe ich dich nicht gefragt, ob du bereit wärst, es zu versuchen«, sagte sie zerknirscht. Ich lächelte sie an und versuchte etwas mit meinen Augen zu sagen. Ich glaube, es kam an, denn sie lächelte zurück.

»Danke.«

Die Tür flog auf, und C rauschte herein, dicht gefolgt von Darv.

Das Treffen dauerte nicht sehr lange. Ich erzählte C, was

ich herausgefunden hatte, und er pflichtete meinen Schlußfolgerungen bei. Die Tatsache, daß ich immer noch am Leben war, nachdem ich zweimal Rot besucht und in vorderster Front einen Bandenkrieg zwischen zwei Psychopathen aus Turn mitgemacht hatte, hinterließ einen mächtigen Eindruck bei Darv. Obwohl er nicht freundlicher als vorher war, schien er doch die Tatsache zu akzeptieren, daß ich der richtige Mann für diesen Job war.

Immerhin bestand bei diesem Job fast die sichere Aussicht auf Exekution und/oder sofortigen Tod, auch wenn das sehr melodramatisch klingt. Es stand außer Frage, daß der Job noch lange nicht vorbei war, und das gab mir zu denken. Verbotene Viertel, ganz besonders Status, legen sehr, sehr großen Wert auf ihre Ungestörtheit, und auch das Zentrum sollte sich daran halten. Wenn ich von höchster Stelle die Zustimmung bekommen sollte, eindringen zu dürfen, stand etwas sehr Wichtiges auf dem Spiel. Ich begann mich zu fragen, ob ich alles wußte, was ich wissen sollte, und ob dies vielleicht doch kein gewöhnlicher Auftrag war.

»Nun«, sagte C und lehnte sich in seinem Sessel zurück. »Es scheint nur eine einzige Möglichkeit zu geben. Miss Renn hat Sie für diesen Job vorgeschlagen. Sie sagte, daß Sie nicht nur am besten könnten, was sie tun, sondern daß Sie auch noch nie etwas aufgegeben haben, wenn sie einmal angefangen haben. Handelt es sich diesmal um einen Präzendenzfall?«

»Nein«, sagte ich, sah ihn ruhig an und erzählte ihm, was er hören wollte, »und für mich hat dieses Gespräch niemals stattgefunden.«

Er lächelte freundlich und nickte.

»Miss Renn ist eine ausgezeichnete Menschenkennerin.«

Er stand auf und verließ ohne ein weiteres Wort den Raum. Bevor Darv ging, mußte er natürlich noch deutlich darauf hinweisen, wie wenig das Zentrum an den Problemen interessiert wäre, in die ich vielleicht geraten würde. Während ich ihm nachsah, fühlte ich mich für einen Augenblick irgendwie unwirklich und spürte die erdrückende Last der Welt um mich herum. Der Augenblick ging vorüber – wie jedesmal.

Zenda begleitete mich zur Tür.

»Sei vorsichtig, Stark«, sagte ich.

»Das werde ich«, sagte ich, küßte ihre Hand und spürte zum ersten Mal einen vergänglichen Hauch von Intimität in diesem bürokratischen Ambiente. »Und wenn ich irgend etwas für dich tun kann ... du weißt schon, sollte irgend etwas schlimmer werden, dann ruf mich an.«

Sie nickte kurz zweimal, und dann ging ich.

4. KAPITEL

Auf dem Weg zurück in meine Wohnung bemühte ich mich nach Kräften, einen Schlachtplan auszuarbeiten. Ich hatte meine privaten Gründe, sogar ziemlich begeistert von der Idee zu sein, ins Innere von Status zu gelangen, aber genauso wie jeder andere auch wußte ich fast nichts darüber. Das wenige, das ich wußte, einschließlich der einzigen Möglichkeit, hineinzugelangen, wußte ich von Snedd. Ich besaß seine Aufzeichnungen, die er auf mein Drängen hin angefertigt hatte, nachdem man ihn dort mit den Ziffern auf der Stirn hinausgeworfen hatte, aber sie waren sehr lückenhaft. Er hatte damals nicht verstanden, warum ich so an den Verhältnissen eines Viertels interessiert war, in das ich sowieso niemals hineinkommen würde, und er war zu diesem Zeitpunkt auch nicht gerade in bester Stimmung gewesen.

Es hatte keinen Zweck, noch einmal nach Rot zurückzukehren und mit ihm zu reden. Nach acht Jahren, die er zum größten Teil in geistiger Umnachtung verbracht hatte, bestanden wenig Chancen, daß er sich an etwas Neues erinnern würde. Meine einzige Möglichkeit bestand darin, mir einzuprägen, was ich an Informationen hatte, und zu versuchen, seinen Einbruch zu wiederholen.

Ich erinnerte mich, daß er besonders hartnäckig auf einer Sache bestanden hatte: Wer dort einbrechen wollte, sollte es tagsüber tun. Die meisten Viertel sind auf vierundzwanzigstündige Aktivität angelegt, obwohl es nachts meistens ruhiger wird. Nur Viertel wie Rot sind rund um die Uhr aktiv. Aber Status, hatte Snedd gesagt, macht den Laden um 23 Uhr zu. Das war sein Fehler gewesen. Er war nachts eingebrochen, weil das so üblich ist, aber damit war er die einzige Person gewesen, die zu dieser Zeit noch unterwegs war.

Mit Ausnahme der Polizei von Status, versteht sich. Deshalb war er geschnappt worden, und deshalb war er jetzt eine lebende Zeitbombe. Aber er hatte noch Glück gehabt. Zufällig hatte man ihn in einer Wohngegend entdeckt. Wenn es möglich gewesen wäre, hätte ihn die Polizei nämlich sofort erschossen.

Als ich meine Station erreichte, sahen die Wände des Waggons wie eine Explosion in einer Farbenfabrik aus, weil sie sich bemühten, meine Stimmung nachzuvollziehen. In den meisten Vierteln habe ich Kontaktpersonen, einen Anhaltspunkt, eine Methode, wie ich mich schützen, wie ich das Ganze zu einem, wenn auch gefährlichen Spiel machen kann. Im Zentrum habe ich Zenda. In Rot habe ich Ji. In Techno habe ich einen Typen namens Hirn-Diode IV, der praktisch jeden Computer-Sicherheitscode in der ganzen City knacken kann, wenn man ihm genug Zeit und Pizza gibt. In Brandfield kenne ich eine junge Frau namens Shelby, die einen zweisitzigen Heliporter besitzt, der mir mehr als einmal das Leben gerettet hat.

Und so weiter, und so weiter. In Status hatte ich nichts. Sich anzupassen würde nicht einfach werden, immer unter der Voraussetzung, daß ich überhaupt hineinkam, und wenn ich es nicht schaffte, würde ich sterben.

Und dann wußte ich nicht, was eigentlich im Zentrum los war. Ich kenne Zenda schon sehr lange, aber ich hatte sie noch nie so gesehen wie heute abend. Ein bißchen Paranoia war völlig natürlich in einem Viertel, wo praktisch jeder seine Ellbogen gegen jeden einsetzte, aber sie hatte nicht die Spur paranoid gewirkt. Sie hatte ausgesehen, als würde ihr etwas große Sorgen machen, wäre sich aber nicht sicher, was das war. Ich fand das sehr besorgniserregend.

Worum ging es eigentlich bei der Sache? Eine Gruppe, die nicht nur einen bedeutenden Aktionisten entführen konnte, sondern ihn dann auch noch in ein verbotenes Viertel brachte und ihn dort versteckte, mußte extrem effizient sein. Wenn die Leute erfuhren, daß ich nach ihnen suchte, würde die Status-Polizei noch mein kleinstes Problem sein. Außerdem hatte ich weder Ji noch Snedd dabei, um mir zu helfen.

Wie konnte ich nur in solche Schwierigkeiten geraten? Warum mache ich überhaupt diesen Job? Warum schreie ich nach einem Sicherheitsnetz, wo es gar keins gibt? Wäre es nicht an der Zeit, sich zu verabschieden?

Es gab ein leises, klingendes Geräusch. Als ich aufblickte, sah ich, daß die Wände ein eintöniges Schwarz angenommen hatten. Ich hatte den Stimmungssensor des Wagens kaputtgemacht.

Scheiß drauf, dachte ich mir. Ich mußte sowieso bis morgen warten. Ich brauchte etwas Ruhe und mußte meine Katze suchen.

Mit der Einschienenbahn fuhr ich einmal quer durch Farben hindurch und stieg auf der anderen Seite am Übergangstor aus. Ich mußte durch ein weiteres Viertel, um mein Ziel zu erreichen, und mir ein neues Ticket kaufen. Ein Angestellter inspizierte mich am Übergang, vergewisserte sich, daß ich leise Schuhe trug, und nickte. Ich ging zum Ticketschalter hinüber und zeigte auf der Karte, wo ich hin wollte. Der Mann hinter dem Tresen nickte und hielt drei Finger hoch. Ich gab ihm, so leise ich konnte, drei Credits und er mir ein Ticket. Dann schlich ich auf Zehenspitzen zum Bahnsteig und wartete.

Das nächste Viertel hinter Farben ist Geräusch. Es heißt so, weil dort keins erlaubt ist. Als der Zug einfuhr, bremste er fast lautlos ab, und die Türen öffneten sich stumm. Ich bestieg den Wagen und setzte mich vorsichtig auf den gepolsterten Sitz. Meine Reise würde nicht sehr lange dauern, denn Geräusch war Gott sei Dank nicht sehr groß. Ich finde es dort irgendwie unheimlich.

Der Waggon war leer. Die Leute aus Geräusch haben jeden Abend eine Stunde, wo sie in einen kleinen Raum gehen und sich die Lunge aus dem Hals schreien können, und ich war genau mitten in dieser Stunde eingetroffen. Ich durfte aber trotzdem keinen Lärm machen, da die Wagen überall Mikrophone haben. Wenn jemand Lärm macht, geht irgendwo ein lautloser Alarm los. Dann kommen sie und werfen einen lautlos aus dem Zug. Dann muß man zu Fuß durch die stillen Straßen gehen – lautlos, versteht sich, was noch viel schlimmer ist.

Also saß ich still da, überlegte und versuchte mich zu beruhigen und zu erinnern, was Snedd mir über Status erzählt hatte.

Es war nicht viel. Das Viertel war von Anfang an verboten gewesen. Als man mit der Neuorganisation der City begonnen hatte, hatte Status einfach eine Mauer hochgezogen, sich auch gegen den Himmel verriegelt, alle Verbindungen mit der übrigen Welt abgebrochen und so getan, als würde diese gar nicht mehr existieren. Die erste Generation hatte natürlich noch von ihr gewußt, aber es war ihnen verboten, ihren Kindern davon zu erzählen. Das machte ihnen nichts aus, denn die erste Generation war ja deswegen in Status, weil sie es genau so wollte.

Mittlerweile waren die Gründerväter jedoch seit langem tot, und die sechste und siebte Generation hatte keine Ahnung mehr, daß es eine Außenwelt gab. Soweit sie wußten, war der ganze Planet mit Ausnahme des Bereichs, in dem sie lebten, in einem Atomkrieg zerstört worden. Sie konnten an die Mauer gehen und durch Fenster sehen, daß sich draußen eine leblose rote Ebene mit radioaktivem Sand befand. Die Fenster waren in Wirklichkeit natürlich Bildschirme, die von der Regierung installiert worden waren, damit alles beim Alten blieb.

Daher wollte die Regierung natürlich um jeden Preis vermeiden, daß jemand von außen eindrang. Damit wären hundert Jahre erwünschter Täuschung versaut worden. Die Täuschung ist erwünscht, da das Ganze überhaupt nichts mit Unterdrückung zu tun hat. Die Leute von Status werden nicht gegen ihren Willen dumm gehalten. Sie wissen es einfach nicht besser und wollen es auch nicht besser wissen.

Ein Pärchen stieg in den Zug ein und versuchte mich in ein Gespräch zu verwickeln, aber da meine Zeichensprache nicht sehr weit reicht, war die Kommunikation eher verkrampft. Sie waren offensichtlich zum Schreien gewesen und sahen noch ganz erregt und rot im Gesicht aus. Anscheinend wollten sie schnell nach Hause und sich wild, leidenschaftlich und stumm lieben. Nach einer Weile ließen sie mich in Ruhe, obwohl sie immer wieder auf mein Hemd zeigten und den Daumen nach oben hielten und breit grinsten. Ich habe nicht herausgefunden, was sie damit meinten.

Am Ausgangstor stand ich einen Augenblick lang ruhig da, machte mich bereit und spannte mich innerlich an. Geräusch ist ein seltsames Viertel, aber dort, wohin ich unterwegs war, war es noch weitaus seltsamer. Ich war unterwegs ins Katzen-Viertel.

Vor langer Zeit hat irgendein Exzentriker, der die Kontrolle über ein größtenteils ungenutztes Viertel gewonnen hatte, beschlossen, es Katzen zu überlassen. Das Viertel war ein einziges Chaos, verfallen und voller Trümmer und Abfälle. Er hat die wenigen Leute, die noch dort wohnten, vertrieben, eine Mauer um das Viertel gebaut und war gestorben, nachdem er unwiderruflich klargemacht hatte, daß hier von nun an nur noch Katzen leben durften.

Ha, ha, was für ein Idiot, hatten sich alle gesagt. Wir warten ein paar Jahre ab und ziehen dann wieder ein. Ein Katzen-Viertel, ha, ha!

Und dann kamen die Katzen. Aus der ganzen City, zunächst einzeln und dann in Scharen. Katzen, die keinen oder grausame Besitzer hatten, Katzen, um die sich niemand kümmerte oder die einfach etwas Neues erleben wollten. Zu Hunderten, dann zu Tausenden und schließlich zu Hunderttausenden zogen sie in das Viertel.

Ist ja'n Ding, sagten sich alle.

Nach einer Weile beschlossen ein paar Leute, das Viertel zu besuchen, und stellten zwei Dinge fest. Erstens: Wer keine Katzen mochte, wurde von ihnen nicht reingelassen. Sie ließen einen einfach nicht rein. Zweitens: Etwas sehr Seltsames ging dort vor sich. Die Trümmer und der Abfall waren verschwunden, die Gebäude waren gereinigt worden, das Gras in den Parks war geschnitten. Das ganze Viertel war makellos sauber.

Ist ja'n Ding, sagten sich alle mit leichtem Unbehagen.

Die Beleuchtung funktionierte und die Kanalisation auch. Leute, die in das Viertel kamen, um ihre Katzen zu besuchen, schliefen in Zimmern, die so sauber waren, als wäre gerade vor einer Minute der Zimmerservice dagewesen. In jedem Wohnblock gab es einen Laden an der Ecke, wo man Lebensmittel bekam, die immer frisch waren. Eine Katze sitzt dort auf dem Tresen und beobachtet einen. Man geht rein, sucht sich aus, was man braucht, und verschwindet wieder.

Niemand weiß, wie sie das machen. Im Viertel leben keine Menschen, nicht ein einziger. Ich weiß es, ich habe genau nachgesehen. Es gibt dort nur jede Menge Katzen. Manche leben dort das ganze Jahr, andere nur für ein paar Monate. Sie jagen irgendwas, wälzen sich in der Sonne, schlafen auf oder unter irgendwelchen Sachen und genießen das Leben. Und die Beleuchtung funktioniert, die Kanalisation auch, und alles ist makellos sauber.

Ich stieg die Stufen vom Eingang der Station hinunter und ging zum Haupttor. Ein riesiges, gußeisernes Ding, das sich auf unheimliche Weise von selbst öffnet, wenn man kommt, und sich leise hinter einem wieder schließt. Auf der anderen Seite liegt ein Weg, eine breite Pflasterstraße, die ins Zentrum des Viertels führt. Der Weg wird von altertümlichen Straßenlaternen gesäumt, die gelbes Licht verbreiten.

Das Katzen-Viertel ist ein absolut friedlicher Ort, vor allem bei Nacht, und ich war nicht in Eile, als ich langsam zwischen den hohen, alten Gebäuden hindurchging. Alles war still und ruhig und wirkte wie ein lebender Schnappschuß aus einer längst vergangenen Zeit. Für eine Weile war die Straße völlig leer. Dann sah ich in der Ferne eine helle Katze, die auf mich zugeschlendert kam. Wir kamen uns immer näher, und als wir nur noch ein paar Meter voneinander entfernt waren, setzte sich der Kater und rollte sich auf den Rücken, um sich den Bauch kraulen zu lassen.

»Hallo, Paillette«, sagte ich und hockte mich hin, um ihn ausgiebig zu streicheln. »Woher hast du gewußt, daß ich komme? Woher wißt ihr immer Bescheid?«

Am nächsten Morgen war ich um 7 Uhr in der Bahn, vom Kaffe aufgeputscht, müde, aber voll bei der Sache. Ich hatte meine Waffe dabei, ein paar Tricks auf Lager, aber sonst nichts.

Wir waren gegen Mitternacht in meine Wohnung zurückgekehrt, und Paillette hatte viel Spaß dabei, zwischen den umgestürzten Möbeln und dem sonstigen Krempel herumzustöbern, während ich die eingegangenen Nachrichten durchging. Die meisten stammten von den Kontaktleuten, die ich morgens angerufen hatte und die mir mitteilten, daß sie nichts gehört hatten. Es war auch ein Foto dabei, das den größten Teil des Gehirns von jemandem zeigte und von Ji und Snedd gefaxt worden war, die zweifellos völlig bedröhnt gewesen waren. Dann hatte ich mich mit Hilfe von viel Kaffee durch die Aufzeichnungen gearbeitet, die ich über Status hatte, und versucht, sie weniger auswendig zu lernen, als sie aufzunehmen und sie zu einem Teil von mir zu machen. Gegen drei Uhr mußte ich ins Bett.

Um halb zehn war ich auf der anderen Seite von Rot und stieg erleichtert aus dem Zug. Auf dem Rot-Abschnitt meiner Fahrt hatte es sechs Todesfälle gegeben, und die Prostituierten hatten alle Hände voll zu tun gehabt, in den möglichsten und unmöglichsten Positionen. Einer der Zuhälter wollte mir aus unerfindlichen Gründen Ärger machen, aber ich mußte ihm nur meine Waffe zeigen, die Jis Zeichen trägt. Damit hatte ich soviel Erfolg, daß er mir statt dessen eine kostenlose Nummer anbot. Die ich übrigens ablehnte, wie ich Ihnen noch sagen wollte.

Dieses Tor am Ende von Rot ist immer verlassen, denn das nächste Viertel ist leer, und es gibt für niemanden einen Grund, dort auszusteigen. Ich machte einen schnellen mentalen Check, um sicherzugehen, daß ich nichts vergessen hatte, und kletterte dann über die Absperrung.

Als ich meinen Kopf auf der anderen Seite heraussteckte, sah ich, daß die Sonne schien und daß heute ein recht schöner Tag werden würde. Die Leute aus Status würden das natürlich niemals erfahren. Sie sahen immer nur die ewig gleichen Wirbel radioaktiven Staubs. Ich trat auf den Metallbalkon hinaus und starrte über das Viertel auf die Mauer, die ich noch zu überwinden hatte.

Die Mauer um Status ist wirklich sehr hoch. Zwischen ihr und mir befand sich ein Netz aus metallenen Gehwegen und Brücken, die metallene Gebäude miteinander verbanden. Der Boden dieses kleinen Viertels steht vollständig unter Wasser, das an diesem Tag träge in der leichten Brise schwappte. Vor langer Zeit war das Royle-Viertel einmal sehr beliebt gewesen, eine richtig schmucke Stadt über dem Wasser. Leider begannen Rot, Status und Flip bald damit, ihren Abfall durch Rohre in den Mauern ihrer Viertel hinauszupumpen, und schon kurz darauf wurde die Gegend unbewohnbar und schließlich verlassen. In der nächsten Stunde mußte ich mich ganz besonders davor in acht nehmen, unter keinen Umständen ins Wasser zu fallen.

Wie in Hu sind die verlassenen Gebäude in Royle nur leere Hütten. Ich trat sehr vorsichtig auf, um keinen Lärm zu machen, der überall in der Umgebung zu hören gewesen wäre. Wenn man sich in Royle zu heftig bewegt, löst man damit Schwingungen aus, die sich durch das gesamte Viertel fortpflanzen und immer weiter aufschaukeln. Wenn die Vibration dann an den Ausgangspunkt zurückkommt, kann sie einen zehn Meter hoch in die Luft schleudern. Während ich mir einen Weg über die verrosteten Gehwege suchte, blickte ich gelegentlich zur weißen Mauer in der Ferne hinüber und versuchte mich innerlich vorzubereiten und wie jemand aus Status zu denken.

Als ich den Hauptplatz erreichte, den größten offenen

Platz des Viertels, war ich geistig so erschöpft, daß ich schon glaubte, es wäre leichter, sich als jemand aus Flip auszugeben. Dort glauben sie daran, daß jeder Mensch eine Seele hat, die wie eine Frisbee-Scheibe geformt ist, und versuchen deshalb ihr ganzes Leben lang, so hoch wie möglich zu springen, um den in Himmel zu kommen. Ich machte eine Zigarettenpause.

Royle muß seinerzeit eine beachtliche architektonische Leistung gewesen sein, denn der Hauptplatz beispielsweise besteht aus einer einzigen Stahlplatte, die eine Seitenlänge von fast einem halben Kilometer hat. Vor ein paar Jahren war ich schon mal hier gewesen, nur um es mir einmal anzusehen. Der Platz hatte sich nicht sehr verändert und war weniger rostanfällig als die Gehwege und Brücken.

Was ich gerne in verlassenen Vierteln mache, ist, die Augen zu schließen und zu versuchen, mir vorzustellen, wie es früher gewesen war, als es dort noch Leben gegeben hatte. Als ich mich setzte, versuchte ich mich in eine Zeit zurückzuversetzen, als Tausende von Leuten jeden Tag über den Hauptplatz gingen, als die Wohlhabenden und Kulturbewußten ins Opernhaus am anderen Ende strömten, als die metallenen Cafés und Geschäfte an der Seite vor Leben pulsierten, als das Viertel eine riesige Skulptur aus glänzendem Stahl über klarem Wasser gewesen war. Es muß echt stark gewesen sein, dachte ich, und jetzt war es nur ein seltsamer und fremdartiger Schrotthaufen über einer Jauchegrube.

Während ich dort so auf dem warmen Metall saß, gaben plötzlich zwei meiner Sinne gleichzeitig Alarm. Meine Hand registrierte eine kaum spürbare Vibration, und meine Augen nahmen eine winzige Bewegung am anderen Ende des Platzes wahr. Da die Sonne sich hell im Stahl spiegelte, konnte ich nicht viel mehr erkennen, aber es war klar, daß an diesem Morgen noch jemand außer mir auf Besichtigungstour war. Ich stand auf und stierte in die fragliche Richtung, während ich meine Augen beschattete, konnte aber immer noch nichts erkennen. Vielleicht hatte sich nur jemand aus Rot hierher verirrt, denn Royle wird gelegentlich von Leuten aufgesucht, die mit Ji oder seinesgleichen Ärger gehabt haben. Das war die wahrscheinlichste Erklärung. Es gab keinen Grund für mein seltsames Gefühl, als wäre ein empfindlicher Nerv berührt worden. Vielleicht nur ein Herumstreicher. Wie dem auch sei, es war Zeit, sich wieder auf den Weg zu machen.

Eine Viertelstunde später war ich nur noch zweihundert Meter von der dicken Mauer entfernt, die die halbe Million Einwohner von Status einsperrte. Ich begann mir sorgfältiger meinen Weg über die Verbindungsbrücken zu suchen, als ich mich dem Bereich näherte, von dem Snedd mir vor acht Jahren erzählt hatte. Kurz darauf entdeckte ich das auffällige Gebäude, das er erwähnt hatte, und hielt mich in seine Richtung. Einige Gehwege waren sehr wacklig und gefährlich, aber schließlich kam ich heil dort an.

Das Gebäude war aufgrund von Snedds Beschreibung sofort wiederzuerkennen. Es sah aus, als hätte ein kurz vor dem Wahnsinn stehender Architekt sich in den Kopf gesetzt, das verrückteste Gebäude aller Zeiten aus Metall zu gestalten, wobei das Resultat seine wildesten Träume übertroffen hatte. Seltsame kleine Türme und Vorsprünge standen in allen möglichen Winkeln heraus, von denen keiner dem anderen glich. Entweder hatte der Architekt kurz vor Arbeitsbeginn seinen Winkelmesser verloren oder ihn absichtlich weggeworfen und das Ganze völlig wahllos zusammengesetzt.

Auf der anderen Seite war ein schiefer Balkon, dessen Geländer ich zuerst mit der Hand prüfte, bevor ich mich vorsichtig darüber lehnte, um zu der Stelle hinunterzublicken, wo die Mauer im Wasser verschwand. Ich war noch etwa fünfzig Meter davon entfernt. Da unten herrschte ein ziemliches Durcheinander, nachdem sich dort viele Generationen abgebrochener Streben und verborgener Metallteile abgelagert hatten. Ich brauchte eine Weile, bis ich fand, wonach ich suchte.

Dann sah ich es: ein kleines Loch, etwa einen Meter über dem Wasserspiegel. Ich orientierte mich und ging die Gehwege hinunter, die zum Fuß der Mauer führten.

Einer der Gründe, warum Ji und Snedd solch ein fulminantes Paar abgaben, ist der, daß sie sich nicht völlig gleichen. Beide sind grundsätzlich zwar äußerst gefährliche Psychopathen, das ist richtig, aber innerhalb dieses Rahmens gibt es viele Unterschiede, die sie zu einem Gegensatzpaar machen. Ji zieht es vor, alles direkt anzugehen, wohingegen Snedd meistens etwas länger nachdenkt und manchmal einen kleinen Umweg findet, auf dem er sein Ziel leichter erreicht. Ji zerstört alles, was ihm im Weg steht, doch Snedd fragt gelegentlich erst einmal nach, ob es vielleicht von selbst beiseite geht. Snedd hat außerdem ein Talent, Sachen herauszufinden, was sogar mich sehr zu beeindrucken vermag, und ich habe schließlich mein ganzes Leben damit verbracht. Die Tatsache, daß er nach acht Jahren jährlicher Countdowns immer noch am Leben war, war Beweis genug, denn meines Wissens war es sonst noch niemandem gelungen, eine DNS-Auflösung zu überleben. Snedd hatte es durch solche Informationsbruchstücke geschafft, in Status einzudringen, und ich mußte mich darauf verlassen, daß sie immer noch den Tatsachen entsprachen.

Er hatte entdeckt, daß der Wasserstand in Royle mit den Jahren gesunken war. Nicht viel, denn das Wasser war immer noch fast hundert Meter tief, aber gerade so viel, um eine der ältesten nach außen führenden Abwasserrohre freizulegen, die vor mehr als zwei Jahrhunderten von Status gebaut worden waren. Die Röhre war durch ein ganzes System aus mehreren Abflüssen ersetzt worden, die unter dem gegenwärtigen Wasserspiel lagen, aber niemals abgeschottet worden. Sie wurde von der Status-Polizei benutzt, um Zugang zur Außenseite der Mauer zu haben, wenn Reparaturarbeiten anstanden, und früher zur Verstoßung von Eindringlingen, nachdem ihre biologischen Zeitbomben scharf gemacht worden waren. Die Röhre wurde durch eine Gruppe aus drei mit Maschinengewehren bewaffneten Männern bewacht, aber für jemanden wie Snedd war das genauso, als hätte man einen roten Teppich ausgerollt und ein Neonschild mit der Aufschrift ›Willkommen!‹ aufgehängt. In jener Nacht vor acht Jahren kroch er in das Loch, machte die Wachen kalt und spazierte in das Viertel, um Spaß zu haben, wußte jedoch unglücklicherweise nichts von der Sperrstunde.

Als ich mich der Mauer näherte, sah der Eingang der Röhre schon etwas größer aus, aber es war immer noch sehr schwer, sie zu erreichen. Zwanzig Meter weiter ging ich an den Rand des Gehwegs, setzte mich auf die Kante und kletterte dann unter die Konstruktion. Die Außenwand von Status hält selbst Atomwaffen stand. Das war nicht immer so gewesen, und Snedd hatte die meisten seiner Informationen von einem Überlebenden der letzten Gruppe erhalten, die durch die Mauer hineingekommen war. Jetzt war sie undurchdringlich, daher rechnete ich nicht damit, daß die Status-Polizei ihre Zeit verschwendete und die unmittelbare Umgebung der Mauer sehr genau beobachtete. Aber man wußte ja nie, also hangelte ich mich den Rest meines Weges unter dem Gehweg entlang.

Ein paar Meter vor der Mauer war der Gehweg zu Ende, wo er vor langer Zeit von der Status-Regierung zerstört worden war. Im verwitterten Stein vor mir waren gerade noch die Umrisse eines ehemaligen großen Tors zu erkennen. Es war fest zugemauert, und sah irgendwie unheimlich aus. Ich hatte den Eindruck, als würde ich versuchen, in ein riesiges Mausoleum einzubrechen, ein Grabmal, das geschlossen worden war, obwohl die Leute im Innern noch lebten.

Die nächste Aktion würde etwas schwieriger werden, wie ich feststellte, als ich mich vorsichtig unter dem Gehweg weiterhangelte. Es würde sogar eine äußerst waghalsige Aktion werden. Ohne mich von etwas abstoßen zu können, mußte ich genügend Schwung entwickeln, um fast zwei Meter Wasser zu überspringen. Dann mußte immer noch genug Schwung übrig sein, um mir die Zeit zu geben, mich auf der anderen Seite irgendwo festzuhalten. Während ich meine Muskeln an- und entspannte, um mich zu lockern, sah ich mir die Umgebung der Röhre an, um etwas zu finden, woran ich mich festhalten konnte, ohne daß es mich umbrachte.

Ich konnte nichts erkennen. Unter der Röhre lag eine

große Platte aus verrostetem Metall, vermutlich der Überrest einer Strebe oder eines sonstigen Bauteils. Die Platte war am oberen Rand verborgen und voller gefährlich scharfer Metallkanten. Wenn ich mich daran festzuhalten versuchte, würde ich einfach meine Figur verlieren, bevor ich drei Meter tiefer ins Wasser fiel. Dort konnte ich jede Hoffnung vergessen, jemals wieder nach oben zu gelangen. Die Röhre selbst hatte einen Durchmesser von knapp einem Meter. Ich schätzte meine Chance, mich genauso wie der verrückte Snedd in zusammengekauerter Haltung hineinzuschwingen, auf etwa annähernd Null ein.

Mist, dachte ich, während meine Arme zu schmerzen begannen. Mist!

Ich hätte vielleicht noch den ganzen Tag, zumindest aber so lange, wie meine Arme durchgehalten hätten, dort gehangen, wenn mir nicht plötzlich ein dringender Anreiz gegeben worden wäre, mich schleunigst zu bewegen. Vor meinem Bauch spürte ich einen Luftzug, und einen Sekundenbruchteil später hörte ich das leise Zischen eines Schusses aus einem Engergiegewehr. Während ich mich hektisch umsah, passierte dasselbe noch mal.

Irgendein Idiot schoß auf mich!

Sehr beunruhigt über diese neue Entwicklung, begann ich angestrengt vor- und zurückzuschwingen, während ich gleichzeitig meinen Kopf verdrehte, um zu sehen, woher der Schuß kam. Ich konnte nichts erkennen, aber dreißig Sekunden später zerstreute ein jaulender Querschläger am Gehweg jede Hoffnung, daß es ein Zufall gewesen sein könnte.

Jemand schoß tatsächlich auf mich. Ich konnte es nicht fassen. Laßt mich noch einen Augenblick in Ruhe, dachte ich. Hatte ich nicht schon genug Probleme?

Die Status-Polizei mußte jemanden postiert haben, um das Schlupfloch von draußen zu bewachen. Vermutlich war er es gewesen, den ich auf dem Hauptplatz gesehen hatte. Ich hörte auf, meinen Kopf zu verdrehen, und hielt ihn hinter einem Arm in Deckung, während ich immer schneller schaukelte. Als ich gerade zurückschwang, sauste ein weiteres Energiegeschoß durch die Luft, wo kurz zuvor noch mein Bauch gewesen war, und ich beschloß, daß ich so schnell wie möglich meinen Aufenthaltsort wechseln mußte.

Als hinter mir der nächste Schuß vorbeizischte, wurde mir klar, daß ich mich beeilen mußte, denn die Schüsse waren immer besser gezielt. Als ich nach vorne schwang, zog ich die Handgelenke und Arme an. Als ich den höchsten Punkt erreichte, streckte ich meine Arme mit aller Kraft, bis ich nach vorne schoß, und ließ los.

Ich muß sagen, daß ich es fast vermasselt hätte. Ich hatte mich so sehr darauf konzentriert, mich möglichst kraftvoll abzustoßen, daß meine Beine viel zuviel Schwung hatten. Für einen furchtbaren Augenblick lang sah es so aus, als würde ich mit dem Rücken zuerst gegen die Mauer klatschen und mir kurz darauf den Schädel zertrümmern. Ich knickte meine Beine nach hinten und warf die Arme nach vorn, so daß ich fast aufrecht flog, als ich knapp neben der Röhre gegen die Mauer prallte. Im Fallen suchte ich mit den Händen nach einem Halt, bis meine Rechte den Rand der Röhre zu fassen bekam. Ich riß die Linke herum, und für einen Augenblick rutschten meine Finger das alte Mauerwerk hinunter, aber dann konnte ich mich festhalten.

Der nächste Schuß fuhr knapp neben meinem Kopf in den Stein. Heiliger Strohsack, dachte ich wütend, warum verbindet ihr mir nicht die Augen und steckt auch noch meine Kleidung in Brand? Verzweifelt, aber vorsichtig, damit ich nicht abrutschte, zog ich mich auf die Röhre. Meine rechte Hand war weit genug oben, um eine flache Furche zu fassen zu kriegen, als wieder ein Schuß in die Mauer einschlug, diesmal noch etwas näher.

Scheibenkleister, dachte ich, und zog mich einfach hoch. Dannn war ich mit einer überraschend eleganten Bewegung über die Kante und in der Röhre, so daß ich gerade noch rechtzeitig sah, wie das größte Stück aus der Mauer verschwand, wo noch Sekunden zuvor meine Lungen gewesen waren. Ich hastete ein paar Meter in den Tunnel hinein, bis ich in Sicherheit war, und ließ mich dann keuchend auf den

Boden fallen. Die Dinge, stellte ich fest, hatte sich von beschissen bis zu verdammt beschissen entwickelt. Draußen war nichts mehr von Schüssen zu hören, aber der Wächter funkte mit Sicherheit gerade seinen Kollegen im Innern zu, daß ein Eindringling durch die Röhre kommen würde.

Ich bin – verglichen mit den Maßstäben der meisten anderen Menschen – wirklich hart im Nehmen, aber ich bin nicht Snedd. Wenn sie wußten, daß ich kam, würden drei Wächter mit Maschinengewehren für mich ein ernsthaftes Problem darstellen. Leider hatte ich überhaupt keine Alternative. Ich konnte nicht mehr zurück, weil dort der Wächter auf mich warten würde, den Blick unverwandt auf die Röhre gerichtet. Selbst wenn ich plötzlich und ohne Vorwarnung hinausstürmte, würde er mich erwischen, sobald ich ins Wasser fiel, und ich wollte nicht sterben, indem ich von Schüssen durchlöchert in einen See voller Scheiße fiel. Das kam mir irgendwie würdelos vor.

Es hatte keinen Sinn, mit angeschlagener Waffe den Tunnel hineinzustürmen. Ein Streufeuer aus Energie würde mich in Hälften, Viertel und Achtel zersäbeln, bevor ich auch nur in die Nähe der Wächter gekommen wäre. Etwa fünf Meter weiter machte die Röhre eine Biegung, und das erschien mir als mein einziger Hoffnungsschimmer. Wenn ich hier abwartete und sie vielleicht irgendwann zu mir reinkrochen, gab es eine winzig kleine Chance, daß ich einen oder mehrere von ihnen zuerst erwischte. Meine Situation würde dann immer noch sehr schlimm sein, aber ich wäre wenigstens nicht tot. Vielleicht schon bald darauf, aber wenn man nur noch ein paar Minuten zu leben hat, kommt einem jede Sekunde wie etwas unglaublich Wertvolles vor. Ich kauerte mich zusammen und wartete mit schußbereiter Waffe ab.

Auf eine spontane Eingebung hin zerrte ich mein tragbares Videophon aus der Jacke und rief meine Wohnung an. Ich sagte dem Kühlschrank, daß Paillette regelmäßig gefüttert werden mußte. Er sollte im Laden Bescheid sagen, wenn ihm das Katzenfutter ausging. Ich glaube, er hat gemerkt, daß ich in ernsthaften Schwierigkeiten steckte, denn er verzichtete auf sein übliches Geschwätz und wünschte mir viel Glück. Vom anderen Ende der Röhre kam immer noch kein Geräusch, so daß ich schnell Zendas Büro anrief. Royn meldete sich.

»Oh, hallo, Stark! Hey, du bist ja in einem Tunnel!«

»Ja. Ist Zenda zu sprechen?«

»O Gott, auf keinen Fall, Stark. Sie ist für die nächsten siebenundzwanzig Stunden auf einer Sitzung. Soll ich was ausrichten?«

Ich dachte eine Weile nach. Aber mir fiel nichts ein, jedenfalls nichts Angemessenes.

»Sag ihr nur Bescheid, daß ich angerufen habe. Nein. Sag ihr, ich hätte gesagt: Denk an den Wasserfall.«

»Klar doch. Denk an den Wasserfall. Wird gemacht.«

»Danke, Royn.«

Ich hörte ein Geräusch von vorne und brach die Verbindung ab. Ich drückte mich, so dicht ich konnte, gegen die Wand. Jeder Schuß war entscheidend, also stützte ich meinen Arm ab und hielt meinen Körper so ruhig wie möglich. Ich wußte, daß ich auf den Tod wartete.

Nach allem, was ich getan und gesehen hatte, nach all den Reisen, die ich unternommen hatte, würde ich in einer uralten Abwasserröhre bei der Ausführung eines völlig unwichtigen Auftrags enden. Und ich stellte fest, daß mir das sehr naheging. Vor ein paar Jahren wäre mir das noch nicht passiert. Etwas hatte sich in letzter Zeit in mir verändert und sich unter der Oberfläche geregt. Ich hatte mich schlechter gefühlt, war aber auch besorgter geworden. Ich hatte das sichere Gefüh verspürt, daß etwas geschehen würde, aber ich wußte nicht, was. Jetzt sah es so aus, als würde ich es niemals herausfinden.

Dann wiederholte sich das Geräusch. Es war sehr schwach, aber ich glaubte, daß ich es wiedererkannt hatte. Mein Arm zitterte leicht. Ich öffnete den Mund ein wenig, damit das Geräusch auch unter die Eustachische Röhre an meine Trommelfelle gelangte, und konzentrierte jeden Nerv darauf. Es wiederholte sich erneut, und mein Mund öffnete sich ganz von selbst ein Stück weiter.

Es war Gelächter. Das Geräusch war eindeutig Gelächter.

Ich habe jede Menge Erfahrungen mit Macho-Typen gesammelt. In den letzten neun Jahren habe ich für, mit und gegen jede Art von Soldaten, Polizisten, Verrückten, Killern und Bandenmitgliedern gearbeitet. Ich habe viele Leute von der Sorte ›Schieß auf alles, was sich bewegt, und wenn es sich nicht bewegt, schieß so lange, bis es sich bewegt‹ getroffen. Wenn solche Typen auf der Jagd sind, wenn die Beute in Sicht ist und sie kurz davor stehen, sie in Stücke zu schießen, dann lachen einige von ihnen. Ein paar lachen nervös, wenn sie in letzter Minute begreifen, was für eine Ungeheuerlichkeit sie da begehen. Einige lachen herzhaft, stolz und siegesgewiß, und andere lachen mit dem dünnen Kichern des völlig übergeschnappten, wenn der kleine Teufel in ihnen zum Vorschein kommt, um seine Arbeit zu tun.

Doch keiner von ihnen hatte jemals mit dem anzüglichen Lachen aus voller Kehle gelacht, wie ich es jetzt als Echo im Tunnel hörte. Es war kein nettes Lachen, aber es war echt.

Die Schlußfolgerung war offenkundig, also überraschend, daß ich eine Weile damit verbrachte, sie von allen Seiten zu überprüfen. Menschen, die unterwegs sind, um jemanden zu töten, lachen nicht auf diese Weise. Mindestens einer von den Wachleuten lachte aber auf diese Weise. Also waren sie nicht unterwegs, um mich zu schnappen. Folglich wußten sie nicht, daß ich hier war.

Diese Logik mag Ihnen etwas dünn vorkommen, aber genau damit habe ich die letzten Jahre immer wieder mein Leben gerettet, und deshalb habe ich gelernt, darauf zu vertrauen. Ich erkannte, daß ich immer noch eine Chance hatte, zumindest für die unmittelbare Zukunft. Der Kerl, der auf mich geschossen hatte, war kein Wächter. Er konnte keiner sein, weil er sonst die anderen alarmiert hätte, die dann nicht so lachen würden. Wer war er also?

Er mußte zu der Gruppe gehören, die Alkland entführt hatte. Sonst gab es keinen Grund für ihn, einen Eindringling töten zu wollen. Die gerissenen Hunde hatten vorsichtshalber jemanden draußen postiert.

Diese Neuigkeit war sowohl gut als auch schlecht für mich, wie Ihnen sofort einleuchten dürfte. Sie war gut, weil ich auf der richtigen Spur war, und sie war nicht so gut, weil die Bande noch besser organisiert war, als ich gedacht hatte. Aber da dies auch bedeutete, daß ich nicht innerhalb der nächsten zwei Minuten sterben mußte, beschloß ich, daß es für mich unter dem Strich eine gute Neuigkeit war, absolute Spitzenklasse.

Es gelang mir nur mit Mühe, mich davon abzuhalten, auf der Stelle eine Party steigen zu lassen, und mich zusammenzureißen. Ich wußte meine Situation neu einzuschätzen. Zunächst stellte ich fest, daß alles fast wie nach Plan lief. Das war nicht gerade gut, aber ich konnte damit leben. Die Bande war ein Problem, mit dem ich mich sowieso beschäftigen mußte, wenn die Zeit reif war. Im Augenblick mußte ich einfach nur so weitermachen, wie ich es geplant hatte. Ich wußte, daß mein Plan nicht optimal war, aber ich war so erleichtert, daß mir plötzlich alles möglich schien. Also begann ich leise die Röhre weiterzukriechen. Vorsichtig überwand ich die erste Biegung und sah, daß da noch mindestens eine weitere war. Ein schwacher Lichtschein drang in den Tunnel, der vorne immer weiter wurde, und ich vernahm noch mehr Gelächter. Ich erreichte die letzte Biegung und floß wie ein geölter Schatten oder etwas ähnlich Leises um sie herum.

Etwa zwanzig Meter von mir befand sich ein großer klobiger Schreibtisch aus dunklem Holz. Ein Wächter saß mit dem Rücken zu mir davor, und ein zweiter lümmelte sich auf der anderen Seite auf einem Stuhl.

Es waren nur zwei Wachen. Damit nicht genug, achteten sie überhaupt nicht auf den Zugang zum Tunnel, sondern tranken aus Plastikbechern und tauschten Geschichten über unwahrscheinliche sexuelle Leistungen aus.

Das hier waren keine gedrillten und kampfbereiten Elitetruppen, sondern nur zwei Polizeibeamte, gelangweilt, aber zufrieden mit ihrem Schicksal, die Kaffee tranken und sich gutgelaunt etwas vorspannen, von dem sie wußten, daß der andere es nicht glauben würde. Die Waffen auf dem Tisch waren keine Maschinengewehre, sondern lediglich zwei altertümliche Pistolen. Vielleicht war Snedd der letzte

Außenweltler gewesen, der einzudringen versucht hatte, so daß die Sicherheit nach acht Jahren laxer gehandhabt wurde.

Ich durfte auf keinen Fall riskieren, daß der Lärm von Schüssen durch den Tunnel hallte, daher faßte ich einen anderen Plan. Ich kroch zentimeterweise vorwärts, bis ich ungefähr noch zehn Meter entfernt war, und hielt an. Der Tunnel wurde allmählich zu hell, so daß ich mich nicht weiter vorwagte. Ich tastete nach dem Gerät in meiner Jackentasche, machte mich bereit, sprang auf und sprintete los.

Ich kam bis auf wenige Meter heran, bevor der erste mich bemerkte, aber das war mehr als genug. Während sie aufstanden, sprang ich auf den Tisch und berechnete meine Landung so, daß ich die Waffen mit einem Fuß wegstoßen konnte. Dann wirbelte ich herum und trat die Lampe sehr heftig gegen die Wand. Sie zerbrach, so daß der Tunnel in tiefste Finsternis getaucht wurde. Dann sprang ich vom Tisch, und nach ein paar Metern warf ich das Gerät zurück in ihre Richtung. Es schlug gegen den Tisch und explodierte mit einem kaum hörbaren Krachen, worauf die beiden Wachen sofort zu niesen, husten und schniefen begannen.

Dann lief ich wie der Teufel. Während ich lautlos den Tunnel hinaufsprintete, horchte ich auf Geräusche, die auf eine Verfolgung hindeuteten, aber sie verloren sich bald in der Ferne. Gelegentlich hörte ich noch ein trockenes Husten, aber das war auch alles.

Das Gerät, das ich geworfen hatte, war eine Grippe-Bombe. Jeder, der sich bei der Explosion im Umkreis von zwei Metern aufhielt, wurde sofort von einem heftigen Grippe-Anfall gepackt. Laufende Nase, Kopfschmerzen, Hustenreiz, Gliederschmerzen und alles, was dazugehört. Nicht im geringsten lebensgefährlich, aber man will nur noch nach Hause, sich warm einwickeln und sich alte Filme ansehen, während man literweise heiße Zitrone mit Honig trinkt. Worauf man auf jeden Fall absolut keine Lust mehr hat, wäre zum Beispiel, einen dunklen Tunnel entlangzustürmen, um einen Verrückten zu verfolgen, der einen möglicherweise auch noch erschießen könnte.

Ich wußte, daß sie irgendwo hinter mir waren und pflichtbewußt den Tunnel entlangtrotteten, während sie abwechselnd über ihre Leiden jammerten, aber was mich betraf, spielten sie keine Rolle mehr.

Nach ein paar hundert Metern öffnete sich der Tunnel zu einem schwach erleuchteten Raum. Während ich hindurchflitzte, bemerkte ich einen Fahrstuhl in einer Ecke. Auf diese Weise kamen die Wächter offensichtlich nach unten, aber da er zweifellos in eine Polizeidienststelle führte, war er für mich indiskutabel. Daneben setzte sich der Tunnel in seinem ursprünglichen Umfang fort, und ich rannte weiter, weil ich wußte, daß mir nicht viel Zeit blieb.

Nach einem halben Kilometer kam ich an eine Kreuzung. Indem ich Snedds Angaben folgte, nahm ich die linke Abzweigung. Die Steigung der Röhre wurde geringer, und ich vermutete, daß ich jetzt nur noch wenige Meter unter dem Straßenniveau war. Ich lief an der ersten Leiter vorbei, ebenso an der zweiten, aber als ich die dritte erreichte, sprang ich hoch und kletterte leise hinauf. Über mir war ein Schachtdeckel, und ich machte eine kurze Pause, um alles über das Zentrum, über Rot, über Geräusch und Techno zu vergessen und nur noch in den Bahnen von Status, Status, Status zu denken.

Die Welt ist so klein, dachte ich, und ich mag es so. Ich bin sehr glücklich und zufrieden, hier zu sein, weil draußen vor der Mauer nur lebensfeindliche Wüste ist. Ich weiß es, denn ich habe es gesehen, davon gehört und in der Schule alles darüber gelernt. Wir haben versucht, uns auszubreiten, und sind dabei weiter gegangen, als wir eigentlich gedurft hätten, und das haben wir nun davon. Das Ganze war eine einzige Katastrophe. Nein, ich bin hier wirklich glücklich. Ach, sieh mal an, es ist schon elf Uhr! Ich sollte schleunigst zu Bett gehen.

Dann stieß ich den Deckel hoch, schob ihn zur Seite und sprang hinaus auf die Straße.

5. KAPITEL

»Und zum Schluß noch einmal eine Zusammenfassung der wichtigsten Punkte. Die Inflationsrate ist auch in diesem Monat wieder gefallen, und zwar auf 4,5 Prozent.

Colette Willis, die Goldmedaillengewinnerin der Status-Meisterschaften hat zum vierten Mal den Rekord über 100 Meter Brustschwimmen gebrochen.

Wissenschaftler des Grundlagen-Instituts sind sich einig, daß die Schätzungen betreffs der Außenwelt-Verseuchung höchstwahrscheinlich nach oben korrigiert werden müssen. Jetzt rechnet man damit, daß die Radioaktivität außerhalb von Status zumindest noch zweihundert Jahre lang tödlich bleiben wird.

Das Wetter heiter mit leichtem Regen von 9 Uhr bis 10 Uhr 05.

Damit verabschieden wir uns von Ihnen. Im Anschluß sehen Sie gleich eine weitere Folge mit Gerald, der sprechenden Ente. Guten Abend.«

Eine Stunde später saß ich lässig in einem Café etwa einen Kilometer von meinem Ausstiegsschacht entfernt, trank einen ganz passablen Kaffee, rauchte entspannt eine Zigarette und las die Zeitung. Status-Wissenschaftler hatten neue Untersuchungen durchgeführt, las ich, und waren jetzt bedauerlicherweise der Ansicht, daß es noch mindestens dreihundert Jahre dauern würde, bis sich die Außenwelt wieder ohne Risiko betreten ließ. Dieser Bericht stand auf Seite sechs. Gute Nachrichten über die Wirtschaft standen auf der Titelseite, Sport auf den Seiten zwei bis drei, und eine Ente, die sprechen konnte, nahm den meisten Platz auf Seite vier ein. Irgendwann mußte ich mich wohl um meinen Auftrag kümmern, aber im Augenblick war ich der Meinung, daß ich mir einen Kaffee verdient hatte. Es war immerhin schon zwölf Uhr, und ich hatte nichts mehr getrunken, seit ich meine Wohnung verlassen hatte. Ich war reingekommen, ich war am Leben, und alles lief wie am Schnürchen.

Okay, ich gebe ja zu, daß ich im Tunnel ziemliches Glück gehabt habe. Drei Typen mit Maschinengewehren hätten mir wesentlich größere Schwierigkeiten bereitet. Der ursprüngliche Plan, falls es Sie interessiert, hatte darin bestanden, die Grippe-Bombe gegen die Lampe zu werfen, damit es dunkel wurde, und dann loszurennen.

Es wäre etwas waghalsig gewesen, gebe ich zu, aber so ist das nun mal. Was soll ich sagen? Ich habe Schwein gehabt, wollen Sie mir das verübeln? Lassen Sie mich jetzt bloß in Ruhe!

In der Nebenstraße, wo ich aus dem Tunnel gekommen war, haten sich nur drei Leute aufgehalten, ein alter Mann mit einem Hund und eine junge Hausfrau, die ein Baby in einem Kinderwagen herumschob. Zuerst hatten sie mich etwas überrascht angesehen, aber für diesen Fall hatte ich einen Plan.

»Prima«, sagte ich und klopfte mir die Hände ab, *»darüber* müssen Sie sich jetzt keine Sorgen mehr machen!«

Sie hatten natürlich keine Ahnung, wovon ich redete, aber es klang so beruhigend, daß sie die Sache sofort vergaßen und wieder zur Tagesordnung übergingen. Ich lief zielstrebig die Straße entlang, mit erhobenem Kopf und in ruhiger Gewißheit, daß hier drinnen alles in Ordnung war, während sich draußen nur radioaktive Wüste ausbreitete. Ich ging um die Ecke und kam in eine belebte Geschäftsstraße, wo ich meine Schritte zu einem scheinbaren Schlendern verlangsamte. Ich sah mir die Schaufenster an und nahm die Umgebung in mich auf. Ich sage ›scheinbar‹, weil ich, obwohl ich versuchte, wie einer der samstagnachmittäglichen Passanten auszusehen, in Wirklichkeit darauf bedacht war, daß ich eine größere Entfernung zwischen mich und die Mauer brachte.

Status war eigentlich ganz nett, mußte ich feststellen. Das Dach des Viertels war so hoch, daß es genug Atmosphäre und Dunst abgab, um die Tatsache teilweise zu verschleiern, daß es überhaupt ein Dach gab. Die breiten Straßen waren zu beiden Seiten mit Bäumen gesäumt, und immer wieder kamen kleine Parks. Niemand hatte ein tragbares Telefon bei sich oder versuchte andere Leute mit seinem Wissen über die Theorie der Personal-Motivation zu beeindrucken. Niemand benutzte eine Prostituierte oder schaffte beiläufig eine Leiche weg. Die Leute lagen nur auf dem Gras herum oder führten ihre Hunde spazieren.

Die Waren in den Schaufenstern waren allesamt sehr altertümlich, hatten aber ein nettes Design. Das Viertel wirkte wie eine Zeitkapsel, ein lebendes Museum. In der City gibt es zwar auch anderswo ältere Orte, aber nirgendwo wird das Leben noch so wie früher gelebt. Man sieht dort nur Bruchstücke, aber niemals das ganze Bild, was mich sehr nostalgisch stimmte. Komische fünfrädrige Autos schoben sich langsam durch die überfüllten Straßen, und die Telefonzellen waren so konstruiert, daß man seinen Gesprächspartner auf keinen Fall zu Gesicht bekam.

Mir war nicht klar gewesen, wie seltsam Status auf mich wirken würde. Die Leute hier kannten es nicht anders. Es gab hier noch richtige Stadtviertel, so wie früher, und kleine Häuser mit Auffahrten und Gärten. Sie hatten noch zweidimensionale Fernsehen, lebten noch in Familien zusammen und wußten, wo ihre Großeltern wohnten. Diese Leute wußten nichts von den Planeten oder den Sternen, sie interessierten sich nur für ihre Jobs, ihre Freunde und ihr Leben.

Es war keineswegs ein vollkommenes Idyll, wie sich zeigte, als sich zwei Männer um einen Parkplatz stritten, aber da keiner von beiden eine Waffe hatte, hätte es wesentlich schlimmer ausgehen können. Die Straßen waren weder künstlich saubergehalten wie in Farben noch knietief mit Müll und Leichen übersät wie in Rot, sondern einfach nur richtige Straßen. Hier gab es keine Alternativen, keine völlig unterschiedlichen Lebensweisen. Alles war so, wie es eben war, und es konnte gar nicht anders sein. Das hier war ihr Zuhause.

Niemand sah mich merkwürdig an, womit ich zwar gerechnet hatte, was aber trotzdem beruhigend war. Die Polizei konnte natürlich nicht bekanntgeben, daß sie nach einem Eindringling aus der Außenwelt suchte, aber sie konnte mein Bild über das Fernsehen und die Zeitungen verbreiten und mich anschuldigen, ich hätte irgendein abscheuliches Verbrechen begangen, das das Blut der Leute von Status zum Kochen brachte.

Um das zu tun, mußten sie jedoch erst einmal wissen, wer ich war. Die einzigen Menschen der Außenwelt, die von meinem Hiersein wußten, waren die Leute aus dem Zentrum sowie Ji und Snedd. Die Status-Regierung konnte von der Existenz der letzteren beiden nichts wissen, und die ersteren würden nicht mal unter Folterqualen zugeben, daß sie von meiner Existenz wußten, falls sie jemals gefragt werden sollten. Die Wächter im Tunnel dürften kaum mehr erkannt haben, als daß ich ein Mann war, der möglicherweise einen Anzug trug. Die einzigen Menschen, die mich eventuell verpfeifen konnten, waren die Leute, die Alkland hier in Status festhielten. Aber da sie ebenfalls Eindringlinge waren, verfügten sie über einen sehr eingeschränkten Handlungsspielraum, selbst wenn sie gewußt hätten, wer ich war. Alles in allem sah es also recht gut für mich aus.

Bis jetzt.

Während ich darauf wartete, daß die lächelnde Kellnerin mir nachschenkte, ging ich meine wenig detaillierten Pläne für die nähere Zukunft durch. Meine wichtigste Aufgabe war natürlich, zunächst mal herauszukriegen, wo Alkland festgehalten wurde. Dann mußte ich die Bande beobachten und überlegen, wie ich ihn aus ihrer Gewalt befreien konnte, ohne daß wir beide dabei draufgingen. Dann mußte ich eine Methode finden, wie wir aus dem Viertel rauskamen, und zwar ebenfalls, ohne daß wir dabei draufgingen.

Heiliger Strohsack!

Ich beschloß, mich zunächst ganz auf das erste Problem zu konzentrieren, denn bevor ich das nicht gelöst hatte, konnte ich mich gar nicht erst mit den weiteren, viel deprimierenderen Problemen befassen.

Sehen Sie, das ist meine Arbeitsweise. Es hat überhaupt

keinen Zweck, gleich mit einem von A bis Z ausgefeilten Plan anzufangen, weil man weder die nötigen Informationen noch genug Zeit dafür hat, und was mich betrifft, habe ich auch gar keine Lust dazu.

Ich zog eine Karte des Viertels aus der Tasche, die ich mir kurz zuvor gekauft hatte, und breitete sie auf dem Tisch aus. Als ich das Gitternetz der Straßen und Stadtviertel vor mir sah, konnte ich mich schon etwas besser auf mein aktues Problem konzentrieren. Ich hatte keine Kontaktleute und keine Anhalspunkte, und mein Videophon hatte ich abgeschaltet, da ich das Risiko vermeiden wollte, daß meine Gespräche angepeilt wurden. Ich hatte nur diesen Stadtplan, den ich noch nicht kannte. Und irgendwo in diesem Gitter befand sich Alkland.

Es gab im großen und ganzen zwei Gedankengänge, die ich verfolgen konnte. Eine Gruppe von Außenweltlern wäre nicht in der Lage, sich ohne weiteres hier einzufügen. Sie hatten keine Vergangenheit, keine Jobs und keine Wohnungen. Also mußten sie sich irgendwo verkriechen, am besten in einer stark frequentierten Gegend, wo die Leute kamen und gingen, oder in einem Hotel, wo Fremde nicht besonders auffallen würden. Die Alternative bestand in der Annahme, daß die Gruppe aus Status selbst stammte, was mir a) extrem unwahrscheinlich erschien und mich b) wieder an meinen Ausgangspunkt zurückbrachte, daß sie sich in diesem Fall überall aufhalten konnten. Die erste Aufgabe, die vor mir lag, war eigentlich recht einfach, da ich sie schon oft, wenn auch unter leichteren Bedingungen, durchgeführt hatte. Ich mußte herausfinden, wo man sich in diesem Viertel verstecken konnte.

Innerhalb weniger Minuten hatte ich die Möglichkeiten auf zwei Gegenden eingeschränkt, was meine Stimmung schon etwas besserte. Ich mußte gar nicht jede einzelne Straße des Viertels abklappern. In Anbetracht der Tatsache, daß Status für Besucher von außen geschlossen war, bestand hier nicht der Bedarf an Hotels wie in anderen Vierteln. Alles, was es hier an Hotels gab, schien sich auf eine Gegend im Norden namens Muße zu konzentrieren. Nach den Informationen auf der Karte erhielt ich den Eindruck, daß man dort in Ermangelung größerer Reisemöglichkeiten einen ganzen Quadratkilometer in ein Freizeitviertel umgewandelt hatte, wo man offenbar hinging, wenn einem nach Urlaub war. Auf den Fotos sah es nicht sehr beeindruckend aus. Es war kaum mehr als ein künstlicher Strand an einem Fluß, aber ich schätzte, wenn es keine Alternative gab, war es wohl die optimale Lösung.

Die zweite Gegend, die ganz vielversprechend aussah, war eine kleine Enklave im Zentrum von Status, die sich ein paar Blocks weit beiderseits der Eisenbahnlinie erstreckte. Irgend etwas an der Anordnung der Gebäude, die an Lagerhäuser und Eisenbahnhallen angrenzten, verriet mir, daß es dieser Ort sein würde, an dem sich Obdachlose in Status aufhielten.

Ich trank schnell meinen Kaffee aus und machte mich in der Nachmittagssonne auf den Weg. Die Sonne war natürlich künstlich, aber dennoch angenehm. Ich brauchte etwa eine halbe Stunde, um die heruntergekommene Gegend des Viertels zu erreichen. Dort angekommen, stellte sich bei mir jedoch sofort der starke Verdacht ein, daß ich hier nicht fündig werden würde.

Irgendwie war es zu blutleer, zu dünn. Ich bin so was wie ein Kenner von heruntergekommenen Gegenden und kann sie sofort einschätzen. Dies war kein Ort, an dem man Waffen bunkerte oder einen Drogenhandel aufzog. Es war zu sauber, zu flach. Ich kann nicht genau beschreiben, was fehlte, ein Gefühl der Angst, der Möglichkeit oder so was. Es waren durchaus ein paar Obdachlose hier, und die Gegend würde meine erste Wahl sein, wenn ich einen Unterschlupf brauchte, aber es war nicht das, wonach ich suchte. Es hatte keine Atmosphäre, nicht den Hauch von Gemütlichkeit oder Geselligkeit. Es kam der Sache recht nahe, aber das war auch schon alles.

Für eine wirklich clevere Gang mochte dieser Ort natürlich genau das Richtige sein, ein Niemandsland, um das sich keiner so richtig kümmerte. Nicht so nett, daß man dort gerne wohnen würde, aber auch nicht so schlimm, daß die

Behörden dort ständig herumschnüffelten. Pflichtbewußt streifte ich noch ein paar Stunden zwischen verlassenen Gebäuden umher und befragte einige Penner, die jedoch nur meinen Verdacht bestätigten.

Hier gab es keine Gangs. Nach Aussagen der Obdachlosen gab es in ganz Status keine Gangs. Die Obdachlosen waren genauso wie überall, nur etwas ruhiger. Sie waren die logische Weiterentwicklung einer Tendenz, die ich bereits an allen anderen Status-Bewohnern bemerkt hatte. Es schien ein ziemlich friedfertiges Völkchen zu sein. Es dauerte eine Weile, bis sie verstanden, wovon ich überhaupt redete. Organisiertes Verbrechen war in Status kein Problem. Sie zogen alle an einem Strang.

Um fünf Uhr hatte ich genug. Hier waren sie nicht. Ich hatte zwar nicht jedes Gebäude untersucht, und es war natürlich möglich, daß sie tagsüber unterwegs waren, aber ich spürte es in den Knochen, daß dies nicht die richtige Stelle war. Damit blieben noch etwa fünf Hotels auf der anderen Seite der Stadt übrig. Alkland zu finden würde einfacher werden, als ich gedacht hatte.

Wenn es etwas gibt, das ich wirklich hasse, dann sind das Sachen, die einfacher funktionieren, als ich gedacht habe. Es ist ein ziemlich sicheres Anzeichen dafür, daß sich etwas sehr Unfreundliches langsam an mich heranschleicht.

Das ist nicht etwa Pessimismus. Das ist einfach nur so, wie es nun einmal ist. Sachen, die wie am Schnürchen laufen, erfüllen mich mit namenlosem Entsetzen, und ich begann schon darauf zu hoffen, möglichst bald auf einige Probleme zu stoßen.

Ich zog mich zum Essen um, was so aussah, daß ich mich in eine dunkle Ecke eines Parks am Rande von Muße stellte und den Dressman über mich hielt. Die Herumschnüffelei in verlassenen Gebäuden hatte mir Anzug und Mantel etwas verstaubt, so daß ich mich so nicht mehr in zivilisierter Gesellschaft zeigen konnte. Außerdem kann es niemals schaden, sein Outfit gelegentlich zu verändern, wenn man sich vor eventuellen Verfolgern in acht nehmen muß. Der Dressman war offensichtlich in minimalistischer Stimmung, denn er machte alles, was ich anhatte, pechschwarz mit Ausnahme zweier kleiner Quadrate auf den Kniescheiben, die er tiefrot färbte.

Mein Plan war sehr einfach. Nacheinander in die fünf Hotels gehen und abwarten. Ich hatte während des Tages genug Leute beobachtet, um ein Gefühl für sie zu kriegen. Ich traute mir zu, einen Außenweltler, wie ich einer war, relativ schnell zu erkennen. Es war unwahrscheinlich, daß sie auf und ab marschierten, ihre Granatwerfer schwenkten und verständnislos auf die Speisekarten starrten, und es war noch wesentlich unwahrscheinlicher, daß Alkland selbst irgendwo herumspazierte. Aber wenn ich keinen Erfolg mit meiner einfachen Methode hatte, mußte ich die Hotels nur etwas genauer unter die Lupe nehmen. Glauben Sie mir, daß hier war geradezu ein Spaziergang, verglichen mit einigen meiner früheren Suchaktionen. Ich sollte einmal eine bestimmte Ratte (das Nagetier) im Rot-Viertel aufspüren. Ich habe nicht nur sie gefunden, sondern auch ihren Liebhaber (ebenfalls ein Nagetier) und beide in einem durchgehenden Zug in weniger als vierundzwanzig Stunden zurück ins Schnüffel-Viertel gebracht. Erste Klasse, Raucherabteil. Alles wahr, bis auf das letztere.

Außerdem kam der Plan meinen persönlichen Bedürfnissen auf sehr nette Weise entgegen. Ich hatte Hunger und beabsichtigte, mich im ersten Hotel restaurantmäßig herumzutreiben. Ich verließ den Park und schlug die Richtung zur Promenade ein.

Das Muße-Viertel war irgendwie seltsam, fand ich. Ich meine, nicht so richtig seltsam, aber seltsam ruhig. Ich vermute, bei Freizeiteinrichtungen denke ich gerne an den anspruchsvollen Abschnitt von Mega-Markt oder an das ganze Yippie!-Viertel, wo die Besucher geradezu mit Vergnügungen überschüttet werden. ›Mein Gott!‹ plegen die Leute zu sagen, wenn sie einen Tag an diesen Orten verbracht haben, ›das ist genug Vergnügen. Mehr als genug. Ich will hier raus!‹

Muße hatte Hotels, einen Strand und einen Rummelplatz, und das war's auch schon. In der anbrechenden Dunkelheit sah es irgendwie trostlos aus, wie ein Viertel an der Küste außerhalb der Saison. Die Strandpromenade war fast menschenleer, nur einige Pärchen spazierten langsam auf und ab und wieder auf und ab.

Ich verbrachte einige Minuten damit, mich über das Geländer zu beugen und auf den Fluß hinunterzublicken. Vermutlich war er ursprünglich mal natürlich gewesen, aber mit den Jahren war das Ufer mit kleinen Buchten und Vorsprüngen versehen worden, die zu einladend aussahen, um simple Geographie sein zu können. Kleine Molen ragten in den Fluß hinaus, und es gab auch ein paar kleine Strandhütten, wo der Boden sandig war. Ich hätte dort noch ziemlich lange herumstehen und auf das Plätschern des Wassers lauschen können, aber ich hatte nur noch vier Stunden bis elf Uhr, so daß ich mich widerstrebend abwandte.

Das erste Hotel war das ›Reichshotel‹, das noch von ehemaliger großartiger Dekoration zeugte. Ich bereitete mich etwas vor, rekapitulierte noch mal, daß Status eine ganz tolle Sache war, improvisierte ein paar Gedanken, wie großartig es war, hier Urlaub zu machen, und spazierte hinein.

Die Lobby war menschenleer. Ich ging zum Tresen des Portiers hinüber, ließ die große Glocke klingeln und plante in allen Einzelheiten den Verlauf meines restlichen Lebens, bevor ein kleiner und verschrumpelter Mann angewackelt kam. Ich ließ mir von ihm sagen, wo das Restaurant war, und ging in die angegebene Richtung. Es war ebenfalls menschenleer, sah aber einigermaßen schick aus, so daß ich meine Bedenken mit einem Schulterzucken verscheuchte und mich selbsttätig an einen Tisch setzte, da niemand in der Nähe war.

Daran änderte sich eine ganze Weile lang nichts. Nach etwa fünfzehn Minunten kam offenbar rein zufällig ein schlankes, ganz in Schwarz gekleidetes Mädchen vorbei. Als sie sah, daß ich die Speisekarte in der Hand hielt, schien ihr die Idee zu kommen, bei der Gelegenheit vielleicht eine Bestellung aufzunehmen.

Trotz der trostlosen Stille fühlte ich mich gleich munterer und fragte sie, was sie mir empfehlen könnte. Sie zuckte die Schultern. Ich wartete, aber mehr kam nicht, so daß ich mich wieder der Speisekarte zuwandte und irgendein Hauptgericht herauspickte. Sie holte weder eine Notizblock oder sonstwas heraus, um es aufzuschreiben, und ich fragte mich bereits, ob sie in Wirklichkeit vielleicht eine Kunststudentin war, die bald das Interesse an diesem Spielchen verlieren würde. Doch dann fragte sie, ob ich etwas trinken wolle. Ich sagte ja und beschrieb ihr meinen Wunsch in einiger Ausführlichkeit. Auch das schrieb sie sich nicht auf. Sie ging einfach.

Ich setzte meine Lebensplanung fort, wo ich sie unterbrochen hatte. Ich liebäugelte mit verschiedenen Alternativkarrieren, versuchte mir vorzustellen, wie die Person beschaffen sein könnte, mit der ich für immer glücklich sein würde, entschied mich, wo wir lebten und für wie lange, welche Farben die Wände in jedem Zimmer unserer Wohnung hatten und welche Karrieren unsere Kinder wahrscheinlich durchmachen würden. Dann suchte ich mir eine andere Persönlichkeit mit einer ganz anderen Karriere heraus und plante auch dieses Leben von Anfang bis Ende durch.

Dann dachte ich an alle Leute, die ich kannte und plante ihr Leben mit noch größerer Genauigkeit durch. Besonders interessant war es, die Fellfärbung von Paillettes Ururenkeln vorherzusagen, wobei ich fünfzehn verschiedene Paarung-Permutationen berücksichtigte. Ich ging zweimal auf die Toilette, rauchte fast eine ganze Schachtel Zigaretten und faltete einen ziemlich realistischen Vogel aus meiner Papierserviette.

Dann tauchte endlich wie eine optische Täuschung die Kunststudentin wieder auf. Ich war ziemlich überrascht, daß sie inzwischen keineswegs grauhaarig geworden war oder gebückt ging. Also nahm ich an, es müßte ihre Urenkelin sein, die meine Bestelllung brachte und damit eine uralte und mystische Aufgabe vollendete, die durch die Generationen weitergegeben worden war. Sie kam herangewankt, knallte mir einen Teller und ein Glas mit etwas, das ich definitiv nicht bestellt hatte, auf den Tisch und verschwand wieder, ohne mir höflich einen guten Appetit gewünscht zu haben.

Ich starrte den Teller noch eine ganze Weile an, nachdem sie gegangen war, und überlegte mir, wie ich darauf angemessen reagieren sollte. Auf dem Teller lagen Dreiecke aus einer dunkelbrauenen Substanz, die sich teilweise überlappten. Darüber waren ein paar Strähnen aus einer grünen Substanz verstreut, die insgesamt ein Netzmuster ergaben. Dann war da auch noch eine kleine Pfütze mit etwas anderem. Alles zusammen, schätzte ich, hatte vielleicht ein Gesamtvolumen von etwas mehr als einem Kubikzoll.

Ich beugte mich noch einmal über den Teller und sah mir das Zeug darauf aus der Nähe an. Es hätte Walhirn sein können, aber auch Modellierton. Ohne Zugriff auf die Techniken der Gerichtsmedizin konnte ich es nicht unterscheiden. Insgesamt war es allem, was ich jemals als eßbar betrachtet hatte, so unähnlich, daß ich mich gezwungen sah, andere Möglichkeiten zu erwägen. Daß es vielleicht die neueste Collage der Kunststudentin war, oder der stilisierte Grundriß eines geplanten Einkaufszentrums, das man mir zur Begutachtung vorgesetzt hatte, während ich noch etwas auf das eigentliche Essen warten mußte. Schließlich kam ich zu dem Entschluß, den Versuch zu wagen, etwas davon zu essen, denn ich konnte es mir nicht leisten, noch mehr Zeit zu vergeuden. Ich schnitt einen Happen von dem dreieckigen Zeug ab und tunkte ihn in die Pfütze unbekannter Herkunft. Mit dem ersten Bissen wurden alle meine vorherigen Spekulationen gegenstandslos.

Es handelte sich definitiv um das Modell eines Einkaufszentrums.

Bedient schob ich den Teller weg und nahm einen Schluck von meinem Getränk. Ich wußte nicht, was es war, aber es war Alkohol darin, also beschloß ich, es bei einer weiteren Zigarette auszutrinken, bevor ich mich auf den Weg zum nächsten Hotel machte.

Als ich aufsah, bemerkte ich sofort, daß jemand anderer das Restaurant betreten, sich sechs Tische weiter gesetzt hatte und zuversichtlich die Speisekarte studierte. Eine Weile starrte ich ihn nur an, während die Glut meiner Zigarette immer näher zu meinen Fingern vorbrannte.

Es war Alkland.

Lassen Sie mich erklären, was ich mit der furchtbaren Bestie der Unerfreulichkeit meine, die ich vorhin erwähnte. Ich meine die, die sich langsam an mich heranschleicht und auf ihre Chance wartet.

Irgendwo gibt es einen kleinen Gott, dessen einzige Aufgabe darin besteht, mir ständig Ärger zu machen. Die furchtbare Bestie besucht mich nicht nur gelegentlich, da muß es eine ständige Busverbindung geben. Der Hauptgrund dafür sind die Jobs, die immer an mir hängenbleiben, weil niemand sonst damit klarkommt, aber eine Teilschuld trifft diesen kleinen verdammten Gott, der ständig ein Auge auf meine Ärgerskala hat und dem Zeiger ab und zu einen Schubs gibt. Ich habe den Verdacht, daß jemand am anderen Ende des Universums einen Pakt mit den verantwortlichen Typen geschlossen und seine Seele für ein sorgenfreies Leben verkauft hat. Die Sorgen müssen allerdings irgendwie aufgebraucht werden, damit sie sich nicht irgendwo ansammeln, wo es dann ziemlich unordentlich aussehen würde. Deshalb werden sie mir zugeschoben.

Und das wirklich Gemeine daran ist, daß ich immer eine gleich große Portion abbekomme. Manche Jobs sind von Anfang an beschissen, bleiben die ganze Zeit über beschissen und enden auf ebenso beschissene Weise. Andere jedoch laufen auf besorgniserregende Weise wie am Schnürchen, mit unwahrscheinlichen Zufällen und verblüffendem Glück, und das sind diejenigen, die ich wirklich hasse. Denn das bedeutet, daß man sich den Ärger für später aufhebt, daß sämtliche gefährlichen und unangenehmen Sorgen, die mir mit unausweichlicher Sicherheit bevorstehen, sich auf einem riesigen, blubbernden Haufen sammeln, der nur darauf wartet, daß ich im weiteren Verlauf hineinrenne.

Schließlich verbrannte ich mir die Finger an der Zigarette

und machte sie aus. Es stand völlig außer Frage, daß es Alkland war, der dort fünf Meter von mir entfernt saß. Ich mußte gar nicht den Info-Würfel in meiner Tasche konsultieren, um mir völlig sicher zu sein. Wie er dort saß und sich Zeit mit der Speisekarte ließ, war die perfekte Werbung für die Lebensechtheit von Holos aus dem Info-Würfel. Er sah etwas müde aus, und sein Anzug war leicht zerknittert, aber ansonsten war er ganz so, wie ich es erwartet hatte.

Ich nahm wieder Messer und Gabel auf und schob das Zeug auf meinem Teller herum, während ich mich unauffällig ihm Saal umsah. Der Aktionist war, vermutete ich, etwas angespannter, als er aussah, aber im Ganzen gab er sich rechtschaffen Mühe. Niemand hatte das Restaurant mit ihm betreten. Offenbar waren seine Entführer zuversichtlich, daß er keinen Fluchtversuch machen würde. Wohin sollte er auch fliehen?

Nach ein paar Minuten sah er stirnrunzelnd auf seine Armbanduhr – mit einer Verwirrung, wie sie nur ein Aktionist empfinden konnte, den man warten ließ. Dann wandte er sich wieder der Speisekarte zu und dachte zweifelos darüber nach, wie sie verbessert und zweckmäßiger gestaltet werden könnte. Ich war wirklich überrascht, wie gut angepaßt er war, wie gut er sich einfügte. Er sah fast so aus, als wäre er auf Urlaub, was für jemanden, der unter Zwang daran gehindert wurde, Millionen von Dingen zu erledigen, eine extrem hohe Beherrschung verlangte. Als die Kunststudentin schließlich wieder erschien und in Hörweite seines Tisches kam, blickte er auf und lächelte schwach.

»Hallo, meine Liebe! Wie geht es Ihnen heute abend?«

»Gut, danke, Mr. Alkland, und Ihnen?«

»Oh, gut, gut. Sehr entspannend hier, danke. Also. Gibt es heute abend etwas auf dieser schlecht entworfenen Speisekarte, das sich essen läßt?«

»Nein, eigentlich nicht. Der Chefkoch sagte zwar, seiner Meinung nach würde das Hühnchen à la Turc mit Erdbeerjoghurt und geschmorten Sonnenblumenkernen niemandem Schaden zufügen, aber er wirkte nicht sehr zuversichtlich.«

Ich war platt, total platt. Ich hatte mein Bestes gegeben, zur Kunststudentin charmant zu sein, was vermutlich charmanter ist, als Sie erwarten würden, und hatte nicht ein einziges Wort aus ihr rausbekommen. Das zeigte wieder mal, welche Vorteile es hat, wenn man wie ein harmloser Professor aussieht. Ich habe Ihnen noch gar nicht beschrieben, wie ich aussehe, nicht wahr? Erinnern Sie mich später noch einmal daran, dann werde ich es nachholen. So schlecht sehe ich gar nicht aus, aber irgendwie kompromißlos. Jedes Gesicht sagt etwas, und mit meinem ist es so, daß Ihnen zwar nicht gefallen dürfte, was es sagt, aber Sie würden sicherlich die Überzeugungskraft dahinter bewundern.

»Wie sieht es aus?« fragte Alkland zweifelnd. Die Kellnerin überlegte einen Augenblick.

»Seltsam.«

»Ich kann nicht sagen, daß mich das überrascht. Nun, ich denke, ich werde es wohl riskieren müssen.«

»Etwas zu trinken, Sir?«

»Ein Glas Wein wäre ganz nett. Haben Sie eine Ahnung, wie lange es etwa dauern könnte? Ist heute noch damit zu rechnen?«

»Also, er hat heute abend schon was gekocht, daher dürfte er etwas müde sein, aber ich werde versuchen, ihn anzutreiben, Sir.«

»Vielen Dank, meine Liebe«, strahlte Alkland liebenswürdig, reichte ihr seine Speisekarte und lehnte sich zurück, um sich geistesabwesend im Raum umzusehen.

Ich winkte die Kellnerin heran, als sie an mir vorbeiflitzte, und bat um die Rechnung. Dann zündete ich mir eine Zigarette an und machte mich auf eine lange Wartezeit gefaßt. Sie war allerdings schon wieder zurück, bevor ich zu Ende geraucht hatte, und das nicht nur mit meiner Rechnung, sondern auch mit einem Salat für Alkland! Himmel! Er hatte nicht mal einen bestellt, und jetzt hatte er schon nach wenigen Minuten etwas zu essen. Anscheinend haben manche Leute den Bogen raus und andere nicht.

Ich bezahlte und ging zurück in die Lobby, wo jetzt ein uniformierter Lakai stand und versuchte, beschäftigt auszusehen. Vielleicht war gerade keine Saison, vielleicht war es aber auch das am wenigsten beliebte Hotel im Muße-Viertel. Aber mit Sicherheit war es eine gute Wahl für eine Bande, um sich zu verkriechen. Ich gab mich als ›einer von seinen Leuten‹ aus und fragte nach Alklands Zimmernummer, worauf der Lakai sehr hilfsbereit war. Er erzählte mir zweimal, wie toll er es fand, endlich einmal etwas zu tun zu haben, und als ich ihn fragte, wo die Bar war, hat er mich praktisch auf Händen hingetragen.

Die nächsten zwei Stunden saß ich unauffällig in der Bar, blätterte ein paar Zeitschriften durch und behielt die Umgebung im Auge. Ich beschloß, bis zur Sperrstunde zu warten, bevor ich etwas unternahm. Die Bar war ein strategisch günstig gelegener Ort, um darauf zu achten, daß niemand, an dem ich interessiert war, das Hotel unbemerkt verließ. Ein paar Leute hatten sich in der Bar verteilt, und eine Handvoll kam auf dem Weg nach irgendwo hindurch, aber es war niemand dabei, der nicht wie jemand aus Status aussah. Entweder hatten sich die Entführer auf den Zimmern verkrochen, oder sie waren irgendwo in Status unterwegs. Ich überlegte, ob ich den Lakai in der Lobby nach einer Liste der eingetragenen Gäste fragen sollte, damit ich vielleicht zufällig einen der Namen wiedererkannte, beschloß jedoch, daß das zu verdächtig wäre. Kurz vor zehn kam Alkland an der Tür vorbei und ging zur Treppe, die zu den Zimmern führte, aber ich folgte ihm nicht. Ich wußte, wohin er ging.

Um halb elf war ich als noch einziger in der Bar. Einer nach dem anderen waren die Gäste mit unterdrücktem Gähnen abgezogen. Ich fragte mich, ob die Regierung etwas ins Wasser getan hatte. Rebellion und Aufwiegelung sind ja eher nächtliche Ideen, die nach Mitternacht bei schwarzem Kaffee und müden Augen ausgebrütet werden. Ich wette, daß all die Revolutionäre und Aktivisten früherer Zeiten viel weniger Stunk gemacht hätten, wenn sie immer spätestens um elf Uhr im Bett gelegen hätten.

Ich fühlte mich überhaupt nicht müde. Ich wart angespannt und unternehmungslustig. Wenn es in meiner Nähe einen Stimmungssensor geben hätte, wäre er explodiert und hätte dabei drei Blocks in Schutt und Asche gelegt. Aber ich zwang mich, ein paarmal zu gähnen und gelegentlich auf die Uhr zu sehen, nur für den Fall, daß mich jemand beobachtete. Um fünf vor elf wünschte ich dem Barkeeper, der schläfrig den Tresen wischte, unter massivem Gähnen eine gute Nacht und ging in die Lobby. Der Lakai war verschwunden, und sonst war niemand in Sicht. Ich sah mich schnell um und schlich durch den Haupteingang hinaus.

Sobald ich draußen war, sah ich, warum Snedd damals in Schwierigkeiten geraten war. Niemand, wirklich kein Mensch war unterwegs. Die Bewohner von Status hätten ihr Viertel mit Leuten teilen können, die stets nur nachts unterwegs waren, und keine Gruppe hätte jemals von der Existenz der anderen erfahren. Ich huschte um die Ecke des Hotels und arbeitete mich durch das Gestrüpp zur Rückseite vor, wobei ich mich dicht an die Wände hielt. Alkland wohte in Zimmer 301, das sich im dritten Stock in der rechten hinteren Ecke des Gebäudes befand. Um dem Risiko zu entgehen, in Stücke geschossen zu werden, bevor ich auch nur in seine Nähe kam, hatte ich den Plan, die Wand hinaufzuklettern und auf diese Weise in sein Zimmer zu gelangen. Wenn sie ihn allein im Hotel herumspazieren ließen, war es wahrscheinlich, daß viele Wachen in seiner Suite postiert waren. Hinter dem Hotel war eine schmale Gasse. Ich ging auf die andere Seite, um hochzusehen und abzuschätzen, wie schwierig die Kletterpartie werden würde.

Es sah gar nicht so schwierig aus. Es gab jede Menge Vorsprünge und dekorativen Krempel, aber mit den Saugnäpfen brauchte ich sie ohnehin nur im Notfall. Ich schlich mich leise an die Wand und bereitete mich auf meine nächste kühne Tat vor.

Die Saugnäpfe sind nicht einfach zu handhaben, weil man erst den Bogen raus haben muß, wie man im richtigen Moment die Saugkraft ein- und wieder ausschaltete, aber wenn man eine gerade Wand hochkraxeln muß, gibt es einfach nichts Besseres.

Ich kann damit ziemlich gut umgehen, und in wenigen anstrengenden Minuten war ich auf der Höhe des dritten

Stockwerks. Dann bewegte ich mich ein Stück seitwärts, bis ich mich an das Fenster von Zimmer 301 herangearbeitet hatte. Mit einem unguten Gefühl stellte ich fest, daß das Fenster ein wenig offen stand. Ich mußte es nicht einmal aufbrechen. Je länger mein unwahrscheinliches Glück anhielt, desto dicker würde es am Ende kommen.

Die Vorhänge waren zugezogen, was die Situation etwas komplizierte. Sie haben sicher mitbekommen, daß ich nicht im dritten Stock gewesen war, um mich in aller Ruhe umzusehen und zu vergewissern, wo die Zimmer genau lagen. Deshalb wäre es nicht schlecht gewesen, wenn ich jetzt irgendeine Bestätigung gehabt hätte, daß das hier wirklich das richtige Zimmer war. Ich vermutete jedoch argwöhnisch, daß die Dinge sich noch für eine Weile zu meinen Gunsten entwickeln würden.

Ich stellte mich auf den oberen Sims des Fensters zu Zimmer 201, nahm die Saugnäpfe von den Händen und wickelte sie ein. Das Fenster von 301 ließ sich problemlos ganz nach oben schieben. Dann hakte ich mich mit einem Ellbogen am Fensterrahmen ein und entfernte die Saugnäpfe von meinen Füßen. Dabei hoffte ich leise, daß nicht ausgerechnet jetzt ein Status-Polizist auf mich schießen würde. Meine Hoffnung erfüllte sich, so daß ich mich schnell und einigermaßen geschmeidig ins Zimmer hineinzog.

6. KAPITEL

Im nachhinein waren die nächsten fünf Minuten die einfachsten des gesamten Auftrags. Und es war das letzte Mal, daß ich noch dachte, alles wäre nur Routine, obwohl es sich eher um einen waghalsigen Job nach dem Motto ›Such den Mann und hol ihn raus!‹ handelte.

Ich weiß, ich habe immer noch nicht erklärt, was das eigentlich genau ist, was ich mache. Das Problem besteht darin, daß das gar nicht so einfach zu erklären ist, jedenfalls nicht die wirklich wichtigen Sachen. Die meiste Zeit sind es nur kleine Aufträge, bei denen ich etwas erledigen oder suchen soll. Es gibt viele Leute, die solche Sachen machen. Manchmal jedoch, wie Sie vielleicht bemerkt haben, wird von mir erwartet, daß ich etwas weiter gehe und stehle, vertusche oder jemanden töte. Es gibt nur wenige, die auch damit klarkommen.

Und manchmal ist es wieder etwas ganz anderes, das niemand sonst tun kann, und genau diese Jobs sind es, die sich so schwer erklären lassen. Es hat etwas mit mir zu tun und mit jemandem, der vor einiger Zeit gestorben ist. Aber hauptsächlich mit mir.

Worauf ich hinaus will, ist, daß in den nächsten Minuten nur wenig passierte. Ich trat lautlos in das Zimmer und sah, daß Alkland im Bett lag und schlief.

Meine unglaubliche Glückssträhne hielt immer noch an, denn niemand sonst hielt sich im Zimmer auf, nicht ein einziger wie auch immer gearteter Wächter. Ein kleiner Koffer lag auf dem Boden vor der Garderobe, was mich neugierig machte. Vermutlich waren die Koffer und sein Inhalt von Alklands Entführern zur Verfügung gestellt worden. Wer immer sie auch sein mochte, sie würden sich Mühe geben, ihn glücklich und zufrieden zu machen. Die Suite, falls es Sie interessiert, war geräumig und komfortabel, und obwohl einige der Sitzbezüge von zweifelhaftem Geschmack zeugten, würde ich sagen, daß man für sein Geld etwas einigermaßen Angemessenes geboten bekam.

Sobald ich mich vergewissert hatte, daß wirklich niemand in der Nähe war, der mich anfallen und mir die Stimmung verderben könnte, verschloß ich in die Zimmertür und legte den Riegel vor. Ich wickelte ein Stück des Mikrokabels ab, das ich bei mir hatte, und band es an einem Bein des Bettes fest, während ich die Trommel schon für später auf das Fensterbrett legte. Dann zog ich einen Stuhl neben das Bett und steckte mir eine Zigarette an.

Ich habe so was schon öfter gemacht, wissen Sie, und ich kann Ihnen sagen, daß es nur sehr wenige Methoden gibt, um jemanden leise zu wecken. Wenn man die Leute anstupst, machen sie Lärm. Auch dieser Blödsinn, ihnen ins Ohr zu flüstern, während man ihnen den Mund mit der Hand zuhält, funktioniert nicht, weil sie sich dann natürlich vor Angst in die Hose machen, wenn sie aufwachen. Manche veranstalten dann einen Höllenlärm und schlagen um sich. Ein Typ, den ich mal so aufwecken wollte, hat soviel Krach gemacht, daß mir nichts anderes übrigblieb, als ihn bewußtlos zu schlagen, worauf ich zweieinhalb Stunden warten mußte, bis er wieder zu sich kam. Dann machte er sogar noch mehr Krach, so daß ich ihn schließlich erneut außer Gefecht setzen und wegbringen mußte, was nicht gerade die ideale Lösung war. Die nach meiner Erfahrung beste Methode – auf die es übrigens kein Patent gibt, also tun Sie sich keinerlei Zwang an, wenn Sie sie benutzen wollen – besteht darin, sich neben das Bett zu setzen und zu rauchen.

Wenn man schläft, bleibt nämlich immer ein kleiner Teil des Gehirns wach und achtet mit halbem Auge darauf, daß alles in Ordnung ist, daß einem nicht die Füße abbrennen oder so. Wenn einem dann ein paar Rauchmoleküle in die Lunge geraten, bemerkt es das Gehirn zunächst gar nicht, bis es plötzlich denkt: ›Moment mal! Ich schlafe. Also rauche ich nicht. Heiliger Bimbam, ich bin sogar Nichtraucher! Hier stimmt was nicht!‹

Noch gibt es keinen Grund zur Panik, also weckt es ganz vorsichtig den Rest des Gehirns, um ihm die Möglichkeit zu geben, darauf zu reagieren, wenn es sein muß. Dann wacht man ganz langsam zu ungefähr fünfzig Prozent auf, checkt schläfrig die Lage und schläft wieder ein, wenn alles in Ordnung ist. Wenn man sich jedoch einem fremden Mann gegenübersieht, der ganz in Schwarz gekleidet ist, eine Waffe in der Hand hält und rauchend am Bett sitzt, wacht man sehr schnell und völlig leise auf. Glauben Sie mir, es funktioniert wirklich.

Während ich wartete, dachte ich nach. In den letzten paar Tagen hatte ich nur wenig Zeit gehabt, mich um die meisten Punkte auf meinem internen Memo zu kümmern. Ich hatte zwar die Batterien für den Gravitator gekauft, für dieses nutzlose Schrottding, aber ich hatte mir doch nicht überlegt, was es sein könnte, was das Zentrum hatte, wofür die Entführer solche Anstrengungen unternahmen. Das mußte man ihnen wirklich lassen: Nachdem sie es geschafft hatten, sich Alkland zu schnappen und sich hier zu verkriechen, gingen sie die Sache ziemlich locker an. Trotz der Tatsache, daß ich jetzt neben dem Bett saß, in dem der lag, den ich finden sollte, hatte ich immer noch nicht die leiseste Ahnung, was hier eigentlich gespielt wurde. Wenn ich uns beide heil hier heraus und glücklich ins Zentrum brachte, spielte das zwar keine große Rolle, aber ich weiß nun mal einfach gern über solche Sachen Bescheid.

Nach ein oder zwei Minuten begann Alkland sich im Schlaf zu bewegen. Ich unterbrach meine Überlegungen und wartete darauf, daß er wach wurde. Dann steckte ich die Waffe unter die Jacke, damit er sich nicht über zu viele Sachen auf einmal Gedanken machen mußte. Schließlich bemerkte ich, daß er gar nicht aufwachte, sondern träumte. Ich beugte mich vor, um sein Gesicht zu betrachten. Unter den Lidern bewegten sich seine Augäpfel schnell hin und her, sein Körper zuckte, und sein Kopf drehte sich von einer Seite zur anderen.

Plötzlich keuchte er im Schlaf und ruckte seinen Kopf herum. Auf seiner Stirn standen Sorgenfalten, und dann zuckte er deutlich zusammen, während sich sein Arm unter der Decke hochschob, um sein Gesicht zu bedecken. Als er sich wieder zurückzog, waren seine Augen fest zusammengekniffen, und sein Gesicht war starr vor Schrecken.

Als ich ihn so sah, lief es mir kalt den Rücken hinunter, als hätte man mir einen Eiswürfel in den Kragen gesteckt.

Ich kenne mich mit Alpträumen aus. Damit meine ich nicht nur, daß ich selbst welche habe, sondern daß ich mich wirklich damit auskenne. Während ich seine zuckenden Augäpfel und seine Gesichtsmuskeln beobachtete, konnte ich fast daran ablesen, was in ihm vor sich ging. Ich erkannte sofort, daß er nicht nur einen gewöhnlichen bösen Traum hatte, und das war genau der Punkt, an dem die Dinge eine ganz andere Wendung nahmen, obwohl es mir in diesem Augenblick noch nicht bewußt war.

Kurz darauf öffnete er die Augen und sah mich. Ich lächelte freundlich, wartete darauf, daß er zu hundert Prozent erwachte, und sprach ihn dann leise an.

»Es ist alles in Ordnung. Ich bin einer von den Guten, denke ich.«

Alkland blinzelte und stemmte sich umständlich auf den Ellbogen hoch.

»Was machen Sie hier?« murmelte er und rieb sich ein Auge.

»Ich bin gekommen, um Sie nach Hause zu bringen«, sagte ich leise. »Komen Sie! Zeit zum Aufstehen!«

Er hatte keine Chance, darauf zu reagieren, bevor die nächsten beiden Ereignisse eintraten. Das erste war, daß schwaches Licht unter der Tür hindurchdrang, was bedeutete, daß jemand auf dem Korridor das Licht eingeschaltet hatte. Ach du Scheiße, dachte ich, jetzt kommt die volle Ladung Ärger Nr. 1: Ein Mitglied der Bande wollte nach Alkland sehen und hatte sich genau die falsche Zeit dafür ausgesucht. Es war bislang der erste dumme Zufall, und ich wußte, daß er seit langem fällig war, aber warum ausgerechnet jetzt?«

»Kommen Sie!« zischte ich Alkland zu. »Ziehen Sie sich ganz leise an!«

Ich glitt vom Stuhl und schlich leise mit angeschlagener Waffe zur Tür hinüber. Dann trat das zweite Ereignis ein. Ich hörte Stimmen auf der Treppe, die immer näher kamen. Irgend etwas kam mir daran merkwürdig vor, aber ich konnte nicht sagen, was es war, bis ich das trockene Husten hörte, das unmittelbar darauf folgte.

»Wer kommt da?« flüsterte Alkland und sorgte für eine unbeabsichtigte Slapsick-Einlage, als er im Halbschlaf versuchte, in seine Hose zu steigen. Seine Haare standen in allen möglichen Richtungen ab, und sein Gesicht verlangte dringend nach seiner Brille.

»Die Polizei«, sagte ich.

Es mochten ja Polizisten mit Beamtenmentalität sein, die

bestimmt nicht bei bester Kondition waren, nach dem Schniefen und Niesen zu urteilen, das immer lauter wurde, während sie sich müde durch den Korridor schleppten. Aber sie waren nicht dumm. Vielleicht hatten sie sogar zuerst die Gegend an der Eisenbahn gecheckt, genauso wie ich, und sich dann auf den Weg nach Muße gemacht. Die Entführer hatten sich mit ziemlicher Sicherheit unter ihren richtigen Namen eingetragen, genauso wie Alkland. Niemand verdächtigte sie, und eine Lüge ist immer wesentlich schwieriger durchzuhalten als die Wahrheit. Die Polizei mußte Zugang zu einer Liste mit jedem Bewohner von Status haben. Also mußten sie sie nur mit der Gästeliste gegenchecken und auf eine Unregelmäßigkeit achten. Sie hatten festgestellt, daß der Gast namens Alkland ein Außenweltler sein mußte, und dachten nun, daß sie mich gefunden hatten. Und so war es natürlich auch, obwohl sie verdammtes Glück gehabt hatten.

Ich drückte mein Ohr gegen die Tür und trieb Alkland zur Eile an. Mittlerweile hatte er seine Brille aufgesetzt und schien schon etwas mehr beieinander zu sein, obwohl er sich immer noch mit einer Langsamkeit bewegte, die mich verrückt machte. Sobald die Bande auf die Polizei aufmerksam wurde, würde hier die Hölle los sein.

»Honig und Zitrone«, hörte ich eine heisere Stimme sagen, »Honig und Zitrone.«

»Ja«, erwiderte sein Kollege wehmütig und bekam dann einen längeren Hustenanfall.

»Alles klar?« schniefte der andere, als der Anfall zu einem Pfeifen abgeklungen war. »Das war bislang der Schlimmste, denke ich.«

»Ja. Aber ich sag' dir was: Zuerst werd' ich dem Kerl sämtliche Bazillen ins Gesicht niesen!«

»Ich bin fertig.« Alkland hatte das gesagt. Er stand neben dem Bett und sah einsam und verlassen aus. Ich hatte Mitleid mit ihm. Er wollte doch nur wieder ins Zentrum zurück, dort herumwieseln und die Grenzen der Aktivität unermüdlich erweitern. Doch nun war er hier in einem fremdem Viertel und wurde abwechselnd von seinen Entführern, der

Polizei und jemandem, den er noch nie zuvor gesehen hatte, herumgeschubst.

»Okay«, sagte ich und führte ihn zum Fenster. Ich nahm die Mikrokabeltrommel und warf sie hinaus, und dann holte ich meine Saugnäpfe hervor. »Geben Sie mir ihre Hände!«

Alkland hielt sie wie ein verunsichertes Kind hoch, und ich befestigte meine Fußsaugnäpfe an seinen Händen.

»Sie werden jetzt folgendes tun«, sagte ich schnell. »Sie lassen sich am Kabel runtergleiten. Sagen Sie nicht, daß Sie das nicht können, denn wir haben jetzt keine Zeit für Diskussionen. Glauben Sie mir, Sie werden es schaffen. Das Kabel trägt ihr Gewicht, Sie könnten daran ein Klavier hinunterlassen, wenn sie wollten. Die Saugnäpfe werden verhindern, daß Sie sich dabei die Hände verbrennen. Okay?«

Ich gab ihm keine Zeit für eine Antwort, sondern schob ihn auf das Fensterbrett. Er saß da und ließ seine Beine auf dem Fenster baumeln, während er zweifelnd nach unten sah.

»O Gott!« sagte er und nahm seine Brille ab. Ich drückte ihm das Kabel in die Hand.

»Festhalten«, sagte ich zu ihm, »und ziehen Sie die Beine an, wenn Sie den Boden erreichen.« Dann stieß ich ihn hinaus.

Sein leiser Aufschrei verhallte unter dem Fenster. Als ich auf das Fensterbrett stieg, klopfte es an der Tür. Schnell befestigte ich die Saugnäpfe an meinen Händen.

»Hallo?« sagte einer der Polizisten und nieste dann heftig. »Mr. Alkland, wir würden gerne mit Ihnen reden.«

»Ja«, sagte der andere, »aber vorher werden wir Sie anhusten.«

Draußen hörte ich einen dumpfen Aufprall. Während ich mich am Fensterrahmen festhielt, griff ich nach dem Kabel und zog es an. Die Kabeltrommel kam heraufgesurrt, und ich steckte sie in die Tasche, bevor ich eine Hand draußen gegen die Wand schlug. Ich schwang mich hinaus und hielt mich einen anstrengenden Moment lang nur mit einer Hand, während ich das Fenster hinter mir schloß. Schnell, denn anders geht es nicht, hangelte ich mich die Wand des Hotels hinunter, wobei ich mit den Füßen nach Hindernissen tastete.

Nach etwa zwanzig Sekunden stand ich neben Alkland in der Nebenstraße, und während ich uns die Saugnäpfe von den Händen riß, hörte ich ein leises Krachen und sah, wie das Licht in Zimmer 301 anging. Mit etwas Glück würde das Nichtvorhandensein eines möglichen Fluchtweges sie verwirren. Wir hatten noch etwas Zeit, von hier zu verschwinden.

Ich packte Alkland am Arm und schob ihn von hinten durch das Gestrüpp neben dem Hotel. Er stolperte einmal und stürzte beinahe, aber er entschuldigte sich, was mich sehr beeindruckte. Ich hatte einmal eine Frau zehn Kilometer weit durch den Sumpf getragen, und sie hatte sich die ganze Zeit über beschwert.

Als wir an die Vorderseite kamen, schlüpfte ich an ihm vorbei und überblickte schnell die Straße. Es war niemand zu sehen. Das Leben ist wie ein Videospiel: Wenn man ein neues Szenario betritt, muß man sich so schnell wie möglich bewegen, bevor sich die Situation verschlimmert. Während Alkland tapfer hinter mir hertrabte, lief ich über die Straße und warf einen Blick zurück zum Hotel. Die Polizisten zerbrachen sich vermutlich immer noch die Köpfe über einen leeren Raum, der von innen verschlossen war, und mit einem schweren Katarrh konnte das Minuten dauern. In einigen anderen Fenstern gingen jetzt nacheinander die Lichter an, aber im Augenblick standen die Dinge noch recht günstig. Solange die Polizei herumpolterte, mußte sich die Bande still verhalten. Was zunächst nach Ärger ausgesehen hatte, erwies sich nun als Glücksfall.

Ich machte einen Satz über das Geländer und landete auf dem Weg, der zum Strand hinunterführte. Alkland kletterte mir nach. Wir hielten uns dicht an der Mauer und stiegen hinab, bis wir Sand unter den Füßen spürten. Dann sah ich mich hektisch am Strand um, weil ich keine Ahnung mehr hatte, wie es jetzt weitergehen sollte.

Sehen Sie, das meine ich mit Plänen, die von A bis Z

durchdacht sind. Ich konnte nicht wissen, daß sich die Dinge auf diese Weise entwickeln würden, also hätte ich für diesen Fall auch niemals einen Plan ausarbeiten können. Man muß die Dinge einfach so nehmen, wie sie kommen, und sich der Situation anpassen.

Die Situation verhielt sich folgendermaßen: Die dringendste Notwendigkeit bestand nun darin, sich zu verstecken, und das war weder eine schlimme noch eine unmögliche Sache. Jedes der Strandhäuser hätte ein angemessenes Schlupfloch abgegeben. Sich zu verstecken ist zwar eine angenehme Vorstellung, aber keine sehr vorausschauende. Vielleicht ist Ihnen schon mal aufgefallen, daß sich die Leute in Filmen, wenn sie dem bösen Kerl entkommen wollen, aus einem unerfindlichen Grund immer irgendwo verstecken, wo sie nicht wieder rauskommen, sei es oben auf dem Dach eines Hauses oder unten im Keller. Das ist für fünf Minuten ein ganz nettes Gefühl, bis man merkt, daß man in einer Falle steckt, wie sie sich der Bösewicht nicht besser hätte ausdenken können. Außerdem sollten wir uns darauf konzentrieren, den Vorsprung zu unseren Verfolgern auszubauen, statt ihn dadurch zu verringern, daß wir in der Nähe blieben.

Während Alkland geduldig neben mir stand, schlug ich mir die Strandhäuser aus dem Kopf und dachte in eine andere Richtung. Was gab es hier noch? Sand. Klang nicht sehr vielversprechend. Ein paar mittelgroße Metallkanister, die aussahen, als wären sie einmal mit Grillflüssigkeit gefüllt gewesen. Nicht zu gebrauchen. Eine große Wasserfläche.

Ich winkte Alkland, mir zu folgen, und lief gebückt zum Wasser. Es floß relativ schnell.

»Können Sie schwimmen?« fragte ich ihn.

»Nein«, sagte er.

»Großartig.«

Soviel zu dieser Idee. Ich blickte zum Hotel zurück. Inzwischen brannten ziemlich viele Lichter, und ganz offensichtlich ging es auf den Korridoren lebhaft zu, obwohl es sich nur um Hotelpersonal zu handeln schien. Mein Hinterkopf warf einen kurzen, nebensächlichen Gedanken ein, über den ich mir später Sorgen machen konnte: Sobald die Polizei mit dem Personal geredet hatte, würde sie merken, daß Alkland, obgleich ein Außenweltler, kaum der Kerl gewesen sein konnte, der morgens über ihren Tisch gehüpft war. Die Regierung würde sich vielleicht damit zufriedengeben, einen einzelnen Eindringling von ein paar Polizisten verfolgen zu lassen, aber sobald ihnen klar wurde, daß es mindestens zwei waren, würde die Angelegenheit eine sehr bedenkliche Wendung nehmen.

Ich blickte wieder auf das Wasser und dachte angestrengt nach.

»Geben Sie sich größte Mühe, so unsichtbar wie möglich zu sein«, flüsterte ich, »und sehen Sie in diesen Hütten dort nach. Suchen Sie nach einem Schlauchboot oder so was Ähnlichem.«

Alkland trottete gehorsam hinüber und verschwand in der ersten Hütte. Ich lief zur zweiten Reihe und suchte dort. Es gab Tische, Stühle, Bücher und sonstigen Krempel, aber nichts, was auch nur entfernt an ein Schlauchboot erinnerte. Ich ging wieder ans Ufer, während ich unseren Vorsprung dahinschwinden spürte.

Dann machte es Gott sei Dank ›Klick!‹ in meinem Gehirn. Ich lief den Strand hinauf zum Weg zurück und holte mir zwei der Kanister. Sie waren beileibe nicht vollkommen, aber die Schraubverschlüsse waren noch dran, und sie mußten einfach genügen. Alkland hatte ebenfalls nichts Besseres gefunden, also sagte ich ihm, er solle noch zwei Kanister holen. Ich ging wieder in die nächstgelegene Hütte. Drinnen stand ein großer Holztisch, den ich durch die Tür bugsierte und zum Ufer trug. Dann nahm ich die Saugnäpfe aus der Tasche, stellte sie auf beidseitige Saugwirkung ein und klatschte sie in gleichgroßen Abständen auf die Tischplatte. Dann verteilte ich die vier Kanister auf die Saugnäpfe und drückte sie fest. Ich kippte den Tisch um und bedeutete Alkland, das andere Ende aufzuheben, woraufhin wir ihn zusammen ans Wasser trugen. Ich checkte noch mal, daß die

Verschlüsse der Kanister fest zugeschraubt waren, und stieß die Konstruktion aufs Wasser hinaus. Sie schwamm.

»Super«, sagte ich.

»Ich vermute«, murmelte Alkland mit einem besorgten Stirnrunzeln, »Sie beabsichtigen, daß wir uns auf dieses Dings da setzen, nicht wahr?«

»Ja, so in etwa hatte ich es mir vorgestellt.«

»Wird es nicht sinken?«

»Diese Frage«, tönte ich zuversichtlich, während ich ihn ins Wasser schob, »wird sich schon in nächster Zukunft selbst beantworten.«

Als Alkland das Wasser bis an die Hüften reichte, hielt ich das Floß fest, so daß er hinaufklettern konnte. Es tauchte ein Stück unter, aber die Tischplatte blieb einige Zentimeter über der Wasseroberfläche. Ich stieß das Floß weiter zur Flußmitte, bis mir das Wasser bis zur Brust reichte. Ich stützte meine Arme auf dem Ende ab, das Alkland am fernsten lag, stemmte mich hoch, schob meine Beine hinauf und den Rest meines Körpers darunter hindurch auf die Unterseite des Tisches.

»Waren Sie früher mal Turner?« fragte Alkland und starrte mich durch seine Brillengläser an.

»Nein, Musiker«, sagte ich und ruderte mit den Händen im Wasser, um das Boot noch weiter in die Flußmitte zu bringen. »Versuchen Sie mal, Verstärker durch die Gegend zu schleppen!«

Als wir in sicherer Entfernung vom Ufer waren, ließ ich das Floß weitertreiben, bis es von der Strömung mitgerissen wurde. Inzwischen waren wir schon etwa fünfzig Meter unterhalb des Reichshotels, das nun hell erleuchtet war. Ein oder zwei Leute standen draußen auf der Straße. In Anbetracht der Tatsache, daß es schon fast Mitternacht war, dachte ich mir, daß die Ereignisse des heutigen Abend vielleicht sogar Gerald, die sprechende Ente, von Seite vier verbannen würden.

Ich wies Alkland an, auf unseren Kurs zu achten und ihn nötigenfalls mit den Händen zu korrigieren, und holte meine Status-Karte und ein Feuerzeug hervor. Nachdem ich mich noch einmal umgesehen hatte, ließ ich es aufflammen und studierte die Karte. Abgesehen von einem Bogen etwa anderthalb Kilometer voraus, führte der Fluß durch unbebaute Regionen von Status, was mir neue Zuversicht gab. Was passierte, wenn er auf die Mauer von Status stieß, ließ sich nur spekulieren, aber im Augenblick hatten wir ein ideales Transportmittel.

Ich steckte die Karte weg und versuchte zu überlegen, wie es jetzt weitergehen sollte, aber es kam nichts. Die erste Möglichkeit bestand darin, die Schiffahrt einen Kilometer weiter abzubrechen und sich in die Stadt zu schlagen, und die zweite, auf dem Fluß zu bleiben und sich dann mit den Problemen auseinanderzusetzen, wenn es nicht mehr weiterging. Mein Gehirn war der Ansicht, daß es für heute genug geackert hatte, und ich ließ ihm seinen Willen. Das Floß machte sich recht gut. Die Saugnäpfe arbeiten eher mit molekularer Anziehung als mit wirklicher Saugkraft, so daß das Wasser sie nicht beeinträchtigen würde. Wenn man sich gegen die Tischbeine stützte, war es sogar überraschend gemütlich, so daß ich mich zurücklehnte und die Aussicht genoß. Alkland schwieg und schien dasselbe zu tun.

Ich wurde etwas nervös, als die ersten Gebäude zu beiden Seiten des Flusses auftauchten, aber die Stadt schlief so fest, daß ich mich bald wieder entspannte. Es hat etwas Seltsames, nachts auf dem Wasser zu sein, vor allem im Binnenland. Man sieht nur die Rückseiten der Dinge, und dann dazu noch aus einem ungewohnten Winkel, während nur ein paar Lichter orange in der Dunkelheit leuchten. Man kommt sich vor wie ein Gespenst, das durch eine fremdartige Stadt schleicht.

Als die Gebäude wieder zurückwichen und der Fluß durch offenes Land führte, drehte ich mich um und sah Alkland an, der friedvoll ins Wasser starrte. Ich zündete mir eine Zigarette an und versteckte das glühende Ende in der hohlen Hand. Er blickte auf.

»Das ist schlecht für Sie, wissen Sie das?«

Man sollte es nicht glauben, aber ich wußte es. Alle Nichtraucher scheinen in dem Glauben zu leben, daß Raucher unbedarft durchs Leben gehen und keine Ahnung haben, daß ihre Angewohnheit etwas sehr Schlechtes für sie ist. ›Ich werde ihnen sagen, daß es schlecht für sie ist‹, scheinen sie automatisch zu denken, ›und dann werden sie sofort all ihre Zigaretten fortwerfen.‹ Normalerweise wurde ich dadurch gereizt, aber jetzt war ich nur müde, und er schien es nicht böse zu meinen. Immerhin war er ein Aktionist.

»Ich weiß«, antwortete ich ruhig.

Er lächelte, sah sich auf dem Floß um und nickte anerkennend.

»Sehr professionell. Nicht schlecht, wenn man bedenkt, wie wenig Zeit zur Verfügung stand. Machen Sie so was öfter?«

»Nicht direkt, aber generell schon.«

»Was machen Sie genau?«

»Fangen Sie bitte nicht davon an«, sagte ich, bis ich erkannte, daß er keine Ahnung hatte, wovon ich redete. »Ich erledige Sachen. Manchmal ist das eben damit verbunden, gewisse Dinge wiederzufinden – oder Leute.«

»Und jetzt haben sie mich gefunden?«

»Ja.«

»War es schwierig?«

»Eigentlich nicht, nein. »Was mich allerdings etwas beunruhigt.«

»Warum?«

»Jeder Job ist schwierig. Die Schwierigkeiten kommen früher oder später.«

Er lächelte und schien zu wissen, was ich meinte.

»Zum Beispiel«, sagte ich und schnitt damit eine Sache an, mit der wir uns früher oder später auseinandersetzen mußten, »mit was für einer Gang haben wir es hier zu tun?«

Er sah mich einen Augenblick an.

»Gang?«

»Ja, die Leute, die Sie hierher gebracht haben. Was wollen sie? Wieviele von ihnen sind hier? Woher kommen sie? Wie heißen sie?«

»Es gibt keine Gang«, sagte er stirnrunzelnd. »Ich bin allein hergekommen.«

In der Ferne war das leise Summen und Zirpen von Insekten und das Rauschen der Bäume im Wind zu hören. Der Fluß murmelte um uns herum etwas Unverständliches, und die Glut meiner Zigarette knisterte leise.

»Ach«, sagte ich.

Erinnern Sie sich noch, daß ich, als ich mein internes Memo anlegte, sagte, da wäre noch etwas, an das ich gedacht hatte, das ich aber nur erwähnen würde, wenn es eine Rolle spielen sollte? Nun, dieser Fall war jetzt eingetreten. Die Überlegung lautete wie folgt:

Für eine Gang war es ein sehr komplexes Unterfangen, ins Zentrum zu gelangen, Alkland aufzuspüren, zu schnappen und ihn aus dem Viertel zu holen, ohne dabei entdeckt oder erkannt zu werden. Was war die einfachste Alternative? Alkland hatte sich auf eigene Faust aus dem Staub gemacht.

Die Idee war nicht schlecht, aber ich hatte keinerlei Beweis dafür, keinen Grund zu der Annahme, daß er das getan haben könnte, und für meine Planung hätte es ohnehin keinen Unterschied gemacht. Ich mußte ihn auf jeden Fall suchen und finden. Wenn ich über bestimmte Sachen nicht weiter nachdenke, ist das keine Faulheit. Für die Wahrheit gibt es immer die richtige Zeit und den richtigen Ort. Ich bin gar nicht so blöd, wie ich aussehe, wissen Sie, und ich muß Ihnen ja auch nicht alles erzählen. Also passen Sie gut auf!

Aber ich muß zugeben, daß ich überrascht war. Na gut: Ich bin fast vom Floß gefallen.

»Ach«, sagte ich noch mal. Alkland sah mich mit erhobenen Augenbrauen an. Ich dachte eine Weile nach.

»Das können Sie mir irgendwann mal erklären, wenn Ihnen danach ist«, sagte ich schließlich. »Das heißt, irgendwann müssen Sie's sowieso tun. Einige hochmotivierte Leute sind an Ihnen interessiert, und ich soll Sie zu ihnen zurückbringen.«

Alkland setzte zum Sprechen an, aber ich hob meine Hand.

»Im Augenblick würde es die Angelegenheit nur komplizieren, und ich habe schon genug Sorgen. Die Polizei hat im Hotel nach mir gesucht, nicht nach Ihnen. Inzwischen dürfte man wissen, daß es zwei Eindringlinge in diesem Viertel gibt, und man hat Ihren Namen. Nichts, was Sie mir erklären könnten, würde daran etwas ändern. Wenn wir nicht so schnell wie möglich aus Status herauskommen, werden wir irgendwann tote Leute sein.«

Wissen Sie, ich habe mit Snedd geredet und noch einiges über diese DNS-Geschichte und wie er seinen vorprogrammierten Tod entkommt herausgefunden. Es hat etwas mit einer Droge namens Strim zu tun. Vor langer, langer Zeit war Strim in einigen Gegenden mal so was wie Dopaz, die beliebteste Droge überhaupt. Sie ist wesentlich stärker rein als Dopaz und ist nicht gerade das, was sich die meisten Leute unter Spaß vorstellen. Sie verändert das Erbgut und zeitweise die neutrale Organisation des Gehirns. Die Wahrnehmung ist nicht einfach nur verzerrt, sondern wird völlig fremdartig. Man wird in ein völlig andersartiges Universum versetzt, das nach übereinstimmenden Aussagen einem Alptraum gleicht.

Mit den Jahren haben die spaßliebenden Verrückten aus dem Turn-Viertel die Droge so oft und in so rauhen Mengen benutzt, daß die natürliche Auslese all jene ausradiert hat, die damit nicht klarkamen, so daß die Bevölkerung mit der Zeit gegen ihre Wirkungen immun wurde. Snedds Lösung des Problems beinhaltete die regelmäßige Einnahme von Strim in Mengen, die hundert normale Menschen auf der Stelle getötet hätten. Für ›Normalbürger‹ wie mich und Alkland kam die Sache also gar nicht erst in Frage. Wenn wir geschnappt wurden, starben wir entweder sofort oder nach Jahresfrist.

Keine von beiden Möglichkeiten klang sehr verlockend.

Alkland nickte, womit er sich erneut aus der Masse der von mir Geretteten hinausschob. Er hatte die Lage erfaßt.

»Es tut mir leid, daß ich es Ihnen vermasselt habe«, sagte ich, »aber irgendwann wäre man Ihnen sowieso auf die Schliche gekommen.«

»Ich weiß«, nickte er. »Ich war nicht gerade zu besonders

klaren Gedanken fähig, als ich herkam. Überhaupt nicht, um ehrlich zu sein.«

»Wie sind Sie denn hier reingekommen?« fragte ich und schnitt damit einen Punkt an, der mir unter den Nägeln brannte. Ich meine, Sie haben mitgekriegt, was ich für einen Ärger hatte, und ich kann zur Not damit umgehen.

»Ich habe mich anliefern lassen«, antwortete er. »Ein Bekannter von mir verließ vor etlichen Jahren das Zentrum und ging ins Techno-Viertel. Er war ein Computer-Freak, wissen Sie. Inzwischen hat er es ziemlich weit gebracht. Die Status-Regierung hat ihren Hauptcomputer, mit dem sie die großen Wandbildschirme steuert und die Atmosphäre kontrolliert, von Techno gekauft. Das ist schon sehr lange her, es war so ziemlich das einzige, was man hier jemals importiert hat. Niemand weiß etwas davon, außer der Regierung natürlich. Vor ein paar Tagen wurde ein neuer geliefert, und ich bin mir sicher, daß man damit so zufrieden sein wird, daß man nicht bemerkt, daß er gar nicht so leistungsfähig wie versprochen ist.«

»Und warum nicht?«

»Weil sich dort, wo eigentlich die tertiären RAMs sein sollten, nur leerer Raum befindet. Nicht sehr groß, aber groß genug.«

»Nett«, sagte ich. »Wie ein Diplomatenkoffer.«

Er lachte.

»Ja, sozusagen. Und zwar mit einer hinteren Inspektionsklappe, die sich auch von innen öffnen läßt. Ich hatte mich darauf eingestellt, mehrere Tage lang drinnen zu hocken und auf den richtigen Augenblick zu warten. Zufällig ließ man mich für zehn Minuten auf der Straße stehen, so daß ich herauskommen konnte. Ich spazierte einfach davon, und niemand wunderte sich über mich.«

Ich schüttelte den Kopf. Für solche Kontaktleute würde ich den rechten Arm von jemand anderem hergeben. Nicht einmal Zenda hat solche Beziehungen. Ich mußte einen Augenblick lang an sie denken und fragte mich, wie es wohl in ihrer hyperaktiven Stadt lief. Wenn Royn meine Nachricht weitergegeben hatte, und darin war sie gewöhnlich recht gut, würde Zenda wissen, daß ich in Status war und zu dem Zeitpunkt ernsthaft in der Scheiße gesteckt hatte. Ob sie sich Sorgen um mich machte? Natürlich nicht so sehr, daß ihre Leistungsfähigkeit dadurch beeinträchtigt wurde, sondern nur ein kleines bißchen. Nun, ich hoffte es.

»Das war mega-cool«, sagte ich. »Dafür haben Sie sich einen Orden verdient.«

»Danke«, sagte er. »So etwas habe ich noch nie zuvor gemacht. Die Idee ist mir ganz spontan gekommen.«

»Die Kehrseite ist die, daß sie uns jetzt überhaupt nichts nützt. Ich bin per Touristenklasse eingereist, habe große Entfernungen zurückgelegt, bin wie der Teufel gerannt und beinahe getötet worden. Aber auch dieser Weg steht uns nicht mehr offen, weil man die Röhre mittlerweile wie eine Sardinenbüchse mit Polizisten vollgestopft haben dürfte.«

»Und Sie wissen keine andere Fluchtmöglichkeit?«

»Nein«, sagte ich gutgelaunt, »von jetzt an sind wir ganz auf kreative und originelle Ideen angewiesen.«

7. KAPITEL

»Nach einem Zwischenfall im Muße-Viertel letzte Nacht veranstaltet die Polizei heute eine großangelegte Verbrecherjagd. Sechs Polizisten, drei kleine Kinder und ein kleines Kaninchen wurden getötet, als Fell Alkland, der vor dem Gesetz auf der Flucht ist, aus dem Reichshotel entkam. Die Polizei konnte noch kein Bild dieses verabscheuungswürdigen Diebes, Kindesmißhandlers, Tierquälers und Grabschänders veröffentlichen, aber es liegt eine Personenbeschreibung vor, die ihn als mittelgroß, Mitte Sechzig, mit dünnem, grauem Haar und abscheulicher Nase ausweist. Nach einem jüngeren Komplizen, den die Polizei lediglich als ›sehr agil‹ beschreibt, wird ebenfalls gefahndet. Wenn Sie eine Person bemerken, auf die eine dieser Beschreibungen zutrifft, sollten sie sofort der Polizei Mitteilung machen.

Nach einem durch Überarbeitung verursachten Herzanfall liegt Gerald, die sprechende Ente, im Krankenhaus, das seinen Zustand als gut beschreibt. Glaubt der Erpel, seine Ärzte wären ›Quak-Salber‹? Wir bringen diese Story nach der Pause.«

Um vier Uhr morgens, in jener tiefen, toten Stunde, trieben wir noch immer auf dem Tisch dahin. Alkland hatte sich gegen eins der Tischbeine gelehnt und nickte nach einer Weile ein. Ab und an zuckte er, doch im großen und ganzen schien er ungestört zu schlafen. Ich blieb wach und dachte über einen Ausweg nach.

Das Problem war, daß ich einfach nicht genug über Status wußte. Niemand wußte das. Nach dem, was Alkland mir über seinen Weg hinein erzählt hatte, mußte es eine Verbindung zur Außenwelt geben, aber es war ziemlich sicher, daß sie verdammt gut bewacht wurde, selbst wenn wir herausfinden sollten, wo sie war. Ebenso sicher war, daß bei Morgengrauen jeder Status-Bewohner mit einer Spur von Gemeinschaftsempfinden (also alle, um genau zu sein) überzeugt wäre, daß wir um jeden Preis geschnappt werden mußten. Man hatte zwar keine Fotos, aber die Kunststudentin konnte eine recht gute Beschreibung von Alkland geben, und früher oder später würden wir uns in der Öffentlichkeit verraten. Wir mußten Menschenansammlungen aus dem Wege gehen. Der Fluß und das offene Land zu beiden Seiten war unsere einzige Hoffnung.

Aber ich war müde, und es wollte mir nichts einfallen. Sie erinnern sich vielleicht noch, daß ich nicht mehr geschlafen hatte, seit ich über Royle in Status eingedrungen, Wände rauf und runter geklettert war, aus nichts ein Floß konstruiert hatte und so weiter. »Genug, es reicht«, sagte mein Gehirn. »Jetzt ist Sendepause.« Ich konnte mir jedoch keine leisten, da ich Wache halten und darauf achten mußte, daß wir den Ufern nicht zu nahe kamen. Also stellte es beleidigt jede Gedankentätigkeit ein und ließ mich im Stich, während meine Augen ins Leere starrten.

Als ich mir eine weitere Zigarette ansteckte und aufblickte, stellte ich fest, daß Alkland aufgewacht war und mich schläfrig ansah.

Er versuchte seine Beine auszustrecken, stellte aber fest, daß es kaum möglich war, ohne mir dabei ins Gesicht zu treten, und ließ es bleiben. Zitternd hüllte er sich enger in seine Jacke und blickte aufs Wasser hinaus.

»Okay«, sagte er. »Hat sich die Wahrscheinlichkeit auf irgendeine Weise vergrößert, daß wir diesen Tag überleben werden?«

»Nein, kaum. Irgendwann wird der Fluß aufhören. Wir könnten ans Ufer rudern und zwischen den Bäumen rasten, aber ich würde nicht dazu raten. Von dort aus haben wir keine Fluchtmöglichkeit, und früher oder später wird man sie durchsuchen. Ich denke, es ist das Beste, wenn wir uns bis zur Mauer treiben lassen und sehen, was dann passiert.«

Ich erwähnte nicht, daß es passieren konnte, daß wir in eine Schießerei gerieten. Aber er war ein kluger Kerl. Ich war sicher, daß ihm diese Idee auch schon gekommen war. Irgendwas mußte mit dem Fluß geschehen, wenn er auf die Mauer traf. Ich hatte keine Ahnung, was, ich hatte nur die Hoffnung, daß es uns irgendwie weiterhelfen würde. Das war unsere einzige Chance.

»Glauben Sie, daß sie wissen, daß wir auf dem Fluß sind?«

»Nein. Denken Sie mal nach. Sie haben einen verschlossenen und leeren Raum gefunden. Das Bett sah aus, als hätte jemand darin geschlafen. Das ist alles, was die Polizei weiß. Sie hätten immerhin schon seit Stunden verschwunden sein können, als die beiden Bullen dort eintrafen. Keiner von ihnen konnte wissen, daß wir uns beeilen mußten, und daher werden sie nicht an den Fluß denken. Warum soll man sich ins oder aufs Wasser wagen, wenn man zu Fuß gehen kann? Sie vermuten höchstwahrscheinlich, daß wir uns irgendwo in Status verstecken. Sie wissen nicht einmal genau, ob wir zusammen sind, und anhand der Beschreibungen, die sie von Ihnen haben, werden sie nicht unbedingt auf die Idee kommen, daß Sie ein taktisches Genie sind, das sich zum Beispiel aus einem Tisch ein Floß bastelt. Im Augenblick sind wir hier einigermaßen sicher.«

Alkland nickte und schien ein wenig getröstet. Ich war froh, daß wenigstens einer von uns es war.

An der Mauer sah es zunächst gar nicht so gut aus. Sie schlich sich sozusagen unbemerkt an uns heran, und als ich endlich begriff, was geschehen würde, war es schon zu spät. Ich hatte angenommen, wir würden irgendwie unser Fahrzeug verlassen können, wenn wir dort waren, aber leider war das nicht der Fall.

Gegen fünf Uhr brach die Dämmerung herein, und eine letzte Biegung des Flusses trieb uns schnell auf die Mauer des Viertels zu. Die Ufer waren in der letzten Stunde immer weiter zurückgetreten, und sie zu erreichen, hätte bei der starken Strömung eine extreme Heldentat erfordert.

Einen halben Kilometer weiter wurden die Ufer wieder enger, bis sie durch Ziegelmauern ersetzt wurden. Eine Zeitlang waren diese nur etwa zwei Meter hoch, womit wir noch klargekommen wären, aber als wir ihnen immer näher kamen, erhoben sie sich bereits sechs oder sieben Meter. Das Schlimmste war, daß sie sich zusätzlich noch oben über das Wasser zu neigen begannen. Das Floß auch nur an sie heranzubringen, wäre nicht einfach gewesen. Und die Idee, das Floß, während wir draufstanden, abzubauen, um an die Saugnäpfe zu kommen, bewegte sich im Rahmen der Kategorie ›sehr schwierig‹. Jeder von uns hätte nur zwei Saugnäpfe gehabt, und die Vorstellung, daß Alkland sich eine dieser überhängenden Mauern hinaufhangelte, mußte eindeutig unter ›unmöglich‹ eingestuft werden, wobei es einen Querverweis in die Rubriken ›Vergiß es!‹ und ›Denk dir was andres aus‹ gab. Vor uns verengte sich der Fluß zusehends und strömte in ein Loch in der Wand, das etwa drei Meter breit und anderthalb hoch war.

»Wir treiben auf dieses Loch da zu, nicht wahr?« fragte Alkland betrübt.

»Ja.«

»Irgendeine Ahnung, was auf der anderen Seite ist?«
»Nein.«
»Na gut«, seufzte er.
Etwa hundert Meter von der Mauer entfernt rief mein Gehirn, als es merkte, daß ich schon wieder seine Sicherheit gefährdete, einen vorübergehenden Waffenstillstand aus. »Dich knöpfe ich mir später vor«, brummte es mißmutig. »Was zum Teufel machen wir denn jetzt?« Ich glaube, es war insgeheim froh, wieder mit von der Partie zu sein, denn nach einer Weile präsentierte es die erste Idee.
»Kommen Sie, und setzen Sie sich neben mich nach hinten«, sagte ich zu Alkland. Er gehorchte resignierend. »Wenn wir die Mauer erreichen, strecken wir beide die Arme aus und halten uns daran fest. Die Strömung ist ziemlich kräftig, also wird es anstrengend werden, aber wir müssen uns nur solange festhalten, bis ich gesehen habe, was drinnen vor sich geht. Alles klar?«
Alkland nickte und verstaute seine Brille ordentlich in einer Jackentasche. Ich zog den Reißverschluß der Innentasche meiner Jacke auf, die wasserdicht verschlossen ist. Ich bin auf alles vorbereitet.
Auf den letzten dreißig Metern nahm die Störung auf dramatische Weise zu. Zehn Meter vor der Mauer hoben wir unsere Arme und saßen eine Weile so da, während wir vermutlich wie zwei mürrische Buchhalter aussahen, die versuchten, den Spaß an einer Wasserfahrt in einem Vergnügungspark zu erkunden. Das Loch war größer, als es zunächst ausgesehen hatte, und in der letzten Minute mußen wir uns auf die Knie hocken, um die Mauer erreichen zu können. Meine Hände schlugen gegen den leicht glitschigen Stein, und für einen Augenblick war ich sicher, daß ich mich nicht daran würde festhalten könne. Die Strömung riß uns für eine Sekunde weiter und erlaubte mir einen Blick in das Innere, das sehr laut und merkwürdig hell war. Dann hielten unsere angestrengten Armmuskeln das Floß auf der Stelle. Es war klar, daß wir uns nicht lange so halten konnten, also steckte ich meinen Kopf nach innen und sah mich um.

Was ich sah, war so ungeheuerlich und überraschend, daß ich eine Weile brauchte, bis mir klar wurde, worum es sich handelte, und dann noch etwa länger, bis mir klar wurde, was es zu bedeuten hatte. Das Wasser strömte noch etwa fünf Meter weit durch eine Betonröhre und erweiterte sich dann zu einem zehn Meter weiten Kessel, in dem es auf ermutigende und gefährliche Weise wirbelte und sprudelte.

Im Zentrum des Kessels befand sich etwas sehr Seltsames. Eine etwa zwei Meter durchmessende Wassersäule schoß steil nach oben, so weit das Auge sehen konnte. Vier Scheinwerfer waren auf die Säule gerichtet, die in einer Röhre aus dickem Glas eingeschlossen zu sein schien.

»Was sehen Sie?« keuchte Alkland, der sich mit aller Kraft am Rand des Loches festklammerte, der arme Kerl.

»Ich weiß nicht. Aber es ist hübsch illuminiert.«

Natürlich klickte es bei mir sehr schnell. Vermutlich glauben Sie jetzt, daß Sie viel früher draufgekommen wären, aber Sie versuchen sich ja auch nicht an einer Wand festzuhalten, während Sie auf einem Floß sitzen. Falls doch, dann machen Sie es bestimmt aus freien Stücken, und ich wette, daß das Wasser auch nicht so schnell strömt.

Der Fluß verließ das Viertel nicht und ergoß sich somit auch nicht in die Jauchegrube von Royle. Wasser in diesen Mengen war nur schwierig zu besorgen, und die Regierung wäre in der Tat bescheuert, wenn sie das Wasser rauspumpen und dann die Gülle wieder klären lassen würde. Also hatten sie sich das hier einfallen lassen. Das Flußwasser wurde hier durch eine Röhre zum Dach hochgepumpt, rüber auf die andere Seite des Viertels geschickt und dort wieder in den Fluß gelassen, wo er seinen Anfang nahm. Das war auf jeden Fall eine beachtliche technische Leistung. Allerdings hatten sie dazu mit Sicherheit Hilfe von außen in Anspruch genommen. Solche Anti-Schwerkraft-Geschichten sind ziemlich aufwendig. Die Technologie ist verdammt teuer, und die Leute, die sie entwickelt haben, halten sie gut unter Verschluß. Die Regierung von Status mußte also recht beeindruckende Beziehungen haben. Die Frage, was sie dafür als Gegenleistung anzubieten hatte, speicherte ich für spätere Überlegungen ab.

Die im Augenblick dringlichste Überlegung war die, was wir aus dieser Situation machen sollten. Meine Arme wurden langsam müde, und Alklands Beitrag war kaum noch erwähnenswert. Wir hatten keine große Wahl. Zurück ging es nicht mehr, und sobald wir drinnen waren, landeten wir unweigerlich im Kessel. Die Strömung war dort sehr heftig, da die Glasröhre das Wasser mit großer Kraft ins Feld hinaufsaugte.

»Alkland?« rief ich, und er steckte erschöpft seinen Kopf unter der Mauerkante hindurch. Ich ließ ihm eine Sekunde Zeit, um den Anblick in sich aufzunehmen. »Wir werden in der Röhre weiterreisen.«

Diese Aussicht schien ihn in nicht geringe Panik zu versetzen, aber ich konnte es nicht ändern. Auch ich war davon nicht sehr angetan, aber, wie gesagt, wir hatten keine Wahl, und das erkannte er wohl auch.

»O Gott! Ich ... oh, mein Gott!«

»Ja, ich weiß, was Sie sagen wollen. Wir müssen mit dem Tisch da rein. Er darf nicht vor uns ankommen, damit er nicht die Röhre blockiert. Bei dieser Saugkraft kriegen wir ihn nie wieder los. Also, wir lassen los, und dann geht die Post ab. Fertig?«

»O Gott!«

Ich nahm das für ein ›Ja‹ und ließ los. Das Floß wurde sofort durch den Kanal in den Kessel katapultiert, und zwei Sekunden später wurden wir wie ein Spielball von den Fluten umhergeschleudert. Zwei der Kanister lösten sich von der Tischplatte, als die Saugnäpfe mit der Kraft der Strömung nicht mehr standhielten. Das Floß kippte, drehte sich um und warf uns ins brodelnde Wasser. Ich packte Alklands Jacke und zog ihn, so gut ich konnte, an mich heran. Wir wurden jetzt immer schneller im Kessel herumgewirbelt, während der Tisch und die zwei Kanister uns dicht auf den Fersen waren. Alkland schien zutiefst unglücklich über dieses Erlebnis, und ich grinste wie besessen, um ihn aufzumuntern. Was tut man nicht alles für seine Klienten!

»Im letzten Augenblick«, schrie ich, um mich über dem Getöse verständlich zu machen, »holen Sie so tief Luft, wie es geht. Atmen Sie ein, bis Sie voll sind. Dann nehmen Sie noch einen Atemzug. Der muß dann für eine ganze Weile reichen.«

Ich sagte ihm nicht, daß es vielleicht sein letzter sein würde. Ein paar Sekunden später wurden wir unter die Öffnung der Röhre gerissen, in die Wassersäule gehoben und stürzten dann himmelwärts.

Ein Wahnsinnstempo, ein tobendes Rauschen und das Gefühl absoluter Hilflosigkeit. An mehr dachte ich in den ersten paar Augenblicken nicht. Dann registrierte ich, daß ich immer noch Alklands Jacke hielt, und verstärkte meinen Griff. Falls ich durch einen verrückten Zufall hier wieder herauskam, wollte ich ihn bei mir haben.

Die Himmelfahrt dauerte etwa vierzig Sekunden, schätzte ich, aber sie kam mir wie eine halbe Ewigkeit vor. Das letzte Drittel schien sich auszudenhnen, bis die Zeit fast stehenblieb und es nur noch das Rauschen des Wassers und das Funkeln der Glasröhre gab, in der sich das Licht der Scheinwerfer brach. Obwohl der Stoß mir etwas Luft aus den Lungen gepreßt hatte, besaß ich vorerst noch genug davon, aber ich hatte keine Ahnung, wie lange sie reichen mußte oder was als nächstes geschehen würde. Wenn die Röhre ihren höchsten Punkt erreichte und wir dann gleich in eine weitere Röhre umgeleitet wurden, die bis zur anderen Seite führte, waren wir erledigt. Es gab keine Möglichkeit, den Atem so lange anzuhalten. Dabei bin ich noch recht jugendlich und ziemlich durchtrainiert. Aber ich würde mich an die Jacke eines Toten klammern, bevor wir auch nur ein Zehntel der Strecke zurückgelegt hatten.

Ich gab mir Mühe, aber unter den herrschenden Umständen konnte ich die physikalischen Zusammenhänge der Anlage nur schwer rekonstruieren. Um den Wasserkreislauf in Gang zu halten, so spekulierte ich darauf los, mußten sowohl im Fluß als auch in der Röhre gleichgroße Wassermengen pro Zeiteinheit transportiert werden. Wenn die Röhre denselben Durchmesser wie der Fluß hätte, wäre auch die Geschwindigkeit dieselbe. Vermutlich. Vermutlich. Wenn sie dünner war, mußte es hier schneller fließen. Stimmt doch, oder? Wenn dem so war, wie dünn mußte sie dann sein, damit wir schnell genug waren? Ich hatte weder einen Stift, ein Stück Papier, einen Taschenrechner noch einen Krug Alkohol zur Hand, so daß ich meine Berechnungsversuche aufgab. Unmittelbar danach trat das nächste Ereignis ein.

Plötzlich war die Glasröhre zu Ende. Die Wassersäule schoß ein paar Meter weit heraus und brach dann zusammen. Ich hörte Alkland keuchend nach Luft schnappen, als wir zurückfielen und vom Wasser weitergestoßen wurden, das hinter uns herausdrängte. Wir machten eine schmerzhafte Rutschpartie über eine Art Leitungsrohr, bevor wir unsanft auf dem Boden landeten. Dann strampelten wir gleichzeitig zur Seite und krochen instinktiv aus der Wasserströmung. Nach fünf Metern kamen wir an eine Kante. Ich zog mich auf den Knien hinauf, drehte mich um und setzte mich.

Alkland stieß kurz darauf zu mir. Er atmete keuchend, und wir starrten uns gegenseitig mit trüben Augen an. Der Aktionist sah aus, als hätte man versucht, eine wasserlebende Ratte zu züchten, und ich bezweifelte, daß ich auch nur ein bißchen gepflegter wirkte. Dann begannen wir beide zu lachen – zuerst nur leise, dann immer lauter – und zeigten schwach mit dem Finger auf den anderen. Jedesmal, wenn ich dachte, wir hätten uns unter Kontrolle, prustete einer von uns wieder los, und der andere ließ sich anstecken. Es war wohl eher ein hysterisches Lachen, denke ich, aber es tat trotzdem gut.

Als wir uns schließlich gefaßt hatten, öffnete ich den Reißverschluß meiner Innentasche und gestattete mir eine Zigarette. Alkland bekam seine Brille zurück und setzte sie auf. Solchermaßen mit unseren geistigen Hilfsmitteln ausgerüstet, sahen wir uns langsam in der Umgebung um, in der wir gelandet waren.

Wir befanden uns in einem niedrigen, düsteren Raum, der die Ausmaße des gesamten Status-Viertels hatte. Die

Decke war etwa drei Meter hoch, und winzige Glühbirnen, die in größeren Abständen in den Boden eingelassen waren, gaben genug Licht ab, um einen Eindruck von dieser Anlage zu vermitteln.

Links vor uns war das Ende der Wassersäule. Das Wasser wurde unablässig herausgepumpt, und nach wenigen Augenblicken kam einer der Kanister zum Vorschein, dicht gefolgt von den anderen, sprang wie ein Korken heraus und fiel scheppernd zu Boden. Der Tisch hatte den Transport nicht heil überstanden, und das war gut so. Er hätte das untere Ende der Röhre blockieren können, was früher oder später die Leute alamiert hätte, die diese Anlage hier instand hielten. Das Wasser stürzte in das Leitungsrohr, über das wir geschlittert waren.

Dieses Leitungsrohr bestand aus zwei Teilen: Ein Strang führte an der Seite vorbei nach hinten, und der andere verschwand in der Ferne. Beide waren leicht geneigt, um das Wasser in Bewegung zu halten. In größeren Abständen befanden sich kleine Ventile, die eine vermutlich genau bemessene Wassermenge über den Boden verteilten. Als ich mich umsah, stellte ich fest, daß der Raum sich nach vorn und nach rechts so weit erstreckte, wie ich sehen konnte. Darin waren etwa zwei Meter breite Kanäle abgetrennt, die durch niedrige Kanten wie die, auf der wir hockten, begrenzt wurden. Obwohl es kaum wahrzunehmen war, erkannte ich, daß der Boden sich ganz leicht zur gegenüberliegenden Seite von Status neigen mußte.

Tatsächlich war dies eine Möglichkeit, über die ich in der Röhre nicht weiter nachgedacht hatte. Statt das Wasser in einer engen Röhre zurückzupumpen oder es auf Flußbreite von selbst fließen zu lassen, hatte man das genaue Gegenteil gemacht. Das Wasser strömte in die Leitungen und wurde durch die Kanäle über die gesamte Fläche des Viertels verteilt. Dort floß es mit einer Tiefe von gerade zwei Zentimetern zur anderen Seite hinüber, wo es vermutlich in einer Rinne gesammelt wurde, die es zur Quelle des Flusses leitete.

»Eigenartig«, stellte Alkland fest. Es zeigte sich, daß er in der Röhre offenbar ähnliche Überlegungen angestellt hatte. Ein so hyperaktiver Aktivist wie er mußte sich einfach mit dem Problem beschäftigen. Er hatte allerdings genau gewußt, wie eng die Röhre sein durfte, wenn wir überleben wollten, daraufhin erkannt, wie unwahrscheinlich das war, und war nun angenehm überrascht, daß wir noch am Leben waren. Ich war es wohl auch, und meine Stimmung war beschwingt, obgleich gedämpft. Alkland schüttelte kurz wie ein ehrwürdiger alter Hund den Kopf und ließ dadurch Wasser aus seinen Haaren spritzen, so daß er aussah, als stünde er unter Strom. Während er seine quietschnassen Schuhe auszog, drehte er sich um und blickte zu mir auf. »Was nun, Mister Stark?«

»Nennen Sie mich einfach Stark«, sagte ich. Ich mochte Alkland, stellte ich fest. Aus rein beruflicher Perspektive betrachtet, konnte man gut mit ihm zusammenarbeiten. Er machte, was ich ihm sagte, kam mir nicht ständig mit undurchführbaren Vorschlägen, die nur meine gedankliche Konzentration störten, und beschwerte sich nicht. Außerdem war er ziemlich entspannt in Anbetracht seines Alters und seiner Lebensumstände. Ich bin daran gewöhnt, mich an seltsamen Orten aufzuhalten. Das ist geradezu die Geschichte meines Lebens. Mit ein paar ehrenwerten Ausnahmen würden die meisten Aktionisten monatelang Therapien durchmachen müssen, nachdem sie so etwas erlebt hatten, aber Alkland saß einfach nur da und wartete geduldig auf das, was als nächstes kommen würde. Wenn ich ihn mochte, würde das die Angelegenheit natürlich komplizieren, falls wir jemals wieder nach Hause kamen, aber das Problem stand im Augenblick ganz hinten in der Warteschlange.

»Als nächstes«, sagte ich und stand auf, »werden wir gehen.«

»Wohin?« wollte Alkland stirnrunzelnd wissen, während er vielsagend in die Düsternis hinausstarrte.

»Irgendwohin. Es hat keinen Sinn, hier herumzusitzen. Jede Bewegung in jede beliebige Richtung vergrößert die Wahrscheinlichkeit, daß wir eine Lösung finden.«

Er nickte anerkennend.

»Sie sind kein Aktionist, nicht wahr?« fragte er.

»Nein«, lächelte ich. »Das liegt mir nicht.«

»Schade.«

Mit den Schuhen in den Händen gingen wir die Kante entlang, die gerade breit genug war, um darauf keinen Balanceakt vollführen zu müssen. Dennoch war es recht ermüdend, so daß wir nach einer Weile hinunterstiegen und durch das seichte Wasser des Kanals wateten. Ich versuchte gerade, mich zu entscheiden, ob wir lieber wieder an den Rand des Raums zurückkehren oder weiter in Richtung Mitte gehen sollten, als Alkland auf den Boden zeigte.

»Sehen Sie!« sagte er.

Als ich mich bückte, sah ich, was er meinte. Eine dünne Schnur aus Blasen stieg vom Boden auf.

»Es scheint, daß hier ein Leck ist.«

»Interessant«, erwiderte ich und kroch ein paar Meter den Kanal entlang, während ich ins Wasser starrte. Schon bald hatte ich eine weitere Stelle gefunden, wo sich Blasen bildeten, und nach einer Minute stand fest, daß sie in regelmäßigen Abständen von einem Meter auftraten. »Ich schätze, heute morgen gibt es etwas Regen in Status.«

»Sehr clever«, sagte Alkland, der sofort begriffen hatte.

Ich denke, so verhielt es sich wirklich. Zuerst war ich nicht auf diese Idee gekommen, weil die meisten überdachten Viertel ihr Viertel überdachten, um auf diese Weise das Wetter abzuschaffen. Sie würden auf keinen Fall komplizierte Anlagen installieren, um es künstlich wieder einzuführen. In Status sah die Sache natürlich etwas anders aus. Sie wollten das Wetter nicht aussperren, sondern nur die Außenwelt. Statt das Wasser in kürzester Zeit hinüberzupumpen, hatten sie zwei Fliegen mit einer Klappe geschlagen. Alkland ging zum nächsten Kanal hinüber und starrte dort ins Wasser.

»In diesem sind keine Blasen«, stellte er fest. »So scheinen sie das Wetter zu kontrollieren. Für einen sonnigen Tag schicken sie das Wasser nur durch die Kanäle ohne Löcher. Wenn es regnen soll, leiten sie es in die mit Löchern. Heute ist offenbar ein leichter Schauer angesagt.«

»Kein Wunder, daß sie einen solchen Hi-Tech-Computer brauchen«, sagte ich kopfschüttelnd. Ich verstand diesen sinnlosen Einfallsreichtum nicht. Wenn sie sich einfach damit abgegeben hätten, wie die Welt draußen nun einmal war, hätten sie auch ohne dieses technische Brimborium ganz normalen Regen haben können. Es war alles sehr raffiniert ausgedacht, aber gleichzeitig auch ziemlich dumm. Dann kam mir eine Idee.

»Ich habe eine Idee«, sagte ich, worauf Alklands Gesicht sich sofort aufhellte. Es war wirklich rührend zu beobachten, wie sich sein Vertrauen zu mir entwickelte. Solche Klienten mag ich. »Wir werden uns trennen und in verschiedene Richtungen gehen. Dabei beobachten wir die Decke.«

»Ich verstehe«, sagte er. »Wozu?«

»Kein System ist vollkommen. Es gibt kein Perpetuum mobile. Durch Kondensation, Versickerung und Verdampfung müssen ständig kleine Wassermengen aus dem Kreislauf verlorengehen, sowohl hier oben als auch da unten. Mit der Zeit würde die ganze Angelegenheit austrocknen, wenn nicht irgendwo Wasser hereinkommt. Entweder reinigen sie das Wasser aus Royle, oder sie holen es sich von anderswo. Ich tippe auf letzteres, da ich nur eine Röhre sehe, die hineinführt.«

»Dann glauben Sie, daß man es von hier holt?«

»Genauso wie auch anderswo«, sagte ich und zeigte zur Decke. »Regen fällt auf dieses Dach, reines Wasser vom Himmel. Sie wären verrückt, wenn sie es nicht nutzen würden. Vielleicht gibt es einen Weg, auf dieselbe Weise hinauszukommen, wie das Wasser hineinkommt.«

Wir trennten uns und marschierten schnell los, den Blick auf die Decke gerichtet, die grau, glatt und gelegentlich mit Algen bedeckt war. Alkland stolperte einmal über eine Kante und platschte lang ins Wasser, aber ich tat so, als hätte ich es nicht bemerkt. Ich bin der Meinung, daß so etwas nicht sehr komisch ist, wenn man einmal erkannt hat, wie zerbrechlich die Würde der meisten Menschen ist. Nehmen Sie zum Beispiel meine. Sie ist nahezu durchsichtig.

Als Alkland nach mir rief, waren wir so weit voneinander entfernt, daß ich ihn nicht einmal mehr sehen konnte. Die kleinen Glühlämpchen in den Kanten verbreiteten ihren Lichtschein über das Wasser, der jedoch nicht sehr weit reichte. Als Alkland noch einmal durch die Finsternis rief, orientierte ich mich an seiner Stimme, wobei ich hoffte, daß das System hier oben selbstregulierend war und kein Ingenieur die Sache überwachte.

Der Aktionist stand auf einer Kante, als ich ihn fand, und stierte nach oben. Ich trat neben ihn und folgte seinem Blick. Als ich Licht sah, schlug ich Alkland so heftig auf den Rükken, daß ich ihn festhalten mußte, damit er nicht noch einmal mit dem Gesicht voran ins Wasser fiel. Nachdem er sein Gleichgewicht wiedererlangt hatte, grinste er mich an, und dann starrten wir beide nach oben.

Über uns befand sich eine quadratische Öffnung, die etwa einen Meter breit und mit einem Gitter verschlossen war. Dieses war zu feinmaschig, um erkennen zu können, was dahinter lag, aber ich konnte es mir denken. Die Außenwelt.

Ich hob Alkland auf meine Schultern, was nicht ganz einfach war, und er langte nach oben, um am Gitter zu zerren. Es bewegte sich zunächst nicht, und ich hatte genug Zeit, mir zu wünschen, ich hätte meinen Zischer wiedergefunden, bevor ich vor etwa zweihundert Jahren meine Wohnung verlassen hatte. Dann stieß er kräftiger dagegen, worauf es sich an einer Seite löste. Ein weiterer Stoß ließ es wie eine Falltür hochklappen, und das, was dahinter lag, wurde sichtbar.

Das Leben ist selten einfach. Obwohl die letzten Tage das Gegenteil zu beweisen schienen, lassen sich die Schicksalsgötter nur in Ausnahmefällen dazu herab, mir zu helfen, und auch diesmal hatten sie eindeutig darauf verzichtet. Der leitende Gott der Abteilung ›Macht es Stark nicht so schwer‹ hockte zur Zeit in Sitzungen oder machte gerade Urlaub. Wir blickten in einen quadratischen Schacht hinauf, der mindestens vier Meter hoch war. Mir war zwar klar gewesen, daß das Dach von Status sehr dick sein würde, aber so dick brauchte es nun auch wieder nicht zu sein. Die Wände des Schachts waren absolut glatt. Keine Leiter, kein Fahrstuhl, nichts, woran man sich festhalten konnte. Ganz oben war ein weiters Gitter.

Ich ließ Alkland wieder runter und stand eine Weile mit hängendem Kopf da. Die Saugnäpfe hatten wir verloren. Selbst wenn sie irgendwo hier oben waren, hätte es Stunden gedauert, bis wir sie wiedergefunden hätten. Außerdem war es viel wahrscheinlicher, daß sie unten an irgendwas festklebten. Für einen Augenblick fühlte ich mich sehr, sehr müde.

»Also«, sagte Alkland begeistert. »Wer geht als erster hinauf?«

Langsam hob ich meinen Blick und sah, daß er einen Witz gemacht hatte.

»Sie«, sagte ich grinsend. Dann lachte er, und das reichte mir.

Ich brachte Alkland dazu, sich mit gespreizten Beinen hinzustellen, damit er einen sicheren Stand hatte. Er verschränkte die Hände, und ich stellte meinen Fuß hinein. Ich setzte meinen linken Fuß vorsichtig auf seine Schulter und checkte mein Gleichgewicht. Dann zog ich schnell den rechten hinauf und stellte ihn auf die andere Schulter, wobei ich mich gleichzeitig aufrichtete.

So weit so gut. Ich stand jetzt so, daß mein Oberkörper in den Schacht ragte. Die nächste Etappe würde sehr schwierig werden, und da ich wußte, daß Alkland mich nicht ewig halten konnte, nahm ich sie rasch in Angriff.

»Halten Sie meine Füße fest!« rief ich und spürte, wie sich seine Hände um meine Fußgelenke klammerten. Ich ließ mich leicht zurückfallen, so daß ich jetzt mit den Schultern an der Wand lehnte. Dann hob ich sehr vorsichtig den rechten Fuß und zog das Knie so dicht an meinen Körper, wie es ging. Als Alkland plötzlich schwankte, dachte ich schon, ich würde gleich mit dem Rücken auf eine Kante hinunterstürzen, aber er faßte sich wieder und veränderte seine Stellung derart, daß er mich jetzt in der richtigen Richtung abstützte, während mein linker Fuß sich gegen meine Brust stemmte.

Ich nahm meinen rechten Fuß in die Hand und zog ihn dann sehr langsam an mich heran. Das war anstrengend, aber ich schaffte es, ihn in den Schacht hineinzubringen. Dann setzte ich ihn auf die gegenüberliegende Wand und drückte fest dagegen. Als ich sicher war, daß ich mich auf diese Weise halten konnte, zog ich auch den anderen Fuß hoch. Nachdem ich ihn neben den rechten Fuß gesetzt hatte, fühlte ich mich zum ersten Mal relativ sicher. Langsam krümmte ich meinen Rücken und bewegte meine Schultern, während ich mich mit den Füßen gegen die Wand stemmte, um mich auf diese Weise den Schacht hinaufzuarbeiten. Von unten hörte ich ein unterdrücktes Kichern.

»Halten Sie verdammt noch mal die Klappe!« sagte ich und versuchte nicht zu lachen. »Das ist gar nicht so einfach, wie es aussieht.«

Dann brachte ich meine Schultern langsam auf gleiche Höhe mit meinen Füßen. Nach einer Weile wurde es etwas leichter, und nach einer Minute befand ich mich in einer Art sitzender Position, mit dem Rücken an der Wand und den Füßen waagerecht gegen die andere gepreßt. Dann drehte ich mich ein Stück, bis mein Rücken in eine der Ecken gedrückt war, wodurch mein Aufstieg erleichtert werden würde. Mit je einem Fuß auf den gegenüberliegenden Wänden begann ich, mich mit Hilfe meiner Hände zentimeterweise hinaufzuschieben.

Ich brauchte fast eine halbe Stunde. Zweimal hatte ich das Gefühl, mit dem Rücken abzurutschen, und war schon sicher, wieder herunterzufallen und direkt auf Alklands besorgtem Gesicht zu landen. Ich konnte mich jedoch jedesmal halten, indem ich meine Brust streckte, aber als ich endlich oben angelangt war, klopfte mein Herz wie rasend, und meine Beine zitterten heftig vor Schwäche. Ich klemmte mich, so gut es ging, im Schacht fest und drückte gegen das Gitter. Es gab nicht nach. Nicht einmal ein winziges bißchen.

»Scheiße!« jammerte ich leise.

»Wie läuft's?« rief Alkland herauf.

»Schlecht.«

»Gut«, sagte er optimistisch. »Bislang war das immer ein vielversprechender Anfang.«

Mir fiel ein, daß ich noch eine Möglichkeit hatte. Vorsichtig griff ich in meine Tasche und zog die Waffe heraus. Ich stellte die Energieabgabe auf maximale Streuung ein, bedeckte mein Gesicht und schoß auf das Gitter. Es gab ein zischendes Geräusch, und ein paar Tropfen geschmolzenes Metall kleckerten auf mich herab.

Schon bevor ich meine Augen öffnete, merkte ich, daß es heller geworden war und es folglich funktioniert hatte. Im Gitter befand sich ein Loch von etwa dreißig Zentimetern Durchmesser, durch das Sonnenlicht hereindrang. Ein leiser Jauchzer von unten sagte mir, daß auch Alkland es mitbekommen hatte. Mit ein paar weiteren Schüssen vergrößerte ich das Loch. Dann langte ich mit einem Arm hinaus und suchte nach einem Halt. Der andere Arm folgte, und schließlich schob ich mutig meinen Kopf hindurch, gefolgt von den Schultern. Der Rest war einfach.

Ich rollte mich zur Seite und blieb eine Weile keuchend liegen. Um mich herum sah ich nur weißen Stein, und über mir war der Himmel, der echte Himmel. Irgendwann rappelte ich mich auf und blickte mich mit leichtem Schwindel um. Ich hockte am Boden einer großen, flachen Senke, die offensichtlich dazu gedacht war, das Regenwasser zum Gitter zu leiten. Der Stein erstreckte sich mehrere Hektar weit in jede Richtung, nur hinter mir hörte er etwa zweihundert Meter entfernt abrupt auf. Ich kämpfte mich erschöpft zum Loch zurück und rief zu Alkland hinunter. »Ziehen Sie Ihre Jacke aus und umwickeln Sie sich damit die Hände!«

Während er wie befohlen tat, holte ich das Mikrokabel hervor und ließ das Ende zu ihm hinunter. Ich war nicht unbedingt davon überzeugt, daß mein Vorhaben funktionieren würde. Die Winde der Kabeltrommel war stark genug, um mit kleineren Lasten fertigzuwerden. Alkland jedoch war ein komplettes menschliches Wesen von durchschnittlichem Gewicht, und für solche Aufgaben war das Gerät nicht konstruiert worden.

»Ich weiß nicht, ob es hält«, sagte ich. Alkland nickte, als hätte er nichts anderes erwartet. »Keilen Sie sich fest, sobald es geht!« Er nahm das Ende des Kabels und wickelte es sich mehrere Male um seine verbundenen Hände.

Ich stellte mich mit gespreizten Beinen über dem Loch auf und schaltete die Kabelwinde ein. Zuerst funktionierte es ganz gut, und Alkland wurde schnell heraufgezogen, bis sein Kopf und seine Schultern im Schacht waren. Dann steigerte sich das leise Summen des Geräts zu einem Pfeifen, und sein Aufstieg verlangsamte sich merklich. Zentimeter um Zentimeter schraubte Alkland sich höher, bis ich sah, wie er mit einer Hand den Rand des Gitters faßte. Während seine Finger herumtasteten, gab die Winde mit einem Knirschen den Geist auf. Ich langte nach unten und packte den Aktionisten an der Hand, wobei ich mich beinahe gemeinsam mit ihm auf eine schnelle Reise zurück nach unten gemacht hätte. Die Jacke rutschte ab, aber ich konnte sein Handgelenk mit der anderen Hand fassen. Langsam zog ich ihn hoch, bis sein Kopf zum Vorschein kam. Ich half ihm aus dem Loch, und dann fielen wir beide in verschiedene Richtungen auf das Dach.

Wir blieben eine ganze Weile einfach nur so auf dem Rükken liegen. Zu etwas anderem waren wir nicht in der Lage.

8. KAPITEL

Sie kennen das vielleicht auch, daß man manchmal denkt, etwas würde nicht stimmen. Daß es da etwas gibt, über das man nachdenken sollte, was man aber nicht genau definieren kann. Meistens vergißt man es wieder, bis es eine Weile später mit aller Wucht zurückkommt, wenn es zu spät ist.

Für den Bruchteil einer Sekunde hatte ich einen solchen Gedanken.

Aber ich vergaß ihn wieder.

Nach dieser Anstrengung nickte ich für ein paar Minuten auf dem warmen Stein ein. Als ich wieder aufwachte, saß Alkland in der Nähe und starrte seine Hände an. Ich richtete mich auf und sah den Aktionisten an. Sein Anblick beunruhigte mich. Es war das erste Mal, daß ich sein Gesicht wieder in so etwas wie normalem Licht sah, seit wir vor etwa zwölf Stunden im Restaurant des Reichshotels gesessen hatten. Es war bemerkenswert, welche Veränderung diese Zeitspanne mit sich gebracht hatte. Er sah nicht nur erschöpft aus, sondern richtig krank. Seine Haut war unter den Resten seiner obligatorischen Bräune sehr bleich geworden, und die Ränder unter seinen Augen waren dunkel und aufgedunsen. Ich hüstelte, um anzudeuten, daß ich aufgewacht war. Erschrokken drehte er sich zu mir um, und für einen Augenblick sah er viel jünger und ängstlicher aus. Dann lächelte er schwach und wurde wieder zu einem besorgten Mann in den Sechzigern.

»Ich bin zum Rand gegangen«, sagte er. »Es ist ein sehr weiter Weg nach unten, wissen Sie. Werden wir dort runterspringen müssen oder so was?«

Ich erstickte fast, als ich darüber lachte. Das Status-Viertel ist etwa achthundert Meter hoch. Er lächelte vorsichtig, schien darauf zu warten, daß ich ihm sagte, wir würden natürlich nicht einfach springen, sondern vorher würde ich ihm schon noch das Fliegen beibringen. Um ihn von seinen Leiden zu erlösen, holte ich mein Videospiel aus der Tasche.

»Nein«, sagte ich. »Es besteht Hoffnung, diesen Ort in aller Bequemlichkeit zu verlassen.«

Ich rief Shelbys Nummer im Brandfield Viertel an und wurde bereits nach fünfmaligem Klingeln mit dem Anblick ihres strahlenden Gesichts belohnt.

»O mein Gott, Stark! Wie geht's dir?«

»Gut. Was macht die Kunst?«

»Es läuft, Stark, es läuft sogar absolut ... wo, zum Teufel, bist du, Stark?«

»Auf dem Dach des Status-Viertels.«

»O mein Gooott!«

»Ich weiß, was du sagen willst. Hör mal zu, Shelby, ich möchte dich um einen großen Gefallen bitten.«

»Aber sicher doch. Absolut. Kein Problem.«

»Du mußt mich abholen.«

»Klaro. Wird gemacht. Auf jeden Fall. Absolut.«

»Ein Problem noch, Shelby.«

»Hm? Sag's schon!«

»Wir sind zu zweit.«

»Macht überhaupt nix. Dann wird's eben gemütlich. Ich kann euch nicht sehr weit bringen, aber es geht.«

Ich spürte, wie mein ganzer Körper vor Erleichterung in sich zusammensackte.

»Shelby? Du bist ein netter Kerl, und ich schätze deine Freundschaft und Unterstützung.«

»Das beruht auf Gegenseitigkeit, Stark, absolut. In einer halben Stunde kannst du mit mir rechnen. Ciao!«

Ich steckte das Videophon wieder ein. Alkland sah jetzt wesentlich entspannter aus.

»Wer war das?«

»Eine Bekannte. Sie hat einen Heliporter.«

»Sie klang etwas … nervös.«

»Sie ist in Ordnung. Sie stammt aus Brandfield, das ist alles.«

Brandfield ist ein Viertel für reiche Leute, eine ganz klare und einfache Sche. Absolut. Jeder erwachsene Bewohner des Viertels ist entweder Arzt, Anwalt, Zahnarzt oder Hausfrau, und die wohlerzogenen Töchter schweben nur durch die Gegend, um auf Partys zu gehen, einzukaufen und zu warten, bis sie die Frau eines Arztes, Anwalts oder Zahnarztes werden. Ein knappes Drittel des Viertels besteht aus Golfplätzen, und der Wettbewerb um den exklusivsten Club ist unglaublich hart. Die drei Top-Clubs lassen überhaupt keine Mitglieder zu.

Shelby ist ein hundertprozentiges Brandfield-Mädchen, aber sie hat auch eine andere Seite. Die meisten ihrer Freundinnen würden es für sehr extravagant halten, auch nur zu wissen, wie man mit einer Armbanduhr umgeht, aber sie fetzt wie verrückt mit ihrem Heliporter herum, und ich vermute, daß sie sogar eine Ahnung hat, wie er funktioniert. Allerdings schien sie nicht sehr überzeugt gewesen zu sein, als ich ihr einmal erzählte, daß es nichts mit Magie zu tun hat. Irgendein Arzt, Anwalt oder Zahnarzt wird einmal sehr überrascht über das sein, was er sich als Frau eingehandelt hat, wenn es soweit ist.

Der Aktionist schüttelte den Kopf.

»Bin noch nie dagewesen. Bin eigentlich kaum irgendwo gewesen. Wo liegt das?«

»Ein paar Viertel weiter. Sie sagte, sie braucht eine halbe Stunde, aber sie verspätet sich regelmäßig.«

Es gab eine Pause, bevor Alkland weitersprach.

»Also haben wir es tatsächlich geschafft?«

»Sieht so aus. Verrückt, was?«

Es wurde wieder still, und ich saß da und beobachtete heimlich den Aktionisten. Er schwankte leicht und war offenbar sehr müde, versuchte aber wachzubleiben. Er sah aus, als hätte er etwas auf dem Herzen. Nach einer Weile nahm er sich zusammen und wandte sich mir zu.

»Stark, wenn wir hier runtergekommen sind, wohin werden wir dann gehen?«

Wir hatten die Situation seit seiner Enthüllung auf dem Floß noch nicht wieder besprochen, und das hier war genau die Frage, auf die ich gewartet hatte. Zum ersten Mal bestand berechtigter Grund zu der Annahme, daß wir doch noch ein Weilchen am Leben bleiben würden, so daß wir ein paar Dinge regeln konnten.

»Nun, das liegt gewissermaßen an Ihnen. Mein Job war es, Sie zu finden und zum Zentrum zurückzubringen.«

Er nickte mit einem schmerzhaften Lächeln.

»Wie dem auch sei«, fuhr ich fort, »ich habe den Eindruck, daß Sie vielleicht etwas Zeit gebrauchen könnten, um sich wieder zu orientieren oder was auch immer. Dann gibt es da noch etwas, über das ich wohl mit Ihnen reden sollte. Es gäbe da eine Alternative, und die bestünde darin, daß wir nach Farben gehen.«

»Sie leben dort, vermute ich.«

»Ja. Ich und meine Katze. Das Zentrum kann noch nicht

wissen, daß wir schon draußen sind. Ein paar Stunden würden also nicht weiter auffallen. Ich bin da sehr flexibel. Ganz wie Sie wollen.«

»Wenn es Ihnen wirklich nichts ausmacht, hätte ich tatsächlich gerne etwas Zeit für mich, bevor ich zurückgehe. Wenn das möglich ist.«

Er sah in diesem Augenblick so verzweifelt aus wie ein alleingelassenes Kind. Fast wäre ich zu ihm rübergegangen und hätte ihn gefragt, was ihm solche Sorgen machte. Aber man bekommt wesentlich mehr aus den Leuten heraus, wenn sie von selbst zu reden anfangen, weil man dann nicht darauf angewiesen ist, die richtigen Fragen zu stellen. Also sagte ich nichts. Ich bin erstaunlich nett zu meinen Klienten. Ich wünschte mir, jemand wäre auch mal so nett zu mir.

»Kein Problem. Ich schätze, daß wir noch etwa vierzig Minuten warten müssen. Sie sehen aus, als könnten Sie etwas Schlaf vertragen. Warum hauen Sie sich nicht ein wenig aufs Ohr?«

»Ja, Schlaf ist etwas, was ich jetzt gut gebrauchen könnte. Ich glaube zwar nicht, daß ich jetzt einschlafen kann, aber ich versuche es.«

»Gut.« Erneut fiel mir auf, wie blaß und müde er aussah. »Machen Sie sich keine Sorgen, ich werde nicht ohne Sie verschwinden.«

Er streckte sich auf dem Stein aus, wobei er seine Jacke als Kissen benutzte, und nach kaum einer Minute war er eingedöst. Ich steckte mir wieder eine Zigarette an und starrte in den Himmel hinauf, wartete auf die Kavallerie und überdachte die Situation.

Es war überhaupt nicht klar, was geschehen würde, wenn wir nach Farben zurückkehrten. Ich sollte Alkland ins Zentrum zurückbringen, das war mein Auftrag, und die meisten Typen hätten auch genau das getan. Aber die Tatsache, daß Alkland überhaupt nicht entführt worden war, daß er eigenmächtig hergekommen war, hatte die Situation für mich ein wenig verändert.

Sehen Sie, ich arbeite ja nicht für Geld. Ich tue das, was ich tun will oder was interessant ist oder was mir als das Richtige erscheint. Das ist es, was mich so tüchtig macht. Ich folge meinen Instinkten, und gewöhnlich führen sie mich in die richtige Richtung. Irgend jemand ist mir am Ende eines Auftrags immer dankbar, und das sind nicht immer die Leute, die mir den Auftrag erteilt haben. Einer gewinnt, einer verliert, und manchmal muß ich entscheiden, wem was zukommt. Die einzige Person, die niemals die Chance auf einen Gewinn hat, bin ich, denn für mich kann es keinen Sieg geben, sondern nur zukünftige Schlachten. Manchmal wünsche ich mir, es wäre anders. Aber so ist es nun mal.

Es stellte sich heraus, daß Shelby zum ersten Mal in ihrem Leben pünktlich war, was für uns natürlich sehr günstig war. Pünktlich, aber keinen Augenblick zu früh.

Während Alkland noch schlief, stand ich auf und ging hinüber an den Rand, um mir die Sache selbst anzusehen. Die Aussicht von dort war, nun, wirklich eine Aussicht. Und was für eine! Die höchste Mauer der City umschließt das Babel-Viertel, aber das ist eine ganz andere Sache, und es ist sehr weit weg. Babel hat nur einen Durchmesser von dreihundert Metern, aber es ist fast zwei Kilometer hoch. Dort hängen die Leute rum, die gerne in Hochhäusern wohnen. Manche Etagen sind Büros, manche Wohnflächen, manche Hotels, manche Freizeiteinrichtungen. Es gibt einen sechs Stockwerke hohen Park, und sie haben dort die leistungsfähigsten Aufzüge der Welt.

Status kommt gleich an zweiter Stelle. Wir waren auf der Seite, die an Royle angrenzt, und tief unten glitzerte der Schrotthaufen in der Sonne. Dahinter lag das wesentlich niedrigere Dach von Rot, und wieder dahinter das etwas höhere des Zentrums. Auf der anderen Seite davon, aber in der Ferne verborgen, lag Farben. Links war Flip, rechts Techno, und ein paar Viertel weiter Turn. Shelby würde von der gegenüberliegenden Seite zu uns kommen und von Brandfield aus zuerst das Yippie!- und dann das Dienstag-Viertel überfliegen.

Genug Geographie-Grundkurs, sagen Sie jetzt vielleicht,

aber Sie sollten beeindruckt sein. Viele Leute bekommen in ihrem ganzen Leben nur drei oder vier Viertel zu sehen. Ich verstehe das nicht, aber so ist es. Der Himmel rund um mich herum war leer. Heliporter waren eine Mode, die vor mehr als hundert Jahren ausgestorben war. Shelbys Fahrzeug ist eine Antiquität, die in der Familie wietervererbt und niemals benutzt worden war, bis sie ihn entdeckt hatte. Reisen zu anderen Planeten sind praktisch ganz eingestellt worden, und die Menschen dort draußen haben so ziemlich dieselbe Entwicklung durchgemacht wie wir hier unten.

Ich glaube, daß einfach nicht mehr dieses Bedürfnis der rastlosen Suche vorhanden ist, denn irgendwo gibt es einen Ort, der genau richtig für einen ist. Also geht man da hin und bleibt dort. Die Viertel sind inzwischen so verschieden und spezialisiert, daß man kaum noch woanders klarkommt. Also bleiben die meisten gleich dort, wo sie geboren wurden. Nur ein paar Leute haben noch einen Wandertrieb und reisen um des Reisens willen, um neue Orte und andere Dinge zu sehen, nur weil es diese gibt. Aber das sind nicht viele. Wenn man das Beste für sich gefunden hat, warum soll man dann noch etwas anderes ausprobieren? Die meisten haben inzwischen ihre individuellen Weidegründe gefunden, und dort grasen sie. Ich nicht, aber dich denke, ich werde mich wohl nirgendwo zu Hause fühlen, egal, wo ich bin.

Ich genoß den Ausblick eine gute Viertelstunde lang. Man hat nicht oft die Gelegenheit, so etwas zu sehen, und ich speicherte alles in mir auf. Als ich voll war, drehte ich mich um und ging zu Alkland zurück, der immer noch schlief. Sofort wünschte ich mir, ich wäre schon früher zurückgekommen.

Der Aktionist hatte wieder einen Alptraum, und diesmal schien er noch schlimmer zu sein als der, den ich im Hotelzimmer miterlebt hatte. Wenn wir in Farben waren, würde ich ihn in seinem eigenen Interesse ein wenig sondieren. Zu diesem Zweck mußte er nicht in der Nähe sein, aber es würde die Sache erleichtern.

Aus Erfahrung wußte ich, daß es keine gute Idee ist,

jemanden gewaltsam aus so einem Traum zu wecken, wenn es sich vermeiden läßt. Also setzte ich mich neben ihn, zündete eine Zigarette an und hielt sie so, daß ihm der Rauch über das zuckende Gesicht ziehen würde.

Als ich so dahockte, hörte ich das Geräusch. Es war nur sehr leise, aber dort auf dem Gipfel der Welt war es fast mucksmäuschenstill. Wie von der Tarantel gestochen sprang ich auf und hetzte zum Loch hinüber. Das Geräusch wiederholte sich, aber diesmal lauter, und ich wußte sofort, was es war. Mit einem kräftigen Fluch riß ich die Jacke unter Alklands Kopf hervor und breitete sie über dem Loch aus, damit es nicht zu sehr auffiel, daß das Gitter fehlte, und dann zog ich das andere Gerät hervor, daß ich aus dem Zentrum mitgenommen hatte. Alkland war nicht richtig aufgewacht, also stieß ich ihn an.

Für eine Weile starrte er mit weit aufgerissenen Augen in die Luft. Dann schien er seinen Traum allmählich zu verlassen und sich wieder zu orientieren.

»Was'n los?«

»Polizei!« Die Geräusche, die ich gehört hatte, waren dumpfes Schnaufen und Niesen gewesen. »Sie sind im Regenraum. Es sind dieselben zwei, die auch im Hotel waren, aber ich wette, daß sie diesmal ein paar Kollegen mitgebracht haben.«

»O Gott!« sagte Alkland und kam auf die Beine. »Wie lange braucht Ihre Freundin noch?«

Es waren erst fünfundzwanzig Minuten seit meinem Anruf vergangen, was noch schätzungsweise fünfzehn übrigließ.«

»Lange genug. Ich denke, wir sollten uns von diesem Loch entfernen. Und zwar schnell.«

Ich nahm Alkland am Arm und führte ihn über das Dach, wobei wir uns so schnell wie möglich bewegten. Entweder hatte ein Trümmerstück des Floßes eine Röhre verstopft und den Alarm ausgelöst, oder sie waren einfach nur sehr gründlich. Ich hoffte, daß letzteres der Fall war. Wenn sie tatsächlich wußten, daß wir hier oben waren, würden sie uns bald auf die Spur kommen, wenn sie uns nicht im Regenraum fanden. Während wir liefen, suchte ich am Himmel nach einem Heliporter, aber es war noch nichts zu sehen.

»Das ist nicht gut, nicht wahr?«

»Nein«, antwortete ich. »Diesmal werden sie Sicherheitspolizisten dabeihaben, und die schießen scharf. Hier oben kann es niemand sehen, und wir können nirgendwohin weglaufen.« Für einen Moment erinnerte ich mich an meine Überlegungen, wo man sich auf keinen Fall verstecken sollte, und grinste schulterzuckend.

Dann entdeckte ich zu meiner Überraschung einen winzigen Punkt am Himmel, der über das Grimm-Viertel auf uns zuflog. Shelby war unterwegs. Die Kavallerie würde tatsächlich einmal mehr oder weniger rechtzeitig eintreffen. Sekunden später hörte ich einen schwachen Aufschrei hinter uns.

»Mist!« stellte ich fest und trieb Alkland zu noch größerer Geschwindigkeit an. »Sie haben den Schacht gefunden, durch den wir gekommen sind.«

Der Heliporter war jetzt ein kleiner Schatten in der Ferne, der immer näher kam, während das blecherne Summen des Motors allmählich lauter wurde. Für einen Moment faßte ich wieder Hoffnung, doch dann blickte ich zurück und sah, daß jemand seinen Kopf durch das Loch gesteckt hatte.

»Ich sehe sie!« rief der Mann, und als er herauskroch, erkannte ich, daß er ganz in Dunkelblau gekleidet war. Von Snedd wußte ich, daß dies die Uniform der Sicherheitspolizei war, und meine Zuversicht schmolz dahin.

»Wir müssen jetzt rennen wie der Teufel«, sagte ich zu Alkland.

»Alles klar«, keuchte er und begann tatsächlich etwas schneller zu laufen. All die Stunden, die er im Badeanzug verbracht hatte, müssen ihm gut getan haben. Ich konnte immer noch mit ihm mithalten, obwohl ich rückwärts lief, um die Entwicklung der Dinge im Auge zu behalten, aber zumindest kroch er nicht. Wir hatten ein paar hundert Meter Vorsprung, und man braucht verdammt viel Glück, wenn man auf jemanden, der rennt, schießen und ihn treffen will.

Das Dumme war nur, daß der Heliporter immer noch einen knappen Kilometer entfernt war und daß jetzt fünf blaugekleidete Männer auf dem Dach standen, die alle in unsere Richtung liefen und zudem viel schneller als wir waren. Das bedeutete, daß das Gerät versagt hatte, was gar nicht gut war. Es war eine Lethargie-Bombe, durch die unsere Chancen massiv verbessert worden wären.

Dann bemerkte ich, wie die zwei unentwegten Polizisten aufs Dach krochen, und sah, daß es schließlich doch funktioniert hatte. Die zwei Typen wären problemlos von einem Gletscher überrollt worden. Warum zum Teufel waren dann die Jungs in Blau immer noch in Form? Vielleicht waren die beiden Polizisten zuerst hinaufgeschickt worden und hatten das meiste abgekriegt. Ich stellte ebenfalls fest, daß sie noch immer Grippe hatten. Ich war froh, nicht in ihrer Haut zu stecken, denn ihnen mußte es ziemlich dreckig gehen. Andererseits waren sie in einer wesentlich besseren Position als wir. Die Sicherheitspolizei verringerte den Abstand, und Sekunden später schlug der erste Schuß fünf Meter neben uns in den Boden.

»O Gott!« keuchte Alkland. »Die Dinge entwickeln sich eindeutig zum Schlechten.«

»Kaum zu glauben, nicht wahr?«

Das Summen des Heliportermotors stieg in die Tonhöhe an, und ich wußte, daß Shelby die Situation richtig eingeschätzt hatte und nun ihren makellos beschuhten Fuß aufs Gaspedal drückte. Sie war nur noch ein paar hundert Meter entfernt, aber die Männer in Blau waren uns viel näher. Der Anführer der Verfolgungsgruppe schoß erneut, und diesmal lag er schon nicht mehr so weit daneben. Dann blieb plötzlich der zweite Sicherheitspolizist stehen, verschränkte die Arme vor der Brust und runzelte die Stirn.

»Wißt ihr«, hörte ich ihn sagen, »eigentlich interessiert mich das hier einen Scheißdreck.«

Er schlenderte langsam zur Seite und suchte nach einer Stelle, wo er sich ein bißchen hinlegen und ausruhen konnte. Einen Augenblick später sagte der letzte Polizist in der Gruppe: »Mich auch. Leckt mich mal!« Damit gesellte er sich zu dem anderen. Die Bombe hatte funktioniert, aber das hier waren hochmotivierte Profis, so daß die Wirkung schwächer war und sich langsamer einstellte. Der Heliporter war jetzt nur noch hundert Meter entfernt, und Shelby legte sich in die Kurve, um direkt auf uns zuzuhalten. Ein Schuß pfiff an meinem Kopf vorbei, und ich erkannte, daß es Zeit war, mit dem Gerenne aufzuhören.

»Laufen Sie weiter!« schrie ich Alkland zu. »Ich hole Sie wieder ein.«

Er zögerte einen Moment und hastete dann weiter. Ich zog meine Waffe und schaltete sie schnell auf Höchstleistung zurück, als ein weiterer Polizist abbremste, sich streckte und hinsetzte. Während ich immer noch rückwärts lief, hob ich die Waffe und schoß.

Genau zu zielen, während man rückwärts läuft, erfordert eine hohe Kunstfertigkeit, und mein erster Schuß ging weit daneben. Der zweite war schon näher am Ziel, so daß der vorderste Mann langsamer wurde, um selbst besser zielen zu können. Der Motor des Heliporters war jetzt schon wesentlich lauter, und als ich einen Blick zurückwarf, sah ich, daß er knapp über dem Dach schwebte und Alkland nur noch ein paar Meter von ihm entfernt war.

Der zweite Polizist schoß ebenfalls und sah aus, als würde er wachbleiben, aber er war schon wesentlich langsamer als der erste, der zielstrebig näher kam. Entweder war er als letzter nach oben gestiegen, nachdem die Bombe schon lange losgegangen war, oder er war ein ganz schön harter Bursche. Er schoß wieder, und ich war nahe dran, meinen Kopf zu verlieren. Als ich den Heliporter erreichte, hockte Alkland bereits auf dem Beifahrersitz.

Heliporter bestehen im Grunde nur aus einer Rotoreinheit, einem Stab, der nach unten führt, und einem zweiten, der waagerecht daran angebracht und mit zwei Sitzen auf beiden Seiten ausgestattet ist. Ich würde mich mit den Beinen um den Mittelstab schlingen und mich hängenlassen müssen. Doch zuvor mußte ich mich noch um den ersten Polizisten kümmern. Er lief immer noch und schoß jetzt nicht mehr auf mich, sondern auf den Heliporter. Wenn er ihn traf, steckten wir ganz schön in der Bredouille.

Ich mag so was eigentlich überhaupt nicht, aber wenn es

nicht anders geht, dann muß es eben sein. Ich legte auf die Brust des Kerls an und drückte ab.

Das Geschoß fuhr ihm mitten zwischen die Lungen und fetzte seinen Brustkorb auseinander. Als er rückwärts taumelte, standen Wut und Panik in seinem Gesicht, was mich gar nicht überraschte. Er hatte nur diesen einen Brustkorb. Von jetzt an würde sich für ihn vieles ändern.

Ich lief die letzten paar Schritte zum Heliporter und sprang hoch. Shelby riß sozusagen das Lenkrad herum, falls man in der Luftfahrt davon sprechen kann, und der Heliporter machte einen Satz steil nach oben, während ein Schuß des letzten Polizisten knapp unter uns vorbeizischte.

»Volle Kraft voraus, Shelby!« keuchte ich.

»Klaro«, sagte sie.

Der Rückflug nach Farben, in die Freiheit und durch die frühe Morgensonne hoch über den Vierteln und weg von Status wird mir noch lange als eine der angenehmsten Erfahrungen meines Lebens in Erinnerung bleiben.

Die ersten hundert Meter waren etwas anstrengend, denn Shelby hatte den Heliporter voll aufgedreht, so daß Alkland von der Beschleunigung aus seinem Sitz gehoben worden wäre, wenn ich mich nicht an ihm festgehalten hätte. Ich hatte ebenfalls nicht gerade einen sehr sicheren Halt, so wie ich mit den Beinen um den Stab hing, während die Geschosse des letzten Polizisten uns um die Ohren pfiffen und die Erfahrung das gewisse Etwas gaben. Wir waren jedoch schon bald außer Reichweite, und als wir zurückblickten, sahen wir den Polizisten, wie er sich lethargisch auf das Dach setzte und ein Buch hervorholte. Jetzt waren wir in Sicherheit. Shelby hatte eine Rettungsaktion hingelegt, von der meine professionellen Freunde beeindruckt gewesen wären, und Alkland und ich waren dem sicheren Tod entkommen. Wir waren die ersten Menschen seit über fünfzig Jahren, die in Status hineingelangt und wieder herausgekommen waren, ohne geschnappt zu werden. Haben wir gejubelt und Sachen wie ›Jaaa!‹ oder ›Yippie!‹ geschrien? Ich denke schon.

Ich brachte Shelby dazu, um das Zentrum herum statt direkt darüber hinweg zu fliegen, damit der AZGD nicht zufällig Alklands Implantat in die automatische Ortung bekam. Während wir hoch über Royle hinwegsegelten und den Blick auf das glitzernde Metall und das siffige Wasser genossen, machte ich es mir etwas bequemer und checkte, ob Alkland fest im Sattel saß. Der Aktionist war nach dieser Sache völlig geplättet, aber auch so erstaunt, noch am Leben zu sein, daß er gar nicht daran dachte, erschrocken zu sein, und nur glückselig nach unten starrte. In seinem ganzen Leben war er nur zweimal in Techno gewesen und einmal via Rot in Status und sonst nirgendwo, weil er die ganze Zeit so sehr damit beschäftigt gewesen war, irgendwelche Dinge zu tun und eigentlich nie zu etwas anderem gekommen war.

Ich kam mir vor wie ein Vater, der sich darüber freut, daß sein Kind an etwas Spaß hat. Ich drehte mich zu Shelby um, die makellose Designer-Jeans trug, eine weiße Designer-Bluse, einen roten Designer-Sweater und Designer-Perlen. Auch sie beobachtete Alkland, worauf wir uns beide zulächelten. Spontan legte ich ihr meinen Arm um die Schultern und dankte ihr, so gut es ging, mit einem kleinen Kuß.

Dann überflogen wir Flip, und ich erklärte Alkland, warum die Leute da unten so aussahen, als würden sie immer wieder mit aller Kraft hochspringen, nur um wieder auf dem Boden zu landen. Anschließend überquerten wir einen Randbezirk des Rumms-Viertels und drangen in den Luftraum über Farben ein. Als Shelby langsam tiefer ging und auf meinen Wohnblock zusteuerte, klappte Alklands Kinnlade herunter und blieb für eine ganze Weile so. Ich wußte, was er empfand. Farben ist aus der Luftperspektive etwas ganz Besonderes. Von hoch oben kann man erkennen, daß die Computer für die Farbenkoordination nicht nur auf die Leute in den Straßen reagieren, sondern daß es außerdem ein Gesamtmuster gibt, ein gewaltiges Gemälde, daß ständig im Fluß ist. Warum sie das tun, wenn es oben niemanden gibt, der das auch würdigte, bleibt ein Rätsel. Vielleicht nur, weil sie es können.

Eine knappe Stunde nach ihrer vorigen Dachlandung ließ Shelby den Heliporter sanft auf die Spitze meines Blocks sinken. Wir warteten, bis die Rotoren stehengeblieben waren und stiegen ab.

»Shelby!« sagte ich, während ich ihre Hände in meinen hielt. »Du hast dir viele Extraleben verdient.«

»Ja«, sagte Alkland mit einem vorsichtigen Lächeln. »Vielen, vielen Dank.«

»Danken Sie Stark«, sagte sie grinsend zu ihm. »Er hat es mir beigebracht.«

Ich fragte sie, ob sie mit hineinkommen wolle, aber sie schüttelte bedauernd den Kopf.

»Würde ich gerne, aber ich muß dringend zum Einkaufen. Ich bin eh schon recht spät dran. Aber hör mal zu, du«, fügte sie hinzu und stach mit einem Finger in meine Brust. »Allmählich wäre mal wieder ein Treffen zu zweit überfällig.«

»Wenn diese Sache hier erledigt ist«, versprach ich, »gehen wir essen.«

»Absolut«, sagte sie. »Im Maxim. Wir werden uns was Schickes anziehen.«

»Das ist eine Verabredung.«

»Aber warte nicht, bis diese Sache erledigt ist«, sagte sie lächelnd, schlüpfte elegant in ihren Sitz zurück und startete die Rotoren. »Du bringst doch niemals etwas zu Ende.«

Wir warteten, bis sie sicher gestartet war und zurück in Richtung Brandfield abdüste. Dann führte ich Alkland zu der Tür, durch die man ins Treppenhaus des Gebäudes gelangt. Die oberen drei Stockwerke stehen leer, und während wir langsam hinunterlatschten, stolperte Alkland einmal und wäre fast gestürzt. Nach ihm zu greifen und ihn festzuhalten schien sich zu einem Full-time-Job auszuweiten.

»Tschuldigung«, murmelte er. »Müde.«

Er sah auch so aus. Jetzt, wo er wieder auf festem Boden stand und nicht mehr von bewaffneten Fanatikern gehetzt wurde, sah das Gesicht des Aktionisten schnell wieder genauso ungesund aus wie auf dem Dach von Status. Ich nickte voller Mitgefühl und hielt ihn am Arm fest. Ich war ebenfalls recht erschöpft.

»Kein Problem«, sagte ich. »Sie können sich hier ausruhen. Dann haben wir Zeit, über alles zu reden. Aber fürs erste sind Sie in Sicherheit.«

Alkland lächelte schwach und hob sein Kinn, was ich mir als bemerkenswerten Eindruck abspeicherte. Was immer das zu bedeuten hatte, es signalisierte auf keinen Fall ein überzeugtes Vertrauen in mich.

Auf dem Weg nach unten begegneten wir niemandem. Der Korridor auf meinem Stockwerk war ebenfalls leer. Warum ich Ihnen das erzähle? Weil es mir auffiel, und wenn mir etwas auffällt, dann beachte ich die Tatsache, daß es mir aufgefallen ist. Es war nicht überraschend, daß niemand in der Nähe war. Farben ist morgends sehr ruhig, wie man es von einem Boheme-Vierel so erwartet, und mein Block steht größtenteils leer. Warum ist mir also überhaupt etwas aufgefallen?

Als wir uns der Ecke des Korridors näherten, an dem meine Wohnung liegt, bedeutete ich Alkland, hinter mich zu treten und langsamer zu gehen. Der Aktionist wirkte verblüfft, aber er tat wie befohlen. Je weiter wir kamen, desto mehr verspürte ich ein Kribbeln im Hinterkopf, so daß ich mich dichter an der Wand hielt. Als wir ihr Ende erreichten, blieb ich stehen und legte meinen Finger auf die Lippen, um meinem Wunsch nach Frieden und Ruhe Ausdruck zu verleihen. Dann schob ich sehr vorsichtig den Kopf um die Ecke.

Im folgenden Abschnitt des Korridors hielt sich auch niemand auf. Ich zog meinen Kopf wieder zurück und schloß die Augen, ohne auf Alklands fragend erhobene Augenbrauen zu achten. Ich hielt sie eine Weile fest geschlossen und versuchte, mit mir selbst ins reine zu kommen. Mein eigentliches Bewußtsein, also das, das auf die Sachen achtet, die ich nicht bemerke, und sich an die Dinge erinnert, die ich vergesse, war wegen irgendwas sehr beunruhigt. Das ist es manchmal, und es liegt auch immer richtig damit. Leider ließ es sich nicht dazu herab, mir einen deutlicheren Hinweis zu geben, also blieb mir nur übrig, sehr vorsichtig zu sein.

Ich streckte meinen Arm aus, um Alkland zurückzuhalten, und schlich langsam um die Ecke, wobei ich meinen Rücken dicht gegen die Wand gepreßt hielt. Ich setzte einen Fuß vor den anderen und legte auf diese Weise die acht Meter bis zum Nebenkorridor zurück, an dem meine Wohnungstür liegt. Ich lauschte angestrengt, hörte aber nichts. Alkland, der sich ganz ruhig verhielt, beobachtete mich um die Ecke, als ich meine Waffe zog und mich darauf vorbereitete, in den Nebenkorridor zu gehen.

Auch dort war niemand. Für einen Moment entspannte ich mich leicht, bis ich bemerkte, daß die Farbe rund um das Schloß meiner Tür zerkratzt aussah. Ich wechselte auf die Türseite hinüber und winkte Alkland zu, er solle sich auf den Boden legen. Vorsichtig ging er in die Knie und streckte sich auf dem Bauch aus, ohne eine Ahnung zu haben, was los war, aber erfreulicherweise bereit, mir ohne Fragen zu gehorchen. Sehr langsam streckte ich meine linke Hand zur Tür aus, während ich mein rechtes Handgelenk auf den linken Oberarm stützte, um die Waffe ruhig auf die Tür gerichtet zu halten. Ich drehte den Türknauf, so leise ich konnte. Er ließ sich problemlos ganz herumdrehen.

Das Schloß war aufgebrochen worden. Ich wich ein Stück zurück und langte um die Ecke, um das Licht im Korridor auszuschalten. Wenn es im Innern der Wohnung dunkel war, wollte ich nicht, daß mich die plötzliche Helligkeit verriet. Ich habe solche Aktionen schon öfter gemacht, wissen Sie, und nicht immer auf der Seite des Guten.

Ich drehte den Knauf erneut und drückte die Tür einen Zentimeter weit auf. Drinnen war es dunkel und immer noch ruhig. Dann bewegte ich mich sehr schnell und schlüpfte durch die Tür, um sie fast ganz wieder zufallen zu lassen.

In der ganzen Wohnung brannte kein einziges Licht. Das war keine große Überraschung, denn es war neun Uhr morgens. Aber es war dunkler, als es hätte sein dürfen. Jemand hatte die Fenster auf Undurchsichtigkeit eingestellt.

Außerdem war es so absolut still, daß es mich beunruhigte. Ich konnte verdammt leise sein, wenn ich mir Mühe gab, aber niemals so leise, daß Paillette mich nicht hörte. Wenn er zu Besuch ist, ist es immer ganz nett, daß er sofort angerannt kommt, wenn ich die Tür öffne, und mir mit seinem Miauen zeigt, daß er sich über meinen Anblick freut.

Das war jetzt nicht passiert. Entweder war er nicht zu Hause, oder es ging ihm nicht gut. Ich hoffte für denjenigen, der in meiner Wohnung gewesen war, daß ersteres der Fall war. Ich bin kein sehr böswilliger Mensch, aber wie die meisten Leute habe ich eine kleine Liste von Freunden, die ich mit äußerster und gnadenloser Gewalt rächen würde. Paillette steht auf dieser Liste ziemlich weit oben. Auf Platz zwei, um genau zu sein.

Ich biß die Zähne zusammen und schlich an der Innenwand zum Wohnzimmer hinüber. Als ich kurz vor der Tür war, beugte ich mich vor und blickte in den Raum, um fast unmittelbar darauf wieder zurückzuschnellen. Dann tat ich dasselbe noch einmal, nur wesentlich langsamer. Etwas stimmte mit dem Wohnzimmer überhaupt nicht. Es war so ungewöhnlich, daß ich erst auf den zweiten Blick erkannte, was es war.

Es war aufgeräumt.

Ich preßte mich für einen Augenblick gegen die Wand, während ich die Waffe vor der Brust im Anschlag behielt, und versuchte, die Situation zu begreifen. Paillette ist ein sehr mysteriöses Wesen. Er hat jedoch noch nie meine Wohnung aufgeräumt.

Nach meiner Erfahrung würden auch Einbrecher nicht dazu neigen, meine Wohnung aufzuräumen. Nein, sie würden niemals auf diese Idee kommen. Auch ich würde niemals auf diese Idee kommen, dabei wohne ich hier.

Wie dem auch sei, ich mußte auf jeden Fall noch einmal verwegen sein. Ich lauschte noch einen Augenblick lang, bereitete mich auf alles vor und stürmte mit einer Rolle ins Wohnzimmer, so daß ich mitten im Raum landete, auf ein Knie gestützt und die Waffe schußbereit.

Aber ich schoß nicht. Ich starrte nur quer durch das Zimmer auf das Sofa. Sie werden kaum glauben, wer dort in der Dunkelheit saß, das falsche Ende des Zischers auf mich gerichtet und mit sehr ängstlichem und einsamen Blick: Es war Zenda.

ZWEITER TEIL

Einige Lügen

9. KAPITEL

Wir starrten uns ein paar Sekunden lang an, verharrten in einer Stellung wie eine seltsame Skulptur mit dem Titel ›Pattsituation‹, ›Entspannungspolitik‹ oder ›Zwei Menschen, die sich mit der Waffe bedrohen‹.

Zumindest das Problem Paillette war fürs erste gelöst. Er hockte zwischen mir und dem Sofa und sah aus, als würde er die Person, die darauf saß, gegen jeden Eindringling verteidigen, und wie ich ihn kannte, tat er vermutlich genau das. Ich versuchte angestrengt, die zweite dringliche Frage in angemessene Worte zu kleiden, ohne unfeine Sprache zu benutzen, aber dennoch gelassen zu klingen, doch mir fiel nichts ein. Statt dessen ließ ich meine Waffe sinken.

»Zenda, ist alles mit dir in Ordnung?«

Sie ließ die Waffe fallen und sah sehr, sehr erleichtert aus, mich zu sehen. Dann nickte sie zweimal und brach in Tränen aus. Paillette ging beiseite, damit ich auf Knien zum Sofa hinüberkriechen konnte. Als ich Zenda erreichte, breitete ich meine Arme aus, und sie zog mich an sich heran.

Nach einer Weile legte ich meine Waffe weg. Zenda gab einen leisen Laut von sich und drückte mich noch fester an sich.

»Alles in Ordnung«, sagte ich beruhigend. »Ich gehe nicht wieder weg.« Ich zog uns hinauf aufs Sofa und hielt dort ihren Kopf an meine Brust, umarmte sie so fest, wie sie wollte, und das war ziemlich fest. Paillette beobachtete uns eine Weile, wusch sich ohne offensichtlichen Grund kurz hinter einem Ohr und schlich sich dann aus dem Zimmer, nachdem er deutlich erkannt hatte, daß das hier meine Aufgabe war und er dienstfrei hatte.

Für eine ganze Zeitlang blieben wir so. Ich schaukelte Zenda leicht hin und her und strich ihr über den Hinterkopf, während sie ihre Arme um meinen Rücken geschlungen und ihr heißes Gesicht gegen meine Wange gepreßt hatte. Paillette hatte recht: Das hier war meine Aufgabe.

Ich habe Ihnen noch nicht alles über Zenda erzählt, und

was ich erzählt habe, war vielleicht nicht ganz die Wahrheit. Im Augenblick nur so viel: Ich bin der einzige Mensch, der das kleine Mädchen kennt, das sich hinter der Maske der Leiterin von Verdammt Eilige Sachen verbirgt, der einzige Mensch, der es jemals zu Gesicht bekommen darf. Es kommt nicht sehr oft zum Vorschein, und ich war froh, daß ich hier war. Denn wenn es einen Menschen gibt, für den ich mein Leben geben würde, dann ist sie das. Sie weiß das, und ich bin froh, daß sie es weiß.

Ein paar Minuten später saß sie aufrecht neben mir, hatte immer noch gerötete Augen, beruhigte sich aber langsam. Ich stellte ihr keine Fragen. Das tue ich nie. Ich weiß, daß sie von selbst reden wird, wenn sie dazu bereit ist.

Nach einer Weile atmete sie tief durch und blickte lächelnd zu mir auf.

»Ich habe deine Nachricht bekommen«, sagte sie.

»Zu der Zeit sah es nicht sehr gut für mich aus.«

Von der Wohnzimmertür kam ein leises Hüsteln, und als wir uns voneinander lösten, sahen wir, daß Alkland dort etwas verlegen in der Dunkelheit stand.

»Äh, 'Tschuldigung, daß ich hier einfach so reinplatze«, sagte er, »aber kann ich jetzt davon ausgehen, daß alles in Ordnung ist?«

Wir lachten, und die Frau neben mir wurde wieder zu Zenda Renn, zum furchteinflößenden, hyperaktiven Wirbelwind, und das kleine Mädchen versteckte sich wieder tief in ihr. Doch hielt sie immer noch, so daß man es nicht sah, meinen Finger fest in ihrer Hand, wie um mich daran zu erinnern, daß es noch irgendwo da war. Paillette schlenderte von hinten an Alkland vorbei ins Zimmer, wobei er einem dieser seltsam gewundenen Pfade folgte, die nur Katzen wahrnehmen können.

»Ist das Ihre Katze?« fragte Alkland und trat zögernd einen Schritt weiter ins Zimmer.

»Ja. Er heißt Paillette.«

»Er kam vorbei, um mich zu holen. Ich lag mit dem Gesicht nach unten im Korridor und fragte mich, was hier vor sich ging, und dann stieg mir plötzlich eine Katze auf den Kopf. Ich stand auf, und er führte mich herein.« Der Aktionist bückte sich und kraulte Paillette hinter dem Ohr. »Es muß eine sehr kluge Katze sein.«

»Das ist noch gar nichts«, sagte ich und blickte Zenda an. »Er hat meine Wohnung aufgeräumt, während ich unterwegs war.« Sie grinste verlegen und drückte meinen Finger noch fester. In diesem Augenblick wollte ich sie nur noch festhalten und ihr das sagen, was ich ihr niemals gesagt hatte. Aber ich tat es nicht. Der richtige Zeitpunkt dafür war schon seit langem vorbei, und das war meine Schuld.

»Das ist Zenda Renn«, sagte ich zu Alkland. »Sie stammt ebenfalls aus dem Zentrum.«

»Nett, Sie kennenzulernen«, sagte Alkland und kam näher, um ihr die Hand zu schütteln. Dazu mußte sie meinen Finger loslassen, was weh tat, aber ich hatte ja gewußt, daß es früher oder später geschehen würde. Es war Zeit, weiterzumachen und Sachen zu klären. Irgendwie ist es immer so. »Welche Abteilung?«

»Besonders Dringende Angelegenheiten«, antwortete Zenda, »Leiterin der Unterabteilung Verdammt Eilige Sachen.«

»Wirklich?« sagte Alkland voller Respekt, was ich sehr cool fand. Zenda hatte eine recht hohe Stellung, aber Alkland stand noch etwa zwanzig Stufen über ihr, und dazu in der Herzabteilung des Zentrums. »Ich bin Fell Alkland.«

»Ich weiß, leider«, sagte Zenda. »Ich war es, der Stark beauftragte, nach Ihnen zu suchen.«

»Ach«, sagte er, und damit kam die Konversation für eine Weile zum Stillstand.

Am Nachmittag saßen wir alle auf dem Fußboden im Wohnzimmer. Inzwischen hatten Alkland und ich uns ausgiebig geduscht. Ich hatte meine Post durchgelesen, darin aber nichts weiter gefunden außer einer Presseerklärung von Ji, in der es hieß, daß er und Snedd jetzt sogar noch einen größeren Teil des Rot-Viertels kontrollierten. Wir hatten etwas zu Mittag gegessen. Wir hatten in der Tat alles unternommen, was uns einfiel, um den Punkt hinauszuschieben, an dem wir unser begonnenes Gespräch würden weiterführen müssen.

»Gut«, sagte ich schließlich. Ich wußte, daß es meine Aufgabe war, die Sache wieder aufs Tapet zu bringen. »Ich denke, ihr beide fragt euch, warum ich euch herbestellt habe.« Ich weiß, das war schwach, aber ich habe keinen Redenschreiber, der mir mit so was aushilft. Ich muß mir alles selbst ausdenken.

Die beiden lächelten gequält, sagten aber nichts. Ich bereite mich schon darauf vor, ein paar direkte Fragen stellen zu müssen, aber dann begann Zenda zu reden.

»Ich bin aus zwei Gründen hier.« Sie machte eine lange Pause, bevor sie fortfuhr. »Erstens, weil ich befürchtete, daß du vielleicht nicht wieder zurückkommst. Als ich deine Nachricht erhielt, nun, da bekam ich große Angst, und ich wollte hier sein.«

Ich nickte.

»Aber es gab noch einen zweiten Grund. Ich mußte mit dir reden Stark, und das wäre im Zentrum nicht möglich gewesen.«

»Worüber?«

»Das ist es ja – ich weiß es nicht. Ich weiß nur, daß etwas im Zentrum vor sich geht, und zwar etwas sehr Seltsames.«

»So wie letztes Mal, als ich da war?«

»Ja, aber schlimmer. Als du mich gefragt hast, was los ist, wußte ich nicht, was ich sagen sollte. Es gab nichts Konkretes, auf das ich den Finger hätte legen können, nur ein dumpfes Gefühl, daß etwas Komisches im Gange ist. Es ist schwer zu beschreiben, aber es gibt so etwas wie einen Pulsschlag der Geschäftigkeit im Zentrum, und irgendwie scheint er aus dem Takt geraten zu sein. Treffen werden im letzten Moment abgesagt und verschoben. Leute sind nicht zu erreichen und ...« Sie verstummte.

»Und was?«

»Ich habe das hier in meinem Schreibtisch gefunden.« Sie kramte in ihrer Jackentasche und holte ein kleines Metallkästchen heraus. Sie öffnete es und reichte mir ein graues

Objekt, das etwa die Außmaße einer kleinen Erbse hatte. »Weißt du, was das ist?«

»Ja«, sagte ich. »Weißt du's?«

»Ich weiß nur, daß ich es dort nicht hineingetan habe. Aber ich schätze, ich kann es mir denken. Aus diesem Grund habe ich es dir im Kästchen gebracht.«

»Du hattest recht. Es ist eine Wanze«, sagte ich. Alkland vollführte einige idiotische Gesten und zeigte nervös auf das Ding. »Alles in Ordnung«, versicherte ich ihm. »Diese Wohnung ist hervorragend abgeschirmt. Sie könnten in der Küche sitzen und würden trotzdem nichts empfangen.«

»Ist jede Wohnung hier so ausgerüstet?« fragte er überrascht.

»Nein. Vergessen Sie nicht, daß ich damit meinen Lebensunterhalt verdiene! Zenda, du hast wirklich keine Ahnung, warum man dein Büro abhört?«

»Es gibt nur eine Sache, mit der ich zu tun habe, die einigermaßen heikel ist«, sagte sie, wobei sie versuchte, Alkland nicht anzusehen. »Ich sehe immer wieder Darv, wie er sich in der Abteilung herumtreibt. Es muß etwas damit zu tun haben. Ich habe mir nichts zuschulden kommen lassen. Wirklich nicht.«

Sie war erregt. Zenda hatte alles gegeben, um ins Zentrum zu kommen. Ich dachte einen Augenblick nach, stand dann auf und ging zu meinem Schreibtisch, in dem ich meine wichtigen Sachen aufbewahrte. So gehen sie niemals verloren, wenn mein Gravitator mal wieder spinnt. Sie sind nur verloren, wenn ich vergesse, daß ich sie dort eingeschlossen habe.

Schließlich fand ich meinen Wanzendetektor, stellte ihn auf den Tisch und warf die Wanze hinein.

»Hallo, Stark, alter Junge! Lange nicht gesehen!« Leider kann der Wanzendetektor reden.

»Hallo Wanzl. Was meinst du dazu?«

»TX77i-Abhörvorrichtung, Hardware-Version 4.5, Firmware 3.4, Software 5.1.«

»Gut, gut. Sonst noch was?«

»Sie ist sehr klein.«

»Wanzl ...«
»Schon gut, nur ein kleiner Scherz. Oh, Moment, das ist ja komisch!«
»Was denn?«
»Es ist gar nicht Version 5.1, sondern 5.1.3!«
Ich seufzte. Der Wanzendetektor war zufällig keine Anzahlung, aber das lief letztlich auf dasselbe hinaus.
»Höchst spannende Resultate«, sagte Zenda.
»Das ist *wirklich* sehr interessant«, erwiderte die Maschine eingeschnappt.
»Warum?« fragte ich und gab mir Mühe, geduldig zu klingen.
»Ich werde es dir nicht verraten.«
»Wanzl!«
»Nein. Es ist bestimmt wieder sooo langweilig, also werde ich deine kostbare Zeit nicht wieder in Anspruch nehmen.«
»Nun sag's schon!«
»Nein.«
»Du sagst es mir jetzt, oder ich werde dich aus dem Fenster werfen!«
»Das würdest du niemals tun.«
»Ich glaube, du hast mich noch nicht richtig kennengelernt.«
»Okay, schon gut. Die Software für dieses Gerät ist umprogrammiert worden. Jetzt übermittelt es seine Daten nicht mehr an den AZGD, sondern direkt an eine Regierungsbehörde. Das ist sehr ungewöhnlich. Sehr, sehr ungewöhnlich. Wirklich unglaublich unge ...«
»Ja, ich hab's verstanden.«
»Willst du auch wissen, an welche Abteilung?« fragte er selbstgefällig.
»Besonders Dringende Angelegenheiten?«
Es gab eine kurze Pause.
»Wenn du es schon länger gewußt hast«, schimpfte die kleine Maschine, »warum hast du mich dann so lange schmoren lassen?«
»Jemand in meiner eigenen Abteilung läßt mich abhören?« flüsterte Zenda irritiert.

»So was muß ich mir nicht gefallen lassen!« tobte der Wanzendetektor weiter, ohne daß noch jemand auf ihn hörte.

»Ich vermute«, sagte ich und wandte mich an Zenda und Alkland, »daß es irgendwo im obersten Stockwerk ein tolles Gerät gibt, in C's Büro zum Beispiel, um mal wild drauf los zu spekulieren. Du hast dir nichts zuschulden kommen lassen, Zenda. Das hier ist ein ganz besonderes Gerät.«

»Aus mir hätte alles mögliche werden können! Ich hätte meine eigene Maschine sein können!«

»Aber warum?« fragte Zenda wehleidig. »Worum geht es überhaupt? Und wo ich gerade darüber nachdenke, fällt mir ein, daß ich euch noch fragen wollte, warum ihr beide eigentlich hier seid und nicht im Zentrum.«

»Ich hätte große Aufstiegschancen gehabt!«

»Wanzl«, sagte ich und drehte mich um. »Halt jetzt endlich die Klappe!«

»Wie willst du das erreichen?«

»Schnauze, du Scheißding!« brüllte Zenda. »Oder ich werde dich aus dem Fenster schmeißen!«

»Oh, Wahnsinn! Ist es das, was Sie unter motivierendem Management verstehen?« brummte der Wanzendetektor. »Wenn Sie Ihre Abteilung auf diese Weise leiten, wundert es mich überhaupt nicht, daß man Sie belauscht.«

»Jetzt reicht's!« schrie Zenda und marschierte zum Schreibtisch hinüber.

»Ich hab's nicht so gemeint! Stark, hilf mir!«

Ich schnappte mir die Maschine, warf sie wieder in die Schublade und verschloß sie.

»Ich denke, es wäre wohl an der Zeit, daß wir einmal ein ausgiebiges Plauderstündchen einlegen«, sagte ich und sah Alkland an. Er senkte den Blick und nickte. Dabei bemerkte ich, daß die Besserung seines Zustands durch die Dusche nur vorübergehend gewesen war. Er sah schlimm aus.

»Stark?« kam eine gedämpfte Stimme aus der Schublade.

»Was ist denn noch?«

»Du hast die Wanze vergessen.«

Ich öffnete die Schublade, und die Maschine spuckte das kleine Gerät in hohem Bogen aus. Ich schaffte es nicht, das

Ding in der Luft aufzufangen, und mußte es vom Boden aufheben, aber ich verschloß die Schublade ruhig über dem blechernen Gekicher der Maschine. Ich werde das kleine Miststück später aus dem Fenster werden, wenn ich wieder mal einen Kick brauche.

Wir machten uns Kaffee. Wir setzten uns gemütlich zusammen. Wir fingen an.

»Ich wurde im Zentrum geboren und habe dort mein ganzes Leben verbracht«, begann Alkland. »Heute auf dem Rückweg habe ich, wenn auch nur aus der Ferne, mehr Viertel gesehen, als ich jemals besucht habe. Jeden Tag meines Lebens bin ich mit ganzem Herzen für das Zentrum eifrig, strebsam und fleißig gewesen.«

Danach macht er eine kleine Pause, als wüßte er nicht, womit er weitermachen sollte.

»Stark weiß, was ich auf mich genommen habe, um in Status hineinzugelangen. Er weiß auch, daß ich keine Ahnung hatte, wie ich wieder herauskommen sollte.«

»Moment, Moment«, sagte Zenda. »Sagten Sie, was *Sie* auf sich genommen haben?«

»Ja.«

»Es gibt keine Gang, Zenda«, sagte ich.

»Keine Gang?«

»Nein«, sagte Alkland. »Ich habe die Aktion allein durchgeführt. Ich bin einfach gegangen.«

Zenda schaute völlig verblüfft drein. Niemand geht einfach so aus dem Zentrum weg. Wenn man sein ganzes Leben damit verbracht hat, den Leuten, die einem die Stellung streitig machen wollen, eine Nasenlänge voraus zu sein, geht man nicht einfach weg. Jemand anderer könnte einem den Platz am eigenen Schreibtisch weggenommen haben, sobald man mal für fünf Minuten weg ist. Viele Aktionisten schlafen tatsächlich an ihren Schreibtischen, damit sich niemand dort in der Nacht hereinschleicht. Alkland erriet ihre Gedanken.

»Ich weiß, für Sie klingt das unvorstellbar, wie für jeden

anderen Aktionisten auch. Also ging man sofort davon aus, daß ich entführt wurde, weil das für jeden die einzige glaubwürdige Erklärung schien.«

»Für fast jeden«, warf ich ein. Ich weiß nicht, was es mit solchen Gesprächen auf sich hat, aber irgendwie beugt sich dabei jeder in seinem Sitz vor und spricht in unvollständigen Sätzen.

»Ja«, seufzte er. »Es gibt einige, die von Anfang an wußten, daß ich nicht entführt wurde, und Sie, Zenda, haben den Auftrag in dieser Angelegenheit von einem von ihnen bekommen. C wußte, daß ich aus eigenem Entschluß gegangen bin, und er wußte auch, warum.«

»Moment mal«, sagte Zenda. »C *wußte,* daß Sie nicht entführt wurden? Warum hat er es mir dann nicht gesagt? Warum hat er mich auf den Fall angesetzt?«

»Weil er nicht wußte, wo ich bin, und mich wiederhaben wollte. Da war es das Einfachste, zu sagen, ich sei entführt worden. Auf diese Weise würden die Leute besser motiviert sein, loszugehen und nach mir zu suchen.«

»Ich habe mich allerdings auch schon gefragt«, sagte ich, »warum jemand einen hochstehenden Aktionisten entführen sollte und was es sein könnte, das nur das Zentrum hat, wofür sich jemand solche Mühe machen würde. Mir ist nichts eingefallen, aber ich nahm einfach an, daß ich noch nicht lange genug drüber nachgedacht habe.«

»Aber mir hätte C doch sagen können, daß Sie einfach nur weggegangen sind«, sagte Zenda wütend. »Warum hat er mir nicht vertraut? Für mich hätte es keinen Unterschied gemacht. Ich mache mir Arbeit – wenn jemand wiedergefunden werden muß, lasse ich nach ihm suchen.«

»Weil Sie vielleicht Fragen gestellt hätten. Erinnern Sie sich, wie Sie vorhin reagiert haben, als ich es Ihnen erzählte? Vielleicht hätten Sie C nicht mit Fragen belästigt, aber Sie hätten es zumindest für äußerst seltsam gehalten. Außerdem haben Sie bereits bemerkt, daß im Zentrum etwas Merkwürdiges vor sich geht. Sie hätten versucht, der Sache auf den Grund zu gehen, wenn man Sie darauf gestoßen hätte.«

Der Aktionist machte erneut eine Pause, und ich beschloß, daß es Zeit war, die Diskussion auf den Punkt zu bringen und eine Art Tagesordnung zu erstellen. Es war bereits sehr spät. Ich wußte nicht, mit welcher Ausrede Zenda das Zentrum verlassen hatte, aber sie würde nicht für ewig reichen.

»Okay«, sagte ich, »wir hätten jetzt drei Fragen, die beantwortet werden müssen. Warum sind Sie gegangen? Warum sucht man nach Ihnen? Schnell, Alkland.« Ich wollte den älteren Mann nur ungern drängen, weil er so krank aussah und ich wußte, daß er ziemlich fertig war. Auf der anderen Seite mußte ich es genau aus ebendiesen Gründen tun. Es war jetzt fast fünf Stunden her, seit wir das Dach verlassen hatten, und draußen wurde es bereits dunkel. Wenn ich schon meinen Auftrag nicht richtig zu Ende führen durfte, wollte ich wenigstens wissen, was statt dessen geschehen sollte, und zwar bald.

»Das sind nur zwei Fragen«, kam es dumpf aus der Schublade. »Schwachkopf.«

»Halt's Maul, und schalt dich aus«, schlug ich vor. »In beliebiger Reihenfolge.«

»Wie lautet die dritte Frage?« fragte Alkland.

»Später«, sagte ich.

»Er hat sich noch gar keine ausgedacht«, mischte sich der Wanzendetektor erneut ein. »Er macht sich damit nur wichtig.«

Ich stand auf, öffnete die Schublade und schaltete die Maschine aus, indem ich sie gerade heftig genug auf die Tischplatte knallte, um sie nicht zu zerstören. Manchmal ist sie nämlich ganz nützlich, und außerdem möchte ich, daß sie bei vollem Bewußtsein ist, wenn sie aus dem Fenster fliegt.

Viel später erkannte ich, daß es sogar vier Fragen waren, die ich hätte stellen sollen. Wenn ich es bereits zu diesem Zeitpunkt gewußt hätte, wäre vieles vielleicht ganz anders gelaufen. Aber das war nun mal nicht der Fall.

»Na gut«, sagte Alkland. »Warum bin ich gegangen? Ich bin gegangen, weil ich nicht länger so tun kann, als würde ich nicht bemerken, was im Zentrum vor sich geht. Zenda, haben Sie schon einmal von einer Droge namens Diligenz gehört?«

Das hatten wir beide. Einige Aktionisten, das heißt die widerwärtigsten der mega-hyperaktiven Power-Freaks, die um jeden Preis Karriere machen wollen, sollen angeblich gelegentlich Gebrauch davon machen. Eigentlich ist sie illegal, aber das ist vieles.

»Ja«, antwortete sie verächtlich. »Damit soll man den Fleiß steigern können.« Ich mußte insgeheim grinsen. Zenda hat es noch nie gemocht, wenn jemand schummelt.

»So ist es«, sagte Alkland traurig. »Nicht sehr und auch nicht für sehr lange, aber ein wenig. Es gibt sie schon seit einer geraumen Weile, und einige der Leute, die sich im Zentrum zu führenden Positionen hinaufgearbeitet haben, benutzen sie schon ihr ganzes Leben lang. Sie hat sie zu dem gemacht, was sie sind. Inzwischen gibt es eine Art harten Kern, eine Gruppe von Leuten, die sie benutzen, sie kontrollieren und sie den Leuten zugänglich machen, die ihrer Ansicht nach Erfolg haben sollen. Das Zentrum funktioniert nicht mehr nach dem Leistungsprinzip, fürchte ich, und das schon seit langer Zeit.«

Diese Neuigkeit war nicht gerade so überraschend, daß sie mich aus den Socken haute, aber ich stellte fest, daß Zenda schockiert aussah. Sie ist nicht unbedingt naiv, sondern nur etwas zu geradlinig. Sie hat schwer geschuftet, um ins Zentrum zu kommen, und ist stolz auf ihre eigenen Fähigkeiten. Ich wußte, daß sie eine Weile brauchen würde, um damit klarzukommen, wie es in Wahrheit hinter den Kulissen im Zentrum zuging. Ich fragte mich, ob es für sie jemals wieder wie früher sein konnte.

»Aber es kommt noch viel schlimmer«, erzählte Alkland weiter, wobei er sich immer mehr erregte. »Als ich entdeckte, was läuft, beschloß ich für mich, daß es reichte. Warum sind manche Menschen fleißiger als andere? Warum sind einige Leute so versessen darauf, Erfolg zu haben? Es ist zum Teil natürlich eine psychische Sache, aber auch physiologische, als chemische Faktoren spielen eine Rolle. Diligenz wird aus einem Extrakt des menschlichen Gehirns gewonnen.«

Zenda sog scharf den Atem ein, und auch ich war leicht schockiert. Nicht sehr, aber ein wenig. Wie ich schon sagte, habe ich bereits einige üble Sachen erlebt.

»Es heißt immer, daß die Droge aus Rot eingekauft wird, aber das stimmt nicht. Der Extrakt wird von außen bezogen, aber die Droge wird im Zentrum hergestellt.«

»Woher stammt der Extrakt?«

»Aus Status.«

Damit hakte ich eine der Fragen ab, die ich mir für spätere Klärung aufgehoben hatte. Daher konnte es sich Status also leisten, Computer und Antischwerkraft-Technik zu bezahlen. Zenda war fassungslos.

»Man holt das Zeug aus den Gehirnen von Menschen?«

»Die Gewinnung ist sehr einfach und fügt den ›Spendern‹ keinerlei Schaden zu. Anschließend sind sie, na ja, lediglich etwas weniger fleißig als zuvor. Friedfertiger.«

»Was für die Regierung«, fügte ich hinzu, »ein ganz angenehmer Zustand ist.«

»Genau. Ein wahrhaft symbiotisches Arragement für die Machthaber. Eine Fleiß-Verpflanzung. Jene, die nicht wollen, daß ihre Bürger Fleiß zeigen, verkaufen ihn an solche, die ihn haben wollen. Eine optimale Lösung.«

»Es ist widerwärtig«, brummte Zenda wütend.

»Aber jetzt haben die Biochemiker einen Fortschritt gemacht: Diligenz II. Viel stärker, hält länger vor und braucht einen etwas anderen Extrakt als Grundstoff. Auch dadurch werden die Spender nicht getötet, aber anschließend sind sie lallende Idioten. Und mit absoluten Schwachköpfen kann niemand mehr etwas anfangen, vor allem nicht in Status. Man kann sich dort kein nutzloses Menschenmaterial leisten. Letztlich läuft es auf Viehzucht hinaus, und das konnte ich nicht mehr dulden. Also machte ich mich aus dem Staub.«

»Womit Frage Zwei beantwortet wäre«, sagte ich. »Man befürchtet, Sie würden die Sache an die große Glocke hängen.«

»Ja«, sagte er schulterzuckend.

»Und? Werden Sie es tun?«

Der Aktionist seufzte. Wie er da in seinem Sessel saß, sah er sehr alt und müde aus.

»Wem soll ich's erzählen? Der Chef-Aktionist weiß, was los ist, aber er ist alt und möchte noch eine Weile Chef-Aktionist bleiben. C hat eine viel zu gute Machtbasis, um ihn stürzen zu können. Und außerhalb des Zentrums interessiert es keinen. Niemand hat irgendeine Gewalt über das Zentrum oder ein anderes Viertel. C und die Leute, die mit ihm zusammenarbeiten, stehen bereits in Verhandlungen mit Status und ein paar anderen Vierteln. Es hat keinen Sinn, sich an Status, Schan oder Idylle zu wenden, weil die Verwaltung dort längst Bescheid weiß. Sie hängen voll mit drin.«

»Idylle?« rief Zenda. »Idylle hat auch damit zu tun? Nein, nein ...«

Ich versuchte, Zenda zu beruhigen, was mir allerdings kaum gelang, da ich selbst wütend war. Ich habe schon viele Viertel gesehen, ich bin ja weit rumgekommen. Aber Idylle ist ein ganz besonderer Ort, und zwar aus vielen Gründen. Es ist dort ganz anders als anderswo. Idylle ist ein altes Viertel, wo die Menschen in Ruhe und Frieden kommen und gehen können. Sie kümmern sich um niemanden und streiten sich mit niemandem. Sie wollen dort nur in Ruhe gelassen werden, damit sie freundlich und nett zueinander sein können. Ich weiß, das klingt ziemlich seltsam, aber für sie ist es okay.

»Noch nicht«, sagte Alkland schnell. »Bisher hat das Zentrum nur Status und Schan benutzt. Aber für Diligenz II werden mehr Spender gebraucht, und Idylle steckt in großen finanziellen Schwierigkeiten. Ich bin niemals dort gewesen, ich habe nur gehört, daß es dort sehr nett ist und ...«

»Sehr *nett?*« kreischte Zenda. »Es ist mein Zuhause! Dort bin ich aufgewachsen! Es ist – Stark, sag du es ihm – es ist ...«

»Es ist dort nicht mehr wie früher«, vollendete Alkland ihren Satz. »Das Zentrum droht damit, Anleihen in Form von Gerätschaften einzutreiben, Geschäfte, die damals über

Techno abgewickelt wurden. Idylle wird auseinanderfallen, wenn das geschieht. Sie haben keine Wahl.«

Zenda schäumte vor Wut. Ich wartete ab, weil ich wußte, was kommen würde. Ich hatte schon seit einer Weile, das heißt, seit ich festgestellt hatte, daß es gar keine Gang gab, so etwas Ähnliches am Horizont auf mich lauern sehen. Ich reiße mich nicht um solche Jobs. Sie kommen von selbst zu mir, und deshalb ist mein Leben solch eine bunte Abfolge von besorgniserregenden Ereignissen. Zenda wandte sich schließlich mir zu, wie ich es erwartet hatte.

»Doch, die haben sie.«

Ich blickte sie an und lächelte. Wie ich schon sagte, manchmal stellt sich mir die Wahl, manchmal nicht. Das Komische daran ist nur, daß es mir niemals wie eine freie Wahl vorkommt, für die richtige Seite zu kämpfen. Man wählt nur die schlimmen Dinge, die guten hingegen packen einen einfach und schleifen einen mit sich. Es ist bloß ein Jammer, daß das Gute niemals abfärbt.

»Ich werde mein Bestes tun.«

Sie lächelte strahlend und wunderschön und nahm meine Hand.

»Ich werde auch tun, was in meiner Macht steht«, sagte sie. »Sag mir, was ich tun soll, und ich werde es tun.«

Alkland sah uns beide verständnislos an.

»Wovon reden Sie überhaupt?«

»Wir reden davon, dieser Sache Einhalt zu gebieten.«

Der Aktionist schüttelte hoffnungslos den Kopf.

»Das können Sie nicht. Diese Leute sind sehr mächtig, und sie werden sich nicht aufhalten lassen. Sie haben keine Ahnung, worauf Sie sich da einlassen.«

»Diese Leute auch nicht«, sagte Zenda wild und nickte in meine Richtung, was ich als schmeichelhaft empfand. Ich gab mir alle Mühe, wie jemand auszusehen, mit dem man rechnen muß, aber mein Gesicht ist dazu nicht geeignet, und ich erwartete auch nicht, Alkland zu überzeugen, zumindest noch nicht. Er sah uns beide eine Weile finster an und schüttelte dann den Kopf.

Kurze Zeit später schlief der Aktionist in der Wärme und Sicherheit meiner Wohnung auf dem Sofa ein, und Zenda und ich schlichen in die Küche, um ihn nicht zu stören. Dort benutzte ich das Videophon, um Pizza zu ordern. Ich orderte eine Menge. Die Telefonistin schien sogar etwas entsetzt über die Menge zu sein, aber ich konnte sie schließlich doch überzeugen, daß ich es ernst meinte.

»Was passiert jetzt, Stark?« fragte Zenda leise, als ich aufgelegt hatte.

»Du mußt wieder ins Zentrum zurückgehen«, sagte ich, »und deine Wanze mitnehmen. »Das schien ihr gar nicht zu gefallen, aber sie willigte ein. In solchen Angelegenheiten tut sie immer, was ich ihr sage. Zumindest fast immer. »Du mußt sie wieder dahin zurücktun, wo du sie gefunden hast, und darauf hoffen, daß sie in der Zwischenzeit von niemandem überprüft wurde.«

»Und wenn doch?«

»Sei schlau. Sag, du hast sie gefunden und überprüfen lassen.«

»Was? Ist das klug?«

»Etwas anderes zu behaupten, wäre nicht sehr überzeugend. Sag nur nicht, daß du mich gesehen oder auch nur von mir gehört hast. Das dürfte nämlich der Hauptgrund sein, warum du abgehört wirst. Der Sicherheitsdienst der Abteilung müßte dir sagen können, ob jemand in deinem Büro gewesen ist. Wenn das der Fall ist, wenn es jemand wie Darv war, dann geh direkt zu C und melde die Wanze. Denk immer dran, daß du nichts weißt und daß du weder Alkland noch mich gesehen hast. Dann wäre das eine ganz natürliche Reaktion. Er wird so tun, als wüßte er von nichts, und sich entschuldigen. Die nächste Wanze werden sie etwas sorgfältiger verstecken.«

»Okay. Was soll ich also tun?«

»Rühr dich nicht, mach deine Arbeit und tu so, als hättest du nichts von mir gehört. Ich werde mich so bald wie möglich bei dir melden.«

»Wohin gehst du?«

Ich blickte sie eine Weile schweigend an, bis sie verstand und nickte.

»Ich hatte mir darüber schon Gedanken gemacht«, sagte sie. »Also ist da noch ein Etwas. Weiß er davon?«

»Ich glaube nicht«, sagte ich. »Er denkt, es wären lediglich Alpträume, und es gibt keinen Anhaltspunkt, der ihn auf eine andere Idee bringen könnte. Aber du hast gesehen, wie schlimm es um ihn steht. Das müssen wir als erstes regeln, sonst hält er nicht durch.«

»Sei vorsichtig, Stark!«

»Das bin ich. Noch eins: Ruf bitte unterwegs Ji an und laß ihn wissen, wohin ich gehe.«

»Wird er sich an mich erinnern?«

»Das wird er.«

Als plötzlich ein Schrei aus dem Wohnzimmer kam, riß ich die Tür auf und sah, wie Alkland im Schlaf auf dem Sofa um sich schlug. Seine Haut war fleckig, und sein Atem kam in unregelmäßigen Stößen. Ich eilte zu ihm und schüttelte ihn an der Schulter. Der Türmelder summte, und Zenda drückte auf den Knopf, um das Mädchen mit der Pizza hereinzulassen. Erst nach einem heftigen Schütteln wachte Alkland auf. Er fuhr hoch, starrte mit weit aufgerissenen Augen ins Leere und murmelte etwas Unverständliches. Als ich ihn erneut schüttelte, erkannte er mich, sah aber immer noch sehr erschrocken aus.

»Wo waren Sie?« fragte ich ihn schnell. Der Aktionist redete immer noch unverständlich, worauf ich ihn erneut und noch heftiger schüttelte. »Das ist die dritte Frage. Sie ist wichtig. *Wo?* Was haben Sie geträumt?«

»Ich ... in einem Dschungel. Ich war in einem Dschungel.«

»War jemand bei Ihnen? Los, denken Sie nach!«

»Nein ... ich ... nein, ich war allein.« Sein ganzer Körper zitterte, aber ich ließ nicht locker. Manchmal muß man hart sein.

»Sind Sie sicher? Denken Sie nach!«

»Ja, aber ...« Er schüttelte energisch den Kopf und schien gleich in Tränen ausbrechen zu wollen. Es war hart, aber ich schlug ihm leicht ins Gesicht. Zenda griff nicht ein. Sie weiß, daß ich weiß, was ich tue.

»Aber was?«

Er stieß keuchend den Atem aus.

»Jemand kam.«

Es klingelte an der Tür, und ich nickte Zenda zu. Sie öffnete vorsichtig, das Pizza-Mädchen trat ein, warf Alkland und mir einen uninteressierten Blick zu und marschierte direkt in die Küche. Zenda kam und hockte sich neben uns. Sie versuchte, den Aktionisten zu beruhigen. Ich weiß nicht, wie Frauen das machen, aber sie können es einfach. Sie haben den Bogen irgendwie raus. Sogar heute, wo niemand mehr einen großen Wirbel um den Unterschied zwischen Männer und Frauen macht, wo mehr Frauen als Männer arbeiten, wo der Geschlechterkrieg zu den Akten gelegt ist, gibt es noch Unterschiede, wie es sie schon immer gegeben hat. Männer und Frauen sind nun einmal verschieden. Es tut mir leid, aber so ist es.

Alkland beruhigte sich ein wenig, verdrehte aber den Hals, um zur Küche zu sehen, aus der das Klappern von Eßgeschirr drang.

»Wer ist das?« fragte er mißtrauisch.

»Das Pizza-Mädchen«, erklärte ich. »Sie kommen vorbei und bereiten einem die Pizza in der eigenen Mikrowelle zu. Dauert nur eine Minute, und es schmeckt phantastisch. Und Sie werden eine Riesenmenge essen, denn gleich danach werden Sie und ich gehen müssen.«

»Wohin?« fragte er wehleidig, aber ich hatte keine Gelegenheit zu einer Antwort mehr, denn in diesem Augenblick wurde die Küche von einer gewaltigen Explosion in tausend Stücke gerissen.

10. KAPITEL

Mit Explosionen ist es irgendwie seltsam. Auch wenn man genau weiß, daß das Geräusch zunächst wie ein dumpfes Krachen klingt, auf das das Scheppern der Trümmer und das Splittern von Glas folgten, gibt es nur ein Wort, das alles zusammenfaßt.

Bumm.

Das hier war jedoch eher ein *BUMM!*, und das, was unmittelbar darauf folgte, war auch nicht aus Pappe. Zenda wurde über mich geschleudert, und ich landete auf dem Sofa und auf Alkland, während wir mit Trümmern des Mauerwerks und blitzenden Scherben der Videowand überschüttet wurden.

»Scheiße!« stellte ich äußerst scharfsinnig fest und sprang auf, als es einigermaßen sicher schien. »Mist!« Ich untersuchte Zenda, die bis auf ein paar Kratzer in Ordnung war. »Bleib bei ihm! Scheiße, wo ist Paillette? Wo ist der Kater?«

Ich fand ihn im Schlafzimmer, wo er verschlafen hockte. Er sah leicht überrascht aus, aber wesentlich ruhiger, als ich mich fühlte. Ich lief ins Wohnzimmer zurück. Funken aus der zerstörten Videowand sprangen in hohem Bogen durch das Loch in die Küche über. Mit einem Fußtritt schaltete ich das Netzgerät aus, als ich rüberging.

Die Küche sah aus – nun, wie soll ich sagen? –, als wäre eine Bombe eingeschlagen. Sie war voller Rauch, und es brannte in einigen Ecken. Ich trat das Feuer aus, so gut ich konnte, wobei ich versuchte, den roten Matschflecken aus dem Weg zu gehen, die den Fußboden und die Wände bedeckten. Es war nicht mehr zu unterscheiden, was von der Pizza stammte und was nicht.

»Ist sie tot?« rief Zenda.

»Sozusagen!« rief ich zurück. »Und die Pizza ist auch hin.« Alkland sah entsetzt aus, bis Zenda ihm erklärte, daß die Lieferantinnen nur künstliche Androiden waren. Einige

Pizzafirmen in etwas verrufeneren Vierteln bieten als Service an, daß eine Pizza-Androidin vorbeikommt, mit einem schläft, dann die Pizza zubereitet und wieder geht, und das Ganze für zwanzig Credits. Das wurde im Chauvi-Viertel vier Jahre hintereinander zum ›Fabelhaftesten Service aller Zeiten‹ gewählt, und ich kenne auch ein paar sehr beschäftigte Frauen, die die Nummer in ihrem Telefon gespeichert haben.

Ich kniete mich vor die Überreste der Mikrowelle und lugte vorsichtig hinein. Tief zwischen verborgenem Metall und mit verdampftem Tomatenmark bekleckert, fand ich das, wonach ich gesucht hatte. Einen kleinen Metallzylinder, an dem eine Lampe blinkte.

Es war ein Detonator, der wie eine Bombe arbeitet, sich aber wesentlich besser kontrollieren läßt, weil er durch künstliche Schockwellen zerstört, deren Reichweite sich genau justieren läßt. Glücklicherweise hatte man den Wirkungsradius auf Zimmergröße eingestellt, weil das in der Regel auch völlig ausreichend war. Ich brauchte den Wanzendetektor nicht, um mir zu sagen, was die blinkende Lampe zu bedeuten hatte. Das Gerät meldete die Ausführung des Auftrags ans Hauptquartier, und zwar durch Impulswellen. Dagegen gibt es keine Abschirmung.

»Mist!« sagte ich wieder und hastete ins Wohnzimmer. »Wir müssen sofort hier raus!«

»Warum?«

»Weil hier jeden Augenblick Besucher eintreffen werden.«

Plötzlich hatte ich glasklar erkannt, was auf dem Dach von Status in meinem Hinterkopf gekribbelt hatte, dieser beunruhigende Gedanke, den ich wieder vergessen hatte. Und ich verstand auch, was das zu bedeuten hatte.

Ich rannte im Wohnzimmer umher und suchte ein paar Sachen zusammen, während Zenda Alkland vorsichtig beim Aufstehen half. Ich flitzte ins Schlafzimmer, nahm Paillette auf den Arm und scheuchte alle hinaus auf den Korridor, wo bereits die Feuermeldelampen blinkten.

»Also«, sagte ich, »Zenda, du mußt jetzt ganz schnell ins

Zentrum zurück. Nimm Paillette mit und sei sehr, sehr vorsichtig.«

»Was ist hier los?«

»Alkland hatte recht«, sagte ich, drängte sie in den Fahrstuhl und ließ ihn abwärts sausen. »Mit diesem Typen ist übehaupt nicht zu spaßen. Als ich versuchte, in Status hineinzukommen, hat man auf mich geschossen. Ich dachte, es wäre einer von der Gang, die Alkland entführt hatte, aber es gab ja gar keine Gang.« Die Lichter der Stockwerke flitzten vorbei, und ich drängte den Fahrstuhl zu größerer Eile, während ich Paillette an Zenda übergab.

»Wer war es dann?«

»Wer wußte, daß ich nach Status wollte? Du, Ji und Snedd. Und das Zentrum. C, Darv und die übrigen Verrückten, die auf ihrer Seite stehen. Sie haben gestern versucht, mich zu töten, noch bevor ich Alkland gefunden hatte.«

»Das Zentrum versucht nicht, Menschen zu töten.«

»Offenbar haben sich die Ansichten darüber geändert.«

Der Fahrstuhl blieb knirschend im Erdgeschoß stehen. Ich schob die beiden hinaus und nahm mir noch eine Sekunde, um den Fahrstuhl zum obersten Stockwerk zurückzuschikken. Dann rannten wir auf die Straße. Nach ein paar Kurven kamen wir auf Purpur 34 heraus, eine Nebenstraße von Mauve, die eine der Hauptstraßen von Farben ist. Ich verlangsamte unser Tempo und drängte die anderen zur Kreuzung, wobei wir uns dicht an der Wand hielten. Als wir noch zwanzig Meter entfernt waren, blieb ich stehen.

»Okay, hier trennen wir uns. Zenda, verschwinde jetzt. Geh nach rechts die Mauve hinauf. Die Station Nuance 1 ist etwa anderthalb Blocks weiter. Senk den Kopf und geh in normalem Tempo. Und du«, sagte ich und beugte mich vor, um Paillettes Nase zu reiben, »paß gut auf sie auf.«

Zenda zögerte, dann streckte sie sich, um mir einen Kuß auf die Wange zu geben.

»Viel Glück«, sagte sie zu Alkland. Sie blickte mir kurz in die Augen und war im nächsten Moment verschwunden. Ich packte den Aktionisten am Arm und führte ihn die Straße hinunter, die die 35 kreuzte.

»Sind wir nicht genau aus dieser Richtung gekommen?« fragte er keuchend.

»Ja. Verfolgungspsychologie für Anfänger.«

Mit gesenktem Kopf, aber darauf bedacht, unsere Geschwindigkeit halbwegs normal zu halten, überquerten wir die Straße. Wir hatten gerade die andere Seite erreicht, als zwei offene Flugwagen durch die Straße düsten. Um die Kurve zu nehmen, legten sie sich fast senkrecht auf die Seite. Ich zerrte Alkland unauffällig zurück, und wir verschwanden im Schatten.

Die Wagen machten vor dem Wohnblock eine Vollbremsung, so daß zwei der Passagiere fast aus den Sitzen geschleudert wurden. Zwei Männer stiegen aus jedem Fahrzeug und liefen in das Gebäude. Alle waren bewaffnet, und als sie die Vorhalle betraten, blitzte am Handgelenk des einen kurz etwas Lilafarbenes auf. Der AZGD.

»Entschuldigen Sie«, sagte eine leise und freundliche Stimme, worauf wir beide vor Schreck einen etwa fünf Meter hohen Satz in die Luft machten. Als wir wieder festen Boden unter den Füßen hatten, wirbelten wir herum, aber es war niemand zu sehen.

»Es tut mir leid, daß ich Sie erschreckt habe«, entschuldigte sich die Stimme, und ich erkannte, daß sie elektronisch war und aus einem winzigen Lautsprecher in der Wand kam. »Es ist jetzt neunzehn Uhr«, sagte der Straßencomputer, »und mir ist aufgefallen, daß nur einer von Ihnen beiden die für diese Zeitphase vorgeschriebene schwarze Jacke trägt.«

Ich sah Alkland an, der natürlich die einzige Jacke trug, die er bei sich hatte. Er sah mich verständnislos an und versuchte nicht einmal, die modischen Bedenken eines Computers zu begreifen.

»Das ist dunkelblau«, flüsterte ich. »Das reicht doch!«

»Dunkelblau und Schwarz sind zwei völlig unterschiedliche Dinge. Schwarz ist die Abwesenheit von Farbe, wohingegen Blau, ganz gleich wie sehr es auch mit Schwarz getönt sein mag, eine definitive Spektroskopie aufweist.«

»Hör mal zu«, sagte ich. »Ich wohne dort drüben. Aus

Gründen, die ich in diesem Augenblick lieber nicht weiter ausführen möchte, wäre es großartig, wenn wir hier nur ein kleines Weilchen abwarten könnten. Dann gehen wir rein, einverstanden?«

Es gab eine kleine Pause.

»Versprochen?«

»Ja.«

»Gut, Sie haben einen Aufschub von fünf Minuten. Nettes Hemd übrigens.«

Ein leises Klicken signalisierte das Ende der Kommunikation. Wir warteten ein paar Minuten ab, während Alkland immer unruhiger wurde. Dann kamen die Männer zurück. Sie bewegte sich etwas langsamer, aber immer noch sehr zielstrebig, was mich leicht deprimierte. Es hatte die winzige Möglichkeit bestanden, daß das Kunstfleisch des Androiden sie überzeugte, daß die Bombe ihre Aufgabe erfüllte hatte und sie nach Hause gehen konnte. Das war jedoch eindeutig nicht der Fall.

Die Männer standen kurz vor dem Eingang und führten eine heftige Diskussion, bis sie wieder in die Flugwagen sprangen. In gemäßigtem Tempo flog einer die Straße rechts von uns hinunter, und der andere in die entgegengesetzte Richtung, wobei alle vier Männer sorgfältig die Gehwege überprüften. Wir sahen zu, bis sie verschwunden waren, dann drehte ich mich zu Alkland um und führte ihn leise die Nebenstraße hinunter.

»Gut«, sagte ich. »Jetzt wissen wir, in welchen Richtungen sie suchen. Was tun wir also? Wir gehen in eine andere.«

»Ah!« sagte er beruhigt.

»Das einzige mögliche Problem entsteht nur dann, wenn sie einen Detektor für Ihr Implantat mitgebracht haben.«

»Und was tun wir dann?«

»Wir gehen nach Plan B vor.«

»Und der wäre?«

»Läßt sich im Augenblick noch nicht sagen«, brummte ich und beschleunigte unser Tempo ein wenig.

Fünf Minuten später wurde ein Alternativplan immer dringender. Aus Farben herauszukommen, würde gar nicht so schwierig sein – in der Beziehung ist es ganz anders als Status. Nachdem ich eine eindrucksvolle Vorstellung davon erhalten hatte, wie hartnäckig das Zentrum in dieser Angelegenheit war, erkannte ich, daß inzwischen bestimmt auch die Bahnhöfe überwacht wurden. Ich hoffte nur, daß Zenda noch rechtzeitig herausgekommen war. Paillette würde ihr zumindest einen berechtigten Grund für ihr Hiersein liefern. Für uns spielte das keine Rolle. Die Einschienenbahn stellt nicht den einzigen Weg nach draußen dar. Das war nicht das Problem.

Das Problem war, daß es so aussah, als hätten die AZGD-Leute tatsächlich einen Detektor dabei. Wir hatten Farben etwa zur Hälfte durchquert, indem wir schnell durch die verlassenen Straßen gehuscht waren, als ich ein paar Blocks weiter einen der Flugwagen entdeckte. Er fuhr in die andere Richtung, aber nach der ursprünglich eingeschlagenen Richtung hätte er eigentlich gar nicht hier sein dürfen. Ich verschwand mit Alkland in einer noch schmaleren Seitenstraße, die nicht einmal einen Namen hatte, und blieb stehen.

»Was ist denn jetzt?« stöhnte Alkland.

»Man versucht Sie zu lokalisieren.«

Der Aktionist lehnte sich schwer atmend gegen die Wand. Er sah ziemlich fertig aus. Ich erkannte, daß er bereits die Hoffnung aufgegeben hatte, es noch zu schaffen. Er sah mich erschöpft an.

»Gehe ich recht in der Annahme, daß sich Plan B immer noch im Embryonalstadium befindet?«

»Er steht sogar noch vor der Befruchtungsphase.«

»Es ist wohl nicht möglich, daß ihre andere Freundin mit dem Flugdings ...?«

»Nein. Sie ist viel zu weit weg.«

»Entschuldigen Sie«, sagte eine Stimme, und als Alkland zur Seite wich, enthüllte er einen kleinen schwarzen Lautsprecher, der in die ebenso schwarze Wand eingelassen war.

»Jetzt ist es 19.08 Uhr. Ihr Aufschub ist beendet. Bitte gehen Sie sofort hinein!«

»Mein Gott!« rief ich verzweifelt. »Kannst du uns nicht in Ruhe lassen?«

»Es tut mir leid«, sagte die Stimme höflich. »Ich kann jetzt nichts mehr für Sie tun. Dies ist die letzte Warnung. Bitte verlassen Sie die Straße.«

Mit einem Schlag erkannte ich, worin Plan B bestand. Wir mußten wie der Teufel rennen. Ich sagte es Alkland, und wir hetzten los. Dann kreuzten wir eine größere Straße und verschwanden wieder in einer Seitenstraße. Doch zuvor warf ich noch einen Blick nach links und rechts und sah genau das, was ich nicht zu sehen gehofft hatte. Zwei Blocks weiter kam einer der Flugwagen auf uns zu. Sie hatten uns angepeilt. Ich stieß Alkland weiter und hätte ihn fast über den Haufen gerannt, so daß er schneller lief, um nicht auf die Nase zu fallen. Etwas grob, aber sehr wirksam, diese Methode. Man lernt so einiges.

Seitenstraßen, schwarzes Pflaster, Dunkelheit, das leise Trippeln von Füßen, die sich so schnell wie möglich bewegen, verschwommene Lichter, der Fahrtwind, Schmerzen in den Lungen, die so einen Blödsinn nicht mitmachen wollen. Warum kenne ich das alles so gut? Warum verbringe ich soviel Zeit damit, vor irgendwem oder irgendwas zu fliehen? Als wir über eine weitere Straße rannten, bog nur eine Ecke weiter der zweite Flugwagen hinein. Ein Schrei machte uns endgültig klar, daß sie uns entdeckt hatten. Wir liefen fünfzig Meter geradeaus weiter und bogen dann nach links ab, in die Richtung, aus der der Flugwagen gekommen war. Auch das war Verfolgungspsychologie, obwohl es wenig nützte, da sie uns mit ihren Detektoren erbarmungslos immer enger einkreisten. Muster aufzubrechen und das Unerwartete zu tun funktionierte, solange die Verfolger auf Muster angewiesen waren. Aber diese Typen hatten ein kleines blinkendes Licht.

Wir hielten eine Seitenstraße vor der Hauptkreuzung an. Das Ärgerliche war, daß wir unserem Ziel jetzt bereits sehr nahe waren, denn die Grenze von Farben befand sich nur etwa hundert Meter weiter. Über die Kreuzung, ein paar Stufen hinunter, um eine Ecke herum, und dann wären wir am Tor gewesen, hinter dem das Geräusch-Viertel lag. Sie konnten uns auch dorthin folgen, sicher, aber nur zu Fuß, und zu Fuß konnte ich sie abhängen.

»Achtung!« dröhnte eine elektronische Stimme aus der Wand. Jetzt waren es keine höflichen Aufforderungen mehr, denn die Angelegenheit war an eine höhere Computerinstanz weitergeleitet worden. »Diese unangemessen gekleidete Person muß sofort die Straße verlassen!« Und dann ging sogar eine Sirene los, um dem Mißfallen des Straßencomputers größeren Nachdruck zu verleihen.

»Großartig!« jammerte Alkland.

Die unscheinbare Wand, gegen die wir uns gekauert hatten, wechselte unvermittelt die Farbe. Riesige rote Pfeile zeigten blinkend auf uns. Wir gingen schnell zur Kreuzung und traten auf die Straße, aber sowohl die Pfeile als auch die heulende Sirene folgten uns.

»Mein Gott!« zischte ich der Wand zu. »Das ist ein Besucher, klar? Er kennt die Vorschriften nicht.«

»Aber Sie«, tadelte die Wand streng und unbotmäßig laut. »Sie sollten sich über die Bedeutung der Phase, in der farblose Jacken getragen werden müssen, für die Regeneration der Farbanpassungseinrichtungen für die Bürger im klaren sein!«

»Sie kommen«, sagte Alkland tonlos. »Ich höre sie rufen.«

»Hör mal zu, Wand, da sind einige Leute, die uns verfolgen!«

»Das ist mir bekannt. Sie sind allesamt angemessen gekleidet.«

»Ja, aber sie versuchen, uns zu töten.«

»Unsinn!«

»Nein, sie wollen es wirklich!«

»Bürger von Farben«, sagte die Wand mit gebieterischem Stolz, »versuchen nicht, sich gegenseitig zu töten.«

»Die da sind nicht aus Farben – sie sind aus dem Zentrum.« Es gab eine Pause, während der Computer diese Behauptung verarbeitete. »Wirf mal einen Blick auf ihre

Handgelenke«, fügte ich flehend hinzu. »Lila Manschettenknöpfe. Es ist AZGD!«

»Ich sehe es«, sagte die Wand schließlich und schon etwas leiser. »Haben Sie etwas Unrechtes getan?«

»Nein«, sagte ich. Dann gab es eine lange Pause.

»Nun, das können wir nicht dulden. Verdammte Klugscheißer!«

Ich war etwas überrascht, da ich nicht damit gerechnet hatte, daß die Ressentiments gegen das Zentrum selbst in so hohen Computerkreisen verbreitet waren, aber es erleichterte mich sehr. Die Sirene brach ab, und die Wand wurde sofort wieder schwarz. Einen Block weiter bogen beide Flugwagen in die Straße ein und kamen schnell näher.

»Treten Sie dicht an mich heran«, sagte die Wand. Alklands Blick hing gebannt an den beiden Fahrzeugen, die jetzt nur noch sechzig Meter entfernt waren. Ich packte ihn, drückte ihn gegen die Wand und stellte mich dann neben ihn.

Die beiden Wagen kamen nebeneinander langsam die Straße hinunter. Die AZGD-Agenten in jedem Fahrzeug beobachteten beide Straßenseiten.

»Wir werden sterben«, sagte der Aktionist leise.

Ich war nicht zuversichtlich genug, um ihm widersprechen zu können. Daß jetzt keine großen und lauten Zeichen mehr auf uns zeigten, war ja schon etwas, aber ich sah noch nicht, wie uns das eine Vorteil verschaffen sollte. Die Wagen kamen immer näher, bis ich das kleine rote Licht auf dem Armaturenbrett des einen sehen konnte. Es blinkte so schnell, daß es aussah, als würde es konstant brennen. Sie mußten wissen, daß sie uns buchstäblich auf den Zehen standen, aber ich verstand nicht, wieso sie uns nicht sahen.

Die Wagen blieben stehen, als sie genau auf unserer Höhe waren, wo wir flach an die Wand gedrückt standen. Ich hielt mich bereit, jederzeit nach meiner Waffe zu greifen. Ich hätte kaum eine Chance gegen sie gehabt, das war klar, aber was kann man sonst in einer solchen Situation noch tun? Genau. Man greift trotzdem nach seiner Waffe.

Der Augenblick dehnte sich zu scheinbar unerträglicher

Länge, bis sich die Wagen überraschenderweise weiterbewegten.

»Vielleicht sind sie in der Straße dahinter.«

»Unmöglich, sieh dir doch die Lampe an, Mann!«

»Aber sie sind nicht hier, oder?«

»Ich glaube nicht. Okay, wir werden nachsehen. Kinip, fahr mal rum auf die andere Seite!«

»Wird gemacht.«

Der erste Wagen fuhr bis zum Ende der Straße, während der andere sich auf der Stelle drehte und zur nächsten Ecke hinunterdüste. Alkland und ich atmeten gleichzeitig aus. Dann trat ich von der Wand zurück und blickte mich zu dem Aktionisten um.

»Was zum ...«, begann ich, und dann erkannte ich es. Aus zwei Metern Entfernung konnte ich Alkland nicht mehr sehen. Der Straßencomputer hatte die Wand hinter uns in ein riesiges Wandgemälde verwandelt, in eine schrille Farbenorgie. Der Wirbel, der hinter Alkland pulsierte, hatte genau diesselbe Farbe wie seine Jacke. Ein breiter Querstreifen in Kopfhöhe hatte die Farbe seiner Haut, außer am oberen Rand, wo er in das Grau seiner Haare überging. Ich trat noch einen Schritt zurück und schüttelte den Kopf. Wir waren so gut wie unsichtbar gewesen. »Wand?« sagte ich voller Bewunderung. »Das war große Klasse!«

»Kein Problem«, antwortete sie. »Jetzt bewegt euch!«

Ich nahm Alkland am Arm und zerrte ihn über die Straße.

»Wahnsinn!« sagte er, als er auf die verblassenden Farben blickte.

»Ja.«

Wir stolperten die Treppe hinunter. Ganz unten lag ein kleiner Hof, ein sehr, sehr alter Ort. Ich bin so was wie ein Kenner von solchen Orten. Es gibt nicht viele davon in Farben, und anderswo auch nicht. Seit Hunderten von Jahren unverändert und kaum frequentiert, wirken sie wie ein Tor in die Vergangenheit.

Genug poetischer Schwachsinn – es ist auch ein Tor zu Geräusch. Ich ließ Alkland seine lauten Schuhe ausziehen, sagte ihm, daß er kein Geräusch von sich geben dürfte, bis ich es ihm wieder erlaubte, und dann huschten wir hinaus in die Dunkelheit.

Flackerndes Licht, das sanfte Summen elektrischer Geräte, die rhythmisch wiegende Wärme der Bewegung, die Stille eines menschenleeren öffentlichen Platzes bei Nacht und die Trockenheit müder Augen. Hindurch, vorbei, hinüber und wieder hindurch, außer nur ein dunkler Tunnel, mit verschmierten Flecken künstlichen Lichts betupft. Halb saß ich und halb lag ich auf den borstigen Sitzen der Einschienenbahn, warf ab und zu ein Auge auf den unruhig schlafenden Aktionisten und ab und zu eins auf mich selbst.

Wir hatten sie abgehängt. Ich wußte nicht einmal, ob sie uns bis nach Geräusch verfolgt hatten, ob sie erkannt hatten, daß wir dorthin geflohen waren. Ich nahm einen verschlungenen Weg durch die stillen Straßen, machte wieder kehrt und legte falsche Spuren, bis wir das Viertel in einer Richtung verließen, die man am wenigsten erwarten würde, die auch die Richtung war, in die wir eigentlich wollten.

Zu gedämpften Farben und grauen Kieseln, die beständig von den Wellen des schweren Wasser gekühlt wurden. Möwen, schwebende *Ms* aus Geschrei vor aquarellfarbenen Wolken und diffusem Sonnenlicht. Zur Küste, zum letzten Friedhof der Vergangenheit, dem Ort, wo sie am deutlichsten tot war, weil sie dort immer noch vorhanden war und man sah, wie tot sie war.

Während ich müde dahockte, zu müde zum Schlafen, und mein Körper durch die Heizung des Waggons gewärmt wurde, während mein Kopf kalt an der Fensterscheibe lag, versuchte ich Bilanz zu ziehen und die Lage zusammenzufassen. Der Zug würde uns ohne Zwischenstop direkt an unser Ziel bringen. Wir mußten nicht noch einmal umsteigen, sondern nur sitzenbleiben. Gegen Morgen würden wir an der Küste sein, dann würde es weitergehen. Jetzt mußte ich nur sitzenbleiben und auf meinen schmerzenden Rükken lauschen.

Ich dachte über die letzten paar Tage nach und ging die Stunden noch einmal durch, auf der Suche nach etwas, das ich vielleicht vergessen hatte, das vielleicht wichtig sein könnte. Mir fielen nur zwei Sachen ein. Jemand hatte versucht, Kontakt mit Snedd aufzunehmen, mit ziemlicher Sicherheit wegen Informationen über Status. Vielleicht war es der AZGD gewesen, vielleicht auch nicht. Dann hatte jemand versucht, mich vor der Mauer von Status zu töten. Vielleicht der AZGD, vielleicht auch nicht.

Nicht gerade eine messerscharfe Analyse, aber es mußte reichen. Wenn eine Sache losgeht, muß man die Dinge eine Weile für bare Münze nehmen, weil es keinen Grund gibt, von anderen Voraussetzungen auszugehen. Wenn man schon zu Anfang alle Eventualitäten berücksichtigen wollte, wäre man viel zu langsam. Mit der Zeit allerdings entsteht so was wie ein Zusammenhang, und man kann die Situation besser einschätzen und bessere Voraussagen und Verdachtsmomente formulieren. Die Angelegenheit verliert ihre Geradlinigkeit, wird bruchstückhafter, und Kontrolle ist nur noch eine Illusion. Eine überaus wichtige Illusion, aber eben doch nur eine Illusion.

Ich dachte über Zenda nach. Ich wußte, daß sie ihre Rolle spielen konnte, solange die Dinge unter Kontrolle waren. Wenn sie jedoch erst einmal außer Kontrolle geraten, kann man nur noch reagieren, und ich hoffte, daß ich schon wieder zurück sein würde, bevor das eintrat. Vielleicht sagen Sie jetzt, daß ich bislang keine sehr beeindruckende Vorstellung abgegeben habe, und vielleicht haben Sie sogar recht. Ich könnte mich verteidigen, zum Beispiel damit, daß es nicht einfach ist, immer nur reagieren zu müssen, immer weglaufen zu müssen, aber das werde ich nicht tun, weil es darum gar nicht geht. Das, worum es geht, ist viel zu tief, zu persönlich und zu klein, um es erklären zu können. Es berührt die Zuschauer nicht. Nichts, was wichtig, wirklich wichtig ist, sieht beeindruckend aus, weil es nur etwas für die Person bedeutet, die es tut. Zum Beispiel am Leben zu bleiben und nicht zu sterben. Das sieht so einfach aus, aber manchmal kann das verdammt schwer sein.

Dann dachte ich über Ji nach und über Shelby und über Snedd. Allein, wach im fahrenden Waggon, von Nacht und Schlaf umgeben, dachte ich an sie und wünschte ihnen alles Gute. Ich ordnete meine Gedanken zu einem kleinen Bündel, beendete sie und legte sie schlafen. Ich wollte sie ordentlich zurücklassen, denn der Schlaf, so heißt es, ist dem Tod sehr ähnlich. Er kann sogar der Tod selbst sein.

Ich schlief in dieser Nacht nicht. Jemand mußte auf Alkland aufpassen und ihn aus den Träumen wecken, die vielleicht kommen würden. Jemand mußte den Helden spielen, mußte alles etwas besser wissen, mußte den kleinen Schritt voraus sein, der die Geschichte in Gang hielt. Und in meinem Leben bin immer ich dieser Jemand gewesen. Manchmal möchte ich gerne schlafen und wünschte mir, daß jemand über mich wacht. Ich möchte fühlen, daß jemand meine Träume bewacht und da ist, um meine Hand zu halten und mir zu helfen. Ich möchte derjenige sein, der getröstet wird, der geliebt wird wie ein Kind, das die Arme verlangend nach der Wärme der Sonne ausstreckt, die für immer Wärme spenden wird. Aber so kann es niemals sein. Warum? Sie werden sehen. Vielleicht. Wenn sich die Gelegenheit ergibt.

Also schlief ich in dieser Nacht nicht, und am nächsten Tag auch nicht. Aber morgen würde ich träumen.

11. KAPITEL

Was Sie verstehen müssen, ist, daß die Dinge manchmal so sind, wie sie scheinen. Damit meine ich nicht, daß sie nicht so sind, wie sie zu sein scheinen, hinter dem, was man sieht, versteht sich – was ich meine, ist … Mist, ich fang noch mal von vorn an.

Manchmal sind die Dinge nicht so, wie sie scheinen. Man sieht sich etwas an, das einem ganz klar vorkommt, und dann glaubt man, daß man es verstanden hat, und erst viel später erkennt man, daß die Wahrheit etwas ganz anderes ist.

Gut, bis hierher ist das keine weltbewegende Feststellung.

Manchmal jedoch sieht man sich etwas an und weiß sofort, daß es nicht so ist, wie es scheint. Man weiß es, weil man versteht, was man sieht, und man erkennt auch den Zusammenhang und die Tatsache, daß der Schein trügen kann.

Aber manchmal, und das ist jetzt das Wichtige, ist das falsch.

Manchmal denkt man, daß man getäuscht wird, aber das stimmt gar nicht. Manchmal sind die Dinge wirklich so, wie sie scheinen, auch wenn das sehr überraschend sein mag. Und manchmal kann das unheimlich wichtig werden.

Ich will es noch mal anders ausdrücken. Warum kommt einem eine Reise auf dem Rückweg immer viel kürzer vor?

Um acht Uhr am nächsten Morgen standen wir vor dem Oststrand-Viertel und blickten aufs Meer hinaus. Niemand war in unserer Nähe, nur ein paar kreischende Seevögel, und es gab kein Geräusch außer dem leisen Rauschen der Wellen und dem fernen Klang von Klaviermusik.

Alkland war ganz hingerissen. Ich bin in den letzten Jahren öfter mal hergekommen, manchmal weil ich mußte, so wie heute, aber meistens nur um hierzusein. Ich habe das Meer schon vorher gesehen, richtig gesehen, meine ich. Ich habe an der Küste gestanden und mich mit dieser mächtigen, bewegten Masse abgefunden. Alkland noch nicht. Wie die meisten Leute heutzutage wußte er, daß es existierte, und kannte seine chemischen Eigenschaften, aber was es wirklich war …

»Es ist, nun ja, es ist sehr groß, nicht wahr?« sagte er schließlich. Ich nickte. Ich weiß nicht, warum, aber ich halte es für sehr schwierig, im Angesicht des Meeres angemessene Worte zu finden. Ich werde dann ziemlich epigrammatisch und indirekt.

Daran ist zum Teil auch das Oststrand-Viertel schuld.

Während wir langsam daran vorbeigingen und die steife Brise an unserer Kleidung zerrte, sah ich, daß sich das Viertel seit meinem letzten Besuch überhaupt nicht verändert hatte. Es sieht wie eine Geisterstadt aus, und genau das ist es auch. Oststrand ist sehr groß, es erstreckt sich fast achtzig Kilometer entlang der Küste, doch es leben nur etwa zwanzig Leute hier. Niemand kommt hierher, schon seit über hundert Jahren nicht mehr. Wir haben dem Meer den Rücken zugekehrt, diesem chaotischen Sturm der Unsicherheit, denn wir brauchen es nicht mehr, haben keine Verwendung mehr dafür. Die vorderen Gebäude sind noch recht gut erhalten, weil niemand den Drang verspürt, hierher zu kommen und eine tote Stadt zu plündern. Was machte es für einen Sinn?

Die Geschäfte und Restaurants, die zerfallenden feinen Hotels und verrotteten Molen beobachten stumm das Kommen und Gehen von Ebbe und Flut, den Wechsel der Jahreszeiten und das Vergehen der Jahrzehnte. Sie lassen die Zeit hinter sich, während die Zukunft ihnen nur Zerfall bringt, diesen verblassenden Palästen einer vergangenen Welt.

Sehen Sie, was ich meine? Ich werde mich jetzt mal am Riemen reißen.

»Es ist wirklich etwas unheimlich«, sagte Alkland und riß sich vom Anblick des Meeres los, um die abblätternden Fassaden und verlassenen Straßen zu betrachten. »Lebt hier überhaupt niemand mehr?«

»Nur ganz wenige Spinner und Verrückte. Wir werden jetzt einen von ihnen besuchen.«

»Tatsächlich?« Der Aktionist klang nicht sehr begeistert. »Warum? Und wer spielt da Klavier?«

Wir kamen der Quelle der Musik näher. Sie wirkten irgendwie unheimlich, aber auch schön, diese Bruchstücke einer sanften, melancholischen Melodie. Als wir eines der größeren Restaurants auf der anderen Straßenseite passierten, dachte ich, ich hätte tief drinnen eine Bewegung gesehen, aber ich kümmerte mich nicht weiter darum. Die Leute hier sind sehr schreckhaft, und außerdem gefiel mir die Musik.

»Wir werden ihn aufsuchen, weil er ein Flugzeug hat.«

»Aha. Ich habe mich schon gewundert, was wir an so einem entlegenen Ort wollen.« Nach dem unruhigen Schlaf der Nacht sah der Aktionist immer noch kränklich aus, obwohl er irgendwie aufgedreht wirkte. »Werden wir das Land verlassen oder so was?«

»Ja«, sagte ich. »Und nein. Wir werden das Flugzeug nicht besteigen. Er wird es tun.«

»Ich verstehe«, antwortete er und runzelte die Stirn. »Nein, ich verstehe nicht. Was werden wir tun?«

»Hierbleiben.«

»Was?«

Ich wußte, daß ich Alkland früher oder später erklären mußte, wie es jetzt weiterging, wollte es aber noch hinauszögern, bis es soweit war. Wenn er nicht viel Zeit hatte, um darüber nachzudenken, würde es für mich einfacher sein. Oder zumindest mußte ich ihn nicht zum scheinbar Unmöglichen überreden.

»Vertrauen Sie mir.«

»Hmm«, sagte er, ließ das Thema dann aber auf sich beruhen.

Zwei Stunden später saßen wir im Dom. Das Dom war früher einmal das beste Hotel am Platz, in das man ging, wenn man Unsummen von Geld hatte und jedem anderen unmißverständlich klarmachen wollte, daß man es hatte. Wenn man für ein paar Wochen im Dom wohnte, war das fast so, als würde man ein riesiges Schild mit sich herumtragen, auf dem stand: ›Seht mal her, ich habe mehr Kohle, als ich jemals ausgeben kann!‹

Heutzutage scheinen die reichen Leute etwas seriöser geworden zu sein und treiben sich in Vierteln wie Brandfield oder Zaster herum, um Golf zu spielen. Reich zu sein schien nicht mehr so viel Spaß zu machen wie früher einmal. In der alten Zeit wurde man reich und hörte dann auf zu arbeiten, um ein vergnügliches und teures Leben zu führen. Wenn die Leute jetzt reich werden, arbeiten sie noch mehr, um noch reicher zu werden. Und manchmal spielen sie Golf. Damit hat sich's. Das entspricht nicht gerade meiner Vorstellung von Vergnügen, aber so ist es nun mal.

Wir saßen im Speisesaal des Dom-Hotels, einem hundert mal hundert Meter großen Raum, in dem zwischen dem Staub und Schutt immer noch ein paar Tische und Stühle standen. Der Saal liegt mitten im Hotel und hat keine Fenster. Das ist sehr wichtig.

Villig zu finden, war einfach gewesen. Er wohnt in einer Art Ein-Mann-Slum am Strand. Angefangen hat er mit einer alten Umkleidehütte, aber mit den Jahren hat er immer wieder angebaut, bis er einen zwanzig Meter breiten Streifen zwischen der Straße und dem Strand okkupiert hatte.

Aus Gründen, die vermutlich nicht einmal ihm selbst erfindlich sind, hat Villig sein ›Haus‹ so gebaut, daß das Dach nur etwa 1,20 Meter hoch ist. Das Innere besteht aus einer Reihe von Kammern, Tunnels und Höhlen, in denen man auf allen vieren herumkriechen muß. Ich ließ den Aktionisten draußen warten, was ihn offensichtlich erleichterte, suchte einen der zahlreichen Eingänge und arbeitete mich hindurch.

Ich brauchte eine Weile, bis ich ihn gefunden hatte, aber Villig war zu Hause. Er ist immer zu Hause. Wenn ich nicht gelegentlich vorbeikommen und ihn aus seinem Nest scheuchen würde, hätte er vermutlich längst Wurzeln geschlagen. Nachdem ich ihn gefunden hatte, kroch ich zu seiner ›Küche‹ und setzte einen Topf mit Jahavan-Kaffee Marke ›Absolut Extrastark‹ auf. Ich kann Ihnen nur raten, um Gottes willen niemals dieses Zeug zu trinken, denn es macht einen blöde und hilflos, obwohl man sich danach wie im Zustand höchster Erleuchtung fühlt. Wer Jahavan-Kaffee ›Absolut Extrastark‹ trinkt, versteht, warum Alkoholiker so viel trinken. Villigs Küche ist damit ausgestattet, weil ich ihm das Zeug besorgt habe.

Aus Pappe bastelte ich einen provisorischen Trichter und flößte ihm den Kaffee ein, bis er wieder wie ein menschliches Wesen funktionierte. Dann scheuchte ich ihn durch einen Tunnel hinaus in die Welt. Alkland stand am Wasser, starrte fasziniert auf die riesige blaue Fläche hinaus, ließ die Wellen bis knapp vor seine Schuhe heranschwappen und genoß die salzige Luft.

»Geil!« sagte Villig, als er nach draußen trat. »Ist ja alles noch da! Der Himmel, die Erde und der übrige Krempel. Wahnsinn! Und keine Schlangen!«

Alkland kam zu uns und betrachtete Villig mit einer gewissen Vorsicht. Die Tatsache, daß Villig sich in Lumpen kleidet und sein Haar hüftlang trägt, stiftet nicht gerade Vertrauen in seine Person, und ich glaube nicht, daß Alkland schon einmal einem waschechten Verrückten begegnet ist. Villig starrte den Aktionisten eine Weile an, dann drehte er sich um und schlug mir auf die Schulter.

»Tja, Stark, was? Hm? Was? Hm?« Er verstummte und durchforstete angestrengt sein Gehirn, um den Satz wiederzufinden, den er eigentlich hatte sagen wollen. Als er fündig geworden war, sprach er weiter. »Hast dich wieder in den Kampf geworfen, was? Biste wieder auf der Piste, was? Hm?«

Dann kicherte er eine Weile. Alkland hob seine Augenbrauen, und ich antwortete ihm mit einem Schulterzucken. Villig ist als Mensch eine totale Katastrophe, und zwar in jeder Beziehung bis auf eine. Es gibt eine Sache, die er hervorragend beherrscht, und dafür brauchte ich ihn jetzt.

»Vill«, sagte ich und schwenkte eine Hand vor seinem Gesicht, um seine Aufmerksamkeit zu erregen. »Wir haben nicht viel Zeit.«

»Hm-hmm«, brummte er. Dann wirbelte er herum und sah sich noch einmal Alkland an, der daraufhin zusammenzuckte. »Ist er das? Ist das der *Patient?*«

»Ja«, sagte ich. »Er kommt auch mit.«

»Ja, sofort.« Villig stierte dem Aktionisten eine Weile ins Gesicht. »Hast in letzter Zeit ziemlich schlimme Träume gehabt, was?«

Alkland starrte ihn verblüfft an.

»Woher wissen Sie das?«

»Ich seh' es an deiner Haut, Mann! Darauf steht's deutlich geschrieben.«

Alkland drehte sich zu mir um und erkannte vermutlich zum ersten Mal, daß es mit seinen Schlafschwierigkeiten mehr auf sich hatte, als er vermutete. Das war gut so. Aus diesem Grund hatte ich ihn zu Villig gebracht, statt ihn sich selbst zu überlassen, während ich mich um meinen Auftrag kümmerte.

»Okay«, sagte Villig unvermittelt. Er kniff seine Augen eine Weile fest zusammen und öffnete sie dann wieder. Obwohl sie immer noch blutunterlaufen waren, sahen sie plötzlich intelligent aus, und sein Blick war stechend, obwohl er sich während seines Lebens alle Mühe gegeben hatte, ihn abstumpfen zu lassen. Er sah auf sein Handgelenk, schüttelte den Kopf, weil er gar keine Armbanduhr trug, und fragte mich nach der Uhrzeit.

»Gut«, sagte er. »Gut. Gebt mir eine Stunde.« Er nickte Alkland zu, der überrascht über Villigs unerwartete Autorität zurücknickte. Dann schlenderte er den Strand hinunter. Wir blickten ihm eine Weile nach, bis Alkland sprach.

»Stark«, sagte er. »Sie haben einige sehr merkwürdige Freunde.«

Und als wir jetzt so am Tisch saßen, von verblichener Grandezza umgeben, versuchte ich ihm zu erklären, was als nächstes geschehen würde.

Die Sache verhält sich folgendermaßen.

Die Dinge sind manchmal so, wie sie scheinen.

Das ist das Grundprinzip, die vereinfachte Version, aber es fehlt noch eine weitere Tatsache, bevor Sie verstehen, worauf ich hinauswill.

Stellen Sie sich mal eine Straße vor, die Sie gut kennen, die, in der Ihre Wohnung liegt zum Beispiel, oder der Weg zum Supermarkt oder so was. Jetzt stellen Sie sich vor, Sie gehen diese Straße entlang. Denken Sie an die Gebäude, die Bäume, falls es dort welche gibt, die Unebenheiten des Pflasters, an alle Eindrücke und Empfindungen dieses Weges.

Haben Sie das getan? Okay, jetzt machen Sie dasselbe nochmal, stellten sich aber vor, wie Sie den Weg in umgekehrter Richtung gehen.

Fühlt sich ganz anders an, nicht wahr? Ich meine, mal

ganz abgesehen vom Offensichtlichen. Die Straße fühlt sich wirklich ganz anders an, ob man in die eine oder die andere Richtung geht. Klar, Sie wissen natürlich, daß es derselbe Weg ist, aber wie sieht es wirklich aus, wie fühlt es sich an?

Fühlt es sich an, als würden Sie denselben Weg in verschiedene Richtungen gehen, oder ist es nicht ein bißchen so, als würden Sie dieselbe Straße auf verschiedenen Wegen entlanggehen?

Vielleicht ist Ihnen schon mal aufgefallen, wenn Sie einen anderen Weg auf einer Straße gehen, die Sie oft benutzen, daß Sie die Straße gar nicht mehr wiedererkennen oder daß der Rückweg immer kürzer erscheint, als der Herweg, selbst wenn Sie scheinbar denselben Weg gehen.

Na gut, werden Sie jetzt sagen, das ist doch nur Wahrnehmung, Psychologie und Subjektivität. Was macht das für einen Unterschied?

Aber genau das ist der Punkt. Es ist eben *nicht* Wahrnehmung, Psychologie oder Subjektivität. Der Weg in eine andere Richtung ist wirklich ein ganz anderer Weg. Das ist eine Tatsache. Nur wenige Menschen haben das erkannt und sind darauf vorbereitet, es zu sehen und zu glauben. Villig hat es erkannt, und deswegen kann er das so gut, was er kann, und daß auch ich es erkannt habe, ist einer der Gründe, warum ich das so gut kann, was ich kann. Das ist verdammt schwer einzusehen, aber so ist es nun mal. Und sobald man es erkannt hat, eröffnen sich einem ganz neue Wege.

»Also gut«, sagte Alkland schließlich. »Gut. Selbst wenn ich diese Vorstellung intellektuell akzeptiere, was macht es dann für einen Unterschied? Und was hat das mit unserem Hiersein und mit diesem komischen Menschen zu tun?«

Ich steckte mir eine Zigarette an. Die letzte halbe Stunde war sehr anstrengend gewesen. Wie zu erwarten gewesen war, hatte sich der sachliche und realistische Aktionist lange und heftig gegen das gewehrt, was ich gerade zu erklären versucht habe, und er kaufte es mir immer noch nicht ab. Eigentlich konnte es mir persönlich egal sein, aber er mußte davon überzeugt sein oder zumindest bereit sein, daran zu glauben. Andernfalls würde es nicht funktionieren.

»Sie waren noch nie in einem Flugzeug, nicht wahr?« fragte ich weiter, um ihn vorzubereiten. »Und sind auch noch nie in ein anderes Land geflogen?«

»Nein, natürlich nicht.«

»Gut«, sagte ich und rieb mir über die Stirn. »Dann müssen sie mir einfach glauben, was ich Ihnen jetzt erzähle.«

Das müssen die Leute gewöhnlich. Niemand verreist heutzutage noch, genausowenig wie sie sich in anderen Vierteln herumtreiben.

»Also«, begann ich, und dann überlegte ich es mir plötzlich anders. Er würde mir nicht glauben, was ich ihm erzählen wollte, war einfach nicht darauf angelegt, intiutiv zu akzeptieren, was irgendein Typ an Bord eines Flugzeugs vor ein paar hundert Jahren erkannt hatte und was es bedeutete. Ich konnte nur darauf hoffen, daß mein Glauben und mein Wissen ausreichten, um uns beide zu tragen. In der Regel funktionierte das, aber ich spürte, daß Alkland ein schwerer Brocken war.

»Vergessen Sie's. Es geht um folgendes. Sie und ich werden nachher dieses Hotel verlassen und zum Strand hinuntergehen. Dann werden wir ein paar Kilometer weit geradeaus weitergehen.«

»Ins Meer?« lachte Alkland.

»Ja«, sagte ich. Sein Gesicht veränderte sich, und zum ersten Mal sah ich, warum er im Zentrum eine solche Karriere gemacht hatte.

»Hören Sie, Stark, jetzt ist nicht die richtige Zeit für Witze. Sie wissen doch, daß ich nicht schwimmen kann, und wenn Sie nicht vorhaben, daß wir auf dem Wasser wandeln ...«

»Nein, jetzt hören *Sie* zu!« sagte ich gereizt. Ich war müde und genervt darüber, daß ich mich ständig durch neue Verstandesbarrieren kämpfen mußte, um rüberzubringen, was ich sagen mußte. »Wir werden nicht schwimmen, wir werden zu Fuß gehen. Ich erwarte nicht, daß Sie das verstehen, aber Sie müssen sich für diese Möglichkeit öffnen. Sie müssen darauf vertrauen, daß ich weiß, was ich tue. Tun Sie das?«

»Ich weiß nicht.«

»Ich will es Ihnen auf eine Weise erklären, die Sie einfach verstehen müssen. Delegation, Aufteilung der Verantwortung, klar? Sie machen in Ihrer Abteilung nicht alles, Sie erledigen nicht jede Aufgabe. Manchmal überlassen Sie bestimmte Angelegenheiten anderen Leuten, die dafür besser qualifiziert sind, richtig?«

»Ja«, gab er widerwillig zu. So sind Aktionisten nun mal: Die Tatsache, daß sie unmöglich alles tun können, ist für sie ein ständiges Ärgernis.

»Was diese Angelegenheit hier betrifft, bin ich nicht nur eine besser qualifizierte Person. Ich bin die *einzige* Person, die dazu qualifiziert ist. Das ist der Grund, warum Zenda mich zu solchen Sachen ranholt. Ich bin die einzige Person, die das kann. Ich kann es vielleicht auch schaffen, wenn Sie mir nicht glauben, aber dann wird es für uns beide verdammt schwierig, vor allem für Sie.«

Alkland schwieg eine Weile, und dann entspannten sich seine Gesichtszüge.

»Okay. Tut mir leid, Stark. Es ist nur so, daß ich nicht weiß, was ich denken oder tun soll. Ich bin so was überhaupt nicht gewöhnt. Ich komme mit Unsicherheit nicht klar.«

»Ich weiß. Aber ich. Das ist mein Job. Mein ganzes Leben besteht aus einem ständigen ›Was kommt jetzt?‹ Ich weiche ständig auf Plan B, C oder Z aus. Nur so klappt es, Alkland. Das Leben ist kein Memo. Es ist seltsam, es kann sich gegen einen wenden, und es tut immer das, was man am wenigsten erwartet. Es gibt mehr Dinge zwischen Himmel und Erde, Alkland, und ich werde Ihnen einen kleinen Eindruck davon vermitteln.«

Plötzlich grinste er, so ein Scheißegal-Grinsen, das ihn um dreißig Jahre jünger machte.

»Okay, okay. Was soll ich tun?«

»Wenn wir hier hinausgehen, werden die Dinge dort draußen anders sein. Benutzen Sie die nächsten fünf Minuten dazu, darüber nachzudenken. Die Dinge werden anders sein und sehr seltsam. Aber es ist wirklich so, wie es dann ist, okay? Und vertrauen Sie mir.«

»Mache ich«, sagte er. »Gott weiß, warum, aber ich mache es.«

Er muß es wirklich gemacht haben. Zumindest genügte es.

Fünf Minuten später spürte ich ein leichtes Kribbeln im Hinterkopf und wußte, daß es Zeit war zu gehen. Ich stand auf, und Alkland tat es mir nach. Der Aktionist hatte die letzten Minuten in Gedanken versunken verbracht, war in sich gegangen und hatte offenbar versucht, das zu verinnerlichen, was ich zu ihm gesagt hatte. Er sah mich nervös an.

»Geht es los, was immer es sein mag?«

»Ja.« Ich wußte es, weil ich es spüren konnte. Es ist schwer zu beschreiben, aber alles wirkt irgendwie viel intensiver. Farben werden leuchtender wie vor einem Sturm, und man scheint alles auf eine eigenartige Weise viel klarer zu sehen. Es ist etwa so, als wäre man betrunken, aber gleichzeitig stocknüchtern. Vielleicht hatte Alkland tatsächlich begonnen, mir zu glauben. Vielleicht hatte der Anblick von Villig ihm das Gefühl gegeben, daß etwas wirklich Ungewöhnliches bevorstand. Wie dem auch sei, es funktionierte jedenfalls. Bis jetzt.

Ich führte den Aktionisten aus dem Speisesaal und hinaus ins Foyer. Dort blieben wir einen Augenblick vor den großen Holztüren stehen.

»Sind Sie bereit?«

»Ich schätze ja«, sagte er zweifelnd. »Was sollte ich erwarten?«

»Das, was Sie sehen. Sonst nichts.«

Er nickte, ich stieß die Eingangstür auf, und wir traten hinaus.

Die helle Morgensonne war verschwunden. Statt dessen war der Himmel jetzt von einer niedrigen, lückenlosen Wolkendecke überzogen, die die Welt wie einen endlosen Raum an einem winterlichen Nachmittag aussehen ließ. Vereinzelte Windhosen fegten die Straße hinunter, als wir zur Promenade hinübergingen. Sie ließen Blätter und alte Zeitungen um uns herum aufwirbeln und heulten in den Türen, bis sie wieder verschwanden. Der Deckel einer Mülltonne wurde emporgehoben und rollte scheppernd über die Straße, doch um uns herum war es still. Das Klavier war verstummt, weil der Pianist nicht mehr hier war. Niemand außer uns war hier.

Als wir die Promenade erreichten, blieb ich stehen, damit Alkland den Anblick in sich aufnehmen konnte. Der Strand war wie jedesmal völlig verändert. Er war nicht mehr gelb, sondern grau und sah feucht aus, als wäre der Sand von jahrzehntelangem Regen zusammengebacken worden. Es war gar kein Sand mehr, sondern eher ein schwerer Schlamm. Und da war noch etwas anderes.

»Wo ist das Meer?« jammerte Alkland und hielt sich am Geländer fest. »Wo ist das verdammte Meer?«

Der Ozean war verschwunden. Statt dessen erstreckte sich der dunkle Strand bis zum Horizont. Auf den ersten fünfzig Metern war er flach, aber dann hob er sich in sanft gewellten Hügeln und Senken, die sich bis zum Horizont erstreckten, Hunderte, Tausende Kilometer weit.

Der Weg war frei.

Vor langer, langer Zeit, als die Menschen noch ziemlich regelmäßig zwischen den Ländern hin und her reisten, war da dieser Typ im Flugzeug. Der Mann, Krats hieß er, war gelangweilt, und um sich irgendwie die Zeit zu vertreiben, beugte er sich vor und sah aus dem Fenster. Das Flugzeug befand sich gerade über dem Meer, sehr, sehr hoch, und er sah hinaus und war schockiert über das, was er sah.

Es sah aus, als würden sie über eine seltsame, grenzenlose Schlammebene fliegen, eine formlose graue Fläche, die leicht gewellt war. Er wußte natürlich, daß das nicht der Fall war, sondern daß es nur das Meer war, aber je länger er nach unten starrte, desto schwerer wurde es, daran zu glauben. Er wußte, daß die Hügel und Täler in Wirklichkeit Wellen waren, die aufgrund der Höhe zu scheinbarer Bewegungslosigkeit erstarrt waren, er wußte, daß sie dunkle metallblaue Farbe hatten, aber von da oben sah es gar nicht so aus. Es sah aus wie eine Ebene.

Dann schlief er ein, was nicht sehr romantisch war, aber so war es eben, und er vergaß die Geschichte, bis er wieder nach Hause flog. Als er sich daran erinnerte, blickte er aus dem Fenster, und da war es wieder, das Meer, das wie eine seltsame, formlose Ebene aussah.

Er starrte stundenlang nach draußen und konnte sich nicht mehr von diesem Anblick losreißen. Zu Hause erzählte er dann seiner Freundin davon und versuchte zu erklären, wie seltsam es gewesen war, wie er das Gefühl gehabt hatte, man hätte eine Strickleiter aus dem Flugzeug werfen, die zehntausend Meter bis zum Boden hinuntersteigen können und wäre dann nicht ins Wasser gefallen, sondern hätte auf diese seltsame dunkle Ebene hinaustreten können.

Zufällig hatte seine Freundin eine genauso starke Einbildungskraft wie er, und da sie ihn zu der Zeit sehr liebte, war sie bereit, eine solche seltsame Beobachtung ernster zu nehmen, als sie es eigentlich verdient gehabt hätte. Krats wohnte am Meer, und so schlenderten sie am Abend seiner Rückkehr am Strand auf und ab, ergingen sich in wilden Spekulationen und berauschten sich geradezu daran, wie das nun mal bei Liebespärchen so üblich war.

Dann gingen sie ins Bett und dachten nicht mehr daran, wie es ebenfalls bei Liebespärchen so üblich ist. Das ist überhaupt eine komische Eigenschaft dieser Sache: Sie ist sehr leicht zu vergessen. Eine Zeitlang hat man das deutliche und intensive Gefühl des Verständnisses, und plötzlich ist es wieder weg, und dann sucht man in seinem Geist herum und versucht sich an das zu erinnern, was man einmal gewußt hat. Ich kann mich jedesmal daran erinnern, aber das ist recht ungewöhnlich. Auf der ganzen Welt gibt es nur fünf Leute, die davon wissen.

Egal. Ein paar Monate später mußte Krats' Freundin denselben Flug machen. Als sie etwa vier Stunden in der Luft war, blickte sie zufällig aus dem Fenster und erinnerte sich sofort an das besagte Gespräch, denn Krats hatte recht gehabt: Das Meer sah tatsächlich wie eine Ebene aus.

Und jetzt kommt der ganz große Zufall. Es ist wirklich ein Riesenzufall, aber Sie müssen das akzeptieren, weil es nun mal so passiert ist.

In diesem Augenblick, als Krats' Freundin aus dem Fenster sah, befand sich Krats selbst in einem Geschäft an der Küste. Plötzlich hatte er eine seltsame Empfindung in seinem Hinterkopf, eine Art Kribbeln. Er dachte, daß sich ein Bekannter von hinten an ihn herangeschlichen hätte und drehte sich um. Dann sah er das, was Alkland jetzt sah. Das Meer war verschwunden.

Mit offenem Mund verließ er das Geschäft und ging über die Straße an den Strand. Das Meer war wirklich verschwunden, und jetzt befand sich dort genau das, was er aus dem Flugzeug gesehen hatte, eine grenzenlose Fläche aus … irgendwas, die sich unter einem niedrigen, sturmgleichen Himmel erstreckte. Ohne zu bemerken, daß der Strand und die Promenade menschenleer war, daß all die Sommerurlauber, die sich hier gedrängt hatten, verschwunden waren, sprang er über die Mauer und ging an den Strand hinunter. Er lief hinaus auf die Ebene und lief immer weiter. Und alles war so, wie er es gesehen hatte.

Es gibt mehrere Versionen darüber, was wirklich passiert ist, aber das spielt keine Rolle. Wichtig war allein, daß der Weg frei geworden war, daß sich plötzlich ein Zugang weit geöffnet hatte, von dessen Existenz niemand etwas geahnt hatte.

Als Krats sechs Stunden später aufwachte, lag er auf seinem Sofa im Wohnzimmer. Er fühlte sich erschöpft und durstig und taumelte in die Küche, um sich ein Glas Milch zu holen. Unterwegs erinnerte er sich an seinen Traum – plötzlich und mit schockierender Deutlichkeit. Schade, daß es nur ein Traum war, dachte er, als er seine Milch trank, daß der Ozean gar nicht verschwunden war, daß er nur auf dem Sofa eingeschlafen war. Zu schade, das wäre sehr interessant gewesen.

Dann bemerkte er, daß an seinen Schuhen dunkelgrauer

Schlamm klebte und daß er Spuren vom Wohnzimmer in die Küche hinterlassen hatte. Er verfolgte sie zurück und stellte etwas sehr Seltsames fest. Die Spuren begannen am Sofa.

So hatte alles angefangen. Ich erzählte Alkland die Geschichte, während wir auf die Ebene hinausblickten und unsere Mäntel von den gelegentlichen Windstößen aufgewirbelt wurden, die irgendwie zu der ganzen Sache zu gehören schienen. Ich erklärte, daß Villig jetzt dort oben war, hoch über der Erde in seinem Flugzeug, auf das Meer hinunterblickte und es so sah, wie wir es jetzt sahen, und daß ich ihn dort oben brauchte, damit ich Alkland mitnehmen konnte. Ich erklärte noch mal, daß die Dinge manchmal tatsächlich so sind, wie sie schienen, und daß die Welt, wenn man davon weiß, zu einem ganz anderen Ort wird. Der Aktionist stand einfach nur mit offenem Mund da und schüttelte den Kopf fassungslos über alles, was er sah.

Doch er glaubte an das, was er sah. Wenn er es abgelehnt hätte, hätte er es nicht gesehen. Er konnte es nicht ablehnen, nicht, solange ich bei ihm war. Ich bin ein sehr starker Träumer, wissen Sie.

»Was passiert jetzt?« fragte er schließlich und sah mit dem ernsten Gesichtsausdruck eines älteren Kindes zu mir auf.

»Wir gehen.«

Wir stiegen die Stufen zum Strand hinunter. Alkland zögerte eine Weile, bevor er seinen Fuß auf die Ebene setzte, als hätte er Angst, es wäre nur ein Illusion, daß sein Fuß durchbrechen und er in einen bodenlosen Abgrund stürzen würde. Ich drängte ihn nicht zur Eile. Ich wußte, daß er im Augenblick mit ziemlich viel fertigwerden mußte und seine Zweifel noch nicht ganz ausgeräumt waren. Schritte, die man aus eigener Kraft unternimmt, sind viel sicherer. Wenn man jemanden drängt, wird er abstürzen, aber wenn man ihn dazu bringt, von selbst zu springen, landet er vielleicht sicher.

Schließlich tat er den Schritt, und ich folgte ihm auf die Ebene.

»Wie weit müssen wir gehen?«

»Das ist verschieden. Wahrscheinlich ein oder zwei Kilometer.«

»Es geht sich hier etwas, äh, weich, nicht wahr?« murmelte er und blickte auf den Schlamm hinunter. »Wird es regnen?«

»Nein. Die Wolken sehen hier immer so aus.«

»Warum?«

»Ich weiß es nicht. Es ist einfach so.«

Er nickte.

»Na gut«, sagte er. Wir gingen weiter.

Es war absolut still dort auf der Ebene. Das einzige Geräusch war das leichte Schmatzen unserer Füße im Schlamm. Die Oberfläche war eigentlich gar nicht so schlimm. Ich habe schon erlebt, daß der Matsch knöcheltief und widerlich war, doch heute war er relativ fest.

In zehn Minuten hatten wir die flache Gegend hinter uns gelassen und schlängelten uns zwischen den leicht geneigten Erhebungen der Oberfläche hindurch. Sehr lange gingen wir, ohne ein Wort zu sprechen. Alkland trottete neben mir her, blickte gelegentlich zurück oder mit einem mürrischen Gesichtsausdruck über das Geländer. Vorläufig akzeptiere ich es, sagte seine Haltung, aber ich mag es nicht. Wenn du lieber zäher Schlamm als Wasser sein möchtest, gut. Aber mach bloß nichts anderes, wie die Farbe zu ändern oder so. Ich behalte dich im Auge.

Nach etwa einer Stunde wurden die Hügel etwas höher, einige bis zu anderthalb Metern, und die Täler dazwischen entsprechend tiefer. Ich führte uns hindurch und versuchte, die extremen Steigungen und Senken zu vermeiden, wodurch unser Weg recht verschlungen wurde.

»Ist das hier ein Weg?«

»Ja und nein. Nein, weil die Gegend jedesmal anders ist und es somit keinen richtigen Weg geben kann. Ja, weil er uns dorthin führt, wohin wir gehen.«

»Ich verstehe.« Alkland starrte den Hügel an, den wir gerade passierten, als wäre er eins der zusätzlichen seltsamen Dinge, vor denen er die Ebene gewarnt hatte. »Wenn ich Sie fragen würde, wohin wir gehen, würde ich es anschließend bereuen?«

»Nein«, sagte ich, »vermutlich nicht.«

»Würde ich die Antwort verstehen?«

»Nicht sofort. Sie werden es schon sehen, wenn wir angekommen sind. Sie sind schon einmal dort gewesen.«

»Tatsächlich?«

»Ja.«

»Mein Leben«, sagte der Aktionist seufzend, »hat sich in jüngster Zeit recht seltsam entwickelt.« Im fahlen Licht sah sein Gesicht müde und erschöpft aus, und es hatten sich ungesunde Flecken darauf gebildet.

»Dann machen Sie's doch so wie ich«, schlug ich ihm grinsend vor.

»Nein, danke«, sagte er mit einigem Nachdruck. »Nein, danke.«

Eine halbe Stunde später sah ich, daß wir bald am Ziel sein würden. Die Hügel krümmten sich auf eine ganz bestimmte Weise, die ich wiederzuerkennen gelernt hatte. Nach der nächsten Biegung kamen wir in eine Art winziges Tal, das so groß war, daß zwei Menschen darin nebeneinander stehen konnten und die Hügel gerade über unsere Köpfe hinausragten. Da es eine Sackgasse war, wußte ich, daß wir am Ziel waren.

»Äh, und was jetzt?«

»Haben Sie jemals eine Vollnarkose erlebt?« fragte ich.

»Ja«, antwortete er. »Man hat mir vier Weisheitszähne gezogen. Warum?«

»Weil es ganz ähnlich werden wird. Wissen Sie noch, wie es war, als man Ihnen das Betäubungsmittel injizierte? Wie kalt, schwer und klar sich Ihr Körper für einen Augenblick anfühlte? So in etwa wird es sein.«

»Stark«, sagte er und drehte sich zu mir um, »ich habe Angst.«

»Das brauchen Sie nicht. Es ist alles in Ordnung. Es gibt keinen Grund, Angst zu haben. Zumindest jetzt noch nicht.« Er sah nicht sehr überzeugt aus. »Machen Sie sich keine Sorgen um das, was als nächstes geschieht. Ich passe auf Sie auf, okay? Ich bleibe bei Ihnen.«

Er atmete tief und zitternd durch.

»Okay.«

Wir gingen geradeaus weiter bis zum Ende der Sackgasse. Etwa fünf Meter vorher nahm Alkland zögernd meine Hand, und ich hielt sie fest. Noch ein paar Schritte, und dann ging es plötzlich los, ein Gefühl grausamer Schärfe und bitterer Kälte, das einem mitten durch den Köper fuhr. Ich packte die Hande des Aktionisten fester und ging weiter.

»Stark …«

»Süße Träume«, sagte ich.

12. KAPITEL

Tiefste Finsternis überall, nur ein gelber Lichtschein wie von einer Taschenlampe. Ein leichtes Klopfgeräusch kommt näher, und dann hüpft ein Geschöpf wie ein Känguruh vorbei, das kurz am Rand des Lichtscheins zu sehen ist und dann in der Dunkelheit verschwindet.

Die Kante einer Schulbank, die riesige und tiefe Maserung des Holzes. Unlesbare Initialen, die jemand hinterlassen hat, und ein Stück des Fußbodens.

Eine Hand schwimmt vorbei.

Dann tiefer.

Es war Samstagabend und schon spät, als wir in der Stadt haltmachten. Wir hatten Rafes Pickup nur mit ein paar Taschen beladen und waren rausgefahren, um unser Leben hinter uns zu lassen. Wir waren gelangweilt und unzufrieden, zwei Außenseiter, denen der Sinn nach mehr stand, nach etwas anderem. Wir sahen uns auf dem verlassenen Platz der Geisterstadt um und beschlossen, diesen Ort zu unserem Zuhause zu machen.

Ich kann mich noch sehr gut daran erinnern, an jene Nacht, an jenen Augenblick, als der Pickup am Bordstein geparkt stand und wir einen Fuß auf die Stoßstange stellten, wie wir uns umsahen und dachten: »Was soll der Scheiß? Wir nehmen uns unsere eigene Stadt.« Es war still und dunkel, man hörte nur, wie wir an unseren Zigaretten zogen, und man sah nur die schwachen Scheinwerfer des Pickup. Ich erinnere mich, daß ich erkannt hatte, daß diese Nacht etwas Besonderes war, daß es nicht viele solche Nächte im Leben gibt.

Wie oft rappelte man sich einfach auf und unternimmt etwas? Wie oft hat man den Mut oder die Kraft, alles hinter sich zurückzulassen und nach etwas Neuem zu suchen, nach etwas, mit dem man glücklich sein kann? Das zu tun, dieses Risiko eingegangen zu sein und etwas entdeckt zu haben, das gab einem dieses besondere Gefühl. Später am Abend fanden wir ein altes Klavier in einem der Räume neben dem Platz, und wir schrieben eine Melodie, ein süßes und schönes Lied. Wir schrieben die Stadt.

Zehn Jahre später hatte sich einiges verändert. Für eine Zeitlang waren wir hier ganz allein, wir trieben uns in den verlassenen Häusern herum und versuchten, unsere Lieder zu schreiben. Wir wollten Lieder schreiben, die die Leute zum Weinen brachten, die in den Herzen und Köpfen wirken und für immer in den Menschen weiterleben würden. natürlich wollten wir nicht für immer in der Stadt bleiben. Die Stadt als solche war nicht wichtig, sie war nur unser Symbol der Freiheit.

Dann zogen allmählich andere Leute in einige der Häuser ein. Zuerst waren sie ein bißchen wie wir, Außenseiter, die nach einem ruhigen Plätzchen suchten, während sie neue Kräfte für den Kampf sammelten, aus dem das Leben einiger Leute immer besteht. Sie schlossen sich uns nicht direkt an, wir bildeten keine Gang oder Kommune. Sie ließen sich einfach dort nieder, und wir begegneten ihnen manchmal. Und dann begegneten wir immer mehr Leuten.

Heute lebten hier ein paar hundert Leute, Paare und ganze Familien. Der Ort war wieder zu einer Stadt geworden, und

Rafe und ich waren immer noch hier. Wir waren nicht abgehauen, wir hatten nicht gefunden, wonach wir suchten, und waren dann verschwunden. Irgendwie waren wir vom Weg abgedriftet, und jetzt waren wir die Gründerväter der neuen Stadt, die aus der Asche der toten Stadt die wir entdeckt hatten, entstiegen war.

Das Verhältnis zwischen mir und Rafe war in den letzten Jahren etwas schwierig geworden. Irgend etwas hatte unsere Freundschaft beeinträchtigt, und so hielten wir einen etwas größeren Abstand. Als wir in jener dunklen und interessanten Nacht eingetroffen waren, hatten wir dieselben Sorgen, Hoffnungen und Persönlichkeiten gehabt. Wir waren zwei Seiten derselben Münze gewesen, wir waren unsere ältesten, besten und einzigen Freunde. Irgendwie hatte sich all das geändert, unsere Interessen waren auseinandergedriftet, als wenn die Stadt selbst sich zwischen uns gedrängt hätte. Ich hoffte, daß ich heute vielleicht etwas dagegen unternehmen konnte. Ein großes Treffen auf dem Platz war angesagt, denn etwas bedrohte unsere Stadt, oder zumindest glaubte man das. Ich hatte das Gefühl, daß die Sache übersteigert wurde, und konnte mich darüber gar nicht so aufregen, aber als Gründervater brachten die Leute mir eine Menge Respekt entgegen, und ich wußte, daß ich erscheinen mußte.

Ich kreuzte schon ziemlich früh auf dem Platz auf und sah, daß ganz vorne vier Stühle aufgestellt worden waren. Mir war klar, daß einer für mich gedacht war, daß Rafe und ich zusammen mit zwei anderen die Debatte leiten sollten, als ob wir die Regierung wären. Ich habe mich niemals richtig mit unserem angeblichen Status in der Stadt abgefunden, und plötzlich wußte ich, was ich tun mußte.

Statt nach vorn zu gehen und mich in meinen Stuhl zu setzen, statt meinen rechtmäßigen Platz dort oben einzunehmen, ging ich hinüber an den Bordstein, genau dahin, wo wir vor so vielen Jahren den Pickup geparkt hatten. Dort bückte ich mich und setzte mich auf den warmen Stein.

Ich wußte, daß die Leute sich fragen würden, was ich wohl vorhatte, warum ich nicht meinen Platz ganz vorne einnahm, aber mir schien es genau das Richtige zu sein. Wenn Rafe auf den Platz kam, würde er mich dort sitzen sehen, sich an jenen Abend erinnern, sich an das erinnern, weswegen wir hergekommen waren, und dann, wie wir damals gewesen waren. Dann würde er kommen und sich zu mir setzen, und all die Jahre wären wie weggewischt. Wir würden wieder Freunde sein, die nebeneinander auf dem Bordstein hockten, gemeinsam in die Welt hinaussahen und dachten: »Was soll's? Irgendwie wird's schon laufen!« Wenn sie uns so zusammen sahen, wieder Seite an Seite, würde sich die Stadt wieder aufraffen, und wir konnten das Problem gemeinsam anpacken und es überwinden.

Der Platz füllte sich schnell. Ich sah mich in der Menge um und wunderte mich, wie viele Leute inzwischen hier waren. Ich staunte, was für eine Gemeinschaft aus dem Nichts gewachsen war und die Stadt mit neuem Leben erfüllte.

Dann blickte ich mich um und sah, daß Rafe eingetroffen war. Er saß auf einem der Stühle.

Ich starrte ihn an und dachte, daß er mich vielleicht nicht gesehen hatte, als er gekommen war. Er saß mit verschränkten Armen da, mit eindrucksvollem Anzug und Schlips, und hörte den Reden zu. Er sah zu mir herüber und runzelte die Stirn. Dann zeigte er auf den Stuhl neben sich. Ich schüttelte lächelnd den Kopf und dachte, er würde schon wissen, was ich meinte, aber er zuckte nur die Schultern und wandte sich wieder der Debatte zu, die er kritisch und erhaben verfolgte, wie es von einem Gründervater erwartet wurde.

Ich sah ihn an und erkannte, daß ich es vermasselt hatte. Ich hatte alles mißverstanden. Ich hatte gedacht, daß ich mit einer romantischen Geste alles wieder ins Lot bringen konnte, daß dann alles wieder so sein würde, wie ich es haben wollte. Aber damit hatte ich nur mein bißchen Autorität und Dazugehörigkeit verspielt. Rafe war ein Teil der Gemeinschaft, eine wichtige Person in dieser Menschenansammlung. Ich hätte es ebenfalls sein können, aber ich hatte alles verloren, weil mein Herz an der falschen Stelle hing, weil ich in meiner eigenen Welt am Rande lebte, in meinem eigenen Film, in dem ich der Held war.

Die Debatte ging weiter, aber ich konnte nicht zuhören. Mein Herz fühlte sich leer an, als würde ich wie ein Stein fallen, und meine Ohren füllten sich mit einem Rauschen, dem Geräusch schrecklicher Angst und Einsamkeit. Ich stand auf und ging von der Bordsteinkante weg, weg von der Debatte. Ein paar Köpfe drehten sich neugierig um, aber nicht viele. Nicht genug.

Ich ging in die alte Bar, in der immer noch das lädierte Klavier stand. Oben drauf lag eine verstaubte Zigarettenschachtel, die vor Alter vergilbt war. Es war Rafes, und sie stammte aus der Nacht, als wir eingetroffen waren. Wir hatten sie dort als Denkmal zurückgelassen, für eine Zeit, in der wir noch auf die gleiche Weise dachten und an dieselben Dinge glaubten. Als ich sie sah, erkannte ich, wie lange ich schon nicht mehr hiergewesen war. Ich stand vor dem Klavier und bereitete mich auf meine letzte Chance vor.

Durch das staubige, schmutzige Fenster konnte ich die Menge draußen im Sonnenlicht sehen, die immer noch zuhörte und sich mit dem schweren und verwirrten Problem beschäftigte, die im Heute gefangen war und die Vergangenheit vergessen hatte.

Ich griff in die Tasten und gab mir alle Mühe.

Ich spielte die Melodie, das Lied, das Rafe und ich in der Nacht geschrieben hatten, in der wir angekommen waren. Als die Melodie über den Platz trieb, hoffte ich verzweifelt, daß dann alles wieder gut werden würde. Die Leute würden sie wiedererkennen, Rafe würde sie wiedererkennen, und was mir auf dem Bordstein nicht gelungen war, würde geschehen. Alles würde wieder zusammenkommen, durch die Kraft einer Melodie aus der Vergangenheit, vom Anfang von allem.

Erst als ich anfing, erkannte ich, wie lange es schon her war, seit ich das Lied zuletzt gespielt hatte, und daß ich es in all der Zeit vergessen hatte. Meine Finger suchten auf den staubigen Tasten, aber sie wußten nicht, wohin sie greifen sollten.

Ich konnte mich nicht an die Melodie erinnern. Ich griff daneben, ich verspielte mich, ich versuchte, die Töne zu treffen, aber sie waren nicht mehr da. Die Melodie war verloren. Ich blickte auf und sah, daß ein paar Leute herüberschauten, auch Rafe, aber sie wandten sich wieder ab und der Debatte zu, zurück in ihre Welt. Ihre Welt war nicht mehr meine Welt.

Das Lied war tot. Ich konnte mich nicht an die Melodie erinnern.

Dann erkannte ich, was mit mir los war, wie gründlich ich versagt hatte. Rafe hatte sich verändert, die Welt hatte sich verändert, und nur ich war derselbe geblieben. Ich war immer noch derselbe romantische, dumme Junge, der vor zehn Jahren hier aufgekreuzt war, den Kopf voller Träume und in dem festen Glauben, daß er etwas Besonderes war. Ich hatte mich nicht verändert. Obwohl ich hier eine gewisse unberechtigte Stellung hatte, war ich tief drinnen immer noch derselbe romantische Verlierer. Rafe hatte sich weiterbewegt, hatte sich den Mantel angezogen und war damit losgegangen, war seriös und eine wichtige Person geworden. Ich konnte ihn dort draußen sehen, wie er sich angestrengt auf die Debatte konzentrierte, und ich wußte, daß ich dasselbe tun und nicht versuchen sollte, alles mit einem einzigen melodramatischen Geniestreich zu lösen.

Ich hatte damit nur meinen Platz im Rampenlicht verspielt, den ich eigentlich gar nicht verdient hatte. Plötzlich fühlte ich mich alt und müde und spürte die Last meiner vergeudeten Jahre. Bis zu diesem Augenblick hatte ich nicht geglaubt, daß sich irgend etwas verändert haben könnte, aber jetzt erkannte ich, daß die Zeit vergangen war, daß die Stadt und Rafe sich weiterentwickelt hatten, während ich zurückgeblieben war, immer noch der Vergangenheit nachhängend, immer noch mit nichts außer meinen Gefühlen, immer noch der Mensch, der ich vor zehn Jahren gewesen war. All die Zeit, all die Jahre waren nichts. Ich war nur ein in der Zeit konservierter Junge, der die Gegenwart von außen betrachtete, ein Stück Leere, das mit sich selbst beschäftigt war.

Ich stand vom Klavier auf und verließ die Bar durch eine andere Tür, die nicht auf den Platz führte. Ich konnte nicht mehr in die Stadt zurück, weil es dort keinen Platz mehr für mich gab, und ich hatte kein anderes Zuhause mehr, wohin ich zurückkehren konnte. Der einzige Ort, der für mich jemals ein Zuhause sein würde, war ich selbst. Obwohl ich es haßte, dort zu leben, gab es keine andere Tür, die sich für mich öffnen würde.

Auf dem Platz war es noch taghell, doch auf der Seite, auf der ich herauskam, war es schon dunkel und Abend wie am ersten Tag. Ich hatte keine Lust, meine Sachen zu holen und mitzunehmen. Ich ging einfach und wußte, daß ich nie mehr zurückkehren würde.

Ich folgte einem dunklen Weg, der an einem Berg entlangführte, bis ich auf den verlassenen Parkplatz eines Supermarktes stieß. Das Pflaster war noch feucht vom Regen. Ein leichter Wind wehte Zeitungen gegen die Mauern und ließ Blätter wie kleine Boote über die schwarzen Pfützen treiben. Es war immer noch Nacht, und auf dem Parkplatz gab es nichts außer einer kaputten Gitarre und einem Einkaufswagen. Ich wollte gerade weitergehen, als sich plötzlich der Einkaufswagen zu bewegen begann. Ich beschloß, ihm zu folgen.

Der Wagen rollte nur langsam, weil eines der schwarzen Räder kaputt war, do daß er sich im Kreis drehte. Ich ging nebenher und roch den Regen und die gefallenen Blätter. Langsam begann ich mich etwas besser zu fühlen. Über uns stand der volle Mond und lugte gelegentlich zwischen dichten Sturmwolken hindurch. Das dunkle Land war völlig still bis auf das Geräusch meiner Schritte und dem gelegentlichen Quietschen des kaputten Rades des Einkaufswagens.

Dann kamen wir in die Straßen einer Wohngegend in einem altmodischen Viertel. Altertümliche Straßenlaternen erhoben sich über uns und verbreiteten schwachgrüne Lichtsphären über dem aufgerissenen Pflaster. Es wirkte sehr ausgefallen und eindringlich wie ein stimmungsvoll beleuchteter Drehort für einen Film, aber es war real und dreidimensional. Wir gingen weiter zwischen Fassaden von

Häusern hindurch, in denen alle Fenster dunkel und alle Vorhänge zugezogen waren. Niemand war zu Hause. Ich rüttelte an den Schlössern einiger der altmodischen Autos, aber ich konnte sie nicht öffnen, und die Handgriffe waren kalt. Ich war nicht überrascht, denn ich verstand diesen Ort. Der Einkaufswagen rollte voran, und ich folgte ihm.

Dann gerieten wir in eine Sackgasse und erreichten eine graue und hohe Ziegelsteinmauer. Ich versuchte hinüberzuklettern, aber es gab nirgendwo einen Halt, so daß ich wieder zu Boden rutschte. Als ich mich umdrehte, sah ich, daß neben uns ein Kanal war.

Der Wagen schlug den Weg ein, der am Wasser entlangführte, und ich ging hinterher. Ich blickte zu den düsteren alten Lagerhäusern hinauf und hörte das leise Schwappen des Wassers. Ein Gebäude sah recht furchterregend aus, ein großer, heller Klotz, der einmal ein Hotel oder eine merkwürdig verzierte Fabrik gewesen war und schwer neben dem trägen Wasser hockte. Das Haus hatte etwas Unangenehmes, aber ich konnte nicht feststellen, was es war. Nichts geschah, als wir daran vorbeigingen, also war es vielleicht nur Paranoia.

Der Einkaufswagen wurde langsamer und blieb stehen, und dann sah ich, daß sich neben dem Kanal ein Spielplatz befand. Die Schaukeln und Karussells bewegten sich im Zwielicht, als würden Menschen darauf sitzen, und ein großes Schaukelpferd aus Metall mit einem merkwürdigen Kopf schaukelte langsam vor und zurück. Ein leises Geräusch kam von irgendwo auf dem Spielplatz. Ich ließ den Einkaufswagen am Kanal zurück und ging, um nachzusehen.

Ich schritt vorsichtig zwischen den Schaukeln und Karussells hindurch über dichte Blätter und langes Gras. Es war ein kleiner Spielplatz, also würde ich nicht lange brauchen, um das zu finden, was das Geräusch verursachte. Es war eine Art Geklapper, was gut war. Oder zumindest nicht das Schlimmste. Früher einmal habe ich auf genau so einem Spielplatz wie diesem nachgesehen, was ein heulendes Geräusch verursachte, und hinter einem Baumstamm hatte ich ein Nest böser Babys gefunden. Ich bin ihnen immer wieder begegnet, und jedesmal waren sie böser gewesen.

Ich sah, daß auf der anderen Seite eine der Schaukeln vor und zurück schwang, als wenn sie gerade jemand verlassen hätte. Langsam ging ich an der Mauer entlang und blickte unter Wippen und Karussells, und allmählich wurde das Geräusch ein wenig lauter. Ich hoffte, daß es nichts Schlimmes sein würde. Die Geisterstadt hatte mir fürs erste gereicht. Es war nicht gerade angsteinflößend, aber doch ziemlich deprimierend. Ich hatte schon eine ganze Weile nicht mehr an Rafe gedacht und wollte es auch jetzt nicht tun.

An der Seite stand eine Bank, und darunter lag eine dunkle Gestalt. Ich näherte mich vorsichtig und ging in die Knie, um nachzusehen. Es war Alkland.

Der Aktionist hatte sich zusammengekauert, und das Geräusch, das ich gehört hatte, kam von seinen heftigen klappernden Zähnen. Seine Kleidung war feucht, und er hatte sein Gesicht unter den Händen vergraben. Die Knöchel waren weiß, und die Muskeln zitterten von der angestrengten Haltung. Ich berührte ihn leicht an der Schulter. Er zuckte zusammen und machte sich noch kleiner.

»Alkland«, sagte ich freundlich. »Ich bin's nur, Stark.«

Sehr langsam begann sich eine Hand zu bewegen, wie bei einem Kind, das Angst davor hat, noch einmal das Schreckliche sehen zu müssen. Ich vermutete, daß er in der Zwischenzeit einiges durchgemacht hatte. Aus irgendeinem Grund ist das immer so, sogar für mich ist das ziemlich deprimierend. Die Hand bewegte sich gerade so weit, daß er mit einem Auge durch die Finger blicken konnte.

»Stark?« flüsterte er kaum hörbar.

»Ja.« Ich streckte ihm meine Hand hin. »Kommen Sie, wir wollen gehen.«

Mit größerer Vorsicht, als ich überhaupt für möglich gehalten hätte, ja, geradezu wie ein Werbespot für das Prinzip der Vorsicht kam Alkland langsam unter der Bank hervor. Während ich ihm beim Aufstehen half, sah er sich immer wieder vorsichtig um und starrte in jeden Winkel des Spielplatzes.

»Sind sie weg?« flüsterte er, als er schließlich aufrecht stand.

»Wer?«

»Die Babys.«

»Oh, Scheiße. Sie haben sie gesehen?«

Er nickte und rieb sich mit der Hand über die Lippen.

»Sind sie weg?«

»Ja«, sagte ich, »sie sind weg. Hören Sie!« Im Park war es still, nur ein paar Blätter raschelten. »Keine Schreie.«

Er lauschte und rieb sich dabei weiter über die Lippen. Ich hatte damit gerechnet, daß es hier nicht einfach für ihn werden würde, aber es schien schlimmer gewesen zu sein, als ich vermutet hatte. Sein Gesicht hatte einen grünlichen Unterton, der stellenweise in Lila überging. Es war schlimm, daß er die Babys gleich beim ersten Mal gesehen hatte. Er hörte auf, sich die Lippen zu reiben.

»Keine Schreie«, sagte er.

Ich führte ihn aus dem Park heraus an den Kanal. Leider drehte sich der Einkaufswagen gerade in einem perfekten Kreis, was das Letzte war, was Alkland jetzt noch ertragen konnte. Er klammerte sich verängstigt an mich und winselte. Ich sorgte dafür, daß seine Augen geschlossen waren, und schloß dann auch meine.

Als ich sie wieder öffnete, war der Einkaufswagen verschwunden. Alkland hob den Blick und starrte auf den leeren Weg.

»Wie haben Sie das gemacht? Verdammt noch mal, Stark, wo sind wir überhaupt? Was geht hier vor. Was ist das hier für eine Scheiße? Wo zum Teufel sind wir?«

»Kommen Sie«, sagte ich. »Wir wollen von hier verschwinden. Und mäßigen Sie sich bitte in ihrer Wortwahl.«

Es sah ganz danach aus, als würden wir uns vorläufig damit abfinden müssen, daß es Nacht war. Und mit dem Kanal ebenfalls. Er war ruhig und verhielt sich recht vernünftig, also konnte ich zufrieden sein. Noch besser war, daß ich sogar meine Zigaretten fand. Alkland ging neben mir her und blickte immer wieder zurück. Dann deutete er nach vorn.

»Was ist das?«

Es war eine Gondel, die sich anmutig auf dem Kanal drehte und auf uns zutrieb.

»Es ist niemand drin, es ... O Gott! Sie ist voller Käfer!«

»Achten Sie nicht drauf«, sagte ich. »Wir sind bald dran vorbei.«

»Wohin gehen wir?«

»Nun, im Prinzip können wir nur abwarten, was geschieht. Ah!« Plötzlich waren wir in einem Wald und gingen auf einem breiten Kiesweg, auf dem wir bequem nebeneinander laufen konnte. »Das sieht schon besser aus.«

»Was geht hier vor?« jammerte er. Riesige Bäume standen links und rechts von uns, dicke Stämme ohne Äste, die senkrecht nach oben ragten, wo sie mit dem schwarzen Himmel verschmolzen. Alkland stemmte die Hände in die Hüften und sah mich aufsässig an.

»Sagen Sie's mir, Stark!«

Ich ging einfach weiter, und nach einer Weile folgte er mir.

»Es ist keine gute Idee zu sprechen, während wir unterwegs sind«, sagte ich wahrheitsgemäß. »Es stört nur, und wir sollten für eine Weile bleiben, wo wir sind. Haben Sie Hunger?«

Der Aktionist runzelte die Stirn.

»Ja, eigentlich schon«, sagte er, als wäre er überrascht, daß sein Körper Zeit für solche profanen Empfindungen hatte.

»Gut. Konzentrieren Sie sich für eine Zeitlang darauf.«

Wir gingen noch eine Viertelstunde lang auf dem Waldweg weiter. Zweimal rief eine Eule zwischen den Bäumen, doch ansonsten war es ruhig und sehr friedlich.

»Einen Moment.«

Ich drehte mich um und sah, wie der Aktionist sich bückte, um sich die Schnürsenkel zuzubinden. Er richtete sich wieder auf und starrte mich müde an. Er sah verzweifelt und naß aus.

»Alles in Ordnung?« fragte ich.

»Ja und nein, wie Sie sagen würden.« Dann zuckte er

zusammen und sah verängstigt in die Dunkelheit hinter mir. »Was ist das?«

Ich drehte mich um. Zuerst war gar nichts zu erkennen, nur ein schwaches raschelndes Geräusch. Dann entdeckte ich eine blasse Gestalt, die sich uns auf dem Weg näherte.

»Seien Sie ganz still«, flüsterte ich Alkland zu. »Sie müssen davor keine Angst haben. Bleiben Sie dicht neben mir und verhalten Sie sich ruhig.«

Er trat schnell neben mich, und dann warteten wir ab.

Nach einer Minute war die Gestalt schon etwas deutlicher geworden. Es war eine junge Frau, etwa zwanzig Jahre alt, die einen gepflegten Rock und eine weiße Bluse trug. Langsam kam sie uns auf dem Weg entgegen.

»Stark.«

»Psst«, machte ich.

Die Frau leuchtete. Sie war von Kopf bis Fuß in einen weißen Schein gehüllt, der die Farbe ihrer Kleidung und ihrer Haut verblassen ließ. Sie sah starr geradeaus. Etwa drei Meter vor uns blieb sie stehen. Alkland packte mit der Hand meinen Arm, aber er verhielt sich ruhig. Die Frau sprach, als würde jemand neben ihr stehen, obwohl wir ihre Stimme nicht hörten. Dann lachte sie und ging weiter. Sie spazierte auf dem Weg an uns vorbei und verschwand in der Dunkelheit zwischen den Bäumen. Bevor Alkland mir eine Frage stellen konnte, begann ich weiterzugehen, so schnell, daß er sich darauf konzentrieren mußte, nicht zurückzubleiben.

Ein paar Minuten später war der Wald zu Ende, und wir befanden uns auf dem Abhang eines dunklen Hügels, der sich in ein bewaldetes Tal senkte. Ich führte den Aktionisten den steilen Weg hinunter.

»Hübsch«, stellte er fest und überraschte mich damit.

Das war es in der Tat. In der Dunkelheit sahen die hohen Hügel, die das kleine Tal umgaben, smaragdgrün aus, und obwohl es kalt war und Regen in der Luft lag, vermittelte es das Gefühl der Sicherheit, wirkte wie ein Königreich der Elfen.

»Ja«, sagte ich. »Hier ist es gut.«

Am Boden des Tals traf der Weg auf einen Bach, der leise

und beruhigend murmelte. Er führte in ein kleines Dorf. Obwohl alle Häuser dunkel waren, war es ganz anders als die Gegend, durch die ich erst vor einer Weile gekommen war. Es war nicht fremdartig. Es war nur ruhig und alt.

»Gut«, sagte ich begeistert. »Hier finden wir vielleicht ein Gasthaus. Halten Sie Ausschau.«

Das Dorf war sehr klein, nicht mehr als zwanzig Häuser lang, und wir waren schon nach einer Minute hindurch, ohne daß wir Lichter gesehen hätten. Ich dachte schon darüber nach, ob ich einen Fehler gemacht hatte, als ich bemerkte, daß im letzten Haus auf der rechten Seite, das ein Stück zurück stand, ein schwaches Licht aus einem der rückwärtigen Fenster drang.

»Sieht nicht nach einem Gasthaus aus, sondern nach einem ganz normalen Haus«, sagte ich.

»Und was heißt das?«

Ich bedeutete ihm, still zu sein, und ging zum Haus hinüber. »Spielen Sie einfach mit«, sagte ich und klopfte an die schwere alte Eichentür.

Es verging gerade soviel Zeit, daß Alkland noch einmal meinen Namen mit einem bedeutsamen Fragezeichen dahinter sagen konnte, bis die Tür aufschwang und ein warmes, gelbes Licht auf den Weg schien.

»Wohlan denn.« Eine Frau mittleren Alters hatte gesprochen. Sie war dick und fröhlich, hatte rote Wangen und sah gesund aus. »Steht dort nicht so herum! Tretet ein, tretet ein!«

Ich schob Alkland vor mir hinein, dessen Augen vor unaussprechlicher Verwirrung weit aufgerissen waren. Die Frau führte uns eifrig weiter durch einen dunklen Flur in einen Raum im Hintergrund, in dem das wohltuende Licht flackerte. Es war die Küche, in der ein großer Tisch stand, der von ein paar groben Holzstühlen umringt war. In einem davon saß der Mann der Frau, ein großer, bärenhafter Bauer. Er stand auf, als wir eintraten, und grinste uns an, während er sich verlegen den Bart rieb.

»Nun, wen haben wir denn da?« sagte er mit einer

Stimme, die barsch und unkultiviert, aber auch freundlich klang.

»Besucher!« rief seine Frau. »Sind den ganzen Abend unterwegs gewesen, wie es scheint, nicht wahr?«

»Ja.«

»Eine schlimme Nacht«, stellte der Mann weise fest und kam uns entgegen, um uns die Hände zu schütteln. Seine Hand war groß und warm, die Haut trocken und angenehm wie die Erinnerung an die Hand eines Vaters.

»Seht Euch nur an!« sagte die Frau zu Alkland und tippte ihm mit dem Finger in den Bauch. »Ihr seid ja triefnaß. Und hungrig, möchte ich wetten!«

Alkland lächelte überrascht und nickte.

»Ja, tatsächlich«, sagte er.

»Dann fühlt Euch ganz wie Zuhause und nehmt dort Platz, während ich uns einen Tee koche. Los, Henry, geh hinaus und hol noch etwas Holz fürs Feuer!«

Der Mann grinste uns an, nahm einen ramponierten alten Hut von der Rückenlehne seines Stuhls und öffnete die Hintertür.

»Ihr Wunsch ist mir Befehl«, sagte er augenzwinkernd, bevor er in die Nacht hinausging und die Tür hinter sich schloß.

Alkland starrte ihm nach, während seine Augenbrauen sich fast bis zum Haaransatz hoben.

»Nun denn«, sagte die Frau und setzte uns zwei riesige Schalen mit Tee vor. »Wenn Ihr solange damit Vorlieb nehmen wollt, bis ich Euch etwas zu essen gesucht habe! Nur zu!«

Ich nahm einen großen Schluck Tee, der stark und mit Honig gesüßt war und wunderbar schmeckte. Alkland trank ebenfalls, und ich konnte fast sehen, wie die Wärme in seinen Körper eindrang und die Flecken in seinem Gesicht verschwinden ließ, bis sie kaum noch zu erkennen waren. Ich wußte, daß diese Linderung nur vorübergehend sein würde, aber trotzdem freute es mich für ihn. Die Frau hantierte am großen, alten Eisenherd, klapperte mit dem

Geschirr und sang laut vor sich hin, während sie fröhlich etwas zusammenstellte.

Ich drehte mich zu Alkland um, der neben mir mit einem Gesichtsausdruck saß, der Bände sprach. Er hatte ganz eindeutig nicht die Absicht, auch nur ein einziges Wort zu sagen, bis ich eine Erklärung abgab.

»Okay«, sagte ich und stützte mich auf den Tisch. »Was glauben Sie, wo Sie sind?«

»Ich habe keine Ahnung. Nicht den leisesten Schimmer.«

»Was ist geschehen?«

»Nun«, sagte er und wärmte sich die Hände an der Teeschale. »Es war, wie Sie sagten. Ich hörte, wie Sie etwas zu mir sagten, und dann war es plötzlich kalt, und ich hatte das Gefühl, als würde ich aus zähflüssigem Wasser bestehen. Dann wachte ich auf. Es schien überhaupt keine Zeit vergangen zu sein, aber ich wußte, daß es schon viel später war. Ich war auf diesem Spielplatz, und ich konnte Sie nirgendwo sehen. Ich hatte große Angst, denn alles begann sich zu bewegen, obwohl niemand da war, dann hörte ich die Schreie und ging los, um nachzusehen, was es war.« Er verstummte und stellte die Schale wieder auf den Tisch, wobei seine Hände heftig zitterten.

»Ein schlimmer Anfang, daß Sie ausgerechnet ihnen begegnet sind«, sagte ich.

»Stark, was war das?«

Ich antwortete nicht, weil die Frau an den Tisch kam und jedem von uns einen Teller vorsetzte. Aus dem Nichts hatte sie eine üppige Grillplatte gezaubert: Würste, dicke Speckstreifen, Eier, geröstetes Brot und Kartoffeln. Alkland starrte auf seinen Teller.

»Du meine Güte«, sagte ich zu ihm. »Sie haben ziemlichen Hunger, stimmt's?«

Die Frau lachte und kehrte wieder an ihren Herd zurück, wobei sie immer noch sang. Alkland riß seinen Blick vom Essen los und beobachtete sie einen Augeblick lang. Dann beugte er sich zu mir hinüber.

»Ich kenne das Lied«, flüsterte er mir zu. »Ich weiß nicht, woher, aber ich kenne es.«

Ich nickte und wandte mich dann meiner üppigen Mahlzeit zu.

»Sicher«, sagte ich. »Genauso, wie das hier Ihre Vorstellung von einer richtigen Mahlzeit ist.«

»Was?«

Also, für Sie ist das vermutlich keine Überraschung, besonders nicht, wenn Sie zu den Schlaubergern gehören, die schon viel früher auf die Idee gekommen sind, daß es gar keinen Gang gibt und so, aber Alkland konnte der Sache offenbar immer noch nicht so recht folgen, so daß ich es ihm noch einmal erklären mußte.

»Das hier ist Taumland, Alkland.«

Er hörte auf zu kauen und starrte mich an.

»Sagen Sie das noch mal!«

»Das hier ist Taumland.«

»Sie meinen *Traumland?*«

»Nein, Taumland. Wenn man über jene Ebene geht, vorausgesetzt, man findet den Zugang, kommt man früher oder später an ein Tor. Und wenn man dort hindurchgeht, landet man hier.«

»Und das ist dann wie ein Traum, meinen Sie?«

»Nein. Es *ist* ein Traum. Hier ist der Ort, wohin Sie gehen, wenn Sie träumen, wo auch jeder andere Mensch träumt.«

»Sie wollen sagen, daß wir schlafen?«

»Nein, wir schlafen nicht. Erinnern Sie sich an die Frau im Wald?«

»Die geleuchtet hat?«

»Ja. Sie hat geschlafen. Irgendwo in der Welt lag sie im Bett oder auf einem Sofa und schlief. Wenn sie aufwacht und sich an ihren Traum erinnert, wird sie sich an einen Wald erinnern, an einen tiefen, dunklen Wald mit dicken Baumstämmen und daß sie den Weg entlanggegangen ist und an alles, was im Anschluß daran noch passiert ist.«

»Den Kanal.«

»Nicht unbedingt. So funktioniert es hier nicht. Das hängt davon ab, auf was für einen Traumpfad sie sich befunden hat und weswegen sie geträumt hat.«

»Sehen wir für andere Menschen auch so aus?«

»Nein, weil wir nicht schlafen. Wir sind wach.«

Als Alkland seine Mahlzeit beendet hatte, wurde ihm sofort ein neuer Teller vorgesetzt. Auf diesem lag ein dickes Sandwich, ein Stück dampfender Schinken zwischen zwei Scheiben frischem Brot. Alklands Unterkiefer klappte herunter.

»Ich weiß, wo das herkommt«, sagte er und zeigte auf seinen Teller.

»Was?«

»Als ich jung war«, sagte er, »habe ich oft Bücher von einer Frau namens Meg Finda gelesen. Es waren sehr alte Bücher, die schon meine Großmutter als junges Mädchen besessen hatte.« In plötzlicher Erkenntnis blickte er die Frau an, die wieder am Herd beschäftigt war. »Daher stammt auch die Melodie. Meine Großmutter hat dieses Lied immer gesungen. Mein Gott!«

»Weiter!«

»Diese Bücher, die seit Generationen in unserer Familie weitergegeben wurden, waren über Kinder, die verschiedene Abenteuer erlebten.« Er lächelte verlegen. »Ich glaube, daß meine Eltern davon nicht sehr begeistert waren. Eine Pflichtlektüre für Kinder des Zentrums, wie Sie sich vielleicht vorstellen können.«

»Nicht, *Janet und John erschließen neue Regionen der Management-Buchhaltung*?«

»Genau. Auf jeden Fall gab es in diesen Geschichten immer eine Stelle, wo sie auf ihre Tante oder jemanden trafen und in deren Haus zur Vesper eingeladen wurden.« Er lächelte, während sein Blick meilenweit entrückt schien. »Kuchen, Tee, Marmelade, dicke, sahnige Milch. Alles Sachen, die ich niemals probiert habe.«

»Noch etwas Tee?« Die Frau stand neben uns, lächelte mit vom Herdfeuer gerötetem Gesicht und hielt einen großen gußeisernen Teekessel. Als wir dankbar nickten, füllte sie die Schalen auf und stellte uns einen Krug mit sahniger Milch auf den Tisch. Alkland konnte den Blick nicht davon abwenden, während er weitersprach.

»An eine Stelle kann ich mich besonders gut erinnern.

Eine Bauersfrau lud sie ein und gab ihnen Schinken-Sandwiches. Genauso wie das hier.« Er deutete auf den schwindenden Rest seines Brotes. »Genauso wie das hier.« Für eine Weile sagte er nichts, und dann lächelte er wehmütig. »Ich habe diese Bücher sehr gemocht.«

»Vielen Menschen geht es so«, sagte ich. »Darum ist es hier so. Das hier ist ein Platz der Ruhe, eine Art Erholungsprogramm. Es ist die Taumland-Entsprechung zu McHunolds, eine Raststätte am Wegesrand. Es gibt sie überall, vor allem in Gegenden wie dieser. Man kehrt ein, ist willkommen und bekommt zu essen, und dann setzt man gestärkt seinen Weg fort. Wenn man will, kann man anschließend sogar noch mal an die Tür klopfen und wird wieder bedient. Dann ist es genauso wie beim ersten Mal. Die Leute erkennen einen nicht wieder, wissen nicht, daß man schon mal da war. Wenn wir wiederkommen würden, würde der alte Mann wieder in diesem Stuhl dort sitzen, und er würde genauso aufstehen und alles andere würde noch einmal genauso geschehen.«

»Er ist eigentlich schon ziemlich lange fort.«

»Er wird überhaupt nicht zurückkommen«, sagte ich. »Er ist nicht notwendig. Er ist kein wesentlicher Teil der Handlung, nur eine unwichtige Einzelheit.«

Alkland schüttelte den Kopf und verzehrte den Rest seines Sandwichs.

»Was man hier findet, hängt davon ab, was man braucht. Deshalb habe ich Sie gefragt, ob Sie Hunger haben«, fügte ich hinzu. »Wenn wir müde gewesen wären, hätten wir nur einen kleinen Imbiß bekommen und wären dann zu einem Zimmer mit alten Messingbetten, dicken Matratzen und Federdecken geführt worden.«

»Stark, woher wissen Sie das alles?«

»Ich war schon mal hier«, sagte ich schulterzuckend.

Er sah mich forschend an.

»Schon oft, vermute ich.«

»Ja.«

»Warum heißt es ›Taumland‹ und nicht ›Traumland‹, was immerhin noch etwas Sinn machen würde?«

»Das ist eine lange Geschichte.«

Alkland überlegte eine Weile.

»Also«, sagte er schließlich. »Ich träume, und Sie sind hier bei mir.«

»Hallo?« sagte ich verzweifelt und tippte ihm gegen den Schädel. »Ist dort jemand zu Hause? Wir träumen *nicht*! Wir sind *wach*! Das versuche ich Ihnen die ganze Zeit zu erklären, verdammt noch mal!«

»Sprache!« tadelte die Frau freundlich, als sie Alkland noch ein paar Kuchen hinstellte und uns Tee nachfüllte.

»'Tschuldigung. Das ist doch gerade der Sinn der Ebene, Alkland. Wenn man weiß, wie es geht, ist es eine Möglichkeit, um hierherzukommen, *während man wach ist*. Wenn ich gewollt hätte, daß wir träumen, hätte ich Sie einfach einschlafen lassen. Aber das konnte ich ja nicht. Denn wenn Sie schlafen und träumen, geschehen schlimme Dinge mit Ihnen, nicht wahr?«

Alkland sah mich mit weit aufgerissenen Augen an.

»Ja«, sagte er leise. »So ist es.«

»Und wissen Sie warum?«

Als er den Kopf schüttelte, sagte ich es ihm! »Weil Ihnen etwas Böses auf den Fersen ist.«

Als Alkland satt bis zum Gehtnichtmehr war, verabschiedeten wir uns von der Frau. Sie führte uns zur Vordertür, wobei sie die ganze Zeit schwatzte. Als wir draußen standen, drückte sie dem Aktionisten noch ein kleines Bündel in die Hand, wofür er sich so schüchtern bedankte, daß sie errötete.

»Das war das beste Essen, das ich jemals in meinem Leben gehabt habe«, sagte er mit entwaffnender Ehrlichkeit.

»Ach, hört auf!« sagte sie mit offensichtlicher Befriedigung. »Paßt gut auf Euch auf, hört Ihr? Heute nacht sind Ungeheuer unterwegs.«

»Ich weiß«, sagte ich.

»Also, dann paßt gut auf«, wiederholte sie und schloß langsam die Tür. »Hübsches Hemd übrigens.«

Das Tal, in dem wir uns jetzt befanden, war anders als das, das wir verlassen hatten. Es hatte dieselbe Atmosphäre, aber es war anders. Wir folgten dem Weg nach unten, bis wir den Talboden erreichten, und dann gingen wir zwischen den hohen Hängen hindurch. Es war immer noch dunkle Nacht.

»Etwas Böses ist Ihnen auf den Fersen«, griff ich unser Gespräch wieder auf. »Wir müssen herausfinden, was es ist, und es aufhalten.«

»Warum?«

»Weil Sie sonst sterben würden«, sagte ich lakonisch.

Alkland blieb stehen.

»Wovon reden Sie, zum Teufel?«

»Als ich Sie zum ersten Mal im Hotelzimmer in Status traf, hatten Sie einen Alptraum. Als Sie auf dem Dach kurz eingenickt sind, hatten Sie einen Alptraum. Und in meiner Wohnung hatten Sie einen Alptraum.«

»Menschen haben ab und zu Alpträume.« Er wußte, wovon ich sprach, hatte jedoch zuviel Angst, um es zuzugeben.

»Aber nicht solche, wie Sie sie haben. Und Ihre Haut, Alkland, ist so, wie Villig sagte: Man kann es an ihrer Haut sehen. Sie werden krank. Sie merken es selbst nicht, aber Sie sehen immer schlimmer aus. Bislang ist es nur ein kosmetisches Problem, aber das wird es nicht bleiben. Etwas kommt von innen heraus auf Sie zu, und wenn es Sie erreicht hat, werden Sie sterben.«

»Hat es etwas mit dem Zentrum zu tun?«

»Nein, das hier ist etwas, von dem das Zentrum nichts weiß. Es passiert einfach manchmal. Es ist wie ein Bazillus.« Damit hatte ich die Wahrheit sehr stark vereinfacht, aber wir hatten jetzt nicht die Zeit für eine Geschichtsstunde. Wenn es immer nur nach mir ginge, würde ich mir dafür überhaupt keine Zeit nehmen.

»Wozu haben Sie uns also hierher gebracht?«

»Weil alles weitere zwecklos wäre, wenn wir dieses Problem nicht lösen. Es wäre doch sinnlos, Sie vor dem Zentrum beschützen zu wollen, während etwas Sie von innen heraus zerfrißt, oder?«

»Ja, das wäre es wohl.«

»Wie lange haben Sie schon Alpträume. Ich meine, nicht die gewöhnlichen, sondern diese.«

Alkland überlegte.

»Seit ein paar Wochen.«

Also etwa seit der Zeit, als er von Diligenz II erfahren hatte, was möglicherweise, aber nicht notwendig interessant war. Ein emotionales Trauma konnte den Stein ins Rollen gebracht haben, aber das war im Grunde ziemlich egal. Das Frustrierende an der ganzen Sache mit Träumen und Taumland war, daß es nur sehr wenige Regeln gab. Manchmal hatten Dinge eine Bedeutung, manchmal aber auch nicht. Am Ende war es ohnhin egal.

»Was können wir also tun?« wollte Alkland wissen.

»Ich weiß nicht. Wir müssen abwarten, was passiert.«

»Abwarten, was passiert. Sie sollten sich den Spruch auf die Stirn tätowieren lassen.«

»So ist es nun mal, Alkland. Ich habe den Auftrag erhalten, Sie zu suchen und ins Zentrum zurückzubringen. Ganz einfach und unkompliziert. Und doch treibe ich mich jetzt mit Ihnen hier herum, um ihnen dabei zu helfen, am Leben zu bleiben. Ihretwegen ist das Leben eines Menschen, der mir viel bedeutet, in Gefahr. Wenn Sie mich dazuzählen, sind sogar zwei Menschen in Gefahr. Manchmal tauchen neue Aspekte auf, und der Auftrag bekommt einen ganz anderen Charakter. So ist das Leben, es verläuft nicht geradlinig, sondern in Windungen, denen man folgen muß. Man kann nur abwarten, was passiert. Es gibt keine Abkürzungen, keine hilfreichen Hinweise und keinen zugrundeliegenden Plan. Die Dinge geschehen einfach, und man kann nur versuchen, ihnen schnellstens aus dem Weg zu gehen.«

»Ja, ich weiß. Das Leben ist ein einziger großer Plan B. Großartig.« Er wandte sich ab.

»Alkland, lassen Sie mich nicht hängen! Bis jetzt war ich immer auf Ihrer Seite.«

»Und das war mir wirklich eine große Hilfe. Man hat auf

mich geschossen, mich fast in die Luft gejagt, und jetzt laufe ich vor Schatten in einer Welt davon, die es nicht mal gibt.«

»Ohne mich stecken Sie in der Scheiße!« sagte ich nur und starrte ihn an. Er starrte zurück, aber sein Ärger verflog bereits, weil es eigentlich gar kein Ärger, sondern Angst war.

»Ich weiß«, sagte er schließlich. »Ich hasse das.«

Wir gingen weiter, und nach einer Weile entschuldigte er sich. Ich erzählte ihm, daß er im Vergleich zu vielen Leuten, mit denen ich sonst zu tun hatte, sehr pflegeleicht war, und gab ein paar Beispiele zum besten, die schließlich sogar ihn zum Lachen brachten. Vor allem die Sache mit der Frau, die ich durch den Sumpf getragen hatte und die kurz darauf unser Versteck abgefackelt hatte, weil sie die Zigarette nicht richtig ausgemacht hatt, obwohl ich ihr ausdrücklich verboten hatte, dort zu rauchen. Die Spannung zwischen uns löste sich, und alles war wieder in Ordnung.

Ich war nicht weiter überrascht, daß er schließlich nachgab. So läuft es immer. Die Leute sind anfangs sehr frustriert, daß es keinen erkennbaren Plan gibt, daß sie sich nur vom Fluß treiben lassen können, um zu sehen, was als nächstes passiert. Sie wollen wissen, wie die Geschichte weitergeht, damit sie den Ausgang erraten können, weil sie Angst davor haben, was sie dort erwarten könnten. Ich verstehe das, obwohl ich weiß, daß es so nicht funktioniert. Ich weiß nie, was als nächstes passieren wird, aber ich kann damit leben.

»So«, sagte er nach einer Weile. »Und wohin gehen wir jetzt?«

»Wir suchen einen Dschungel«, sagte ich.

»Oh!« Er schien zu erkennen, was das zu bedeuten hatte. »Wie der, von dem ich geträumt habe?«

»Ja. Hier muß irgendwo Ihr Fluß sein, und dort geht es dann zur Sache.«

»Mein Fluß?«

»Jeder hat einen Fluß in Taumland. Von dort kommen Ihre Träume.«

»Haben Sie vielleicht eine längere Zeit, sagen wir sechs

oder sieben Jahre, damit verbracht, rund um die Uhr Drogen zu nehmen,« fragte er und gähnte. In seinem Gesicht waren wieder die farbigen Flecken, und er sah sehr müde aus. Ich traf eine Entscheidung.

»Warten Sie«, sagte ich. »Das Tal hier sieht so aus, als wäre es endlos. Ich glaube, wir sind in ein festes Muster geraten.«

»Das heißt?«

»Das heißt, es wird sich nichts ändern, solange wir weitergehen. Es wird das Beste für uns sein, wenn wir etwas schlafen.« Ich wartete darauf, daß er etwas Blödes sagte wie »Aber wir schlafen doch schon«, aber er schien langsam mit der Situation klarzukommen.

»Ist das auch nicht zu gefährlich?«

»Ich glaube nicht.«

»Abwarten, was passiert, wie?« sagte er und lächelte.

13. KAPITEL

Es gibt Monster.

Es gibt sie wirklich.

Als ich aufwachte, hörte ich ein seltsames Gemisch von Geräuschen. Einerseits war da das rhythmische Zirpen von Insekten und das Krächzen von Vögeln, und andererseits das unverkennbare Geräusch von jemandem, der sich übergab. Als ich meine Augen öffnete, stellte ich fest, daß es Tag war, und auch, daß es extrem heiß war.

Ich erhob mich und sah, daß sich alle meine Wahrnehmungen mit einer Ausnahme zusammenfassen ließen. Wir befanden uns in einem Dschungel, und zwar in einem ziemlich seltsamen. Die andere Wahrnehmung erwies sich ganz einfach als richtig. Etwa fünf Meter entfernt hockte Alkland unter einer großen farnähnlichen Pflanze, wo es ihm ziemlich schlecht ging. Ich blieb, wo ich war, und wartete auf ihn.

Niemand steht gerne im Mittelpunkt des allgemeinen Interesses, wenn er sich gerade übergibt.

Ein paar Minuten später kam er herüber und setzte sich anderhalb Meter von mir entfernt hin. Jetzt war sein ganzes Gesicht grün, während purpurne Flecken seine Augen und seinen Mund umrandeten. Seine Augen waren blutunterlaufen, als er mich ansah und matt lächelte.

»Ich vermute, es steht nicht in Ihrer Macht, eine Kanne Kaffee oder etwas Ähnliches herbeizuzaubern, stimmt's«

Ich schüttelte den Kopf. So etwas geht nun mal nicht. Gott weiß, wie oft ich es schon versucht habe.

»Haben Sie geschlafen?«

»Oh, ja«, sagte er. »Ich habe hervorragend geschlafen. Dann wachte ich vor etwa einer halben Stunde auf und wußte, daß ich im nächsten Augenblick explodieren würde. Seitdem war ich recht beschäftigt, wie Sie vielleicht gehört haben.«

»Wie fühlen Sie sich jetzt?«

»Furchtbar. Stark, dort drüben ist ein kleiner Teich. Ich wollte mir im Wasser das Gesicht waschen. Dabei habe ich mein Spiegelbild gesehen.«

Ich nickte. »Ja. Eine gute Tarnung für den Dschungel.«

»Was geschieht mit mir?«

»Sie werden krank.«

»Nein, wirklich? Kommen Sie, Stark, rücken Sie doch einmal mit etwas größeren Informationspäckchen heraus!« Seine Stimme war gefaßt, aber er hatte große Angst.

»Stehen Sie auf!« sagte ich. Er stand auf, und ich ging zu ihm hinüber, um mir sein Gesicht genauer anzusehen. Unter der Verfärbung hatte sich seine Haut recht gut gehalten, wohl in erster Linie, weil ich ihn hierher gebracht hatte, bevor es zu spät war. Sein Zustand verschlimmerte sich immer noch, aber nicht mehr so schnell. Es gab ein paar winzige Stellen, wo die Haut sich etwas schwächer anfühlte, aber das war alles. Alkland wand sich unruhig.

»Wenn Sie nicht hier wären«, sagte ich, als ich zurücktrat, »hätte Ihr Gesicht dieselbe Farbe wie sonst auch. Sie würden einfach so aussehen, als wären sie lange Zeit krank gewesen.

Die Farbe hat hier als solche nichts zu bedeuten. Sie ist nur eine Art Anzeige, wie eine Meßskala für den Energiegehalt.«

»Und was passiert wirklich?«

»Wir sollten weitergehen«, sagte ich.

»Stark!«

»Ich werde es Ihnen erklären, aber wir sollten dabei weitergehen. Wir müssen noch einen Ort aufsuchen, erinnern Sie sich?«

Widerstrebend folgte Alkland, als ich mir einen Weg durch die Vegetation zu kämpfen begann.

»Seltsamer Dschungel«, sagte ich.

So war es. Es sah aus wie ein Dschungel aus einem Kinderbuch mit riesigen malerischen Bäumen, zwischen denen Lianen hingen, wo gewaltige Farne mit breiten Blättern auf dem Boden wuchsen, während ein erkennbarer Weg hindurchführte, der von feuchtglänzenden Sonnenstrahlen erleuchtet wurde. Exotische Vögel krächzten und riefen aus dem Blätterdach über unseren Köpfen und spielten die Solostimme zur Rhythmusgruppe der Insekten.

Doch das wirklich Seltsame waren die Farben. Ich pflückte ein Blatt von einem Farn ab und betrachtete es genauer. Die Ränder waren nicht glatt, sondern leicht gezahnt. Das Blatt bestand aus kleinen Farbflecken wie von einer nicht sehr reichhaltig bestückten Palette. Aus der Entfernung sah es aus, als würden verschiedene Grünschattierungen ineinander übergehen, aber aus der Nähe konnte man erkennen, daß die Farben aus einigen Grüntupfern bestanden, unter die Blau- und Gelbtöne gemischt waren. Als ich mich umsah, schätzte ich, daß insgesamt im Dschungel etwa zweihundertfünfundsechzig Farben vorhanden waren.

Der Weg war eine Mischung aus Brauntönen und einigen schwarzen und weißen Punkten, und die Farbpunkte waren deutlich unterscheidbar, ohne daß man sich bücken mußte. Überall war es dasselbe: Die wechselnden tiefblauen Flekken hoch über den Bäumen bestanden aus Dunkelblau, Zyanblau und Weiß, und wenn ein Kakadu-ähnlicher Vogel ein paar Meter vor uns über den Weg flog, bestand auch er aus gemischten Farbpunkten. Die Punkte hatten dieselbe Größe, ganz gleich, wie weit das Objekt entfernt war. Die Körnung des Himmels war nicht feiner als die des Weges. Es war sogar so, daß die Färbung um so feiner war, je näher die Objekte waren, weil die Punkte im Verhältnis zur Größe des Objekts kleiner waren.

Das ganze war fast so wie eine dreidimensionale Computergraphik, obwohl die Blätter warm und die Stämme solide waren und die Erde auf dem Weg unter unseren Füßen nachgab. Verrückt.

Eine Weile gingen wir schweigend den Weg entlang und sahen uns um. Es dauerte nicht lange, bis die Farben weniger seltsam wurden. Schließlich war der Dschungel realistisch heiß und schwül, und ich war mir sicher, daß Alkland noch nie in einem richtigen Dschungel gewesen war. Allmählich wurde die Vegetation immer dichter und drängte sich auf den Weg, während das Blätterdach kaum noch Sonnenstrahlen hindurchließ. Bald mußten wir uns in einem dunkelgrünen und erdrückend feuchten Zwielicht durch dichtes Farngestrüpp kämpfen. Es war möglich, daß Alklands Verwirrung den Dschungel immer undurchdringlicher machte, also beschloß ich, mit ihm zu reden, bevor es noch schlimmer wurde.

»Wieviel wissen Sie über Träume?«

»Nicht viel«, gab er widerstrebend zu. Aktionisten hassen es, wenn sie zugeben müssen, daß sie von etwas keine Ahnung haben. Im Zentrum tun sie das niemals. Sie behaupten einfach, daß sie Experten wären, und zischen dann los, um möglichst schnell alles über die zur Frage stehende Sache zu lernen, bevor es jemand merkt. Hier hätte er mit dieser Methode allerdings wenig Erfolg gehabt.

»Niemand weiß viel darüber, besonders nicht die Leute, die glauben, es zu wissen. Vor langer Zeit dachten die Leute, es wären Visionen. Dann dachten sie, es wären Reflexionen des Unterbewußtseins, das sein Unwesen unter der Oberfläche treibt.« Ich mußte mich einen Augenblick unterbrechen, um einen besonders großen Farn aus dem Weg zu räumen. Der Weg sah nicht viel besser aus, nachdem ich fertig war, und die Vegetation über uns war nun so dicht, daß wir uns nur noch durch trübes Dämmerlicht bewegten.

Ein paar Meter weiter mußten wir anhalten, weil es nicht mehr weiterging. Ich drehte mich zu Alkland um und sah, daß der Weg in der Richtung, aus der wir gekommen waren, ebenfalls blockiert war. Die Pflanzen hatten alles zugewuchert. Wir steckten fest und starrten uns gegenseitig in die schwitzenden Gesichter, während wir noch höchstens einen Quadratmeter Bewegungsspielraum hatten.

»Gibt es vielleicht irgendwo einen besseren Weg?« fragte Alkland und schlug gereizt nach einem kleinen Käfer, der auf seinem Gesicht gelandet war. Obwohl der Käfer aus schwarzen und grauen Punkten bestand, war sein Blut real.

»Nein. Passen Sie auf!« Ich mußte schnell etwas gegen Alklands Verwirrung tun, sonst würden wir große Schwierigkeiten haben, jemals wieder aus diesem Dschungel herauszukommen. »Bis zu einem gewissen Grad hatten die Leute recht. Träume sind eine Reflexion. Aber wie Sie sehen können, sind sie durchaus real. Wenn Sie träumen, kommen Sie an diesen Ort. Hier finden sie statt.«

»Würde dieser Ort auch dann existieren, wenn niemand träumen würde?«

»Ja, genau das ist der Punkt«, sagte ich zufrieden. »Taumland ist beständig. Zum Teil ist das so wegen der Träume, die hier stattfinden. Aber die Träume der Menschen werden auch von diesem Ort mitgestaltet. Sie beeinflussen sich gegenseitig.«

»Okay«, sagte er nickend. »So weit kann ich folgen.«

Ich drehte mich um und sah, daß der Weg immer noch blockiert war, ein Stück weiter jedoch etwas freier zu werden schien.

»Träume finden nicht nur im Geist statt«, erklärte ich weiter. »Sie existieren wirklich, und sie sind ein Teil von Ihnen. So wie Erinnerungen bilden sie einen Bestandteil ihrer Persönlichkeit, ob Sie sich nun konkret daran erinnern oder nicht. Auch da gibt es eine gegenseitige Beeinflussung.«

»Richtig.«

»Wenn etwas mit Ihrem Körper nicht in Ordnung ist,

wenn ein paar Ihrer Zellen durchdrehen oder von etwas verletzt werden, werden Sie krank.«

»Und wenn etwas mit meinen Träumen nicht stimmt, werde ich auch krank.«

»Der Kandidat hat hundert Punkte.«

»Stark, etwas Seltsames geschieht mit diesen Farndingern. Hinter Ihnen scheint sich ein Weg zu öffnen.«

Als ich mich umdrehte, sah ich, daß er recht hatte. Der Pfad war immer noch recht unwegsam und bis in Brusthöhe überwuchert, aber er war immerhin da.

»Man kann in einem Traum niemanden direkt töten«, sagte ich und ging langsam rückwärts. »Man kann nichts tun, was einen im Schlaf sterben läßt.« Das war eine Lüge, aber er mußte es ja nicht unbedingt wissen. Außerdem kam es der Wahrheit recht nahe.

»Das beruhigt mich.«

»Aber man kann bewirken, daß jemand stirbt.«

»Oh!«

»Man kann in die Träume anderer Menschen eindringen und sie durcheinanderbringen und pervertieren. Dann wird dieser Mensch krank und kann sogar sterben.«

»Und das geschieht zur Zeit mit mir?«

»Ja.«

»Wer tut mir das an? Ich meine, wer bewirkt das?«

»Niemand«, sagte ich.

»Ach, kommen Sie schon, Stark! Es muß doch jemand sein, und es kann nicht viele Menschen geben, die so etwas können. Die Auswahl kann doch nicht sehr groß sein.«

»Das ist genau der Punkt. Es gibt niemanden mehr, der das tun kann, außer mir. Der andere wurde vor acht Jahren getötet. Ich bin der einzige, der noch übrig ist. Was mit Ihnen geschieht, ist eine Art Unfall, eine nicht zielgerichtete Kraft.«

Dann passierte etwas Ungewöhnliches. Ich wurde wütend. Ich wandte mich in unsere ursprüngliche Richtung und marschierte los. Jetzt, wo Alkland begriffen hatte, ging es viel leichter voran, obwohl wir durch eine Gegend kamen, wo der Dschungel normalerweise ziemlich dicht zu sein schien. Ich erkannte ein Stück voraus so etwas wie eine kleine Lichtung und hielt darauf zu. Mir war unerträglich heiß, ich war müde und hatte die Nase voll. Ich wollte mich für eine Weile ganz allein hinsetzen und ausruhen. Ich wollte nichts mehr erklären, niemanden tragen oder über irgend etwas nachdenken. Vor allem nicht nachdenken.

»Stark, warten Sie!« rief Alkland mir nach und bemühte sich, nicht den Anschluß zu verlieren. Das Problem mit meiner schlechen Laune ist, daß sie fast so schnell wieder vorbei ist, wie sie kommt. Bis die Leute begreifen, daß ich einen Wutanfall habe, bin ich schon längst wieder drüber weg. In letzter Zeit sind alle meine Stimmungen so, auch die guten.

Trotzdem lief ich weiter, um etwas mehr Zeit zu haben, mich zu beruhigen. Ich erkannte, daß ich seit etwa einem Tag in ziemlich mieser Stimmung gewesen war, seit unserer Bahnfahrt von Farben nach Oststrand. Die Sache ist die, daß Sie nicht alles wissen. Auch Sie nicht, Mister »Klar hat es gar keinen Gang gegeben!«. Ich habe Ihnen nichts davon erzählt, also können Sie auch nichts davon wissen. Ich werde es nachholen, wenn sich die Gelegenheit ergibt. Vielleicht mache ich's sowieso, aber ich glaube nicht, daß Sie es verstehen werden. Wahrscheinlicher ist, daß es Sie überhaupt nicht interessiert.

Wie oft haben Sie schon versucht, jemandem etwas zu erklären, das Ihnen eine Menge bedeutet, versucht, es so rüberzubringen, wie Sie es sehen? Und wie oft waren Sie am Ende verbittert und sauer, weil Sie den Eindruck hatten, Ihr Schmerz würde nicht nur für andere, sondern auch für Sie selbst überhaupt nicht existieren?

Zum Beispiel, wenn man sich von jemandem getrennt hat und mitzuteilen versucht, wie man sich fühlt, weil man einfach darüber reden muß und das Gefühl braucht, daß man verstanden wird. Das Problem ist nur, daß das niemals klappt. »Es gibt noch so viele andere auf der Welt«, werden sie sagen. Oder: »Ohne sie/ihn bist du viel besser dran«, oder: »Möchtest du vielleicht noch ein paar Kartoffelchips?« Sie werden einen niemals verstehen, weil sie nicht dabei waren, nicht jeden Tag und jede Stunde miterlebt haben. Sie wissen nicht, wie alles gewesen ist, wie es einen beeinflußt hat, wie es für einen die ganze Welt verändert hat. Sie werden niemals verstehen, daß jemand, wegen dem man sich mies fühlt, vielleicht gerade die Person ist, die man auf der Welt am meisten braucht. Sie verstehen nicht die Geschichte, den Hintergrund, das Kissen voller Erinnerungen, das einen stützt. Letztlich kennen sie einen überhaupt nicht. Jeder ist ganz allein auf der Welt, weil jeder ein ganz anderes Leben hat. Man kann den Leuten Briefe schreiben und ihnen Fotos zeigen, aber sie können einen niemals dort besuchen, wo man lebt.

Es sei denn, man liebt jemanden. Und dann kann dieser Jemand einem die Welt zerstören.

Als ich auf der Lichtung hockte und darauf wartete, daß Alkland nachkam, hörte ich ein fernes Geräusch. Ich war mir natürlich nicht sicher, aber es klang ein bißchen wie ein Tiger, und ich war erleichtert, als der zerzauste Aktionist mich endlich erreichte. Er sah so erhitzt aus, wie ich mich fühlte, und betrachtete mich mit einer gewissen Vorsicht, als er sich näherte.

»Es tut mir leid, wenn ich etwas Falsches gesagt haben sollte«, sagte er reuevoll.

»Ist nicht Ihre Schuld. Sie haben nur einen wunden Punkt getroffen, nichts weiter. Wie fühlen Sie sich?«

Er ließ sich neben mir auf den Boden fallen.

»Müde. Und verdammt heiß. Müssen wir noch lange in diesem Dschungel bleiben? Könnten wir uns nicht eine hübsche Wiese oder so was suchen?«

»Schon möglich. Aber ich denke nicht, daß wir das tun sollten. Wir werden die Ursache Ihrer Probleme nur finden, wenn wir diesen Weg weiterverfolgen. Von diesem Dschungel haben Sie in meiner Wohnung geträumt, und wenn ich mich nicht irre, haben Sie seitdem nicht wieder geträumt.«

»Richtig.«

»Dann sind wir der Sache schon sehr nahe.«

»Wonach suchen Sie?«

»Nach irgendwas, nach nichts«, sagte ich schulterzukkend. »Wie auch immer. Unterbrechen Sie mich, falls ich mich zu präzise ausdrücken sollte.«

»Ich verstehe«, sagte er, »abwarten, was passiert.«

Ich schlug ihm auf die Schulter und stand auf.

»Ich glaube, Sie kapieren es allmählich.«

Nachmittags stapften wir immer noch durch den Dschungel. Alkland hielt sich recht gut, aber ich war fix und fertig und bezweifelte, daß er sich auch nur annähernd so gut fühlte. Der Aktionist hatte damit experimentiert, seine Jacke für eine Weile auszuziehen, aber ich erklärte ihm, daß es in einem Dschungel normalerweise immer heiß war und daß es überhaupt keinen Unterschied machte, welche oder wieviel Kleidung man trug. Die Tatsache, daß er das sofort begriff, deutete darauf hin, daß er allmählich mit der Situation klarkam.

Gegen Mittag hatten wir eine Pause gemacht und Alklands Paket von der Bauersfrau verzehrt, von dem wir beide mehr als satt wurden. Abgesehen davon waren wir stramm durchmarschiert, also erspare ich Ihnen die Einzelheiten. Wir gingen, dann gingen wir weiter, und danach gingen wir noch ein Stück. Ich denke, damit habe ich Ihnen das Wesentliche erzählt. Auch jetzt gingen wir, und das einzige leicht abweichende Detail bestand darin, daß der Pfad jetzt ein Stück tiefer verlief und beidseitig von sanft geneigten Böschungen eingefaßt wurde, die zum Dschungel hinaufführten. Eine kleine Abwechslung, die aber nicht gerade aufregend war.

Mir kam bereits der Verdacht, der Dschungel könnte sich erbarmungslos bis in alle Ewigkeit erstrecken, als Alkland nach vorne zeigte.

»Was ist das?«

Zunächst dachte ich, die Antwort darauf wäre: »Noch mehr von diesen verdammten Farnen, was sonst?«, aber als ich genauer hinsah, erkannte ich, was er meinte. Ich ging zu den fraglichen Farnen und schob sie zur Seite.

»Das ist eine Mauer«, stellte ich sachlich fest, denn das

war es wirklich. In die rechte Böschung war ein Stück Mauer eingefügt. Sie bestand aus grauen Steinblöcken und sah sehr alt aus, als wäre sie ein Relikt der Inka-Zivilisation oder so. Ich sage grau, obwohl sich die Blöcke natürlich aus schwarzen, grauen, blauen und weißen Punkten zusammensetzten.

»Tatsächlich«, sagte Alkland und wischte sich mit einer dreckigen Hand über die feuchte Stirn. »Ich bin froh, daß ich einen so kundigen Führer bei mir habe.«

»Was soll ich sonst sagen? Es ist nun mal eine Mauer. Kommen Sie!«

Etwas weiter fanden wir wieder ein Stück Mauer, und vor uns konnten wir erkennen, daß die Vegetation in der Ferne dünner zu werden schien. Wenn ich nicht völlig daneben lag, schätzte ich, daß uns der nächste Teil des Abenteuers am Horizont erwartete. Das sagte ich auch Alkland.

»Gut. Allmählich langweilt mich dieser Dschungel«, meinte er und schlug wieder nach einem Käfer. Sie schienen es auf ihn abgesehen zu haben, während sie mich völlig in Ruhe ließen. Alkland war eindeutig die Hauptattraktion in der Insektenwelt, das Dopaz für Käfer.

Plötzlich gab es ein Geräusch, und gleichzeitig wirbelten wir herum, um in die Richtung zu starren, aus der wir gekommen waren.

»Was war das?«

»Höchstwahrscheinlich ein Tiger«, sagte ich. Das Geräusch wiederholte sich und schien höchstens einen Kilometer weit entfernt zu sein. »Nein. Es handelt sich definitiv um einen Tiger.«

»Das ist, nun ja, wohl nicht gerade günstig, oder?«

»Nein, aber trotzdem sehr interessant. Hören Sie zu!« Als der Tiger erneut brüllte, war es unmißverständlich. Es war jedesmal exakt dasselbe Geräusch und hörte sich an wie eine digitale Audio-Schleife. »Das paßt gut zusammen, würde ich sagen. Ein digitaler Tiger in einem Bitmap-Dschungel.«

»Wären seine digitalen Zähne etwas Gutes oder etwas Schlechtes, wenn man sie an der Kehle hätte?« fragte Alkland und starrte besorgt in die Richtung, aus der das Geräusch kam.

»Vermutlich eher etwas Schlechtes. Ich schlage übrigens vor, daß wir diesmal nicht abwarten, was passiert.«

Wir hetzten den Weg entlang, und beim nächsten Mal klang das Brüllen schon viel weiter entfernt. Der Tiger schien sich in eine ganz andere Richtung zu bewegen, und das war gut so. Er war uns offensichtlich nicht auf der Spur, was bedeutete, daß er nicht wußte, daß wir hier waren. Alkland war sichtlich erleichtert. Ich ließ zwar nicht den Champagnerkorken knallen oder so, aber ich hatte dabei auch ein recht gutes Gefühl.

Nach einer halben Stunde begannen sich die Bäume um uns herum zu lichten. Über uns war jetzt genausoviel Himmel wie Vegetation zu sehen, und die Mauer rechts von uns verlief durchgehend. Der Weg war auf dem letzten Kilometer leicht angestiegen. Als wir uns nun umsahen, schien der Dschungel hinter uns eine riesige Schüssel aus Grün zu bilden, deren Rand wir uns näherten.

Die Bäume standen immer vereinzelter, bis wir uns plötzlich nicht mehr in einem richtigen Dschungel, sondern eher in einem feuchten Wald befanden. Der Boden war auch nicht mehr so überwuchert, so daß man jetzt sogar rote Erde zwischen den Kriechpflanzen erkennen konnte. Etwa fünfzig Meter vor uns erhoben sich ein paar Felsen, auf die wir zuhielten und die den Rand des Dschungels zu bilden schienen. Das letzte Stück war ziemlich steil, und als wir oben ankamen, waren wir beide ganz schön ins Keuchen geraten.

Doch die Anstrengung hatte sich gelohnt. Vor uns lag eine Ebene, die bis auf ein paar regelmäßig verteilte Sträucher und verkümmerte Bäume flach und einförmig war. Am anderen Ende, vielleicht zwei Kilometer entfernt, ragte ein graues Bergmassiv bis zu halber Höhe in den Himmel hinauf.

Doch das Wichtigste war, daß es ein Gebäude auf der Ebene gab. Am Fuß der Berge stand eine Burg auf einer Säule aus roten Ziegeln. Unten war sie etwa zwanzig Meter dick, bis sie sich in zweihundert Metern Höhe verbreiterte, um die eigentliche Burg zu halten. Dünnere Säulen von ein paar Metern Durchmessern standen an den vier Ecken der oberen Plattform. Auf der höchsten Turmspitze flatterte eine weiße, dreieckige Flagge. Wir starrten die Burg zitternd und grinsend an.

»Seltsames Gebäude«, keuchte Alkland. »Aber ich mag es.«

»Es ist ein guter Ort«, sagte ich. »Wir haben wieder mal Glück gehabt.«

»Wissen Sie, wem die Burg gehört?«

»Nein. Aber man wird mich dort kennen. Kommen Sie, wir gehen weiter.«

Dann war direkt hinter uns ein sehr lautes Gebrüll zu hören.

»Scheiße!« riefen wir gleichzeitig und wirbelten herum.

Aber da war nichts.

»Wo ist er?«

»Ich weiß nicht.«

Rücken an Rücken drehten wir uns im Kreis und starrten in die Büsche.

»Stark?«

»Psst.«

Wir hörten auf, uns zu drehen und lauschten. Nur das leise Rascheln trockener Blätter verriet uns, daß der Tiger dort irgendwo im Gebüsch war.

»Wie ist er so plötzlich hierher gekommen?«

»Auf leisen Pfoten. Ruhe jetzt!«

Als der Tiger erneut brüllte, kam das Geräusch aus dem dichten Farngestrüpp links des Weges. Der Dschungel wuchs um uns herum sehr schnell wieder zu. Der Waldrand war zwar nur noch zehn Meter entfernt, aber er wurde immer dichter. Noch ein Brüllen, und wir beiden wandten und gleichzeitig dem Geräusch zu.

»Was werden wir jetzt tun?«

»Weiß nicht. Doch, ich weiß: Wir ziehen uns langsam zum Rand des Dschungels zurück.«

Zuerst dachte ich, die Nacht würde anbrechen, weil das helle Sonnenlicht verschwunden war und erneut das grüne

Dämmerlicht vorherrschte. Doch dann sah ich, daß sich die Bäume und Lianen über uns wieder zu einem dichten Dach geschlossen hatte. Wir wichen schneller zurück, aber der Dschungel holte uns trotzdem ein. Obwohl wir eine Menge Lärm machten, als wir durch die Farne stapften, war das Rascheln in den Büschen vor uns viel lauter. Als das Gebrüll erneut ertönte, war es ohrenbetäubend.

»Scheiße«, sagte ich. »So geht es nicht. Wir sollten lieber nach Plan B vorgehen.«

»Und der wäre?«

»Wie gehabt. Weglaufen.«

»Klingt gut.«

Wir drehten und gleichzeitig um und rannten los. Wir kamen etwa zwei Meter weit.

Denn vor uns stand der größte Tiger, den ich je gesehen habe. Okay, ich habe nicht sehr viele gesehen, aber ich kenne in etwa ihre durchschnittliche Größe und Ausstattung. Dieser hier war überhaupt nicht durchschnittlich. Es war ein Riesenvieh. Sein Rumpf hörte erst mehr als anderthalb Meter über dem Boden auf, die Kiefer waren fast einen halben Meter breit und voller besorgniserregender Zähne. Sein Fell war eine grellbunte Decke aus orangefarbenen, schwarzen und weißen Streifen. Die Farben waren auch hier digitalisiert, aber das war keineswegs so tröstlich, wie es vielleicht klingt. Das Vieh war keine Computergraphik. Wir konnten es atmen hören.

»Oh, Gott!« sagte Alkland mit lobenswerter Zurückhaltung.

Der Tiger brüllte, ein außerordentliches Geräusch, das nicht nur den Dschungel, sondern die ganze Welt zu erfüllen schien. Ich legte meine Hand auf Alklands Arm. Zuerst dachte ich, er wollte sie abschütteln, doch dann bemerkte ich, daß er heftig zitterte.

»Zurück«, sagte ich leise und starrte den Tiger an, während ich angestrengt einzuschätzen versuchte, was er als nächstes tun würde. Das Verhalten wilder Tiere und ganz besonders das der fleischfressenden Arten ist nicht leicht vorherzusagen. Sie machen keine weitreichenden Planungen, sondern gehen sofort zur Aktion über. Wir gingen langsam und vorsichtig ein paar kleine Schritte zurück. Der Tiger machte einen einzigen Schritt nach vorn und brüllte furchterregend.

»Mist!«

»Ich nehme an, es gibt keinen Plan C, zu dem wir übergehen könnten, oder?«

»Im Augenblick nicht.«

»Schade.«

Der Tiger brüllte erneut und machte einen weiteren Schritt nach vorn. Er war jetzt etwa drei Meter entfernt, eine Strecke, die er ohne besondere Mühe im Sprung zurücklegen konnte. Ich sage das, weil der Tiger sich gerade zusammenzukauern begann und die Muskeln zur Vorbereitung auf den Sprung anspannte. Wie weit er springen konnte, schien in diesem Augenblick ungemein wichtig, mir fiel wirklich nichts Wichtigeres ein. Plötzlich sagte Alkland etwas.

»Komm, Miezmiezmiez.«

»Wie bitte?« fragte ich und starrte ihn an. Der Aktionist, der immer noch zitterte, streckte dem Tiger vorsichtig eine Hand hin, während sein vorwiegend grünes Gesicht gelegentlich vor Furcht zuckte.

»Komm, Miezmiezmiez. Liebes Kätzchen.«

Ich sah wieder zum Tiger hinüber und stellte überrascht fest, daß er über diese neue Entwicklung genauso verblüfft wie ich zu sein schien. Er kauerte immer noch, bewegte die Hinterbeine und war zum Sprung bereit, aber sein Körper war abwartend gespannt.

»Komm, Miezmiezmiez.«

Der Tiger starrte uns noch einen Augenblick lang an und setzte sich dann plötzlich auf, stellte die Vorderpfoten gerade nebeneinander, neigte den Kopf und sah uns an.

»Nette Idee. Wir sind Sie darauf gekommen?« fragte ich beeindruckt.

»Es kam mir einfach so in den Sinn«, flüsterte Alkland. »Was nun?«

Ich machte einen vorsichtigen und mikroskopisch kleinen

Schritt nach vorn. Der Tiger blieb, wo er war, und sah uns neugierig an.

»Das Problem ist folgendes«, sagte ich. »Wir müssen an dem Tiger vorbei. Auch wenn er sehr entspannt aussieht ...«

Ich verstummte und starrte die Bestie überrascht an. Der Tiger war nicht nur ruhig, er war tot.

»Oh, nein«, sagte Alkland. »Oh, nein ...«

Die Augen des Tigers waren glasig und leer, und sein ganzer Körper zitterte. Das Zittern wurde immer heftiger, und dann traten die Augen der Bestie hervor, eins nach dem anderen, und spritzen Blut und Flüssigkeit über seine Schnauze. Rot blutendes Fleisch quoll aus den Augenhöhlen, als würde es von unsichtbaren Haken herausgezogen. Dann erschienen Risse im Fell, und die Haut platzte wie unter einem inneren Druck auf.

»Er kommt ...«, jammerte Alkland. »Er platzt auf ...«

Plötzlich brach das Fell des Tigers auf, und ein Turm aus festem Fleisch schoß zitternd nach oben. Er hörte auf zu wachsen, als er fünf Meter hoch war, eine irrwitzig riesige Masse, die viel zu groß war, um im Tiger gesteckt haben zu können. Das Fleisch pulsierte blutend, wand sich und formte sich in furchtbarer Lautlosigkeit zu einer Gestalt.

Dann wurde es übergangslos Nacht, und überall herrschte Dunkelheit, außer an der Stelle, wo die Metamorphose im Umkreis von ein paar Metern ein orangefarbenes Licht verbreitete. Jetzt war nichts mehr digitalisiert, stellte ich überflüssigerweise fest. Das hier war in jeder Beziehung real. Und dann begann der Lärm.

»Kommen Sie!« rief ich und packte Alkland, der wie angewurzelt dastand.

»Ich kann nicht, ich kann nicht.«

»Doch, Sie können! Schnell, bevor es noch schlimmer wird!«

Mit roher Gewalt riß ich seine Wurzeln aus dem Boden und schob ihn an dem Fleischberg vorbei. Eine Ranke aus rohem Fleisch schlug im Vorübergehen nach uns, deren Hitze und Gestank wie ein Nagel in meine Nase drang. Alkland stolperte und fiel in der Dunkelheit über einen Strauch, aber ich riß ihn wieder hoch.

Ich schob ihn vor mir her, während ein Geräusch von dem Ding hinter uns immer schriller wurde, ein lautes, verzerrtes Heulen. Wir waren etwa zehn Meter weiter über die Ebene gestolpert und gerast, als der Laut seinen Höhepunkt erreicht und in ein Brüllen explodierte, wogegen das des Tigers ein zartes Schnurren gewesen war. Es ließ die Knochen meines Schädels vibrieren. Alkland stöhnte und murmelte unzusammenhängend, während er immer wieder über seine eigenen Füße stolperte und seine Körperteile lose wackelten, als würden sie gar nicht zusammengehören.

Er war weg. Der Aktionist war nicht mehr da, er war abgehauen, als wäre er niemals hier gewesen. Alkland war wieder ein Kind, ein erschrockener Fünfjähriger in einem sechzig Jahre alten Körper. Ich packte einen seiner Arme und schlang ihn mir über die Schulter. Ich hielt seine Hand fest und legte meinen anderen Arm hinter seinen Rücken. So zog ich ihn weiter, so schnell ich konnte, während die Muskeln in meinem Rücken sich anspannten. Das Gebrüll ertönte wieder. Ungläubig stellte ich fest, daß es diesmal noch lauter war. Es war überall, hinter vor und in uns. Alklands Gewicht drückte mich nieder, und ich hob meinen Kopf, um in die Ferne zu sehen. In der Dunkelheit konnte ich die Burg erkennen, die auf bizarre Weise von oben angestrahlt wurde, von gelben Lichtpunkten hoch über der Säule. Sie sah aus wie ein architektonisch bedeutsamer Wasserturm unter Festbeleuchtung, und ich hetzte, so schnell ich konnte, darauf zu.

Doch das war viel zu langsam, und wir waren noch viel zu weit entfernt. Dann gab es einen gelben Blitz, und der Weg war etwa fünf Meter weit in ein übles rötliches Licht getaucht. Ich wußte, daß es aus den Körperöffnungen des Dings hinter uns stammte.

»Ich konnte es nicht verhindern«, murmelte Alkland, dessen Kopf auf und ab wippte, während ich lief. »Ich konnte es nicht aufhalten.«

Er redete nicht mit mir. Hinter mir hörte ich, wie sich das

Ding mit einem grauenerregenden Geräusch näherte. Daß es nur ein leichtes Rascheln war, wo es doch eigentlich ein erderschütterndes Stampfen hätte sein müssen, machte es nur noch schlimmer. Alkland mit mir zu schleppen, wurde immer schwerer, denn er trug nichts zu unserem Vorwärtskommen bei, sondern murmelte nur immer wieder, daß es nicht seine Schuld wäre. Es war, als würde man einen schweren Sack mit Ziegelsteinen tragen, die nicht getragen werden wollten, die nicht einmal wußten, was los war. Ich sah den Strauch vor uns erst, als es schon zu spät war. Wir strauchelten und fielen flach hin. Unsere Gesichter klatschten auf den harten, steinigen Boden. Ich sprang, so schnell ich konnte, auf die Beine, während ich auf meinen Wangen Blut spürte, und sah zurück.

Ich kann es Ihnen unmöglich so beschreiben, daß Sie sich vorstellen können, was ich sah. Versuchen Sie sich daran zu erinnern, wie es war, als sie fünf Jahre alt waren und etwas sehr Schlimmes geträumt haben. So schlimm, daß Sie aufwachten und nach ihrer Mutter schrien. Wie Sie sich die Kehle nach ihr heiser schrien, bis das Licht im Korridor anging und Sie ihre Füße über den Boden schlurfen hörten, auf Ihre Tür zu. Versuchen Sie sich zu erinnern, wie Ihr Herz stehenzubleiben drohte, Ihre Eingeweide sich verkrampften und Ihr Körper sich in Stein, in kalten Stein zu verwandeln schien.

Es war zehn Meter hoch. Es galoppierte wie ein Pferd in furchterregender Zeitlupe. Es besaß keine Haut, sondern bestand nur aus zuckenden roten Muskeln, die sich gegeneinander rieben, sich zusammenzogen und streckten, sich voneinander lösten und wieder verknoteten. Es wirkte, als hätte es einen Reiter, aber es gab keinen. Auf dem Rücken saß nur eine sich windende, geifernde rote Gestalt, eine Gestalt, die aus den grauenerregenden Überresten von jedem bestand, der Ihnen weh getan hat, als Sie noch zu jung waren, um sich später daran zu erinnern. Es war der schwarze Mann hinter den Bäumen und der Stiefvater, der Hausmeister und der schwitzende Onkel, die in einer toten Gestalt vereint waren, die sich dennoch bewegte, die im Tod wahnsinnig geworden war, deren Schrei das Innere Ihres Kopfes versengte und die Barrieren niederbrannte, die Sie vor langer Zeit zum Schutz vor der Erinnerung an den Schrecken errichteten.

Es war das Böse.

Ich packte Alkland am Kragen seiner Jacke, riß ihn auf die Beine und zerrte ihn weiter. Ich legte meine ganze Kraft in diesen letzten Fluchtversuch. Vor uns tanzten die Lichter der Burg, die immer noch unerreichbar fern schienen, und hinter uns war das Rascheln, das nicht lauter wurde, aber trotzdem immer näher kam. Ich versuchte mich auf das Licht vor uns zu konzentrieren, mir einzubilden, daß es uns mit unwiderstehlicher Kraft anzog. Dann flackerte es, und die Burg sprang ein paar hundert Meter zurück. Während wir rannten, sprang sie immer wieder ein Stück zurück. Der Boden war jetzt schlammig und zäh, und an meinen Schuhen klebten dicke Klumpen aus grauem Matsch. Es wurde immer schwerer, die Füße zu heben, während die Lichter der Burg in immer größerer Ferne rückten, bis sie einen Kilometer, dann zwei und dann Hunderte von Kilometern weit weg waren.

Ich riß mich zusammen und blickte noch einmal zurück. Das böse Ding kam immer näher, und wir konnten ihm nicht entkommen. Seit einer halben Minute befand sich der Strauch neben uns immer auf gleicher Höhe. Wir kamen nicht mehr voran, wie schnell ich auch zu laufen versuchte, und in der Burg, die nun Tausende von Kilometern entfernt war, gingen die Lichter aus.

»Alkland!« schrie ich in sein Ohr, während ich ihn immer noch weiterzerrte. Er schien mit jedem Schritt schwerer zu werden, und die purpurnen Flecken in seinem Gesicht vergrößerten sich zusehends. Ich schrie ihn immer wieder an und schlug ihm mit aller Kraft ins Gesicht.

»Es war nicht meine Schuld!« kreischte er, als sein Gemurmel plötzlich wieder verständlich wurde. »Ich konnte ihr nicht helfen!«

»Alkland! Wir werden uns jetzt umdrehen!«

»NEIN!«

»Doch, wir müssen! Vertrauen Sie mir!«
»Ich kann nicht!«
»Sie müssen! Sie müssen sich dem Ding stellen, oder *es wird sie holen!*«
»Nein!«
Tränen strömten ihm übers Gesicht. Ich haßte es, ihm dies antun zu müssen, aber ich wußte, daß es nicht anders ging.
»Doch!« Ich hielt an, zog seinen Arm von meiner Schulter und drehte mich um. Das Rascheln wurde plötzlich lauter und verwandelte sich in ein scharrendes, kratzendes Geräusch wie von Metall, das über Glas schrammte, oder von einem Reißverschluß, der hastig von zitternden Händen aufgezogen wird. Als ich das Monster erneut sah, übergab ich mich, ohne daß ich es richtig registrierte. Ich versuchte, Alkland herumzudrehen, aber in seinem Schrecken entwikkelte er gewaltige Kräfte, und er stand fest wie ein Felsen da. Das Monster brüllte, und mir schoß Blut aus der Nase.
»Drehen Sie sich um, Alkland, verdammt noch mal!« schrie ich ihn an. »Drehen Sie sich um!«
Jeder besitzt eine besondere Kraftreserve, die nur dann zugänglich ist, wenn die Alternative unerträglich ist. Ich setzte diese Kraft ein und riß Alkland herum. Ich schrie ihn an, er solle die Augen aufmachen, aber er hatte sie fest zusammengekniffen und sich die Fäuste tief in die Augenhöhlen gedrückt. Ich sprang hinter ihn, packte seine Fäuste und riß sie weg, während das Monster mit seinem Geruch mein Gesicht verbrannte. Ich schloß meine Augen und zerrte mit meinen Fingern an Alklands Augenlidern.
»SEHEN SIE ES AN!«

Stille.
Ich öffnete die Augen. Es war verschwunden.
Vor mir stand Alkland, der das Gesicht weinend in seinen Händen vergraben hatte. Ich konnte ihn kaum noch erkennen, weil es kein Licht mehr gab. Mit dem Monster war auch der rötliche Lichtschein verschwunden.
Alkland schüttelte mich ab, als ich ihn an der Schulter

berührte. Also trat ich einen Schritt zurück und ließ keuchend meinen Kopf hängen, als mir plötzlich bewußt wurde, wieviele meiner Muskeln gezerrt waren, wie schweißüberströmt ich war, wie heftig ich zitterte und wie sehr ich mich nach meiner Mutter sehnte.

Ich drehte mich um und sah zur Burg hinüber. Sie war nur noch etwa vierhundert Meter entfernt, und die Punktstrahler beschienen wieder die Ziegelsteinsäulen. Ich ließ den Kopf zurückfallen und starrte zum Nachthimmel hinauf, wo die Lichter waren.

Alkland war so starr wie eine Statue und wurde von kaum erkennbaren Schluchzern geschüttelt. Im Augenblick gab es nichts, was ich für ihn tun konnte.

Sie können jetzt über das Rauchen sagen, was Sie wollen, daß es ungesund ist und viele Menschen das Leben kostet. Ich weiß das alles. Ich kann nur sagen, daß das alles manchmal überhaupt nicht wichtig scheint. Wenn ich kein Raucher gewesen wäre, wäre das ein guter Moment gewesen, um damit anzufangen. Aber wo hätte ich mir hier verdammt noch mal Zigaretten kaufen sollen?

14. KAPITEL

Fünf Minuten später war das Schlimmste überstanden. Alkland wandte mir immer noch seinen Rücken zu, aber er sah nicht mehr so angespannt aus und versuchte offenbar nicht mehr, sich mit reiner Willenskraft zu beherrschen. Er ließ die Arme sinken, sackte etwas in sich zusammen und ließ den Kopf hängen. An der Glut meiner letzten Zigarette steckte ich mir eine neue an und wünschte mir, ich hätte eine, die einen Meter lang war.

Es gab immer noch nichts, was ich tun konnte. Noch nicht. Man geht nicht hin und legt einem Typen einfach den Arm um die Schulter, wenn er so etwas durchgemacht hat. Etwas zu sagen wie: »Komm schon, mach dir nichts draus!«

ist einfach nicht angemessen. Die Monster im Taumland sind sehr persönlich. Was eben geschehen war, hatte ich, so gut ich konnte, interpretiert. Es hatte für mich keine Bedeutung und vielleicht überhaupt nichts mit Alklands Empfindungen zu tun. Es war Alklands Monster, und man kann den Schmerz eines anderen Menschen niemals richtig verstehen. Wenn jemand so etwas erlebt hat, wenn einem die Eingeweide auf diese Weise zertrampelt werden, dann kann man keinen Trost von einem Freund gebrauchen. Es bedeutet einem nichts.

Der Geist ist wie ein See, und während man älter wird, regnet es hinein. Das Wasser wird immer tiefer und sieht völlig ruhig aus. Gelegentlich verrät ein verirrter Gedanke die Tiefe des Sees, aber nur selten.

Doch ganz tief unten liegt vielleicht etwas am Seegrund. Etwas, das vor langer Zeit gestorben ist, etwas Verrottetes und Verfaultes, das die ruhige Oberfläche des Sees Lügen straft. Alkland hatte gerade erlebt, wie eine Blase vom Boden aufgestiegen war, und den Gestank der Fäulnis gerochen. Und wenn so etwas geschieht, will man keine anderne Menschen in der Nähe haben, damit sie es nicht vielleicht auch riechen.

Also konzentrierte ich mich statt dessen auf meinen Job und drängte meine müden Gedanken in Richtung dessen, was als nächstes kam. Es gibt immer etwas, was als nächstes kommt, und meistens bin ich der einzige, der darüber nachdenkt.

An einem anderen Tag oder sogar zu jeder anderen Zeit hätte die Burg vielleicht ziemlich unheimlich ausgesehen. Doch heute, in diesem Augenblick, konnte sie nicht anders als einladend wirken. Der untere Teil stieg etwa hundert Meter weit senkrecht nach oben, und obwohl die Säule aus Ziegelsteinen bestand, sah sie aus, als wäre sie Hunderte oder Tausende von Jahren alt.

Die Burganlage selbst stand wie ein Vogelhäuschen oben drauf und breitete sich weit über die zentrale Säule aus. Das hieß, daß wir uns an einen der schlankeren Eckpfeiler halten mußten. Sie waren nicht sehr groß, aber ich dachte mir, daß wir beide vielleicht an einem davon hochklettern konnten. Hier auf der Ebene war es völlig still, und nicht das leiseste Geräusch drang von oben zu uns herab, aber die Lichter waren an, und das bedeutete, daß jemand zu Hause war. Ich hoffte nur, daß die Leute uns keinen Ärger machen würden. Davon hatten wir fürs erste genug. Eine Extraportion Ärger war im Augenblick das letzte, was wir gebrauchen konnten.

Als ich hinter mir ein leises Geräusch hörte, drehte ich mich langsam um. Alkland hustete noch einmal, und dann drehte auch er sich um. Er sah mich nicht an und würde es wohl in der nächsten halben Stunde oder so auch nicht tun. In seiner Haltung lag eine tiefe Beschämung, die er sicher nicht in Worte fassen konnte. Sein Gesicht allerdings sah schon etwas besser aus. Das lag daran, daß er sich dem Monster gestellt hatte, und es würde auch nur vorübergehend sein. Er sah müde und alt aus. Nach einer Weile sprach er.

»Sie wissen wirklich, was Sie tun, nicht wahr?«

Ich antwortete nicht.

»Ich dachte immer, dieses Gerede darüber, daß man sich den Dingen stellen soll, wäre nur Blödsinn und Sofa-Psychologie.«

Auch jetzt sagte ich nichts, und zwar aus mehreren Gründen.

»Wie dem auch sei«, sagte er schulterzuckend. »Danke.«

»Kein Problem. Sind Sie bereit, weiterzugehen?«

Der Aktionist verschränkte kurz die Hände, und dann sah er mir beinahe ins Gesicht.

»Könnten wir … könnten wir nicht vielleicht für eine Weile aufwachen?«

»Nein.«

»Warum nicht?«

»Weil es nicht geht. Wenn man so wie wir hineinkommt, kann man nur auf dieselbe oder zumindest eine ähnliche Weise wieder hinaus.«

»Können wir nicht den Weg zurückgehen, den wir gekommen sind? Ich weiß, es ist ein langer Weg, aber ich weiß nicht, wieviel ich noch in einem Durchgang ertragen kann.«

»Nein. Diesen Weg gibt es nicht mehr. Die Dinge verändern sich hier. Wir konnten nur aufgrund unserer persönlichen Voraussetzungen auf diesem Weg herkommen. Im Taumland gibt es keinen Weg zurück.«

Er seufzte schwer, und ich bemerkte, daß seine Hände immer noch zitterten.

»Was werden wir also jetzt tun?«

»Wir werden zur Burg hinaufgehen.«

Alkland sah an mir vorbei zu den schlanken Ziegelsäulen hinüber.

»Gibt es einen Lift in diesen Dingern?«

»Nein. Wir werden klettern.«

»Stark, Sie sind verrückt!« Alkland klang hysterisch. »Wenn Sie glauben, daß ich hundert oder mehr Meter Ziegelsteine hinaufkraxle, haben Sie Ihren Verstand verloren!« Er schimpfte noch eine Weile auf diese Weise weiter und erhitzte sich immer mehr. Ich ließ ihn gewähren. Die meisten Leute fühlen sich viel besser, wenn sie ein wenig Dampf wegen etwas ablassen können, das gar nicht das eigentliche Problem ist.

Ich unterbrach ihn, als er sich nur noch wiederholte und seine Stimme zu einem schrillen Piepsen geworden war.

»Psst!« sagte ich. »Folgen Sie mir jetzt!«

Eine Stunde später hatten wir einen der Stützpfeiler zu drei Vierteln erklettert. Und, ist alles gutgegangen? Nun, was würden Sie sagen?

Ich versuchte gar nicht erst, Alkland zu erklären, wie wir hinaufklettern würden. Ich trieb ihn nur dazu an, mit mir über die Ebene auf die Burg zuzugehen. Eine winzige Spur Mondlicht sickerte duch die fast geschlossene Wolkendecke über uns und überzog die Ebene und die Sträucher darauf mit einer geisterhalten Aura. Nach der Hitze des Dschungels war es jetzt recht kalt, aber wir waren der Burg schon zu nahe, um zu frieren. Wir brauchten nicht lange, um den Fuß der Säulen zu erreichen, obwohl wir unterwegs einmal anhalten mußten, um einen Träumer vorbeizulassen.

»Okay«, sagte ich, als wir neben einem der schlanken

Stützpfeiler standen. »Jetzt ist wieder die Zeit, wo es heißt: ›Vertrauen Sie Stark!‹«

Alkland sah mich nur mit einem düsteren, pessimistischen Gesichtsausdruck an. Ich wußte, daß die Burg nicht zu früh kam. In einer Beziehung hatte er nämlich recht: Er konnte nicht für unbegrenzte Zeit weitergehen, nicht in dem Zustand, in dem er sich befand. Sein Gesicht sah aus, als wäre es von einem Impressionisten bearbeitet worden, der die Grenzen seiner künsterlischen Ausdruckskraft hatte überschreiten wollen. Doch kurz vor der Vollendung dieser Extravaganz hatte der Künstler erkannt, welchen Unsinn er da betrieb, und sich wieder der gewöhnlichen Malerei zugewandt.

»Stark«, sagte Alkland langsam und geduldig. »Diese Säule ist mindestens zweihundert Meter hoch. Ich bin nur ein gewöhnlicher Sterblicher und als solcher an die physikalischen Naturgesetze gebunden. Ich kann unmöglich da raufklettern.«

»Passen Sie auf!«

Ich zeigte ihm wie ein Pantomine meine Hände und daß ich keine Saugnäpfe trug. Nicht, daß ich es mir nicht gewünscht hätte, aber die einzigen, die sich in meinem Besitz befunden hatten, zirkulierten jetzt wahrscheinlich im Wettersystem von Status. Dann trat ich an die Säule und entspannte mich, um Alklands Skepsis aus meinem Geist zu vertreiben. Ich hob die Arme und steckte meine Fingerspitzen in die Fugen zwischen den Steinen und verlagerte mein Körpergewicht auf meine Hände. Dann hob ich vorsichtig einen Fuß und stieß meine Schuhspitze in eine Fuge. Ich schob mich hoch, löste eine Hand und suchte weiter oben einen neuen Halt.

»Ja, ich dachte mir schon, daß es in etwa auf diese Weise geht«, brummte Alkland. »Das war auch der Grund warum ich sagte, daß *ich es nicht schaffen werde*.«

Ohne auf ihn zu hören, hob ich meinen anderen Fuß und steckte ihn in eine Ritze. Ich machte eine kurze Pause und kletterte dann schnell fünf Meter hoch. Es tat mir gut, das leise Keuchen zu hören, das zu mir heraufdrang. Dann drehte ich meinen Kopf und grinste zu ihm herunter, woraufhin ich ebenso schnell wieder zum Boden kletterte. Alkland starrte mich an, als hätte ich mich gerade in eine Obstschale verwandelt.

»Wie zum Teufel haben Sie das gemacht?«

»Genau, Alkland, genau. Ich bin zwar kräftig, aber kein Übermensch. Können Sie sich gar nicht mehr erinnern, wie es in Träumen zugeht? Sind Sie noch nie im Traum irgendwo hinaufgeklettert?«

»Schon, aber ...«

»Und mußten Sie sich dazu mit Steigeisen, Seilen und ähnlichem Zeug ausrüsten?«

»Nein.«

»Sehen Sie? Das hier ist Taumland, Alkland. Wir müssen jetzt klettern, weil es das ist, was als nächstes kommt. Es ist eine Stimmung, ein Gedanke, keine Aktivität. Es ist nicht wie richtiges Klettern. Die Dinge funktionieren hier etwas anders. Wenn Sie erst mal angefangen haben, ist es fast so, als würden sie eine waagereche Fläche entlangkriechen, obwohl Sie immer noch das Gefühl haben, daß es aufwärts geht.«

»Also kann ich es auch schaffen?«

»Wenn Sie es zulassen, ja. Lassen Sie es einfach zu.«

Er seufzte tief und trat an die Säule. Ich half ihm dabei, mit den Händen eine Fuge zu finden, und für einen Moment stand er regungslos da wie die Skulptur eines aufwärts strebenden Bergsteigers. Dann hob er seinen rechten Fuß und rammte seine Schuhspitze in eine Fuge. Zögernd spannte er die Muskeln im rechten Bein an und wuchtete sein Körpergewicht nach oben. Seine Finger wurden weiß vor Anstrengung, und er atmete zischend aus.

»Gut. Jetzt suchen Sie schnell einen Halt für den anderen Fuß.«

Er tat es und hing eine Weile an den Steinen, während seine Muskeln angestrengt zitterten. Dann purzelte er wieder zu Boden. Ich seufzte innerlich. Für die meisten Menschen ist es etwas schwierig, damit zurechtzukommen, wie es hier zuging, aber Alkland hatte besonders große Schwierigkeiten damit. Niemand, der Memos für eine wichtige Sache hält, wird sich mit dem Fliegen leichttun.

»Kommen Sie. Wir versuchen es gemeinsam.«

»Es wird nicht funktionieren, Stark.«

»Doch, das wird es. Kommen Sie schon.«

Ich brachte ihn dazu, genau das zu tun, was ich tat, und begann noch einmal auf dieselbe Weise wie zuvor. Als wir beide nebeneinander an der Säule hingen, wandte ich ihm meinen Kopf zu.

»Es ist kinderleicht«, sagte ich beruhigend und sah ihm in die Augen. »Wir klettern überhaupt nicht. Wir sind nur irgendwo unterwegs, wo es zufällig gerade nach oben geht.«

»Richtig.«

»Merken Sie, wie leicht es ist?« sagte ich und hob langsam meinen rechten Fuß. Er tat es mir nach, und obwohl es ihn offensichtlich eine ziemliche Anstrengung kostete, schaffte er es. »Jetzt die rechte Hand.« Wir griffen nach oben, und ich spürte für einen Augenblick ein Flattern im Hinterkopf, als würden wir eine Pflasterstraße entlangkriechen. Also hatte er langsam den Bogen raus. Wir hoben gleichzeitig unsere linken Füße, dann unsere linken Hände und ruhten uns einen Moment lang aus, während wir hingen und doch nicht hingen.

»Ich glaube, ich weiß jetzt, wie es geht«, sagte der Aktionist mit einem Anflug von heimlichem Stolz.

»Gut. Kann's weitergehen?«

Er nickte, und wir kletterten weiter.

Er hatte wirklich den Bogen raus.

Wir hatten schon mehr als hundert Meter zurückgelegt, als ich zum ersten Mal glaubte, etwas gehört zu haben. Es war nicht das Echo der Feierlichkeiten von oben, die wir schon seit ein paar Minuten hörten. Es war etwas anderes, ein kurzes zischendes Geräusch. Ich blickte über meine Schulter nach unten, konnte aber nichts erkennen. Schulterzuckend kletterte ich genauso langsam wie bisher weiter, damit Alkland mithalten konnte. Kurz darauf hörte ich dasselbe Geräusch noch einmal.

»Was war das?« fragte der Aktionist besorgt.

»Ich weiß nicht«, sagte ich. »Sie haben es auch gehört?«

»Ja«, sagte er und blickte sich um. »Eine Art Zischen.«

Wir legten noch ein paar Meter zurück, und plötzlich hörten wir das Geräusch zweimal kurz hintereinander. Dann prallte plötzlich etwas Dünnes aus Holz vom Stein neben meiner Hand ab.

»Scheibenkleister! Wir werden mit Pfeilen beschossen!«

»Großartig!« sagte Alkland aufgeregt. »Super! Ich meine, wir hängen doch nur hundert Meter über dem Boden an einer Ziegelsteinsäule. Warum sollte man also nicht mit spitzen Sachen auf uns schießen!« Für einen Moment schaukelte er auf gefährliche Weise, und ich streckte meinen Arm aus, um ihn wieder an die Wand zu drücken.

»Alkland, hören Sie zu! Wir klettern überhaupt nicht, wissen Sie noch? Sie haben selbst gesagt, daß Sie gar nicht so hoch klettern können, und jetzt schauen Sie mal, wo wir sind. Also klettern wir gar nicht. Wenn etwas von oben kommt, gehen Sie einfach zur Seite. Denken Sie nicht darüber nach, ob Sie den Halt verlieren. Weichen Sie nur aus. Es wird klappen. Sie werden nicht abstürzen, solange sie nicht glauben, daß Sie es tun.«

Ich sah im schwachen Licht sein vor Anstrengung verzerrtes Gesicht, aber dann nickte er kurz. Ein weiterer Pfeil zischte an uns vorbei, und ich trieb Alkland an, schneller zu klettern. Als wir höher kamen, flogen die Pfeile in immer schnellerer Folge, und wir konnten schon aufgeregte Stimmen von oben hören. Dann fiel ein Speer herunter und hätte mich fast wie einen Kebab aufgespießt, wenn ich ihn nicht rechtzeitig gesehen hätte und schnell seitlich um die Säule herumgekrochen wäre. Als Alkland sah, daß so was durchaus möglich war, half ihm das offenbar in seinem Glauben, weil er schon kurz darauf einem Pfeil auswich, der genau auf ihn zukam. Es sah nicht sehr elegant aus, und er geriet sogar kurzfristig ins Schwanken, aber er schaffte es.

»Gelungenes Ausweichmanöver«, sagte ich, und er grinste mich im Dämmerlicht an.

Bald darauf hagelte es geradezu Pfeile, so daß wir beide auf die Rückseite der Säule wechselten. Für ein paar Meter war das nicht schlecht, aber dann öffnete sich über uns eine kleine Falltür, aus der ebenfalls Dinge auf unser heruntergeworfen wurden.

Wir krochen wieder zur Vorderseite der Säule und kletterten so schnell wie möglich weiter. Plötzlich war von oben ein seltsames metallisches Geräusch zu hören, und als ich aufblickte, sah ich den Rand eines großen Eisenkessels.

»Scheiße, Alkland, wieder auf die Rückseite!«

Wir erreichten sie gerade rechtzeitig, um dem Sturzbach aus brennendem Öl zu entgehen. Zitternd legten wir eine kleine Pause ein.

»Man scheint nicht sehr erfreut über unseren Besuch zu sein«, stellte Alkland fest. »Ich dachte, Sie sagten, dies wäre ein angenehmer Ort.«

»Das ist es auch«, sagte ich. »Man trifft lediglich Vorsichtsmaßnahmen.«

Vorsichtig schob ich meinen Kopf um die Säule herum.

»Heh!« rief ich. »Heh!«

»Was haben Sie vor?« zischte Alkland.

Ein Kopf mit einem spitz zulaufenden Helm kam über der Brüstung zum Vorschein, die jetzt noch etwa zehn Meter entfernt war.

»Heh!« rief ich erneut.

»Was ist?« antwortete eine Stimme. »Was wollt ihr?«

»Könntet ihr wohl aufhören, auf uns zu schießen? Wir haben schon genug Schwierigkeiten.«

»Das ist euer Problem. Ihr greift uns an. Was glaubt ihr wohl, was wir da tun werden. Vielleicht einen roten Teppich ausrollen?«

Ein Pfeil zischte an meiner Wange vorbei.

»Wir greifen euch nicht an. Mein Gott, wir sind doch nur zu zweit.«

»Hier geht es ums Prinzip!«

»Sieh mich an!« rief ich verzweifelt. »Weißt du nicht, wer ich bin?«

»Nein«, antwortete er. »Sollte ich?«

»Scheiße«, murmelte ich leise, bevor ich weiterrief. »Hat da oben irgend jemand das Kommando?«

»Ja.«

»Wer?«

»Ich.«

»Oh!« Ich ließ kurz den Kopf hängen, dann winkte ich Alkland zu, langsam weiterzuklettern. Schließlich begann ich wieder zu rufen.

»Ist der König da?« setzte ich alles auf eine Karte.

»Natürlich, das hier ist eine verdammte Burg.«

»Könnte ich mal mit ihm sprechen?«

»Geht nicht. Er ist gerade in einer Sitzung.«

Ein Pfeil prallte über mir von der Säule ab und klatschte mit dem Schaft gegen meine Wange.

»Tut mir ja echt leid«, rief die Stimme von oben, »aber gleich ist das Öl wieder heiß.«

Als ich hochsah, ragte wieder der schwarze Kessel über den Rand. Alkland flüchtete auf die Rückseite.

»Nein, hört auf!« rief ich. »Wartet einen Moment! Ich habe eine Idee.«

»Ich hoffe für dich, daß es eine gute ist.«

»Das ist es. Hör zu! Geh zum König und sag ihm, daß Stark hier ist, okay?«

»Was soll ich sagen?«

»Stark ist hier.«

»Tut mir leid, aber du mußt etwas lauter sprechen. Das Öl blubbert direkt neben mir.«

»Stark ist hier!« schrie ich.

»Was ist?«

»Ich bin Stark?«

»Ja und?«

»Nichts weiter. Sag's ihm einfach!«

Wieder flog ein Speer vorbei.

»Tja, ich weiß nicht recht«, sagte die Stimme. »Woher weiß ich, was ihr vorhabt, solange ich weg bin? Ich meine, vielleicht verwandelt ihr euch in eine Räuberhorde aus tausend Barbaren. Oder in plündernde Mongolenkrieger!«

»Ich gebe dir mein Wort!« rief ich mit erstickter Stimme. »Es wird nicht geschehen!«

»Hmm.« Der Kopf verschwand für einen Augenblick, und

ich konnte hören, wie oben erhitzt debattiert wurde. Zufällig blickten Alkland und ich in diesem Moment gleichzeitig nach unten. Der Boden war ziemlich weit entfernt. Dann tauchte der Kopf wieder auf.

»Okay«, sagte der Soldat. »Wir werden es folgendermaßen machen. Ich geh' mal zum König und schaue, ob ich mit ihm reden kann. Mal sehen, was er dazu sagt. In der Zwischenzeit müssen meine Kollegen allerdings weiter auf euch schießen, nur vorsichtshalber. In Ordnung?«

»Ja, verdammt, in Ordnung, aber beeil dich, ja? Und könntest du vielleicht das mit dem Öl sein lassen?«

»Äh ... ja, gut. Aber nur solange, bis ich zurück bin. Das ist nämlich meine Lieblingsnummer.«

Der Kopf verschwand hinter der Brüstung. Es gab eine kurze Pause, und dann hagelte es wieder Pfeile. Ich ging zurück auf die andere Seite der Säule, wo Alkland sich mit zunehmender Verzweiflung festklammerte.

»Wir sollten besser weiterklettern.«

»Ich dachte, Sie hätten gesagt, man würde Sie hier kennen«, keuchte Alkland und suchte sich erschöpft einen neuen Halt.«

»Normalerweise ist das auch der Fall.« In der Falltür über uns wurde ein Schatten sichtbar, und wir flüchteten gerade noch rechtzeitig auf die Vorderseite, um einem Steinhagel zu entgehen. »Verdammt!«

Wir kraxelten weiter und huschten immer wieder um die Säule herum, je nachdem, woher die gefährlichsten Geschosse kamen. Dann wurde es für uns auf der Vorderseite allmählich sicherer, weil die Brüstung ein Stück weit vorragte und die Bogenschützen nicht mehr richtig zielen konnten. Leider gab es keine Möglichkeit, den Vorsprung zu überwinden, und die Falltür wurde zu gut bewacht.

Schließlich kauerten wir uns unter der Brüstung zusammen, als es kaum noch höher ging. Jetzt flogen die Pfeile wieder dichter, weil sie von Soldaten abgeschossen wurden, die sich weit über die Brüstung beugten, wobei sie von den anderen Männern an den Füßen festgehalten wurden. Nicht nur die Pfeile, sondern auch die Steine trafen durch diese

Taktik öfter. Alkland verlor allmählich den Halt, und auch ich bekam langsam Schwierigkeiten, als ich von oben ein lautes Scharren hörte. Wir mußten wieder auf die Seite mit der Falltür, und plötzlich erkannte ich, was die Schweine vorhatten. Sie wollten doch wieder Öl heruntergießen, und zwar durch die Falltür.

»Stark, ich stürze ab«, jammerte Alkland, und als ich ihn ansah, merkte ich, daß er recht hatte. Das Scharren wurde zu einem Knirschen, als die Soldaten den Kessel langsam neigten. Ich packte den Aktionisten, kurz bevor er abstürzen konnte. Dazu mußte ich wieder auf die Rückseite, und als ich hochblickte, sah ich, wie sich der Rand des großen, schwarzen Kessels immer weiter neigte. Für einen Moment dachte ich, daß wir erledigt wären.

Dann wurden plötzlich Rufe laut, der Kessel wurde zurückgezogen, und kurz darauf griffen Hände durch die Falltür, um uns hinaufzuziehen.

»Ich grüße Euch, Stark. Es liegt jenseits meiner begrenzten, wenn auch königlichen Macht, meiner Freude, Euch wiederzusehen, stärkeren Ausdruck zu verleihen.«

»Ja, äh, hallo!« sagte ich und deutete eine Verbeugung an.

Der Raum, in den Alkland und ich von den nun leisen und ehrerbietigen Soldaten geführt worden waren, war ein großes Marmorzimmer, das mit Bahnen aus bunter Seide behangen war. In den Korridoren, durch die wir geführt wurden, standen livrierte Soldaten und Diener, deren Reihen sich bis in den Audienzsaal des Königs fortsetzten. Wir gingen über einen tiefblauen Teppich in die Mitte des Raumes.

Der König saß auf einem großen, goldenen Thron am Ende und wurde von zwei gekrönten Frauen in weißen Gewändern flankiert, die beide eine Art Windhund an einer juwelenbesetzten Leine hielten. Eine der Frauen sah Zoe ziemlich ähnlich, die in meinem Block wohnt, aber das hatte nicht unbedingt etwas zu bedeuten. Manchmal bedeutet es etwas, manchmal nicht. Das ist unwichtig. Oder vielleicht doch nicht, ich weiß es nicht. Wenn ich mich zu intensiv mit solchen Dingen beschäftigen würde, wäre ich schon längst auf der Straße gelandet und würde dort Abfall sammeln und den Verkehr anschreien. Hinter den Frauen standen adelig aussehende Männer, die allesamt gezwirbelte Schnurrbärte trugen und in engsitzende Seidenjacken und aufgebauschte kurze Hosen gekleidet waren. Der König war Mitte Vierzig und hatte einen kleinen braunen Bart. Er sah uns eine Weile mit einem schweigenden Lächeln an und schnippte die Asche seiner Zigarre in etwas, das wie einer dieser freistehenden Aschenbecher aussah, die man in den Lobby von Hotels findet.

Ich hatte ihn natürlich noch nie gesehen, aber er kannte mich. Sie wissen vielleicht, wie vertraut man im Traum mit Menschen sein kann, deren Gesichter man noch nie zuvor gesehen hat und die plötzlich enge Freunde von einem sind. So in etwa funktioniert das. In Wirklichkeit ist es schon ein wenig komplizierter und hat eher etwas mit mir zu tun, aber im Prinzip ist es schon richtig.

»Ich muß mich entschuldigen«, sagte der König, »für den Übereifer meiner Soldaten. Sie nahmen an, Ihr wäret Kundschafter des Unrechtmäßigen Usurpators Quentor, des niederträchtigen Beschmutzers der Reinheit und seit zwanzig Jahren die Geißel des Königreichs und seines Friedens. Mit Hilfe der bösen Hexe Illeriamnit hat er große Macht erlangt, und meine ehrenhafte Männer müssen allzeit wachsam sein, denn er ist hinterlistig und erscheint in den wechselnden Gestalten eines Raben oder einer schönen Maid. Aber er wird niemals siegen«, beschloß er gewunden, die Stimme zu herrischer Lautstärke erhoben, »denn wir, Edelmänner wie tapfere Freibauern gleichermaßen, stehen zusammen zur Verteidigung de s Angedenkens meiner lieben Mutter, der guten Königin Twambo, und werden niemals, niemals aufgeben!«

Alle Anwesenden – Diener, Soldaten und Edelmänner gleichermaßen – brachen in spontanen, zwitschernden Beifall aus.

O Gott, dachte ich, was für ein Haufen von Idioten. Ich

weiß, ich bin herzlos, aber ich hassse dieses Schwert- und-Magie-Getue. Es ist wie ein Märchen, das sich ein Computer-Programmierer ausgedacht hat. Dennoch weiß ich, wie ich mich zu benehmen habe, und verbeugte mich diesmal tiefer, während ich Alkland anstieß, es mir nachzutun.

»Völlig richtig«, sagte ich im Brustton der Überzeugung. Alkland brummte etwas Ähnliches mit einem breiten Grinsen auf dem Gesicht. Ich glaube, daß es allmählich für ihn etwas zuviel wurde.

»Was führt Euch diesmal in unser geheiligtes Königreich, Stark, einsamer Ritter auf dem Pfad der Rechtschaffenheit?«

Ohne auf Alklands leises Kichern zu achten, trat ich einen Schritt vor.

»Nun, König, es ist folgendermaßen. Ich komme nicht meinetwegen, sondern als Führer, als Geleit für Lord Fell von Alkland.« Ich zeigte auf den Aktionisten, der sich erneut verbeugte und sich vor unterdrücktem Lachen schüttelte. »Seine Lordschaft erleidet zur Zeit großen Kummer, und wir befinden uns auf einer langen Reise, um nach der Lösung seiner Probleme zu suchen.«

»Ich sehe es«, sagte der König weise. »Ich nehme tatsächlich das Zeichen des Übels an ihm wahr.« Das, so vermutete ich, war eine Anspielung auf Alklands Gesichtsfärbung, aber vielleicht paßte ihm auch nur seine Jacke nicht. »Wo liegt die Quelle dieses Übels?«

»Ich fürchte, unsere Reise wird uns noch weit fort in ferne Länder führen, über die Berge und durch ... äh ... durch das Reich von Paillette womöglich.«

»Paillette! Wo liegt das, kühner Ritter?«

Ich versuchte krampfhaft zu improvisieren.

»Viele, viele Meilen von hier, Euer Gnaden. Viele Meilen. Durch das Tal des Yoper und die Regionen des Ewigen Geräuschs.«

Schließlich wurde es zuviel für Alkland, und er lachte laut los. Der König wandte ihm seinen Blick zu.

»Seine Lordschaft hat einen Grund zur Heiterkeit?«

»Nein, nein«, sagte ich schnell. »Dies ist nur ein Teil des Fluchs, der auf ihm lastet. Der böse Zauber des Schwarzen

Regenten Telefon macht sich dadurch bemerkbar, daß er zu *völlig unpassenden Momenten* lacht.«

Alkland hatte offenbar verstanden und riß sich so gut es ging zusammen. Der König nickte und wandte sich wieder mir zu.

»Gut, Stark, wenn Ihr meinen Rat annehmen wollt, verfüge ich, daß Ihr Euch hier eine Weile ausruht. Drachen sind in dieser Nacht unterwegs, und vor Euch liegt noch eine Reise von vielen Meilen.«

»Das wäre echt toll!« sagte ich.

»So sei es denn. Um neun beginnt das Festmahl, aber zuvor möchte ich Euch die Annehmlichkeiten unserer Burg zur Verfügung stellen. Vielleicht eine Dusche, so daß Ihr Euch ein wenig erfrischen könnt?«

»Prima.«

»Gut. Obyrk wird Euch zu Euren Zimmern geleiten, und Eure Duschdienerinnen werden augenblicklich eintreffen. Wir freuen uns auf die weiteren Beratungen mit Euch. Es gibt noch viel, was wir zu bereden haben.«

Der Soldat, mit dem ich draußen die diplomatischen Verhandlungen geführt hatte, erschien an meiner Seite. Wir verbeugten uns noch mal vor dem König, bevor wir hinaus in den Korridor geführt wurden.

»Tut mir leid wegen der Schießerei vorhin«, sagte Obyrk gutgelaunt, während er uns durch ein verwirrendes Labyrinth aus hohen Zimmern und Korridoren führte. »Ihr wißt, wie es ist.«

»Was sind Duschdienerinnen?« fragte Alkland, der sich Mühe gab, mit uns Schritt zu halten.

»Sie duschen mit Euch,« antwortete der Soldat, »damit das Wasser nicht zu laut plätschert und damit es nicht zuviel leeren Raum in der Duschkabine gibt.«

»Oh«, sagte Alkland verblüfft, und ich lächelte. Das war der beste Euphemismus, von dem ich je gehört hatte. Die Gastfreundschaft des Königs ging offenbar weit über die der meisten Gastgeber hinaus.

Dann hatte ich einen Augenblick lang ein seltsames Gefühl. Nur ein ganz leichtes. Nichts Wichtiges. Als hätte ich etwas vergessen. Und dann war es auch schon wieder vorbei.

Wir wurden in einen großen, kahlen Raum geführt. Die Steinwände waren mit hellbraunen Fliesen verkleidet worden. Auf einer Seite stand ein steinerner Tisch, auf dem verschiedene Früchte und Appetithäppchen serviert waren. Obyrk sagte uns, wir sollten hier warten, und verschwand. Alkland machte sich sofort über das Essen her. Er stopfte sich den Mund voll, bevor er sah, was ich längst bemerkt hatte. Inszwischen wechselten auch seine Hände die Farbe.

»Lassen Sie mich mal sehen«, sagte ich, und er hielt sie mir hin. »Es ist noch nicht allzu schlimm«, sagte ich ihm nach einer eingehenden Untersuchung. »Die Verfärbung beschränkt sich auf die Handrücken, die Innenflächen sind noch gesund. Auf die Handflächen kommt es an.«

»Trotzdem ist es kein gutes Zeichen, nicht wahr??«

»Richtig.« In meinem Hinterkopf kribbelte es wieder. Etwas ging vor sich, aber ich wußte nicht, was.

»Was machen wir hier?« Unbewußt hatte seine Hand wieder nach dem Imbiß gegriffen, und überrascht starrte er auf das Häppchen, das er sich vor das Gesicht hielt. Er sprach mit vollem Mund weiter. »Ich meine, hat das hier etwas mit meinem Fluß oder wie das heißt zu tun? Und sagen Sie jetzt nicht ›abwarten, was passiert‹!«

»Wir ruhen uns aus«, erwiderte ich. »Sie müssen es tun, sonst ...« Ich hatte vergessen, was ich als nächstes sagen wollte. »Sonst ...« Mit einem heftigen Kopfschütteln vesuchte ich mich zu erinnern. Ich hatte es vergessen, weil ein anderer Gedanke an die Oberfläche drängte. Was zum Teufel war los?

»Stark, ist alles in Ordnung?«

»Mir geht's gut. Sie müssen sich ausruhen, sonst erschöpfen Sie sich zu sehr. Es ist etwa so, als würden sie zu Hause nicht genug Schlaf bekommen. Eine Weile kann das gutgehen, aber dann werden Sie sehr müde, und irgendwann fangen Sie sogar an zu halluzinieren. Hier gilt das genauso, das heißt, sogar noch mehr, weil Sie hier nicht träumen können.«

»Und das hier ist die Fünf-Sterne-Version der gemütlichen Küche, die wir letzte Nacht erlebt haben?«

»So in etwa, aber es ist mehr als das. Wir dürften hier ebenfalls in Sicherheit sein. Auch wenn sie etwas dämlich wirken, sind diese Leute doch auf der rechten Seite.«

»Und wessen Seite ist das?«

»Die Seite desjenigen, der hier zuerst ankommt. Und das sind wir.«

»Das«, sagte Alkland inbrünstig, »ist mal eine gute Neuigkeit.«

»Morgen werden wir Ihren Fluß suchen. Sie werden gestärkt sein, und wir können dann probieren, ihr Problem verschwinden zu lassen. Fürs erste machen wir mal Pause.«

Jemand schob den dicken Samtvorhang zur Seite, der hier als Tür diente, und zwei Frauen betraten den Raum.

»Guten Abend, hohe Herren«, sagten sie einstimmig und lächelten.

Alkland und ich starrten sie an. Beide Frauen sahen völlig gleich aus, hatten hübsche, kecke Gesichter und makellos gewelltes, honigblondes Haar. (Sie erinnerten mich entfernt an eine Lehrerin, die ich hatte, als ich sieben war, und in die ich verschossen war. Miss Taylor war ihr Name. Es war eine angenehme, warme Erinnerung kindlicher Schwärmerei, die jedoch einen peinlichen Unterton hatte. Ein Klassenkamerad hatte am Valentinstag einen Zettel auf ihr Pult gelegt, der mit meinem Namen unterschrieben war und auf dem stand, daß ich sie liebte.)

Die Augen der Mädchen waren groß und klar, ihr Lächeln zeigte makellos weiße Zähne, und beide trugen nur üppige braune Bademäntel.

»Äh, hallo!« sagte ich. »'Tschuldigung, ist das hier Euer Zimmer?«

»Oh, nein«, lachten sie gleichzeitig. »Wir sind Eure Duschdienerinnen.«

Plötzlich erkannte ich, daß »Duschdienerinnen« kein Euphemismus war. Diese Frauen kamen wirklich mit in die Duschkabine, um das Plätschern des Wassers zu dämpfen und zu verhindern, daß es zuviel freien Raum gab, was immer das zu bedeuten hatte. Komische Weise, seinen Lebensunterhalt zu verdienen.

»Richtig«, sagte ich leicht irritiert. »Dann ist es Zeit zum Duschen, vermute ich.«

»Stark«, flüsterte Alkland mir zu, »kommen diese Leute wirklich mit unter unsere Dusche?«

»Ja, ich denke, das werden sie tun.«

»Ich verstehe.«

Was war das? Da war es wieder, dieses unbestimmte Gefühl, das an mir zerrte. Verdammt, wenn ich doch nur hätte rausfinden können, was es war. Da war noch etwas, das ich tun mußte, etwas, das ich suchen mußte ...

Die zwei Frauen streiften gleichzeitig ihre Bademäntel ab. Beide hatten völlig identische Körper, vollkommene Körper, weiß und sehr, sehr sauber. Sie knieten sich hin und begannen miteinander zu plaudern, während sie darauf warteten, daß wir für die Dusche bereit waren.

»Ach du Scheiße!« sagte ich plötzlich. »Scheiße!«

»Was ist?« fragte Alkland verblüfft.

»Ich habe etwas vergessen«, sagte ich schnell und nahm meine Jacke.

»Was?«

»Ich weiß es nicht. Ich habe gerade etwas vergessen, ich habe etwas zurückgelassen.«

»Stark, wovon reden Sie?«

»Ich muß noch mal zurück. Ich muß sofort noch mal zurück.«

»Wohin? Wohin zurück, Stark?«

»Dorthin, wo ich es verloren habe. Hören Sie«, sagte ich drängend. »Ich muß gehen. Sie werden jetzt duschen. Ich werde zum Abendessen zurück sein.«

»Wohin gehen Sie?«

»Ich weiß es nicht! Ich weiß nur, daß ich noch mal zurück muß. Bis dahin.« Ich eilte zur Tür, ließ Alkland mit verblüfftem Gesicht allein, schob den Vorhang zur Seite und hastete durch den Korridor. Ich lief durch die weiten steinernen Gänge und kam an kleinen Grüppchen von Edelmännern vorbei. Diener hetzten durch die Gegend, kreuzten meinen

Weg, gingen in die andere Richtung, trugen Tabletts mit Essen und Körbe mit Blumen. Ich wich ihnen aus und rannte so schnell ich konnte zum Haupteingang, während die flackernden Fackeln an den Wänden zu gelben Lichtstreifen wurden. Die riesigen Holztüren standen ein Stück weit auf, und ich schlüpfte hindurch. Niemand versuchte mich aufzuhalten, es schien sogar so, daß mich niemand bemerkte, als ich über den großen Innenhof lief.

Die Mauerzinnen waren seltsamerweise verlassen, und ich hastete in einer Ecke hinauf. Dann erinnerte ich mich an die Falltüren, kletterte zurück und öffnete eine, die in der Nähe war. Bevor ich mich hinunterließ, blickte ich noch einmal nach unten. Es war ein langer Weg, aber ich mußte ihn gehen. Ich mußte zurückgehen und nach dem suchen, was ich vergessen hatte. Trotzdem würde ich bis zum Essen zurück sein, da war ich mir ganz sicher.

Ich ließ meine Beine durch das Loch baumeln und tastete mit den Zehen nach einem Halt an der Säule. Als ich einen gefunden hatte, schlüpfte ich vorsichtig hindurch und hielt mich fest. Dann kletterte ich die Säule so schnell ich konnte hinunter.

Ich mußte gehen. Ich mußte zurück. Ich mußte es finden, und sobald ich es gefunden hatte, mußte ich wieder zurückkehren. Ich würde es finden und zurückkommen, und ich würde zum Abendessen zurück sein. Es würde so sein, als wäre ich kaum fortgewesen. Bis zum Essen war ich wieder zurück. Die Säule war viel höher als beim Aufstieg, und sie führte auch nicht mehr auf die Ebene hinunter, die wir überquert hatten. Sie führte nur immer tiefer nach unten, und ich fragte mich verzweifelt, wo sie aufhören mochte, denn ich mußte den Boden erreichen und den Weg zurück zu dem Ort finden, wo ich verloren hatte, was immer es war. Ich mußte es finden und zurückbringen.

Meine Hand ruschte ab, und bevor ich mich versah, hielt ich mich nur noch mit den Füßen, während mein Gewicht mich langsam nach hinten zog. Ich wedelte mit den Armen und versuchte, das Gleichgewicht wiederzuerlangen.

Ich würde bald wieder zurück sein, rechtzeitig zum Essen.

Ich löste mich von der Säule und stürzte ab. Ich fiel immer schneller dem Boden entgegen, aber es war nur wichtig, daß ich wiederfand, was ich verloren hatte, und das ich bis zum Essen zurück war. Und ich fiel und fiel und fiel. Und gerade als ich dachte, daß ich jetzt so langsam doch mal den Boden erreichen müßte, kam ich mit einem heftigen Ruck zu mir und stellte fest, daß ich kerzengerade auf dem Sofa in meiner Wohnung im Farben-Viertel saß.

15. KAPITEL

Eine Weile saß ich starr da und wußte überhaupt nicht, wo ich war. Als ich es endlich merkte, sprang ich auf und fluchte heftig und unflätig, während ich durchs Zimmer stampfte und die Fäuste schüttelte.

Bei meinem Wutanfall ging es im wesentlichen darum, daß ich nicht glauben konnte, was geschehen war. Ich sagte das ein paar mal und faßte es in Worte, über die selbst Ji entsetzt den Kopf geschüttelte hätte. Ich konnte es einfach nicht glauben.

Als ich mich etwas beruhigt hatte, sah ich mich schnell in der Wohnung um. Die Vordertür war nicht versiegelt, und draußen im Korridor war niemand. Das Zentrum hielt es offenbar nicht für nötig, die Wohnung zu überwachen, wenn alle Bahnstationen kontrolliert wurden. Es war möglich, daß sie für alle Fälle jemanden in der Eingangshalle postiert hatten, aber das war ein Problem, mit dem ich mich später beschäftigen konnte.

Ich angelte den Wanzendetektor aus der Schublade und ließ ihn die Wohnung scannen. Sie war sauber. Die Maschine verhielt sich während der Prozedur sehr höflich und unterwürfig und nannte mich sogar »Sir«. Ich glaube sie hat gemerkt, daß ich genau in der richtigen Stimmung war, meine Drohung wahrzumachen, ihr auf die rabiate Art das Fliegen beizubringen. In den Trümmern der Küche erhitzte ich etwas Wasser, machte mir eine Tasse Jahavan-Kaffee und stapfte dann wutschäumend ins Wohnzimmer zurück.

Ich konnte es einfach nicht glauben.

Sie müssen verstehen, daß ich Taumland sehr gut kenne, und es ist mir noch nie passiert, daß ich auf diese Weise rausgeworfen wurde. So etwas passiert in richtigen Träumen oder wenn jemand das erste Mal da ist. Mir hätte es eigentlich nicht passieren dürfen. Ich wußte verdammt gut, daß der Impuls, zurückzukehren, uns etwas zu holen, und die Überzeugung, daß bei meiner Rückkehr alles beim alten wäre, völliger Unsinn war. In Taumland funktioniert das nicht so. Selbst wenn man zurückkommt, werden die Leute, mit denen man zusammen war, und die Situation, die man verlassen hat, verschwunden sein. Vielleicht kommt man sogar niemals zurück, oder man wacht auf. Ich war aufgewacht und hatte Alkland ganz allein dort zurückgelassen.

Doch das Schlimmste war, daß er dort festsaß. Ich hatte ihm die Wahrheit gesagt, als ich davon sprch, eine Pause zu machen. Normalerweise kann man nicht einfach aufwachen. Zumindest können das die wenigsten Leute. Man muß schon ein kompletter Schwachkopf sein oder durch ein zufälliges Flackern hinausgeworfen werden, wie es mir passiert war. Alkland war immer noch drüben, und ich war hier. Ein absoluter Fehlschlag.

Es hätte natürlich viel schlimmer sein können, wenn es zum Beispiel im Dschungel passiert wäre oder woanders, wo es noch gefährlicher war. Fürs erste würde Alkland wohl einigermaßen in Sicherheit sein. Wenn ich jedoch nicht dabei war, um ihn zu führen, konnte er allerdings auf eine ganz andere, sehr gefährliche Traumlinie geraten, auf der ich vielleicht große Schwierigkeiten hatte, ihn wieder aufzuspüren. Dazu reichte schon eine weitere Blase, die aus seinem Unterbewußtsein an die Oberfläche stieg, und er würde wieder eine Menge Ärger bekommen.

Es half alles nichts, ich mußte so schnell wie möglich

zurückkehren. In Taumland funktioniert das folgendermaßen: Wenn man das erste Mal eindringt, muß man über die Ebene und alles der Reihe nach erledigen. Wenn man dann zufällig aufwacht, kann man nur wieder hineinkommen, indem man einschläft und träumt. Das Problem besteht natürlich darin, daß das Einschlafen um so schwieriger wird, je stärker man sich darauf konzentriert. Drogen kann man dazu nicht benutzen, weil sie einem die Träume durcheinanderbringen, und dann wird es zu einer ziemlich unangenehmen Erfahrung.

Ich schloß die Augen und versuchte mich für eine Weile auf nichts zu konzentrieren. Ich ließ meine Gedanken einfach nur an mir vorüberziehen. Aber es zeigte sich bald, daß es so auf keinen Fall funktionieren würde. Ich würde nicht einschlafen.

Also konnte ich genausogut etwas Konstruktives tun. Ich nahm eine schnell und dringend benötigte Dusche und mußte leicht grinsen, als ich daran dachte, daß Alkland vermutlich gerade dasselbe tat. Allerdings hatte er eine Duschdienerin dabei. Schade, daß mir das entgangen war. Je mehr ich darüber nachdachte, mit jemandem gemeinsam zu duschen, wie platonisch auch immer, desto mehr gefiel mir diese Idee. Das Duschen wird nach den ersten tausend Malen ziemlich langweilig, finden Sie nicht auch? Man steht dumm herum, allein mit dem Wasser, versucht zu vermeiden, gekocht oder gefroren zu werden, kämpft mit der glitschigen Seife, und das war's dann schon. Nicht sehr aufregend, interessant oder gesellig. Vielleicht waren die beiden ja gar nicht so dusselig.

Ich behandelte die Kleidung, die ich getragen hatte, mit dem Dressman, aber das Ding schien wieder richtig zu funktionieren, denn anschließend waren weder die Farben noch sonst was verändert.

Dann setzte ich meine konstruktive Phase fort und ging eine Weile im Wohnzimmer auf und ab, während ich immer noch ein bißchen vor Wut kochte und mir überlegte, was ich als nächstes tun sollte. Einmal dachte ich, ich hätte draußen im Korridor ein Geräusch gehört und bezog mit der Waffe in der Hand hinter der Tür Posten, aber es war nur ein Anwohner. Es war Zoe, ob Sie's glauben oder nicht, die Frau, die ein paar Türen weiter wohnte. Sie ist eine zweidimensionale Männerphantasie. Das meine ich keineswegs sexistisch. Das ist ihr Job. Es steht auch so in ihrem Ausweis. Ich erinnerte mich plötzlich daran, daß eine der Gemahlinnen des Königs ihr ein wenig ähnlich gesehen hatte, und für einen Moment flackerte der Traum in meiner Erinnerung auf und verschwand wieder.

Falls Sie sich jetzt gewundert haben sollten – die Waffe gegen Alklands Monster einsetzen zu wollen, wäre reine Zeitverschwendung gewesen – und gefährlich obendrein. Auch das weiß ich genau, denn ich habe es ausprobiert. Es ging voll daneben. Der Geist ist wie ein gemischtes Wohnviertel, in dem sich verschiedene Rassen und Religionen drängen und gelegentliche Faustkämpfe austragen. Wenn man versucht, die Konflikte mit Gewalt zu lösen, gibt es nur einen Bürgerkrieg. Und mentale Bürgerkriege sind die Schlimmsten – sie machen zwar kaum Lärm, aber sie hinterlassen einen ganz schönen Trümmerhaufen.

Ich sah die Faxeingänge durch und fand eine Botschaft von Ji. Darin hieß es, ich sollte mich bei ihm melden. Ich rief die Bar an, aber er war nicht da, also ließ ich ihm ausrichten, daß ich vorerst wieder im Lande wäre. Ich dachte kurz daran, Zenda anzurufen, aber ich wußte, daß ich das nicht tun durfte. Ihre Leitung wurde mit Sicherheit rund um die Uhr abgehört, und ich wollte sie nicht noch stärker in Verdacht bringen, als sie es bereits war.

Ich ging noch ein wenig unruhig auf und ab, bis ich mich dazu zwang, mich an den Schreibtisch zu setzen und es mit einer kleinen erprobten Methode zu versuchen. Dabei ging es darum, das Problem zu einem Vorteil zu machen, die Zeit zu nutzen, noch einmal durchzuchecken, was passiert war, und zu sehen, ob es etwas gab, über das sich nachzudenken lohnte. Auf diese Weise würde ich besser vorbereitet sein, wenn ich schließlich wieder zurückkehrte. Als ich auf die Uhr sah, stellte ich fest, daß ich erst eine halbe Stunde draußen war. In dieser Zeit konnte Alkland nicht viel zugestoßen sein. Zumindest hoffte ich es. Also setzte ich mich hin und dachte nach.

Er hatte die Babys gesehen. Das erste, was ihm dort in die Quere gekommen war, waren die Babys gewesen. Das war nicht gut. Vorn diesem Augenblick an hatte ich gewußt, daß er in viel größeren Schwierigkeiten steckte, als uns beiden klar gewesen war. Die Babys sind etwas sehr Schlimmes, und darüber hinaus sind sie nicht einmal ein natürlicher Bestandteil von Taumland.

Die Tatsache, daß er Assoziationen im Stil von Meg Finda hatte, war dagegen recht ermutigend. Leute, die so was als Kinder gelesen hatten, die sich mit netten Geschichten gebildet hatten, wo sich am Ende alles zum Guten wandte, solche Leute kamen in der Regel in Taumland etwas besser zurecht. Heutzutage erleben Kinder so was immer seltener, und deswegen haben sie es später so schwer. Heutzutage denkt jeder, daß Realismus für Kinder viel besser ist, daß sie nicht darüber hinweggetäuscht werden sollten, wie es in der Welt wirklich zugeht. Ich verstehe diesen Standpunkt, aber im Grunde ist das ein Haufen Scheiße. Wenn man einen so offenen Geist wie ein Kind hat, dann ist Realismus das absolut Letzte, was man gebrauchen kann. Zu einem gewissen Grad geht es in der Welt wirklich so zu, wie die meisten glauben, ganz im Gegensatz zu Taumland. Ich habe mal jemanden nach Taumland begleitet, der in einem der verschärften Bezirke von Turn aufgewachsen ist – Junge, das war ein Affentanz!

Die größte Bedeutung hatte Alklands Monster. Monster haben immer die größte Bedeutung. Ich wußte nur so viel, wie ich davon mitgekriegt hatte, aber es gab keine Möglichkeit zu beurteilen, wie nahe ich damit Alklands Empfindungen gekommen war und was es für ihn bedeutete. Eins war allerdings klar: Es gab etwas, das im stillen Wasser des Aktionisten vor sich hinfaulte. Das, was hinter ihm her war, wußte davon. Ich beschloß, daß ich darüber mehr herausfinden sollte.

Meine Erinnerungen an die Jagd waren recht fragmentarisch. Glauben Sie mir, wenn Ihnen so etwas auf den Fersen ist, dann schalten alle cleveren Bereiche Ihres Gehirns ab. Die Abteilungen für Speicherung und vernünftige Überlegung schicken alle verfügbare Energie ins Koordinationszentrum für »schnellstmögliches Abhauen«. Ich wußte nur noch, daß Alkland sagte, irgend etwas wäre nicht seine Schuld, und daß er es ständig wiederholt hatte.

Etwas sehr Schlimmes war mit ihm passiert. Etwas, mit dem er sich seit langer Zeit nicht mehr beschäftigt hatte. Womöglich erinnerte er sich selbst nicht einmal mehr daran. Leider konnte ich ihn im Augenblick nicht fragen, was schon etwas seltsam war. Wenn man gerade zweiundsiebzig Stunden damit verbracht hat, jemanden durch die Gegend zu scheuchen, ist es irgendwie komisch, plötzlich wieder allein zu sein und auf niemanden mehr aufpassen zu müssen.

Ich aktivierte das Terminal auf meinem Schreibtisch und wählte mich zum Daten-Mainframe für die Gäste des Zentrums durch. Ich habe dank der freundlichen Unterstützung von Hirn-Diode IV ein paar Decknamen zur Verfügung, mit denen ich Zugang bekomme, aber trotzdem arbeitete ich schnell, falls der Name, den ich gerade benutzte, aufgedeckt worden war. In dieser Datenbank stehen Informationen über das Zentrum, zu denen auch Außenseiter Zugang haben. Es ist nur ein Bruchteil dessen, was die Haupt-Datenbank an Informationen hat, aber immerhin ist darian einiges Wissenswertes über die Aktionisten selbst enthalten, wenn auch das meiste davon ziemlich angeberisch ist.

Ich fand Alklands Familienstammbaum und ging eine Generation zurück. Seine Eltern waren beide tot. Sie starben vor mehr als zwanzig Jahren an Herzinfarkten. Das tun die meisten Aktionisten – entweder daran oder an Magengeschwüren. Das half mir nicht weiter, aber ich fand etwas Interessantes. Alkland hatte eine Schwester.

Das heißt, er hatte eine gehabt. Ihr Name war Suzanna, und sie war zwei Jahre nach Alkland geboren, womit sie jetzt sechzig gewesen wäre. Als ich jedoch das jüngste Bild aufrief, das die Datenbank zur Verfügung hatte, war das, was da auf dem Bildschirm erschein, etwas bizarr. Es war das Bild einer Dreijährigen. Ein hübsches, lachendes kleines

Mädchen mit strohblondem Haar, das ihr von einer Brise über das Gesicht geweht wurde, die schon vor langer Zeit ins Nichts entschwunden war. Sie stand in einem Park vor einem Spielplatz, hielt einen Teddybär fest an sich gedrückt, während ihre Mutter im Hintergrund kniete, die Mode von vor sechzig Jahren trug und stolz ihre Tochter anlächelte. Irgend etwas an dem Foto war seltsam, aber ich konnte nicht festmachen, was es war. Etwas daran gab mir ein trauriges Gefühl.

Suzanna erwies sich jedoch als Sackgasse. Nach dem Foto existierten keine weiteren Aufzeichnungen über sie. Vorsichtig, wie ich nun mal bin, klinkte ich mich aus und dann unter einem anderen Namen wieder ein. Auf einer völlig anderen Route suchte ich noch einmal den Zugang zu Alklands Stammbaum. Doch anscheinend hatte er weder Cousins oder Cousinen noch sonstige Familienangehörige.

Ich lehnte mich zurück, schloß die Augen und versuchte mich an so viele Zeilen wie möglich von einem Gedicht zu erinnern, das ich als Kind mal auswendig gelernt hatte. Ich brauchte ziemlich lange, und dann war ich traurig, als ich merkte, wie wenig ich noch wußte. Aber es reichte.

Als mein Geist sich geklärt hatte, wandte ich mich wieder Alkland zu und versuchte mich an alles zu erinnern, was ich über ihn wußte. Ich wußte, daß er in der Abteilung für Wirklich Grundlegende Sachen arbeitete. Es war möglich, daß einige der Leute dort etwas über ihn wußten, aber zur Zeit war es unmöglich, mit ihnen Kontakt aufzunehmen. Ich konnte zu leicht an den Falschen geraten, und dann hatte ich sofort den AZGD am Hals. Ich konnte auch nicht ins Zentrum gehen und sie einzeln aufsuchen. Wenn ich meine Genehmigung benutzte, würde ich nirgendohin kommen. Das heißt, ich würde schon irgendwo hin kommen, aber nicht dorthin, wohin ich wollte. Das Zentrum war für mich im Augenblick tabu.

Dann hatte ich es. Ich klinkte mich wieder in Alklands Lebenslauf ein und blätterte ein paar Jahre zurück zu seiner früheren Schulzeit. Außer einem kurzen und unerklärlichen Schluckauf im Alter von sechs Jahren waren die Aufzeichnungen beispielhaft, aber danach suchte ich gar nicht. Die Kinder im Zentrum haben während ihrer Schulzeit zwei Klassen. Bis zum Alter von zehn Jahren werden sie in sechzehnköpfigen Klassen unterrichtet. Dann wird die Klasse in vier Vierer-Gruppen aufgeteilt, die so lange zusammenbleiben, bis die Schule mit sechzehn Jahren allmählich ins Arbeitsleben übergeht. Theoretisch sind sie noch bis sie achtzehn sind Schüler, aber da sich die meisten von ihnen dann bereits die Karriereleitern ihrer Abteilungen hinaufarbeiten, hat das nicht mehr viel zu bedeuten.

Ich besorgte mir die Namen all derer, die in Alklands ursprünglicher Klasse gewesen waren. Vermutlich gehörte die Person, nach der ich suchte, der späteren kleineren Klasse an, aber eine Suche nach sechzehn Namen dauerte nur unwesentlich länger als nach vier, und ich wollte lieber alle Möglichkeiten in Betracht ziehen.

Als ich sämtliche Namen hatte, ließ ich den Computer nach biograpfhischen Grunddaten suchen und eine Liste mit zusammengefaßten Informationen zusammenstellen. Nachdem ich mit einer neuen Tasse Kaffee zurückgekehrt war, hatte er seine Arbeit getan.

Von Alklands ursprünglichen Klassenkameraden waren drei tot. Zwei waren an Altersschwäche gestorben und einer durch einen herunterfallenden Hund getötet worden, was sehr interessant klang. Von den übrigen dreizehn lebten alle noch im Zentrum, bis auf zwei, die sich nach Techno abgesetzt hatten. Ich verglich die Namen mit Alklands späterer Klasse und stellte fest, daß nur einer von den beiden in seiner Klasse geblieben war. Spock Bellrip war der Mann, nach dem ich suchte.

Ich holte meine Jacke. Meine Vermutung lief darauf hinaus, daß Bellrip derjenige war, der Alkland geholfen hatte, im Computergehäuse nach Status einzudringen. Wenn das der Fall war, mußten sie recht gute Freunde sein. Wenn es irgend jemanden gab, der mir mit Alkland weiterhelfen konnte, dann war es dieser Typ.

Ich brauchte fünf Stunden, bis ich den Eingang zu Techno erreicht hatte. Ich werde Ihnen die Details ersparen. Da ich nicht riskieren wollte, an den Ausgängen von Farben möglicherweise AZGD-Leuten zu begegnen, mußte ich eine Station früher aussteigen und auf anderem Wege in das Fett-Viertel gelangen. Ich war sogar so vorsichtig, meinen Wohnblock über das Dach zu verlassen und unerschrocken über ein paar weitere Gebäude zu klettern, bevor ich klammheimlich über eine Feuerleiter hinabstieg und in die spätmorgentliche Menschenmenge trat. Fett ist ein ziemlich neues Viertel, in das die Menschen gehen, die vor Vorurteilen in bezug auf die Figur flüchten wollen. Leute, die den kulturellen Vorgaben, wie schlank oder attraktiv man sein sollte, nicht entsprechen, hängen dort rum, ohne unter dem Druck zu stehen, sich mies fühlen zu müssen. Es ist eine großartige Idee, aber da jeder, der dort lebt, offenbar eine Diät durchmacht, glaube ich nicht, daß es besonders gut funktioniert. Wie gewöhnlich war der Bahnbetrieb gerade gestört: ich habe den Verdacht, eine Reparatur kam deswegen nicht in Frage, weil man sich damit den kulturellen Vorgaben, wie ein nützliches Verkehrssystem beschaffen sein sollte, unterwerfen würde.

Der Zugang zu Techno ist eine reine Formsache. Sie lassen dort zwar nicht jeden rein wie in Farben oder den wirklich laxen Vierteln, aber es ist nicht sehr schwer. Man muß nur fünf berühmte Computer-Programmierer und vier Elementarteilchen nennen können und ein leichtes Interesse an den Seriennummern der Einschienenbahnzüge zeigen. An letzterem habe ich überhaupt kein Interesse, aber ich weiß, was ich sagen muß. Ich kann mich anpassen.

Man gab mir einen Stadtplan und wünschte mir viel Spaß im Viertel. Sobald ich den Eingangsbereich verlassen hatte, schaltete ich den Plan ein und suchte nach Bellrips Adresse. Er wohnte nur etwa einen halben Kilometer entfernt, so daß ich zu Fuß ging. Die beliebteste Freizeitbeschäftigung in Techno besteht darin, sich neben die Einschienenbahn zu stellen und sich die Nummer und die Uhrzeit der vorbeikommenden Waggons zu notieren. Abgesehen von der erschreckenden Dumpfheit einer solchen Aktivität finde ich persönlich es ziemlich nervend, wenn man immer wieder an Gruppen kleiner Männer und Frauen in weißen Kitteln vorbeikommt, die einem in den Wagen glotzen und Notizen machen.

Die Stadtpläne sind hier wirklich geil – man sollte sie überall einführen. Es handelt sich dabei um eine etwa fünfzehn Zentimeter hohe und breite Tafel, in der sich ein kleiner Bildschirm befindet. Während man durch die Gegend läuft, rollte ein digitaler Plan über den Monitor. Dabei verrät einem das Gerät, was die Läden verkaufen, an denen man vorbeikommt, wer in welchem Block wohnt und jede Menge anderer Informationen, die von kleinen Sendern an jeder Straßenecke auf dem laufenden gehalten werden. Wenn man ein Ziel eintippt, zeigt der Bildschirm einem eine rote Linie, der man nur zu folgen braucht, während das Gerät einem sogar noch zuflüstert, wann und wo man abbiegen muß. Ich stellte es auf Bellrips Adresse ein und machte mich über die blitzsaubere Straße auf den Weg. Techno ist ein sehr ordentliches Viertel. Ständig sind irgendwelche kleinen Roboter unterwegs und halten alles sauber.

Falls nichts Unerwartetes geschehen war, würde Alkland inzwischen bereits schlafen, es sei denn, er war noch aufgeblieben und fragte sich, warum ich zum Teufel nicht wiederkam. Ich hatte ihm gesagt, daß ich zurückkommen würde, und ich vermutete, daß er mir mitlerweile schon so weit vertraute, daß er meinen Worten Glauben schenkte. Doch auf der anderen Seite hatte ich ja auch gesagt, ich wäre zum Abendessen zurück, und das war nicht der Fall.

Seitdem ich meine Wohnung verlassen hatte, versuchte ich ständig, meinen Geist zu entspannen, damit ich nicht mehr vom Schlaf abgehalten wurde. Aber es ging nicht, ich war auf geradezu lästige Weise hellwach. Daß ich mich nicht mit Zenda in Verbindung setzen konnte, um zu checken, ob bei ihr alles in Ordnung war, ging mir ebenfalls auf die Nerven. Ich hätte ihre biographischen Daten überprüfen sollen, als ich mich ins Netz eingeklinkt hatte, ob sie immer noch als

Leiterin von Verdammt Eilige Sachen aufgelistet war. Aber ich hatte es vergessen.

Alles in allem war ich ein richtiges kleines Nervenbündel, während ich mit dem Stadtplan als Souffleur diverse Straßen entlangspazierte, bis ich eine der Wohngegenden des Viertels erreichte. Ich hielt kurz an einem Kiosk an, um mir neue Zigaretten zu kaufen, und überflog eine Ausgabe der *Zentrums-Nachrichten*, um zu sehen, ob Alklands Verschwinden irgendwo erwähnt wurde, aber die ganze Sache wurde bestimmt gut unter Verschluß gehalten. Als ich wieder auf der Straße war, warf ich meine alte Zigarettenschachtel weg, worauf einer der Robotputzteufel in der Nähe einen beeindruckenden Satz machte, um sie fünf Zentimeter über dem Boden aufzufangen.

»Gute Reaktion«, sagte ich.

»Haben Sie noch mehr?« fragte die Maschine begeistert und zockelte näher an mich heran. Es war ein kleiner Metallzylinder mit einem roten Blinklich oben drauf, der einen zierlichen Metallarm mit einer winzigen Schaufel am Ende besaß.

Ich wühlte in meinen Taschen.

»Ich glaube nicht.«

»Pfui! Buh!«

»Geh weg, Roboter«, sagte der Stadtplan verärgert.

Ich fand eine alte Streichholzschachtel und hielt sie hoch.

»Phantastisch! Na los, aber jetzt mit Schmackes!« sagte der Roboter und hielt sich bereit.

Ich warf die Streichholzschachtel die Straße hinunter, und die Maschine hechtete hinterher. Es war knapp, aber mit einem weiteren Satz schaffte sie es, die Schachtel mit ihrer Schaufel aufzufangen. Sie winkte mir noch einmal zu und düste dann los, weil etwa hundert Meter weiter gerade ein Blatt auf die Straße fiel. Zwei Kollegen trafen zur selben Zeit dort ein, und es gab ein lautes Scheppern, als sie zusammenstießen, aber einer hatte Erfolg und hüpfte triumphierend mit dem Blatt davon.

Zehn Minuten später erreichte ich WB-205-M und fand Bellrips Haus. Es blieb mir erspart, mich mit der Sicherheitstür auseinanderzusetzen, weil gerade eine Horde Männer in weißen Kitteln herauskam, die sich fröhlich in Maschinensprache unterhielten und mir die Tür aufhielten. Aus irgendeinem unerfindlichen Grund leben alle Technos wie in nach Geschlechtern getrennten Wohnblocks gewaltigen Schülerwohnheimen. Sie heiraten zwar mit allem Drum und Dran, aber selbst dann ist es eher so, daß sie gelegentlich bei ihrem Partner übernachten. Kommt mir etwas seltsam vor, aber sie scheinen damit ganz glücklich zu sein. In der Eingangshalle hing ein schwarzes Brett mit kleinen Plakaten, die auf Arbeits- und Hobbygruppen hinwiesen, und ein Schild, das den Weg zur Mensa wies. Ich hatte zwar ziemlichen Hunger, beschloß aber, noch zu warten. Vielleicht konnte ich Bellrip zum Essen einladen.

Deprimiert stellte ich fest, daß es keinen Aufzug gab, so daß ich sechs Stockwerke die Treppe hochsteigen mußte. Als ich zu Bellrips Tür kam, drückte ich ziemlich lange auf den Summer an der Wand, aber es gab keine Antwort. Der Schweinehund war nicht zu Hause.

Ich seufzte und überlegte, was ich jetzt machen sollt. Ich fand einen Zettel in einer meiner Taschen und schrieb ihm eine Nachricht, daß er sich bei mir melden sollte. Ich hinterließ meine Adresse, die Telefonnummer meines Wohnungsanschlusses und die meines tragbaren Videophons, meine Faxnummer und sogar mein Sternzeichen. Ich mußte wirklich sehr dringend mit dem Typen reden. Ich wollte so schnell wie möglich schlafen, und wenn dieser Streß so weiterging, würde ich noch tagelang wach sein.

Ich faltete den Zettel zusammen und bückte mich, um ihn unter die Tür zu schieben. Doch dabei geschah etwas völlig Unerwartetes. Die Tür bewegte sich.

Ich stand schnell auf und sah der Tür zu, wie sie langsam ein paar Zentimeter weit aufschwang.

»Äh, Mr. Bellrip?«

Es gab keine Antwort. Eigentlich hatte ich auch gar keine erwartet. Wenn, dann hätte es bereits auf mein Klingeln eine geben müssen. Ganz offensichtlich war er nicht hier. Aber warum stand dann seine Tür offen?

Ich sah mich schnell um und drückte die Tür ein Stück weiter auf, um hineinzuschlüpfen und sie wieder hinter mir zu schließen. Vom kurzen Flur aus, in dem ich stand, sah die Wohnung fast genauso aus wie die von Hirn-Diode und war sehr kompakt, um es vorsichtig auszudrücken. Ich hustete einmal laut, erhielt wieder keine Antwort und ging auf Zehenspitzen zur Wohnzimmertür hinüber. Sie stand ein Stück weit offen, und ich lauschte einen Moment, hörte aber nichts. Während ich versuchte, mir eine erstklassige Ausrede einfallen zu lassen, falls sich der Typ als taub herausstellen sollte, stieß ich die Tür auf.

Das Licht im Raum wirkte irgendwie seltsam, und ich brauchte einen Moment, bevor mir klar wurde, warum. Bellrip saß mitten im Zimmer in einem Sessel, und seine Haare standen in einem recht ungewöhnlichen Winkel ab.

Was soll ich sagen? Er war wirklich taub. Und zwar, weil er tot war. Er war auch blind, weil man ihm die Augäpfel ausgebrannt hatte. Eins seiner Beine lag zwei Meter vom Sessel entfernt. Seine beiden Arme befanden sich noch an seinem Körper, waren aber nur an den Knochen damit verbunden. Die Muskeln waren in Streifen abgeschält worden, die wie schlaffe Tentakel von seinen Ellbogen herabhingen. Der Bereich zwischen seinem Hals und seinen Hüften war kaum noch vorhanden. Es sah aus, als wäre sein Körper von innen heraus explodiert. Die Wände und Fenster waren mit Blut bespritzt und dämpften das Licht, das in den Raum drang. Ein Stück Eingeweide lag wie eine schlafende Schlange vor ihm auf dem Boden, und der ganze Raum war mit Blut, kleinen Teilen seiner inneren Organe, Knochensplittern und Klümpchen halbverdauter Nahrung übersät. Der Raum roch wie die hinterste Ecke eine Schlachthofs, in der niemals richtig saubergemacht wurde.

Ich verzichtete darauf, meine Waffe zu ziehen. Das Blut an den Wänden war getrocknet, und Bellrips abgetrenntes Bein war bereits sichtlich in Verwesung übergegangen. Selbst in dieser Hitze bedeutete das, daß er schon seit mindestens fünf oder sechs Stunden tot war.

Vorsichtig stieg ich über die Überreste auf dem Fußboden

hinweg und trat hinter den Sessel. Bellrips Haare standen im Nacken hoch, weil sich die Schädelpartien, die sie bedeckten, nicht mehr an den Stellen befanden, wo sie sich normalerweise befinden sollten. Sein Hinterkopf sah aus, als hätte eine dreizöllige Granate ihn von innen heraus durchschlagen.

Aber es war keine Granate, die das verursacht hatte, es war eine Hand gewesen, und ich erkannte, was ich schon viel früher hätte erkennen müssen. Was schon die ganze Zeit dagewesen und mir nicht bewußt gewesen war, weil ich es nicht hatte wahrhaben wollen. Plötzlich fügten sich die Teile auf erschreckende Weise zusammen wie die Filmaufnahme einer zerberstenden Glasscheibe, die rückwärts abgespielt wurde. Ich wußte, wessen Hand das getan hatte, und ich wußte auch, wer hinter Alkland her war. Es ließ sich nicht mehr verleugnen, wie unwahrscheinlich es auch klingen mochte.

Es war Rafe.

Dritter Teil

Requiem

16. KAPITEL

Kurz nach vier kam ich in Jis Bar. Ich beeilte mich, aber es war ein verdammt großer Umweg, weil ich nicht durchs Zentrum konnte und weil die Bahn im Rot-Viertel kaputt war. Ich hastete durch die Trümmerstraßen und war froh, daß ich schwarze Kleidung trug. Die Straßenbewohner blieben mir vom Leib, was gut so war. Ich hätte auf sie geschossen, wenn sie es nicht getan hätten.

Ich erkannte Jis Zeichen diesmal schon einen Kilometer früher an den Wänden als während meines letzten Besuchs in Rot. Die zwei Brüder waren offenbar ein ziemlich dicker Brocken für die anderen Gangs. Große Abschnitte des neuen Territoriums lagen in Trümmern, die Straßen waren aufgrund der vielen Bombenkrater kaum passierbar und die Straßenbeleuchtung noch kärglicher als gewöhnlich.

Sobald ich mich eindeutig auf Jis Gebiet befand, zog ich meine Kanone und hielt sie locker in der Hand, so daß sein Zeichen darauf gut zu erkennen war. Die Straßen wurden nun recht belebt, und überall war Lärm, wo zum Zeitvertreib gekämpft und geschossen wurde. Die Bordsteine waren so dicht von Prostituierten gesäumt, daß ich mitten auf der Straße gehen mußte. Die Gegend sah wie eine pervertierte Goldgräberstadt aus, was sie wohl auch war, nämlich die Bastion der gefährlichsten Verrückten in einem gefährlichen Viertel.

Die Ji-Bar war proppenvoll und die Rockmusik schon aus hundert Metern Entfernung ohrenbetäubend. Hier war die Straße noch überfüllter, so daß ich mich durch die Menge schieben mußte. Wenn jemand sich beschweren wollte, zeigte ich ihm die Kanone. In Verbindung mit meinem Gesichtsausdruck, der vermutlich sehr grimmig war, hatte ich keine besonderen Schwierigkeiten, durchzukommen.

Ich drängte mich in die Bar und sah mich nach einem Anzeichen von Ji oder Snedd um. Ich konnte sie zunächst nirgendwo entdecken, weil die Bar von Wand zu Wand mit schwitzenden Dopaz-Junkies vollgepackt war, die im orangefarbenen Licht schwankten und die Künstlerinnen auf der Bühne mit Obszönitäten anfeuerten. Jemand warf eine zerbrochene Flasche auf die Bühne, die eins der Mädchen ins Gesicht bekam. Wie üblich hatte es langes schwarzes Haar wie ein Wasserfall. Sie taumelte und stürzte, stand aber bald wieder auf, während ihr Blut aus einer Stirnwunde sickerte. Die Menge jubelte.

Dann sah ich die beiden, die sich an einem Tisch auf der gegenüberliegenden Seite breitgemacht hatten. Fyd und ein zweiter Leibwächter saßen an einem Tisch hinter den Brüdern. Sie hielten ein wachsames Auge auf die Geschehnisse. Granatwerfer lagen in Griffweite, – für den Fall, daß die Dinge noch weiter außer Kontrolle geraten sollten. Ich zwängte mich an der Wand entlang auf den Tisch zu. Ein Junkie fauchte mich an, als ich ihm den Blick auf die Bühne versperrte, und stieß mich rabiat gegen die Wand. Doch dann drückte ich ihm die Mündung meiner Kanone ins Genick, mit dem Finger am Abzug, und er wurde wieder friedlich.

»He, Stark, was zum Teufel treibst du denn hier?« rief Snedd begeistert.

»Was ist los?« fragte Ji, der sofort die Lage gepeilt hatte.

»Können wir nach oben gehen?«

Ji winkte Fyd zu, daß er bleiben sollte, wo er war, und ich folgte Ji und Snedd nach hinten. Die beiden Brüder schnitten durch die Menge wie eine Kettensäge durch Butter.

Oben war es etwas leiser, aber nicht sehr viel. Die Musik von unten dröhnte durch den Fußboden, und sie wurde gelegentlich von den Schreien der Leute übertönt, die in den Zimmern entlang des Korridors schlechte Dopaz-Trips erlebten. Einer der Schreihälse wurde immer lauter, und kurz bevor es eigentlich gar nicht mehr lauter ging, war ein Schuß zu hören, worauf der Schrei mit einem Gurgeln abbrach. Einer von Jis Mitarbeitern kam kurz darauf aus dem Zimmer und schleppte die Leiche zum Müllschlucker, der sie auf die Straße hinter der Bar befördern würde. Aus dem Zimmer waren immer noch Schreie zu hören, und er ging wieder hinein, nachdem er uns im Vorbeigehen mit erhobener Augenbrauen angesehen hatte.

Snedd schloß die Tür, und Ji reichte mir einen Krug Alkohol. Ich nahm einen sehr tiefen Schluck und reichte ihn weiter.

»Also«, sagte Ji ernst. »Was ist passiert?«

»Bevor wir dazu kommen, würde ich gerne fragen, warum du mich kontaktiert hast.«

»Um dich zu warnen. Jemand sucht nach dir.«

»Wer?«

»Das wissen wir nicht«, sagte Snedd. »Die Tussie, für die du gearbeitet hast, rief Ji vor ein paar Tagen an, nachdem du Alkland herausgeholt hattest.«

»Von wo aus hat sie angerufen?«

»Vom Zentrum.«

»War alles in Ordnung mit ihr?«

»Ja, es sah so aus. Sie sagte, daß ihr beiden ziemlich viel Spaß in Farben gehabt habt.«

»So könnte man es nennen«, sagte ich grinsend und erleichtert, weil zumindest Zenda heil nach Hause gekommen war.

»Sie hat uns von der Sache mit Alkland erzählt. Wahnsinn!«

»Ja.«

»Wo ist er jetzt?« fragte Ji.

»Moment noch: Jemand sucht nach mir, und weiter?«

»Nichts weiter. Das war's schon. Nachdem wir Shen Chryz' Territorim plattgemacht haben, brachten wir ihn hierher, für den Fall, daß er irgendwelche Informationen aufgeschnappt hatte, von denen wir wissen sollten.«

»Und? Wußte er was?«

»Nö. Nur, daß jemand versucht hat, herauszukriegen, wo du steckst.«

»Noch etwas anderes, Stark«, sagte Snedd. »Weißt du noch, wie ich bei unserem letzten Treffen sagte, daß jemand wissen wollte, wie man in Status rein kommt?«

»Ja.«

»Das kann eigentlich nicht Alkland gewesen sein, oder?«

»Nein«, sagte ich. Das war mir schon klargeworden. Mit dem Computertrick im Ärmel hätte Alkland keinen Grund gehabt, sich in Rot Informationen zu beschaffen.

»Also sucht noch jemand nach euch beiden.«

»Ja.«

»Weißt du, wer das ist?«

»Ja. Deswegen bin ich hier.«

»Und wer zum Geier ist es?« bellte Ji ungeduldig.

»Rafe.«

Ji starrte mich einen Moment lang ungläubig an.

»Laß den Schwachsinn, Stark! Rafe ist tot!«

»Ich weiß«, sagte ich.

Im Zimmer war es mindestens eine Minute lang sehr still. Die Musik drang zwar immer noch von unten herauf, aber sie schien aus weiter Ferne zu kommen. Ich steckte mir in der Pause eine Zigarette an und nahm einen tiefen Zug. Ich spürte, wie der Rauch in dem, was noch von meinen Lungen übrig war, brannte. Ich rauchte zuviel. Aber ich machte mir keine Vorwürfe.

Ji und Snedd starrten mich die ganze Zeit mit aufgerissenen Augen an. Beide rieben sich auf genau die gleiche Weise gedankenverloren die Unterlippe. Normalerweise wäre das urkomisch gewesen, aber die ganze Sache war überhaupt nicht komisch.

Ji brach als erster das Schweigen.

»Erzähl!« sagte er.

»Alkland ist in Taumland«, sagte ich. »Wißt ihr, was passiert ist? Ich bin aufgewacht.«

Ji starrte mich an.

»Du bist *was?*«

»Genau. Ich war in einer Burg. Wir wollten uns gerade ausruhen, nachdem wir ein paar ziemlich heftige Sachen erlebt hatten, und dann bin ich weggegangen. Es war diese ›Ich-hab-was-vergessen‹ – und ›Ich-bin-gleich-wieder-zurück‹—Geschichte. Da hätte ich es mir eigentlich denken müssen. Mist, ich hätte es schon vor Tagen wissen müssen. Ich glaube, irgendwo habe ich es zwar gewußt, aber ich habe es mir wohl immer wieder ausgeredet.«

»Was hast du gewußt?« Ji nahm sich eine von meinen Zigaretten und steckte sie sich geistesabwesend an.

»Ich hab Alkland mit rübergenommen, weil er Alpträume hatte. Ziemlich schlimme. Zu Anfang habe ich nicht genauer darüber nachgedacht. Ich hielt es für einen Zufall; glaubte, daß ein Etwas einfach so durch Taumland tobte und nach jemandem suchte, dem es Schwierigkeiten machen könnte, und dann an ihn geriet.

Als ich feststellte, daß Alkland gar nicht entführt worden war, sondern daß er freiwillig verschwunden ist, und als ich wußte, warum, nahm ich die Sache schon etwas ernster. Er sah zu der Zeit schon ziemlich krank aus, und sein Zustand verschlechterte sich ungewöhnlich schnell. Ich hielt es auch für einen Zufall, daß er aus dem Zentrum abgehauen ist und ihm gleichzeitig ein Etwas auf den Fersen war.

Also nahm ich ihn mit rüber. Unterwegs war es nicht gerade lustig. Ich habe von Rafe geträumt, und Alkland hat die Babys gesehen.«

»Scheiße!«

»Ja. Das hätte mich stutzig machen sollen, aber dann — was soll ich sagen? — so was kann schon mal passieren. Naja, zu Anfang lief es eigentlich ganz gut. Wir wurden bewirtet, wir schliefen, und wir erreichten den Ort, nach dem wir suchten — in diesem Fall ein Dschungel. Zu der Zeit sah Alkland schon ziemlich fertig aus, und ich begann mich zu fragen, was eigentlich los war. Es sah fast so aus, als hätte jemand dieses Etwas absichtlich auf ihn angesetzt. Außer mir dürfte es jedoch niemanden geben, der dazu in der Lage ist. Dann sahen wir einen Tiger.«

»Auch wir haben einmal einen gesehen, weißt du noch?« fragte Ji melancholisch.

»Ja«, sagte ich, als ich mich erinnerte. Es war schon sehr lange her.

»Das war vielleicht ein Ding! Er hat sich in ein Miezekätzchen verwandelt.«

»Dieser Tiger nicht«, sagte ich. »Er ist explodiert. Und dann wurde ein Monster daraus.«

»Wessen Monster?«

»Alklands.«

»Schlimm?«

»Ich hab schon schlimmere gesehen. Aber nicht oft, und auch nicht in letzter Zeit. Seit acht Jahren nicht, um genau zu sein.« Ich sah Ji an. Er erwiderte meinen Blick mit angespanntem Gesicht. In dieser Welt hatte Ji vor nichts Angst. Aber wir sprachen von Taumland, und dort ist alles anders. Er konnte sich gut erinnern.

»Dann kamen wir zur Burg. Das Übliche: Leute in Samt und Seide, die über Hexen und tote Königinnen rumsülzen und der ganze Scheiß. Wir wollten gerade unter die Dusche, als es passierte. Ich hatte keine Ahnung, wonach ich suchen oder wohin ich gehen wollte. Auf jeden Fall ging ich los und wachte auf. Zu Hause in Farben. Ich war ganz schön bedient.«

Ich schwieg und steckte mir eine neue Zigerette an. Wir sahen aus wie eine Elitetruppe auf wichtiger Mission, die sich mit Rauchzeichen verständigte. Snedd reichte den Alkohol rüber, und ich nahm wieder einen tiefen Schluck. Ich war nicht sehr überrascht, als ich feststellte, daß meine Hände zitterten.

»Ich denke, spätestens da hätte ich es merken müssen. Ich meine, ich bin wegen dieser Lappalie aufgewacht! Ich bin voll drauf reingefallen!

Dann habe ich einige Erkundigungen über Alkland eingezogen, um seinem Monster vielleicht auf die Spur zu kommen. Viel habe ich nicht herausgefunden, aber dann hatte ich einen Hinweis auf jemanden, der unter Umständen etwas darüber wußte. Also ging ich nach Techno, um mit ihm zu reden.«

»Wer war es?«

»Sein Name war Spock Bellrip. Er hat die gesamte Schulzeit mit Alkland verbracht. Er ist tot. Deswegen bin ich hergekommen.«

»*Wie* tot?« fragte Snedd schulterzuckend. Wie Sie sich

vielleicht denken können, ist der Tod als solcher für ihn kein besonderer Anlaß zur Besorgnis.

»Zerstückel und über die Wände verteilt. Mit einem Riesenloch im Hinterkopf.«

»Oh, Scheiße, nein!« sagte Ji und stand auf. »Mist! So eine gottverdammte Scheiße!«

Snedd sah seinen Bruder einen Augenblick lang irritiert an, dann wandte er sich mir zu.

»Was?« sagte er.

Ich glaube, ich muß an dieser Stelle ein paar Informationen nachreichen. Ich vermute, das ist langsam überfällig.

Ji und ich sind schon seit langer Zeit recht gute Freunde. Er war schon mal in Taumland. Ich habe ihn mitgenommen, um ihm zu helfen, um ihm einen Dorn aus der Löwentatze zu ziehen. Dafür hat er mir dann bei einer großen Sache geholfen. Er versteht besser als jeder andere, was ich mache, sogar noch besser als Zenda. Er weiß auch über die Babys Bescheid, über das Etwas und über die Monster.

Snedd ist niemals dortgewesen. Ich habe ihn kurz nach Jis letztem Besuch in Taumland kennengelernt, aber er hatte damit nichts zu tun und hat auch nie richtig erfahren, was eigentlich los war. Nur drei Menschen wissen das. Ji, Zenda und ich. Obwohl er mir in etwa folgen konnte, konnte er es in seiner Bedeutung jedoch nicht ganz verstehen. Er konnte nicht verstehen, warum die Vorstellung, daß jemand ein Loch in seinem Hinterkopf hatte, seinen Bruder, den harten Ji, dazu brachte, fluchend und zitternd im Zimmer herumzutoben.

Wie ich schon sagte, ist Taumland das, wozu man es macht, und Ji wuchs im finstersten Loch des Turn-Viertels auf. Ji ist jetzt ein knallharter Schweinehund, ein sehr gefährlicher Mann, ein Bandenkönig, vor dem die anderen Bandenkönige verdammt viel Schiß haben. Aber wie jeder andere auch, war Ji einmal ein Kind gewesen. Bevor man zu einem guten oder schlechten Menschen wird, zu einem Heiligen oder einem Psychotiker, bevor man die Person ist, die man zu sein glaubt, war jeder mal ein Kind.

Nehmen Sie zum Beispiel mich. Ich nehme die Dinge, wie sie kommen. Ich versuche sehr gelassen zu sein und Schwierigkeiten aus dem Weg zu gehen, was ich wohl noch nicht richtig betont habe. Doch bevor ich so war, bevor ich so sprach, wie ich jetzt spreche, bevor ich dachte, wie ich jetzt denke, bevor ich meine vielen Narben erhielt, war auch ich ein Kind. Schwer zu glauben, aber wahr.

Können Sie sich noch daran erinnern? Können Sie sich erinnern, wie es war, ein Kind zu sein?

Ich fürchte, die Antwort lautet nein. Vielleicht glauben Sie, daß Sie es können. Aber das stimmt nicht. Alles, was Sie von diesen dunklen, intensiven Tagen noch wissen, sind die Teile, die Sie zu dem gemacht haben, was Sie jetzt sind. Sie erinnern sich an die Momente, als Sie sich lebendig fühlten, an ein paar Schnappschüsse von besonderen Tagen und an ein paar zufällige Eindrücke, aber das sind Dinge, die sowieso zu Ihrer Persönlichkeit gehören. An alles übrige können Sie sich nicht erinnern. Sie können sich gar nicht daran erinnern, wie es wirklich war, ein Kind zu sein, weil Sie es jetzt nicht mehr sind.

Außer in Taumland.

In Taumland können Sie sich erinnern, wie es war, einfach ganz unbeschwert glücklich zu sein. Als das Glück noch nicht etwas war, nach dem Sie suchen mußten, sondern etwas, das von selbst zu Ihnen kam. Sie können sich erinnern, wie etwas ein Talisman sein konnte, den sie immer in Ihrer Nähe brauchten, daß dieses neue Spielzeug auf jeden Fall auf dem Nachttisch liegen mußte, damit es noch da war, wenn Sie aufwachen würden.

Sie können sich erinnern, wie es war, in den Armen Ihrer Mutter zu liegen, die Sie bedingungslos liebte, als Sie noch nicht alt genug waren, um das als peinlich zu empfinden. Sie können sich erinnern, wie es war, aus purer Freude an der Sache loszurennen und wie Sie dabei scheinbar alle Energie der Welt in sich spürten, wie sie davon überzeugt waren, daß Sie morgen dasselbe wie heute tun würden, daß sich niemals etwas ändern würde außer zum Guten und daß es kein Problem in der Welt gab, das sich nicht wieder richten ließ. Für eine kurze Weile können Sie sich wieder eins mit sich fühlen, jedes Ihrer Jahre spüren, gleichzeitig das Kind und den Erwachsenen in sich spüren, die sich plötzlich die Hände reichen und unzertrennbar erscheinen.

Und das tut so gut, weil das Kind immer in Ihnen lebt, jedoch in einem dunklen Verlies eingesperrt ist, wo es kein Licht sieht, wo es nichts zu tun gibt und wo niemand da ist, mit dem es reden könnte. Was ich Ihnen erzähle, hat nichts mit diesem Psychogefasel über »das Kind in uns« zu tun. Ich meine das ganz wörtlich. Das Kind hockt mutterseelenallein in Kälte und Feuchtigkeit Tausende von Kilometern tief in Ihnen und hofft immer noch darauf, daß Sie es eines Tages herausholen, es an der Hand nehmen und zum Licht führen, an einen Bach, wo Sie zusammen spielen können. Aber Sie werden es niemals tun.

Was sind Ihrer Meinung nach die wichtigen Dinge in Ihrem Leben, die Dinge, die Sie wirklich glücklich machen? So, wie jemanden zu lieben, so sehr zu lieben, daß Sie voller Sehnsucht Ihre Arme ausstrecken und festgehalten werden wollen. So, wie etwas Gutes zu essen und jeden Bissen zu genießen. Das sind keine rein biologischen Triebe. Sie müssen nicht lieben, um zu bumsen, und Sie können fast alles essen, sofern es nicht aus Metall besteht. Biologische Triebe sind die Ochsenpeitschen von Gestern, sie wurden überflüssig, als wir aufhörten, auf Bäumen herumzuklettern, und statt dessen lernten, die Schwerkraft umzukehren. Die Natur weiß, daß wir nicht mehr unter ihrem Einfluß stehen, und sie läßt uns meistens zufrieden. Sie werkelt noch ein bißchen mit Käfern und Pflanzen herum und gibt sich damit zufrieden, gelegentlich einen Virus loszulassen, nur um uns daran zu erinnern, daß sie noch da ist.

Sie lieben, weil Sie jemanden nötig haben wollen, wie Sie ihn als Kind nötig hatten, und wollen auch, daß man Sie nötig hat. Sie essen gut, weil die Intensität des Geschmacks Sie an ein befriedigtes Bedürfnis oder einen nachlassenden Schmerz erinnert. Die schönsten Gemälde sind nicht mehr als eine rote Blume, die sich sanft in der Brise bewegte, als Sie zwei Jahre alt waren. Der aufregendste Film ist genauso, wie damals alles war, als Sie noch mit großen Augen auf das wirbelnde Chaos um Sie herum starrten. All diese Dinge dienen nur dazu, für eine Weile den Erwachsenen zum Schweigen zu bringen und kurz ein Fenster zu öffnen, durch das das blasse Kind im Verlies einen hungrigen Blick nach draußen werfen darf, bevor es wieder dunkel wird.

Taumland öffnet dieses Fenster, reißt sie weit auf und läßt das Kind hinaus. Daher hat es seinen Namen. Stellen Sie sich vor, Sie wären vier Jahre alt und versuchten, das Wort »Traumland« auszusprechen.

Aber das ist nicht alles, woran Sie sich in Taumland erinnern. Ein Kind zu sein, war nicht nur wunderbar, hell und süß. Manches war düster, manches war verwirrend. Und manches war schrecklich.

Vielleicht sind Sie einmal in der Nacht aufgewacht, und Sie wußten, daß sich jemand über Sie beugte, und sie wußten auch, was er tun würde. Vielleicht sind Sie wie Ji in einem Alptraum aufgewachsen, in dem Ihre psychotische Mutter vor Ihren Augen Ihren Vater tötete und die Leiche im Zimmer liegen ließ, bis sie kaum mehr als ein dreckiger Klumpen auf dem Fußboden war. Vielleicht wird alles, was Sie tun und fühlen, von etwas Schrecklichem berührt, an das Sie sich nicht erinnern wollen. Etwas, das aus gesagten oder ungesagten Worten entstand, aus geschehenen oder ungeschehenen Dingen, aus vielen winzigen Bruchstücken, die sich zu etwas Bösem vereinigten und ihm dunkles Leben einhauchten. Das ist das Wesen von Monstern, und deshalb können sie nie wirklich sterben, weil sie nämlich ein untrennbarer Teil von Ihnen sind, die Schatten hinter ihren Augen, die Sie von anderen Leuten unterscheiden.

Wenn Sie geboren werden, erstrahlt ein Licht, das Ihr ganzes Leben lang leuchtet. Wenn Sie älter werden, dringt das Licht immer noch bis zu Ihnen vor, aber es wird stets schwächer, weil Ihre Erinnerungen im Weg stehen. Und wenn Sie Glück auf Ihrer Reise durch die Zeit haben, haben Sie Ihr ganzes Ich bei sich, haben bei keiner Weiterreise etwas von Ihren Hemden oder Sachen zurückgelassen, das das Licht verdunkeln könnte. Aber wenn etwas Böses geschieht, brennt sich ein Teil von Ihnen fest und kann sich nie wieder von diesem Zeitpunkt lösen. Der Rest Ihrer Persönlichkeit bewegt sich weiter und beschäftigt sich mit dem Heute und Morgen, aber ein Teil von Ihnen bleibt zurück. Dieser Teil verdunkelt das Licht, verfärbt den Rest Ihres Lebens, aber was das Schlimmste ist – er lebt. Er ist für immer in diesem Augenblick gefangen, allein in der Dunkelheit, und er lebt.

Er lebt in Taumland, wie Sie sich vielleicht erinnern, und die Dinge sind dort vielleicht nie wieder so, wie sie waren. Sie treffen dort auf Ihr jüngeres Ich und erkennen, wie böse es darüber ist, daß sie es im Stich gelassen haben, wie sehr es Sie jetzt haßt. Es hat keinen Zweck, sich damit zu rechtfertigen, daß es nicht Ihre Schuld war. Sein Schmerz ist zu groß, um Ihnen noch zuhören zu können.

Ich habe als Kind Glück gehabt. Die meisten meiner Fehlschläge habe ich mir für später aufgehoben. Vielleicht war es bei Ihnen genauso. Aber vielleicht haben Sie auch etwas anderes gesehen. Vielleicht haben sie als Kind etwas gesehen, wovon Sie niemandem erzählen konnten, weil man Ihnen nicht geglaubt hätte. Etwas, das einfach unmöglich war. Etwas, an das Sie sich als Erwachsener niemals erinnern würden, weil es einfach nicht in die Welt paßte, und doch ist es etwas, das für immer ein Teil von Ihnen sein wird.

Ist Ihnen so etwas passiert? Sie werden es niemals erfahren, weil sie sich niemals daran erinnern werden. Zumindest die meisten Leute nicht.

Im Gegensatz zu mir.

Ji beruhigte sich allmählich und zitterte auch nicht mehr so heftig. Er hob die Hand, und fast unmittelbar darauf öffnete sich die Tür. Fyd kam herein und brachte neuen Alkohol. Ich fand das recht gespenstisch, bis ich begriff, daß der Raum wahrscheinlich per Video überwacht wurde.

»Okay«, sagte Snedd, als er die Sache einigermaßen verstanden hatte. »Aber was ist mit diesem Loch im Schädel? Warum ist das etwas Besonderes?«

»Weil wir jemanden kennen«, sagte ich, »der auf diese Weise zu töten pflegte, nicht wahr, Ji?«

Ji nickte, aber er schien seine Sprache noch nicht wiedergefunden zu haben.

»Taumland hat eine Geschichte«, erklärte ich, » und diese Person ist ein Teil davon. Diese Person kann mehr Unheil anrichten als tausend Monster auf einmal.«

»Und diese Person ist Rafe?«

»War«, sagte ich. »Rafe ist tot.«

»Bist du sicher?«

Ji blickte zu mir auf, und wir starrten uns in die Augen, während er seinem Bruder antwortete.

»Ja, weil wir ihn getötet haben«, sagte er.

»Was machen wir jetzt?«

Ich sah Ji an und überlegte eine Weile.

»Ich weiß nicht genau«, sagte ich. Ich schwieg erneut, während ich überlegte, was wir jetzt tun sollten, wie wir mit dieser Sache fertig werden könnten. Die zwei Brüder warteten. Snedd wußte, daß er hier mit seiner Weisheit am Ende war, und Ji hatte sich in allem, was Taumland betrifft, immer auf mich verlassen. Es war ihm auch gar nichts anderes übrig geblieben.

»Zunächst möchte ich, daß du dich bei Zenda meldest, Ji. Ich kann es nicht, weil das Zentrum nach mir sucht, weil es weiß, daß ich Alkland habe. Na ja, so in etwa jedenfalls«, fügte ich zerknirscht hinzu. »Im Augenblick dürfte ich auf der Abschußliste des Zentrums ziemlich weit oben stehen.«

»Diese Diligenz-Sache«, sagte Ji. »Sie ist ziemlich merkwürdig, oder?«

»Ja«, sagte ich. Sie war mir von Anfang an merkwürdig vorgekommen, und nachdem ich jetzt einiges mehr darüber wußte, war sie noch merkwürdiger. Die Teile des Puzzles fügten sich zwar noch nicht zusammen, aber zumindest lagen sie alle nebeneinander.

Das Zentrum hat eine solche Schweinerei eigentlich nicht nötig. Ich meine, es wird immer einige Leute geben, die die Regeln verletzen müssen, um sich durch unangemessene Mittel Vorteile zu verschaffen. Aber das paßt im Grunde gar nicht zum Zentrum, weil es dort eigentlich nur darum geht, daß man alles allein tut. Dabei muß es sich nicht unbedingt um moralisch einwandfreie Sachen handeln. Niemand ist sich dort zu fein für hinterlistige Machenschaften oder Lügen, wenn es der Karriere dient, aber an den Gehirnen anderer Leute herumzupfuschen, hat doch einen recht ungewohnten Beigeschmack. Ein so verzweifeltes Streben nach Erfolg, eine so nachdrückliche Einflußnahme auf die Entscheidungen eines wichtigen Viertels roch nach einer sehr kitschigen Weltherrschaftsverschwörung, und so etwas spielt heute eigentlich keine Rolle mehr.

Die Menschen haben sich nach innen gewandt, um dort ihr kleines Lager aufzuschlagen, wo sie so leben können, wie sie möchten. In einer Zeit, in der kaum jemand mehr Lust hat, Viertel zu besuchen, die mehr als zehn Kilometer weit entfernt sind, ist der emotionelle Antrieb zur Weltherrschaft einfach nicht mehr vorhanden. Die ganze Sache hatte etwas Anachronistisches, einen falschen Beigeschmack eben.

»Was soll ich Zenda sagen?«

»Rede nicht nur mit ihr. Hol sie raus. Sie ist in Gefahr, und ihr beide ebenfalls.«

»Glaubst du wirklich, die Dinge verhalten sich so, wie sie scheinen?«

Ich seufzte erschaudernd und versuchte ihn anzulächeln. Ich sah in seinen Augen, daß es mir mißlang, also ließ ich es bleiben.

Ji nickte langsam und düster.

»Mist«, sagte er.

»Dann müßt ihr drei ein gutes Versteck finden, wo ihr in Sicherheit seid.«

Jis Angst explodierte in zielloser Wut.

»Komm schon, Stark, du weißt, daß das nicht geht. Wenn … wenn …« er versuchte krampfhaft, den Namen auszusprechen, und Snedd sah seinen Bruder erneut fassungslos an. Ich glaube, dadurch wurde Snedd besonders eindrucksvoll klargemacht, daß etwas wirklich Schlimmes vorging. »Wenn Rafe dahinter steckt, verdammte Scheiße, sind wir nirgendwo sicher!«

»Ich weiß«, sagte ich. »Aber was soll ich dir sonst sagen?

Du und Zenda, ihr beide steckt tief in der Scheiße, und das wißt ihr. Ich versuche nur, mich noch nicht endgültig auf eine Antwort festzulegen, weil die, die ich entdeckt habe, unmöglich ist.«

»Komm schon, es ist Rafe! Wer sonst? Heiliger Strohsack!« Ji durchquerte den Raum und blieb zitternd stehen.

»Also müßt ihr euch verstecken. Ihr müßt eure Ärsche hier rausbringen und euch irgendwo verkriechen. Er weiß bestimmt, wo ihr lebt.«

»Aber wohin? Wir können doch nicht nach Idylle!«

»Nein«, sagte ich schnell. »Nicht dorthin. Nicht jetzt.«

»Wohin dann? Mensch, Stark, das ist dein Fachgebiet. Das ist *dein* verdammter Alptraum! Was zum Geier machen wir jetzt?«

Plötzlich hatte ich ein ganz mieses Gefühl. Ji sah meinen Gesichtsausdruck. Ich stand auf, und Snedd ebenfalls, der mich mit einem seltsamen Blick ansah.

»Was ist los?«

»Ich kann euch nicht sagen, wohin ihr gehen sollt!« schrie ich.

»Warum?«

»Ich kann es einfach nicht. Wenn ich es tue, wird er es wissen!« Snedd und Ji starrten mich an, und ich erkannte in ihren Gesichtern, daß in ihnen etwas vorging. Sie wichen langsam vor mir zurück, wobei Snedd gegen einen Stuhl stieß. »Verschwindet einfach! Irgendwohin, wo es sicher ist, wo niemand euch sieht. Macht schon! Geht! Verpißt euch. *Sofort*!«

Snedd war bereits an der Tür und riß sie auf. Er blickte noch einmal kurz zu mir zurück, und ich erkannte, daß sein Gesicht deswegen so seltsam aussah, wiel ich zum ersten Mal Angst darauf gesehen hatte. Ich wußte, was er sah, und war nicht überrascht, daß er so aussah. Er sah jemanden, den er zu kennen geglaubt hatte, in einem völlig neuen Licht. Ich wußte, daß ich für ihn aussah, als würde ich mich vor einem düsteren Hintergrund abzeichnen, so wie sich Bäume mit ungewöhnlicher Schärfe vor Gewitterwolken abzeichnen.

Ji lief zur Tür und drängte seinen Bruder nach draußen. Bevor er ging, warf er mir noch einen Blick zu, der mir für einen Moment wieder Hoffnung gab. Inzwischen spürte ich, wie sich hinter mir der Sturm zusammenbraute, und ich wußte, daß ich in einem bleichen Licht glühte wie die Vision eines Evangelisten. Ji hatte Angst, aber er war da. Ji ist ein Fels in der Brandung, und hinter seiner Angst regte sich bereits eine alte Wut. Er nickte mir zu.

»Ich hole sie raus«, sagte er. »Und wir werden warten. Viel Glück!« Dann lief er hinter seinem Bruder her. Ich wartete auf das, was kommen würde. Es dauerte nicht lange.

Ich drehte mich um und schob meine Hand unter das Kissen, wo es angenehm kühl war. Draußen vor dem Fenster zwitscherten bereits die Vögel, und ich wußte, daß es Zeit zum Aufstehen war. Ich genoß noch einen Augenblick die Wärme und Behaglichkeit unter der schweren Bettdecke, während es draußen morgendlich kühl war, und dann öffnete ich die Augen. Das dicke Glas im bogenförmigen Steinfester in der gegenüberliegenden Wand hatte einen leichten Prisma-Effekt auf das Morgenlicht, so daß es in farbigen Linien auf die Fußbodenfliesen fiel. Irgendwo unten in der Burg hörte ich eine Trompete und dann das begeisterte Jubeln von Soldaten im Hof.

Dann begriff ich. Ich war zurück in Taumland, aber ich war spät dran.

17. KAPITEL

Vor langer Zeit, als ich noch jung war und darauf hoffte, ein Musiker zu werden, wachte ich eines Morgens in einem Hotelzimmer auf. Ich stierte die Digitaluhr auf dem Nachttisch an und sah durch einen dicken Schleier aus schmerzhafter Müdigkeit und einem fürchterlichen Kater, daß es schon nach zehn Uhr war. Ich hatte den Wecker auf sieben Uhr gestellt und erinnerte mich dunkel, auch einen Weckruf bestellt zu haben.

Vor Schreck wurde ich wach, stöhnte vor Verzweiflung und schwang mich, so schnell ich konnte, aus dem Bett. In meinem Kopf drehte sich alles, während ich wie eine verwundete Giraffe ins Badezimmer taumelte. Mein Schädel pulsierte schmerzhaft in einer Gewitterwolke aus Elend, als ich mit Überlichtgeschwindigkeit duschte, meine Sachen zusammensuchte, nach dem Telefon griff und den Busbahnhof anrief.

Man ließ mich zwanzig Minuten warten, während ich den gläsernen Aschenbecher mit zerquetschten Kippen füllte. Als ich endlich verbunden wurde, sagte man mir, was ich schon im Augenblick meines Aufwachens gewußt hatte. Ich hatte den Bus verpaßt.

Um einen verpaßten Bus sollte man doch nicht so einen Wirbel machen, sagen Sie jetzt? Gut, es bedeutete ja nur, daß ich jetzt in einer Stadt festsaß, wo ich niemanden kannte und wo ich nicht genug Geld hatte, um das Hotelzimmer für eine weitere Nacht zu bezahlen. Überhaupt kein Problem, oder? Es bedeutete auch, daß ich nicht dort ankommen würde, wo ich hinwollte, was recht peinlich war, weil ich mit Leuten verabredet war, die ich noch nie gesehen hatte und die mir freundlicherweise ihre Wohnung zur Verfügung gestellt hatten. Ich war nicht einmal sicher, ob ich ihre Telefonnummer besaß, um ihnen mitzuteilen, daß ich nicht aufkreuzen würde. Aber es gibt ja Schlimmeres.

Die Sache war die, daß ich in einem fremden Land war. Ich war das erste Mal ganz allein auf Reisen. Zum ersten Mal kümmerte sich niemand um mich, und niemand scherte sich darum, was mit mir geschah. Aber auch darum ging es eigentlich gar nicht.

Ich hatte die vorige Woche mit ein paar Freunden verbracht, die inzwischen die Stadt verlassen hatten, und ich fühlte mich sehr verwirrt und ziemlich mies wegen einer Sache, die mit einer von ihnen passiert war. Sie war jetzt nicht mehr da, so daß ich ganz allein darüber rätseln mußte, was passiert war und was es zu bedeuten hatte. Eins hatte es mit Sicherheit zu bedeuten, nämlich daß es jetzt Tausende von Kilometern entfernt jemanden gab, der zu Recht ziemlich sauer auf mich war. Jemand, der trotz allem der letzte Mensch auf der Welt war, dem ich etwas zuleide tun wollte.

Mit der Zeit erledigten sich die Probleme jedoch von selbst. Manchmal ist das so. Ich rief die Leute an, bei denen ich wohnen sollte, und ließ sie wissen, daß ich der letzte Idiot war. Ich fand jemanden, wo ich die nächste Nacht bleiben konnte, und erreichte mein Ziel am folgenden Tag. Eine Beziehung zu einem Menschen, für den ich sehr viel empfand, ging in die Brüche. Aber ich blieb mit ihr in Verbindung, und wir konnten für die kurze Zeit, die ich noch hatte, Freunde sein.

Aber als ich an diesem Morgen zitternd am Telefon saß, verspürte ich eine schreckliche Verzweiflung und fühlte mich unwiderruflich allein und verloren. Dieses Gefühl ist seitdem niemals vergangen. Es ist immer da, tief unter der Oberfläche scherzhafter und zündender Ideen. Als ich aufwachte und feststellte, daß ich nach Taumland zurückkatapultiert worden war, als ich intuitiv sofort wußte, daß Alkland verschwunden war, brach dieses Gefühl wieder an die Oberfläche. Für einen Augenblick war ich wieder zweiundzwanzig, ein auf sich selbst gestellter Junge, der schon seit langem tot war.

Ich rannte aus dem Schlafzimmer. Im Raum befand sich ein zweites Bett, in dem jemand geschlafen hatte, und ich mußte niemanden fragen, um zu wissen, daß Alkland darin gelegen hatte und daß er jetzt fort war. In Taumland weiß man so etwas einfach. Sie verstehen, was ich meine: Sie sind schon mal dort gewesen.

Ein weißgekleideter Diener rief mich an, als ich auf dem Weg zur Treppe den Korridor entlangsprintete. Was er auch zu sagen hatte, würde mich nur ablenken, so daß ich nicht darauf achtete. Ich mußte Alkland finden, und zwar so schnell wie möglich. Andernfalls würde er sterben.

Daß Rafe irgendwie wieder aktiv geworden war, ließ sich nicht länger leugnen, wie sehr ich mich auch dagegen sträubte, wie schwer es auch zu akzeptieren oder zu verstehen war. Nichts und niemand sonst hätte mich wieder zurück nach Taumland bringen können. Nur eine Person besaß auch nur ein Hundertstel der Macht und des Hasses, die dazu erforderlich waren. Kurz bevor es geschehen war, hatte ich ein ganz leichtes Kribbeln im Hinterkopf verspürt, eine leise Warnung, daß jemand versuchte, mich zurückzuholen, jemand, der mich sehr, sehr gut kannte. Es gibt nur einen Menschen, der mich so gut kennt, der mich schon vorher kannte. Es tut mir leid, aber ich bin bisher nicht sehr offen zu Ihnen gewesen. Es gibt noch vieles, was Sie noch nicht über mich wissen, aber im Augenblick habe ich dafür keine Zeit.

Als ich das Erdgeschoß erreichte und um eine Ecke kurvte, wo es zum Audienzsaal des Königs ging, versuchte ich mich damit zu trösten, daß jetzt zumindest Ji überzeugt war, daß Rafe irgendwie wiederauferstanden war. Ich konnte nur hoffen, daß er es schaffte, Zenda rechtzeitig herauszuholen, und daß er begriffen hatte, was ich mit dem sichersten Ort für sie gemeint hatte. Ich wünschte, ich hätte mehr Zeit gehabt, dafür zu sorgen, daß sie auch wirklich dort ankamen, und ich wünschte, ich hätte mich besser auf das hier vorbereiten können. Aber dazu wäre vermutlich alle Zeit der Welt nicht genug gewesen.

Ich raste in den Saal und bremste abrupt ab. Der König saß auf seinem Thron und rauchte wieder. Er schnippte wie zuvor die Asche in den freistehenden Hotellobby-Aschenbecher. Sonst war niemand anwesend, und der König sah mich wohlmeinend an, während ich schwer atmend vor ihm stand. Ich bemerkte, daß der Aschenbecher mit einem Emblem versehen war, das ich fast wiedererkannt hätte, ein Emblem, das etwas im hintersten Winkel meines Gedächtnisses zum Klingeln brachte. Verwirrt trat ich näher, verbeugte mich und versuchte mich zu erinnern. Irgendwas mit einem Hotel, mit einer Schuld, mit einem Souvenir ...

»Nun?«

Irritiert richtete ich mich schnell auf. Der König blickte auf mich herab. Er sah aus, als wäre er über irgend etwas außerordentlich zufrieden.

»Äh ... Guten Morgen, Eure Majestät«, stammelte ich, während mir plötzlich sehr heiß wurde. Ein kleiner gläserner Aschenbecher mit einem Symbol darauf. Schuld. Eine Frau ...

»Habt Ihr eine Ahnung, wie spät es ist?« fragte der König mit glatter Selbstgefälligkeit. Ich hatte keine Ahnung. Ich hasse Uhren. »Es ist elf Uhr, Stark. Elf Uhr! Wißt Ihr, was das bedeutet?«

Ich schüttelte den Kopf, gleichermaßen um seine Frage zu beantworten wie auch meine Verwirrung zu vertreiben.

»Ihr habt Euren Bus verpaßt«, krähte der König triumphierend. »Er ist weg! Es ist aus und vorbei!«

Plötzlich begannen Hunderte von Menschen zu singen. Ich wirbelte herum und sah, daß sich überall im Saal in den Ecken und hinter den Vorhängen Leute versteckt hatten. Ich sah Obyrk, die Frauen in den weißen Gewändern, eine Gruppe Duschdienerinnen, Edelmänner, Diener und Soldaten. Sie sangen: »Auf Wiedersehen, auf Wiedersehen.«

Als ich mich umdrehte, traten sie alle hervor, zeigten auf mich und lachten mich aus. Bestürzt wandte ich mich wieder dem König zu, aber er lachte ebenfalls. Als ich mich erneut zur Menge umdrehte, lachten sie immer noch, und dann sangen sie plötzlich: »Wir können deinen Hintern seh'n, wir können deinen Hintern seh'n.« Als ich an mir herunterblickte, sah ich, daß ich nackt war. Ich hielt mir die Hände vor und drehte mich wieder zum König um. Er lachte immer noch, er lachte so heftig, daß sein Oberkörper auf und ab wippte und sein wackelnder Kopf vor den Augen verschwamm.

Eine der Duschdienerinnen zog ihr Gewand aus und warf es in meine Richtung, aber es kam nie bei mir an. Mitten im Flug löste es sich einfach in Luft auf, und alle lachten. Als ich ihren Körper anstarrte, sah ich, daß ihr mit einem Messer ein Symbol in den Bauch geritzt worden war. Blut tropfte heraus und verwischte die Linien, aber ich erkannte, daß es dasselbe Symbol wie das auf dem Aschenbecher war.

Schuld.

Vereinzelte Rufe, die das Singen übertönten, kamen aus der Menge.

Fräulein, ich kann Starks Pimmel sehen!«

Die Duschdienerin trat einen Schritt vor und stand ein paar Meter von mir entfernt, während sie mich anschrie und anheulte. Ihr Gesicht war vor Schmerz verzerrt, und ich spürte, wie die Jahre, die ich mit ihr verbracht hatte, von mir abfielen und nackt auf dem Fußboden eines kleinen Pensionszimmers lagen. Ein Windhund an einer juwelenbesetzten Leine kam aus der Menge und hockte sich neben sie, um die Blutstropfen vom Boden aufzulecken.

»Du hast das Examen verpaßt, Stark. Sie haben um neun mit den Prüfungen angefangen, wußtest du das nicht? Haben wir es dir nicht gesagt? Du hast sie verpaßt!«

Es gab ein trippelndes Geräusch, als mehrere kleine weiße Gegenstände neben dem Kopf des Hundes zu hüpfen begannen. Dem König fielen die Zähne aus dem Mund, während er sich vor Lachen schüttelte, ein brüllendes Lachen, das ihm die Kehle und die Lungen zerriß.

»Stark ist ganz scharf auf Euch, Fräulein!«

Unvermittelt hörte die Duschdienerin auf zu schreien und verstummte auf unheimliche Weise. Sie starrte mich mit extremer, unterdurchschnittlicher Blödheit an. Dann begann sie sich mit einer Hand am Bein zu kratzen. Ihre langen Nägel rissen das Fleisch auf und gruben sich immer tiefer hinein. Dann führte sie die andere Hand zum Bauch, nahm den Rand eines Einschnitts zwischen die Fingernägel und zog daran. Langsam pellte sie einen Streifen bluttropfender Haut ab. Es war ein dicker Streifen aus mehreren Hautschichten, den sie dem Hund hinhielt, der schnell danach schnappte. Sie begann einen weiteren Streifen abzulösen und entblößte eine fleckige Schicht aus glänzendem Unterhautfett, das noch an den gestreiften Muskeln klebte. Das Lachen des Königs war nun nicht mehr von Schreien zu unterscheiden, und je mehr ich mich zu bedecken versuchte, desto nackter fühlte ich mich. Plötzlich kreischte die Duschdienerin wieder los.

»Du kleiner Scheißhaufen! Du verdammter kleiner Scheißhaufen!« Ich trat erschrocken einen Schritt zurück und spürte, wie ein Zahl in meine Fußsohle schnitt. »Du mieser Perversling! Wie kannst du es nur wagen, dir vorzustellen, wie ich nackt aussehe? Ich hätte Lust, dich vor allen anderen Lehrern zu entblößen, vor der ganzen Schule! Vor den Mädchen! Wie würde dir das gefallen, du kleiner Scheißhaufen?«

Obyrk trat aus der Menge. Jetzt trug er eine Tweed-Jacke. Er zog ein Stück aus dem Bauch der Duschdienerin und ließ es ihr in den offenen Mund fallen. Er war Miss Taylors Liebhaber und schwenkte in einer Hand lässig die Schlüssel zu einem MG-Sportwagen. Er warf mir einen desinteressierten Blick zu, so, wie ein Mann mit einem Auto gewöhnlich einen liebeskranken Siebzehnjährigen eben ansieht.

Die Duschdienerin kaute hungrig auf dem Stück Fleisch und zog dann Obyrks Kopf zu sich heran, um ihm ihre blutige Zunge entgegenzustrecken. Dann drehten die beiden sich zu mir um, beugten sich über mich und schrien mir immer wieder ins Gesicht: »Er hat ein Auto.« Im Bauch der Duschdienerin war eine leichter Bewegung zu sehen, und mir kam bereits die Galle hoch, bevor ich erkannte, was ich gesehen hatte. Eine winzige Hand streckte sich aus dem Riß in ihrem Bauch und winkte mir zu.

Und der König lachte immer noch, während sein Körper mit unmenschlicher Geschwindigkeit zuckte und wackelte. Seine Arme und Beine waren kaum zu sehen, so, wie die Flügel eines Insekts. Die andere Hand der Duschdienerin kratzte immer noch an ihrem Bein. Ihre Finger waren jetzt voller Blut und kleiner Fleischstückchen, während ihre Nägel hörbar am bloßen Knochen schabten.

Als sie die Hand in das Loch steckte und das Ende des Oberschenkelknochens mit einem Plopp aus dem Hüftgelenk zog, wurde ich ohnmächtig.

Sofort darauf kam ich wieder zu mir und stellte fest, daß ich auf Gras stand. Ich zitterte so heftig, daß ich meine Knochen in den Handgelenken knacken hörte, aber zumindest war ich bekleidet. Ich griff in meine Jackentasche, ohne aufzublicken und zu sehen, wo ich war. Ich wollte es erst wissen, wenn ich mir eine Zigarette angesteckt hatte.

Ich stand auf einer kleinen Insel mit etwa drei Meter Durchmesser. Die Insel war flach und mit dichtem, tiefgrünem Gras bedeckt. Etwa zehn Meter weiter befand sich eine weitere Insel, die etwas kleiner war. Neben und hinter mir waren noch mehr. Ich ging an den Rand und blickte hinüber. Zwischen den Inseln waren die Spitzen von steilen Felsnadeln, natürlichen Säulen, die Tausende von Metern tiefer im Nebel verschwanden. Der trübe Himmel wirkte wie aus Milchglas, ein Himmel, der nach Schnee aussah.

Ich blickte mich für einen Moment gehetzt um. Ich konnte nirgendwohin. Die Inseln setzten sich mit unterschiedlicher Größe und Entfernung in alle Richtungen fort, aber ich konnte nicht einmal die nächsten erreichen. Ich wußte, daß ich schon einmal hiergewesen war, in sehr frühen Träumen, aber ich hatte keine Ahnung, was ich tun konnte. Ich kam mir vor wie ein legendärer Rennfahrer, den man aus dem Altersheim geholt hatte und der nun lässig in ein Auto stieg, um festzustellen, daß er sich nicht einmal daran erinnerte, wie man den Motor anließ.

Ich ging unruhig auf der Insel hin und her, schlug mit den Armen gegen meinen Körper, um mich zu wärmen, während eine Kondenswolke mein Gesicht umhüllte. Ich konnte mich nicht erinnern. Ich hatte die Melodie vergessen.

Das Schlimmste daran war, daß ich wußte, daß die Burg nur ein Vorspiel gewesen war. Es war überhaupt nicht lustig gewesen, im Gegenteil, aber nach Rafes Maßstäben war es nur ein feuchter Traum gewesen. Es war acht Jahre her, seit ich mich zum letzten Mal mir selbst gestellt hatte, acht Jahre, in denen ich einige Patienten sicher durch Traumland führen konnte, weil ich wußte, daß ich relativ sicher war und nur auf die Monstren anderer Leute achtgeben mußte.

Das war nun vorbei. Ich war überhaupt nicht mehr sicher. Die Person, die ich so lange gewesen war, gab es nicht mehr. Sie war abgelaufen, von gestern, und der Schleier war zerrissen. Ich war nur noch ich, und ich hatte Angst. Ich war aus der Übung, ich zu sein, und während ich nervös auf der Insel auf und ab ging und darauf wartete, was als nächstes passieren würde, durchforstete ich mein Gedächtnis. Ich mußte ein ziemlich weites Stück zurückgehen und mich an die Person erinnern, die ich einmal gewesen war. Das Verlorene Paradies oder das Wiedergewonnene Paradies? Wer weiß?

Dann hatte ich plötzlich eine Eingebung und blickte hinter mich. Aber da war nichts.

Doch drei Minunte später war da etwas. Nicht auf meiner Insel, aber in der Ferne. Vielleicht zwanzig Inseln weiter kam wie der Vorbote eines Sturms, ein Etwas auf mich zu. Ich konnte noch nicht erkennen, was es war, aber eins wußte ich mit Bestimmtheit. Ich wollte ihm nicht begegnen, wollte auf keinen Fall seine Bekanntschaft machen und wollte in keiner Beziehung etwas damit zu tun haben.

Was ist das eigentlich, so ein Etwas? Nun, ich weiß es auch nicht, daher der Name. Es sind einfach böse Dinge. Sie sind wie lästige kleine Rennboote, die das Wasser aufwühlen und große Wellen in Taumland schlagen. Man spürt eher ihre Auswirkungen, als sie tatsächlich zu Gesicht zu bekommen. Sie sind schon immer hiergewesen, obwohl ich den Eindruck habe, daß es jetzt mehr davon gibt als früher und sie eindeutig gefährlicher geworden sind. Die meisten der Leute, die ich nach Taumland geführt habe, haben die Auswirkungen eines Etwas erlebt, daß sich zufällig an ihre Fersen geheftet und ihnen Ärger gemacht hatte. Es hat Fälle gegeben, in denen ein Etwas absichtlich auf jemanden gehetzt wurde, aber nicht sehr oft und auch nicht in letzter Zeit. Seit acht Jahren nicht mehr, um genau zu sein.

Unter normalen Umständen kann ich mit einem Etwas nicht gut umgehen, obwohl es sich dabei keinesfalls um eine exakte Wissenschaft handelt. Es ist auch nicht einfach, überhaupt nicht, und man ist anschließend ganz schön fertig. Das ist der Grund, warum ich nach einem solchen Job ein paar Tage lang zu überhaupt nichts zu gebrauchen bin. Sie sind wie klebrige Kugeln, die durch ein Zimmer voller Staub rollen. Je weiter sie rollen, desto mehr Staub lagert sich an, desto schwerer werden sie und desto schneller rollen sie. Der Clou besteht darin, sie davon abzuhalten, meine Klienten zu verfolgen, und im besonderen davon, in ihrem Staub herumzurollen. Mit den Jahren bin ich immer besser darin geworden, sie abzulenken, während sie selbst mehr oder weniger unverändert geblieben sind.

Aber diesmal würde es etwas ganz anderes werden, denn jetzt waren sie stärker, klebriger, größer und schneller. Ich würde einem von ihnen früher oder später begegnen, aber es konnte sich ruhig noch etwas Zeit lassen. Nach der Sache in der Burg fühlte ich mich immer noch ziemlich am Boden. Ich blickte ständig an mir herunter, um zu sehen, ob ich noch meine Hose anhatte. Einem Etwas gegenüberzutreten, erfordert eine Menge mentaler Stärke und Entschlossenheit, und obwohl ich mich wesentlich schneller als andere Menschen vom Erlebnis in der Burg erholte, wollte ich trotzdem nicht das Risiko eingehen, mich auf mehr einzulassen, als ich bewältigen konnte. Taumland gehört mir nicht mehr und nicht weniger als sonst jemandem. Es gibt hier keinerlei persönliche Ansprüche.

Weniger aufgrund einer vagen Hoffnung, sondern eher, um mich davon zu überzeugen, daß es keine machbare Möglichkeit gab, legte ich mich am Rand der Insel auf den Bauch und sah nach unten. Die Felssäule, auf der ich festsaß, war ziemlich verwittert und wies etliche verlockende Vorsprünge und Einschnitte auf. Das Schwindelgefühl, das sich sofort bei mir einstellte, sagte mir jedoch etwas, das ich bereits gewußt hatte. Das hier war etwas ganz anderes als die Säule unter der Burg. Hier würde das Klettern wirklich zu einem Problem werden, und ich wußte, wenn ich es versuchen würde, würde die Schwerkraft ganz normal funktionieren. Der scheinbar leichte Abstieg war eine Illusion, ein Trick, der mich zum Hinunterklettern verleiten sollte.

Das hatte zwei Dinge zu bedeuten: erstens, daß mich dort unten nichts Gutes erwarten würde, und zweitens, was noch viel schlimmer war, daß Taumland von jemandem für seine eigenen Zwecke zurechtgebogen wurde.

Ich stand auf und blickte in die Ferne. Das Etwas war jetzt schon viel näher, nur noch fünf Inseln weiter. Noch immer war nichts zu erkennen, aber ich wußte, daß es kam. Man spürt es in der Luft, wenn ein Etwas in der Nähe ist, ein bestimmtes Gefühl im Genick. Es ist so, als würde man einen verfluchten Ort oder einen Friedhof bei Nacht ansehen, wenn einem das Kribbeln in den Daumen verrät, daß sich etwas Böses auf leisen Sohlen anschleicht.

Ich schloß die Augen und konzentrierte mich auf die Vorstellung, ganz woanders zu sein. Das ist nicht einfach, vor allem nicht, wenn man unter Druck steht, aber manchmal funktioniert es, wenn man die richtigen Erinnerungen ans Licht zerrt und die richtigen geistigen Knöpfe drückt. Als ich meine Augen öffnete, befand ich mich noch immer auf der Insel, und das Böse war wieder etwas näher. Ich versuchte es erneut, sah dann aber ein, daß es sinnlos war. Es fühlte sich an, als würde ich zu springen versuchen, während meine Füße am Boden klebten.

Auch gut, dachte ich. Immerhin hieß das, daß Alkland in der Nähe war, weil das Etwas ja hinter ihm her war, und ich wollte ihn schließlich wiederfinden. Plötzlich wurde mir kalt.

»Ist das hier Ihre Insel, Sir?«

Als ich mich umdrehte, sah ich zwei Polizisten hinter mir stehen. Beide waren groß und in dunkelblaue Uniformen und schwarze Stiefel gekleidet. Sie trugen hohe, chromverzierte Helme. Sie sahen nicht im geringsten freundlich aus. Mit ihren identischen Schnurrbärten und stechenden schwarzen Augen sahen sie nach Ärger aus, und ich fühlte mich sofort wieder schuldig.

»Äh ... nein«, stammelte ich und verfluchte mich selbst, daß ich nicht zu verschwinden versuchte, bevor das Etwas eintraf.

Einer der Polizisten hob seine Augenbrauen. »Nein, Sir?« sagte er und schaffte es irgendwie, das ›Sir‹ vor Spott triefen zu lassen.

»Äh, nein.« Wovon redeten die überhaupt? Wie konnte das hier meine Insel sein? Der Polizist wandte sich an seinen

Kollegen, dessen Augenbrauen ebenfalls erhoben waren. Sie sahen wie zwei sarkastische Eulen aus.

»Tja, Constable Perkins«, sagte er. »Was sollen wir nun davon halten? Es ist nicht zu übersehen, daß dieser Herr auf einer Insel steht, und dann sagt er, daß es gar nicht seine ist.« Er verschränkte die Arme und sah mich mit einem süffisanten Grinsen an, während Constable Perkins schnaufte und kopfschüttelnd einen kleinen Notizblock aus der Tasche zog.

»Das ist sie nicht«, sagte ich. »Ich meine, ich bin doch nicht der Eigentümer, oder?«

»Das möchten wir von Ihnen wissen«, sagte Constable Perkins, trat einen Schritt vor und starrte mich an. »Stehen Sie nun auf einer Insel oder nicht?«

»Nun, ja«, sagte ich, wobei ich versuchte, nicht schuldig zu klingen, was mir aber nicht gelang. »In dieser Hinsicht ist es meine, ja.«

»Ach, jetzt auf einmal ist es doch Ihre!« sagte der erste Polizist scharf und trat ebenfalls einen Schritt vor. »Dürften wir dann bitte mal Ihre Bescheinigung sehen?«

»Was für eine Bescheinigung? Wovon reden Sie überhaupt?«

»Weigern Sie sich, mit uns zu kooperieren, Sir?«

»Nein! Ich habe keine Bescheinigung.«

»A-ha!« sagte der Polizist selbstgefällig, und Constable Perkins nickte dazu, als hätte er es schon die ganze Zeit gewußt. »Notieren Sie das bitte, Constable!«

»Aber selbstverständlich«, sagte Perkins, befeuchtete die Spitze seines Bleistifts mit der Zunge und begann, sich Notizen zu machen. »Wir sind wie gewöhnlich Streife gegangen, als wir Verdächtigem begegneten, der definitiv und ohne den leisesten Zweifel auf einer Insel stand. Verdächtiger behauptete zunächst, es wäre nicht seine Insel, doch nach aufschlußreicher Befragung durch Constable Jenkins gestand er.«

»Vielen Dank, Constable Perkins.«

»Keine Ursache, Constable Jenkins, Ihre Befragung wurde geschickt und äußerst wirkungsvoll durchgeführt.«

»Hören Sie mal«, sagte ich. »Das hier ist nicht meine verdammte Insel, klar?«

Die Polizisten sahen sich mit gespielter Verwunderung an und kamen dann gleichzeitig einen Schritt auf mich zu. Ich ging einen Schritt zurück, um sie auf Abstand zu halten, wobei mir bewußt war, daß der Rand der Insel nur wenige Meter hinter mir sein mußte.

»Verdächtiger benutzte verdorbene und beleidigende Sprache gegen einen Beamten im Dienst«, diktierte Constable Jenkins seinem Kollegen, und Perkins schrieb es auf. »Gut«, sagte er und wandte sich wieder mir zu. »Ich denke, wir sollten jetzt ein paar Fakten feststellen. Ich gebe Ihnen den Rat, die Wahrheit zu sagen, Sir. Damit ersparen Sie sich später viel Ärger.«

Ich seufzte und versuchte, entspannt zu bleiben und mir nichts zuschulden kommen zu lassen. Ein Etwas ist sehr hungrig auf Schuld.

»Gut«, sagte Constable Perkins. »Fangen wir also ganz von vorne an. Wie groß ist Ihre Nase?«

»*Was?*«

»Sind Sie taub?«

»Nein, aber ...«

»Also, wie groß ist sie?«

»Sie sehen doch, wie groß sie ist.«

»Ich möchte es gerne von Ihnen hören, Sir.«

»Was wollen Sie eigentlich von mir?« fragte ich, aber es war sinnlos. Ich wußte, was sie wollten. Sie waren so ein Etwas, und sie wollten mich fertigmachen. Aber ich mußte das Spiel mitspielen und es auf dieser Ebene halten. Wenn ich mich sträubte, würde es sich in etwas viel Schlimmeres verwandeln. Taumland hatte sich verändert, und auch ich hatte jetzt meine unschönen Erinnerungen. Ich habe hier meine eigenen Monster, wissen Sie, und meine eigenen Gasblasen, die manchmal aus meinem stillen Wasser aufsteigen. Das geht Sie nichts an, also erwarten Sie nicht, mehr darüber zu erfahren. Aber es gibt sie.

»Was wollen Sie von ihm?« fragte Constable Jenkins seinen Kollegen langgezogen. »Was wollen wir nur?« Er drehte sich zu mir um und ruckte heftig sein Gesicht vor. Ich mußte wieder einen Schritt zurückgehen, um nicht mit seinem Kopf in Berührung zu kommen. »Hören Sie, entweder ist es Ihre Insel, in welchem Fall Sie uns Ihre Bescheinigung zeigen müßten, die sie angeblich nicht haben …

»Nicht haben«, echote Constable Perkins.

»Oder es ist nicht Ihre Insel, in welchem Fall Sie sie geklaut haben.«

»Geklaut haben.«

»Ganz gleich, wir haben dich in jedem Fall auf frischer Tat ertappt, nicht wahr, Bursche?«

»Nun, ich …« Ich trat einen weiteren Schritt zurück, als der Polizist drohend näher kam.

»Nicht zu vergessen die unfeine Sprache gegenüber einem Beamten im Dienst«, fügte er hinzu und begann theatralisch an den Fingern abzuzählen, »Weigerung, die Nasengröße anzugeben und Kontaktaufnahme mit dem anderen Geschlecht ohne angemessene Sorgfalt und Aufmerksamkeit.«

»Wovon reden Sie eigentlich?«

»Ich glaube, du kommst mit uns mit«, sagte Constable Perkins ernst und steckte seinen Notizblock weg. Er kam auf mich zu und wollte nach meinem Arm greifen, worauf ich den letzten möglichen Schritt zurück trat.

»Widerstand gegen die Staatsgewalt«, sagte Jenkins kopfschüttelnd. »Du steckst jetzt ziemlich tief in der Scheiße, Bursche.«

»Bis zum Hals.« Beide Polizisten rückten immer näher.

»Darüber müssen wir leider deinen Eltern Mitteilung machen.«

»Es wird ihnen das Herz brechen.«

»Das haben sie nicht verdient.«

»Trotzdem müssen sie davon erfahren.«

»Einen Augenblick«, sagte Constable Jenkins plötzlich, als sein Gesicht nur noch wenige Zentimeter von meinem entfernt war. Die Poren in seiner Haut sahen riesig aus, wirkten wie Tausende kleiner Brunnen, und eine kleine, nach Minze riechende Atemwolke kam aus seinem dunklen

Mund. Ich wollte verzweifelt weiter zurückweichen, aber es war kein Platz mehr. »Wir können es seinen Eltern gar nicht sagen!«

»Das ist richtig«, stimmte Constable Perkins zu. »Das können wir nicht.«

»Weißt du auch, warum?« fragte Constable Jenkins hämisch. »Weißt du, *warum* wir es ihnen nicht sagen können?«

»Nein«, sagte ich mit leiser, verängstigter Stimme, um sie nicht noch mehr zu reizen.

»Weil sie tot sind!« brüllte er mich an.

»Sie sind *tot*!«

»Nein«, sagte ich. »Nein, sie leben noch.«

»Hast du sie etwa in letzter Zeit gesehen?«

»Nein, aber ...«

»Mausetot sind sie.«

»Von Maden zerfressen.«

»Verfaultes Fleisch hängt an ihren bleichen Knochen.«

»Und du hast es nicht einmal gewußt. Also wirklich!«

»Und plötzlich wußte ich, daß sie die Wahrheit sagten. Meine Eltern waren wirklich tot.

Ich spürte, wie sich die Muskeln in meinem Nacken verkrampften, und mir wurde plötzlich schwindlig. Ich zwang mich dazu, es zu vergessen, das Problem auf später zu verschieben. Aber es klappte nicht, und ich sah dic Gesichter meiner Eltern vor mir, die wie brennende Kerzen zerliefen. Die Polizisten wußten, daß sie meinen wunden Punkt getroffen hatten, und stießen nach, wobei sie sich immer weiter zu mir hinüberbeugten.

»Muß jetzt ... äh ... drei Jahre her sein.«

»Mindestens.«

»Dürften jetzt schon ziemlich übel aussehen.«

»Ganz schön vergammelt, wirklich.«

»Und du hast es nicht einmal gewußt.«

»Niemals angerufen.«

»Niemals geschrieben.«

»Nie gesagt, wo du bist.«

»Nicht mal auf Wiedersehen gesagt.«

»Nicht mal zur Beerdigung gegangen.«
»Hast ihnen nie gesagt, daß du sie liebst.«
»Jetzt ist es zu spät.«
»Viel zu spät.«
»Junge, Junge!«
»Verpißt euch, ihr Scheißkerle!« schrie ich plötzlich. Sie wichen überrascht zurück, und der Ausdruck, der über ihre steinernen Gesichter huschte, tat mir gut.

Das Etwas zögerte einen Augenblick, als es erkannte, daß ich noch etwas Kraft hatte, daß die Macht, die es von Rafed erhalten hatte, vielleicht nicht genügte. Dieser Augenblick war alles, was ich brauchte. Die Information, die sie so bereitwillig preisgegeben und mir ins Gesicht geschleudert hatten, konnte ich nun gegen sie verwenden. Rafe hatte gehofft, aus der Schuld, die ich über so viele Dinge empfand, Kapital zu schlagen, aber er hatte das Gegenteil erreicht. Später würde ich mich schuldig fühlen, sogar noch schuldiger als bisher, aber jetzt gewann der Schmerz, wo zuvor die geistige Anstrengung versagt hatte. Er öffnete einen kleinen Tunnel zu meinem jüngeren Ich, das viel härter und gefährlicher als mein jetziges war.

Als ich den beiden über die Schulter sah, erkannte ich am gegenüberliegenden Ende der Insel eine schmale Brücke aus fußlangen Holzbrettchen, die locker mit einem Seil zusammengebunden waren und wacklig bis zur nächsten Insel führten. Ich weiß, daß das sehr unwahrscheinlich klingt – wie die Rettung in letzter Sekunde – aber so läuft es hier nun einmal. Mit Ermittlungen und logischen Schlußfolgerungen kommt man hier nicht weit, das können Sie vergessen. Wissen Sie noch, wie ich sagte, daß von A bis Z durchdachte Pläne sinnlos sind, daß man nehmen muß, was sich anbietet und dann, wenn es sich anbietet? Ich wußte damals schon, wovon ich sprach. Das weiß ich meistens. Vielleicht sollten Sie mich ein wenig ernster nehmen.

Die Unsicherheit auf ihren Gesichtern währte nur eine Sekunde lang, aber als sie sich auf mich stürzen wollten, war es schon zu spät. Ich täuschte einen Sprung nach links vor, wartete so lange, und setzte dann rechts an ihnen vorbei.

Constable Perkins geriet bis an den Rand der Insel und stand dort einen Moment lang mit wirbelnden Armen. Constable Jenkins griff nach ihm, aber als sie sich wieder an meine Verfolgung machten, war ich schon auf halbem Weg zur Brücke.

Sie sah ganz schön unsicher aus, als würde sie eher von den Gesetzen des Zufalls als denen der Physik zusammengehalten, aber es war das Beste, worauf ich unter den gegebenen Umständen hoffen konnte. Also betrat ich sie und hielt mich locker an den Führungleinen. Die Bretter wackelten und schaukelten, während ich darüberhetzte, und mein Herz schien stehenzubleiben, als eins der Halteseile riß. Mit zwei langen Sprüngen überwand ich die letzten paar Meter, und in dem Augenblick, als ich meinen Fuß auf die nächste Insel setzte, erschien auf der anderen Seite eine ebensolche Brücke. Ich lief darauf zu und warf schnell einen Blick zurück. Die beiden Polizisten waren jetzt auf der Brücke und folgten mir mit alptraumhaft kleinen Schritten, die jedoch so schnell waren, daß sie mit derselben Geschwindigkeit wie ich vorankamen. Ich rutschte auf dem feuchten Gras der Insel aus und ging in die Knie.

»Wir kriegen dich, du Schweinehund!«

Ich rappelte mich wieder auf, hörte Schritte auf nassem Gras und spürte die Feuchtigkeit an meinen brennenden Händen. Plötzlich hatte ich einen völlig unzusammenhängenden Gedanken, ein Gefühl, daß ich irgendwie zu spät kam. Ich lief weiter und konzentrierte mich intensiv auf diesen Gedanken. Ich habe eigentlich keine großen Probleme mit dem Zuspätkommen, das ist keine meiner ernsthafteren Neurosen. Da war zwar das eine Mal im Hotel, aber das ist längst gegessen und Schnee von gestern. Der Alptraum in der Burg war schlimmer, als er hätte sein dürfen. Diese Ängste, die sich da entwickelt hatten, waren mir überhaupt nicht vertraut, sie gehörten eigentlich gar nicht zu mir.

Ich sprang auf die Brücke und rannte hinüber, wobei ich versuchte, etwas seitlich aufzutreten, wo das Gebilde vermutlich am stabilsten war. Die Brücke begann merklich zu schaukeln, so daß ich beinahe hinuntergeworfen wurde, aber ich schaffte es bis zur nächsten Insel, worauf dahinter eine weitere Brücke erschien. Als ich sah, daß die Polizisten noch auf der vorigen Insel waren, lief ich zur anderen Seite. Vor mir erstreckten sich die Inseln in die Ferne, und ich fragte mich, wie viele ich noch überqueren mußte und wie viele Brücken noch erschienen würden.

Plötzlich hatte ich das Gefühl, daß in unbestimmter Ferne, kurz hinter der letzten Insel, die ich noch erkennen konnte, ein Treffpunkt war, den ich zu erreichen hatte. Es war nicht meine Schuld, daß ich mich verspätet hatte. Etwas Schlimmes war passiert, das ich hatte aufhalten müssen. Ich schüttelte den Kopf, um das Gefühl zu vertreiben, weil es nicht von mir stammte. Dann huschte ein winziger Erinnerungssplitter vorbei, in einem Sekundenbruchteil leuchtete blondes Haar im Sonnenlicht auf, dann das Lachen eines kleinen Mädchens und ein eisernes Schaukelpferd mit einem merkwürdigen Kopf. Da wußte ich mit Bestimmtheit, was ich bereits vermutet hatte. Ich war auf dem richtigen Weg. Unsere Träume hatten sich vermischt, und ich wurde in die sterbenden Reste von Alklands Träumen verwickelt, die wie Rauch in einem dunstigen Raum in der Luft lagen.

Als ich auf die nächste Brücke trat, stellte ich fest, daß sie in einem wesentlich schlechteren Zustand als die anderen war. Sie bestand nicht mehr aus Brettern, sondern aus morschen Zweigen und trockener Rinde. Auf jeden meiner vorsichtigen Schritte folgte ein Knirschen oder Knacken, und ich mußte langsamer gehen, um einen Rhythmus zu finden, der mich sicher über die morsche Brücke brachte. Das Licht, das niemals richtig hell gewesen war, wurde schnell schwächer, und das Keuchen der rotgesichtigen Polizisten verfolgte mich wie das zweier Dampflokomotiven.

Ein Ast gab schneller als erwartet nach, und ich mußte mich zur Seite schwingen, um nicht durch die Lücke zu stürzen. Dann drehte ich mich langsam wieder auf die andere Seite, während weitere Äste brachen. Die Polizisten, deren Gesichter vor Wut in der Dämmerung glühten, waren jetzt auf der letzten Insel und kamen immer näher. Wieder brach ein Ast unter meinen Füßen, so daß ich mich nur noch an schwachen Überresten entlanghangeln konnte. Ich war immer noch etliche Meter von der nächsten Insel entfernt, als ein großer Mann vor mir auftauchte, der einen schwarzen Mantel trug und am Ende der Brücke stand. Er stand leicht gebückt, als würde er zu jemandem sprechen, der nur knapp einen Meter groß war. Ich hörte ein paar Gesprächsfetzen und hielt einen Augenblick zu lange inne, wobei ich nicht mehr wußte, wer oder was ich war.

»Nein, bitte nicht!«

»Wer von euch beiden zuerst?«

»Ich werd's weitersagen!«

»Nein, das wirst du nicht, sonst bringe ich euch beide um!«

Der Lärm der Polizisten dröhnte mir in den Ohren. Dann spürte ich, wie das Gesetz des Zufalls, durch das die Brücke zusammengehalten wurde, allmählich seine Gültigkeit verlor. Was eben noch feste Materie gewesen war, löste sich in nichts auf, so daß ich haltlos durch die Luft flog, während ich glaubte, jemanden niesen zu hören.

Alles war blau und unscharf. Nein, nicht direkt unscharf. Es war eher so, als würden sich zwei Doppelbilder überlagern. Diesiges Licht strömte durch das Fenster, aber das Licht schien aus dem Nichts zu kommen, und es half nicht, irgend etwas weniger dunkel zu machen.

Mit einer vagen Vermutung, in welcher Richtung oben war, kam ich taumelnd auf die Beine. Dichter Nebel bedeckte den Fußboden. Er wirbelte herum und schoß offenbar aus eigenem Antrieb nach oben, da es in dieser Gruft keine Luftbewegung gab. Mein Bein gab kurzzeitig nach, so daß ich herumfuhr, bis ich mich einem Mann gegenübersah, der mich anstarrte. Für einen Augenblick war ich überzeugt, daß er keinen Kopf hatte, doch dann stellte ich fest, daß es nur ich selbst war. Der Spiegel war hoch, mindestens so hoch wie ein Türrahmen, und als ich darauf starrte, bemerkte ich im Hintergrund eine flüchtige Bewegung. Ich drehte mich um und sah gerade noch, wie jemand hinter einer Ecke verschwand, eine große Frau in einem weißen

Gewand mit leichtem Blaustich, mit wallendem Haar, aber ohne Gesicht, mit trippelnden, spastischen Schritten. Ich stürmte zur Ecke, aber dahinter ging es nur tiefer in die Dunkelheit, bis an einer Wand Schluß war. Mit einer unaussprechlichen Trauer hämmerte ich gegen die Wand, aber sie gab nicht nach. Als ich mich umdrehte, sah ich, daß sich hinter dem Spiegel an der Wand ein Torbogen befand. Ich lief darauf zu und trat hindurch.

Hinaus auf eine Wiese, eine gewellte blaue Wiese aus hohem Gras mit weißen Punkten, die sich unter einem blauschwarzen Himmel erstreckte. Die Wiese war schön, aber tot, denn hier sangen keine Vögel. Ich bahnte mir schwankend einen Weg durch das hohe Gras und schnitt einen schlangenlinienförmigen Pfad in den dunklen Spätnachmittag.

Nach hundert Metern hielt ich an und drehte mich um. Hinter mir befand sich kein Gebäude. Während ich mein Schwindelgefühl in der schweren Luft niederzukämpfen versuchte, begann Schnee zu fallen. Große Flocken aus vollendetem Weiß schnitten durch den bleiernen Himmel. Mit dem Schnee wurde die Luft etwas klarer, und ich kam wieder soweit zu Verstand, daß ich in meinen Taschen wühlen und eine Zigarette hervorholen konnte. Manchmal habe ich das Gefühl, mein Leben besteht nur darin, die Zeit auszufüllen, bis ich mir das nächste von diesen Dingern anstecken kann.

Als ich die Zigarette zitternd anzündete, dachte ich daran, wie unangemessen ich es zu Anfang empfunden hatte, hier zu rauchen und künstliche Dinge wie Kippen auf den Boden zu werfen, der aus Träumen gemacht war. Dann habe ich einmal eine Münze geworfen, mit der ich die Lieblingsjacke eines Klienten hatte zürckhandeln wollen, und als ich auf den Boden sah, war sie verschwunden. Es war eine Münze aus der Wirklichkeit, die Währung der City, und ich habe keine Idee, wohin sie verschwunden sein könnte.

Nach diesem Erlebnis machte ich mir keine großen Gedanken über Zigaretten oder Streichhölzer mehr. Wenn sich Metall hier nicht lange hielt, galt das erst recht für solche

Sachen. Im Laufe der Jahre kam ich zu der Überzeugung, daß es keine große Rolle spielte, aus welchem Material die Dinge waren, daß sie einfach alle durch den substanzlosen Boden fielen und irgendwohin verschwanden. Und damals konnte ich noch nicht behaupten, daß Taumland sich in irgendeiner Weise durch unsere Anwesenheit verändert hatte und daß es nie wieder wie früher sein würde.

»Nein, bitte nicht!«

»Wenn du noch einen Laut von dir gibst, schneide ich dir die Kehle durch und schütte Spinnen hinein.«

Ich wandte mich wieder in meine ursprüngliche Richtung, wobei ich eine seltsame Anziehung verspürte. Die Stimme schwebte vorbei und wurde von den Schneeflocken verschluckt. Sie war so deutlicvh gewesen, als hätte der Sprecher direkt neben mir gestanden. Aber es war niemand zu sehen. Eine Sekunde lang verspürte ich einen abgrundtiefen Ekel, das Gefühl dunklen und warmen Schreckens, der mit Scham gemischt war und ölig durch die kühle Luft sickerte. Dann war es wieder fort und ließ mich mit einer schmutigen Empfindung zurück, als wären sämtliche Lichter der Welt auf einmal besudelt worden. Ich nahm einen tiefen Zug von meiner Zigarette und folgte dem Gefühl.

Die Schneeflocken fielen immer dichter, während ich durch die gebeugten Grashalme stapfte. Ich lief schätzungsweise eine Stunde lang und folgte meinem Instinkt und lautlosem Gekicher hinter dem weißen Vorhang. Alkland konnte nicht mehr allzuweit von mir entfernt sein. Die Spuren seines Traums waren noch zu deutlich.

Ich habe schon öfter Leute hier verloren, und ich weiß, wie wenig ich tun muß, um sie wiederzufinden. Und glauben Sie mir, für mich ist es nicht unbedingt angenehm, sie wiederzufinden. Es ist keinesfalls so, daß sich alles in wundersamer Weise zum Guten wendet, wenn ich wieder bei ihnen bin, denn jeder ihrer bösen Träume wird dann auch zu einem Teil von mir. Ich kann Leute finden und führen, weil ich mich in ihre Träume einklinken kann. Wenn das wie irgendwelches Hippie-Gefasel klingt, kann ich auch nichts dafür. Und falls es nicht sehr kompetent klingt, wenn ich

Leute verliere, haben Sie keine Ahnung, wovon Sie reden. Wenn Sie das nächste Mal etwas träumen, versuchen Sie doch mal, irgendeine Winzigkeit aus eigenem Willen zu tun! Ich rede ja gar nicht davon, Leute mitzunehmen und deren Träume zu beeinflussen, während einen von allen Seiten die eigene Schuld ins Gesicht springt und man nur noch nach Hause will. Es gibt sonst niemanden, der das kann, und ich mache es, so gut ich kann. Ich habe mich nicht darum gerissen. Ich wollte eigentlich etwas ganz anderes, aber ich bin darüber gestolpert. Und dabei habe ich alles andere verloren, wirklich alles, außer dem, was ich auf keinen Fall behalten wollte.

Dann stieß ich auf ein Auto. Es war ein altertümliches Modell mit geschwungenen Formen, das dreißig Zentimeter dick mit Schnee bedeckt war. Ich ging langsam darum herum und versuchte das Gefühl des Wiedererkennes zu ergründen, das es mir vermittelte. Erinnerungsfetzen begannen, die Luft um mich herum zu verdunkeln, weil Gedächtnis sehr dicht neben Taumland liegt und man sehr leicht hinüberkommt, wenn man weiß, wie.

Ich zerrte an einer der Türen, und mit einem ruckartigen Quietschen ging sie auf. Der Geruch nach altem Leder mischte sich mit dem des Schnees. Da war auch noch etwas anderes, ein leichter Geruch, der irgendwie braun und erregend wirkte. Ich steckte meinen Kopf in das Auto über einen der Ledersitze und versuchte die Erinnerung deutlicher werden zu lassen.

Sie kam recht schnell. Das hier war das Auto meines Großvaters, das erste und einzige Auto, das ich jemals besessen hatte. Der Geruch war der von Zigaretten in kalter Luft, von ersten Zigaretten. Jugend, Verrücktheit und Familie. Ich zog mich gerade noch rechtzeitig aus dem Auto zurück, bevor es in sich zusammenfiel. Es war niemals dort gewesen, sondern nur ein Haufen aus Schnee und Eis in zufälliger Anordnung. Der fallende Schnee bildete eine neue Gestalt, die Gestalt eines Mannes, der wie in einem Auto saß und mir den Kopf zuwandte. Das Gesicht war alt und faltig, ein Gesicht, an das ich mich kaum erinnern konnte. Dann fiel auch der Schnee in sich zusammen, und die Gestalt verschwand.

»Tu es!«

»Nein«, und dann heftiges Schluchzen, auf das ein Schlag folgte.

Ich ließ den Schneehaufen zurück und stapfte, so schnell ich konnte, durch die Schneewehen auf die Quelle des Geräuschs zu.

Schließlich fand ich ihn.

Eigentlich stolperte ich buchstäblich über ihn. Als ich ganz in der Nähe den Schrei hörte, rannte ich los, auch wenn es der Schrei eines kleinen Mädchens und nicht eines erwachsenen Mannes war. Ich lief zwanzig, fünfzig Meter, während die kalte Luft in meinen Lungen brannte, rannte, so schnell ich konnte, bevor etwas geschah und wir erneut getrennt wurden. Normalerweise ist es gar nicht so schwer, Leuten auf der Spur zu bleiben. Aber jetzt war alles anders. Jetzt war Taumland ganz anders, war durch jemanden umgebaut und deformiert worden, den ich kannte. Jemand, den ich für tot gehalten hatte. Nein, verdammt, jemand, der wirklich tot war.

Ich wußte, daß ich jetzt alles so schnell und so gut wie möglich machen mußte. Für einen zweiten Versuch blieb mir keine Zeit mehr. Rafe war ein böser Mensch gewesen, als er noch lebte. Jetzt, wo er tot war, konnte niemand sagen, wie er war.

Nach etwa hundert Metern begann ich an meiner Intuition zu zweifeln, lief etwas langsamer und blickte mich im Schnee um, der überall in dichten Flocken fiel. Dann entdeckte ich eine Schneewehe, die wie ein Spielplatzkarussell aussah und lief darauf zu. Der Schnee wirbelte auf, und das Karussell verschwand. Mein Fuß blieb an irgendwas hängen, als ich zurückwich, so daß ich stolperte und beinahe flach auf den Rücken hingeschlagen wäre. Es war eine in Embryonalhaltung zusammengekauerte Gestalt, die immer tiefer im Schnee verschwand. Es war Alkland.

Ich sah mich schnell um, ging neben ihm in die Knie und berührte ihn an der Schultern. Obwohl meine Finger eiskalt waren, konnte ich spüren, daß er noch kälter war.

»Alkland«, sagte ich und rüttelte an seiner Schulter. Er reagierte nicht. Die Falten seiner Jacke waren steifgefroren, und es gab ein klirrendes Geräusch, als ich ihn umdrehte. Eine Seite seines Gesichts war verbrannt und in der anderen war ein tiefer Schnitt. Die Haut war dunkelgrün gefleckt wie etwas, das bald aufplatzen würde. Ich sah mir seine Hände an, die jetzt ebenfalls grün waren.

Plötzlich hörte ich ein Geräusch und blicktc auf. Es war nichts zu erkennen, jedenfalls nicht innerhalb der paar Dutzend Meter, die der funkelnde schnee mir an Sichtweite gestattete. Das Ganze sah fast wie ein Wasserfall aus, und für einen Augenblick hätte ich beinahe gelächelt, bis ich das Geräusch erneut hörte. Es war ein Niesen. Kurz darauf folgte ein Husten, das zu schnell kam, als daß es von derselben Person hätte stammen können.

»Kommen Sie, Alkland, es sind wieder die erkälteten Polizisten«, sagte ich drängend und schüttelte ihn. »Zeit zum Aufstehen!« Immer noch keine Reaktion. Ich legte meine Hand über seinen Mund und drückte seine Nasenflügel zusammen. Eine ganze Weile geschah nichts, doch dann hatte ich das Gefühl, seine Hand hätte sich leicht bewegt.

Aber er würde nicht aufwachen. Ich war nicht einmal sicher, ob er überleben würde. Dann hörte ich wieder ein Niesen, und ich wußte, daß ich etwas tun mußte, das ich mir schwor, niemals wieder zu tun. Früher hatte ich es öfter ohne nachzudenken getan, bevor ich wußte, welchen Schaden ich damit anrichten konnte.

Ich legte mich neben Alkland in den Schnee und schlang meine Arme um ihn. Ich schauderte, als seine Kälte in mich eindrang. Als ich seinem Gesicht so nahe war und nicht die Spur von Atem bemerkte, geriet ich für einen Moment in Panik. Ein gurgelndes Lachen in der Ferne verriet mir, daß es registriert worden war. Ich schloß schnell die Augen und trieb meinen Geist an, versetzte ihm einen Schlag mit dem Vorschlaghammer, trieb eine glühende Metallspitze hinein, bis es genug schmerzte, um mir die Kraft zu geben, die ich brauchte. Es war schon lange her, seit ich es zum letzten Mal versucht hatte, und beinahe hätte ich es nicht geschafft. Aber dann hatte ich eine Empfindung, als würde ich langsam aus dem Bett fallen – und wachte auf meinem Sofa auf.

18. KAPITEL

Ich habe gelogen, als ich sagte, ich könne nicht aus freien Stücken aufwachen. Ich kann es durchaus.

Ich habe gelogen, als ich von dem Liebespaar erzählte, das Unsinn redete, während es am Strand entlangspazierte. Es war tatsächlich ein Liebespaar, aber die beiden waren niemals am Strand. Sie hatten ein paar gemeinsame Nächte, und danach blieb nur Enttäuschung zurück.

Ich habe in vielerlei Beziehung gelogen, weil ich vieles ausgelassen habe.

Hauptsächlich habe ich jedoch über mich gelogen.

Ich hatte gehofft, auf diese Weise alles zusammenhalten zu können, aber manchmal läuft es im Leben nicht so, wie man es sich vorstellt.

Kennen Sie das auch?

Die Wohnung war warm, richtig tropisch und behaglich. Ich öffnete die Augen, um zu checken, wo ich war, und schloß sie für einen erleichterten Moment wieder. Alklands Gewicht reichte, um mir zu versichern, daß ich ihn mitgebracht hatte. Ich lag eine Weile da und lauschte auf das leise Tropfen schmelzenden Eises.

Irgendwann rappelte ich mich auf und schob Alkland zur Seite auf das Sofa. Er sah so schlaff und leblos aus, daß ich bereits befrüchtete, der Kampf wäre verloren. Sein Gesicht war zwar nicht mehr grün, aber schrecklich verzerrt und entstellt, und die rechte Hälfte war knallrot. Seine Hände verschwanden fast unter Leberflecken, die zuvor noch nicht dagewesen waren, und statt des Schnitts in der linken Wange hatte er dort jetzt eine offene Entzündung. Ich beugte mich über ihn, bis ich seinen schwachen Atem spürte, und entspannte mich. Zumindest ein wenig, für einen kurzen Augenblick. Die Uhr verriet mir, daß ich weniger als drei Stunden in Taumland verbracht hatte und daß es jetzt kurz nach sieben war.

Der AZGD war in der Zwischenzeit offensichtlich hiergewesen. Alle Wände waren schwarz, also war die Energieversorgung ausgeschaltet worden, womit meine Wohnung nicht mehr abgeschirmt war. Vielleicht hatten sie dem Viertel erzählt, ich wäre tot. Bücher waren überall auf dem Fußboden verstreut, und das Bücherregal lag zertrümmert in einer Ecke. Es sah aus wie die Beschwerung nach einem Versagen des Gravitators, also konnte ich mich darüber nicht sehr aufregen. Ich kam mir selbst wie ein Einbrecher vor.

Als ich aufstand, schien mir die Unwirklichkeit meiner Wohnung geradzu ins Gesicht zu schreien. *Was soll das Ganze?* schrie sie. *Weißt du überhaupt, wo du bist? Ist das hier der Ort, an dem du wohnst?* Es ist das übliche Gefühl, das man hat, wenn man nach längerer Abwesenheit nach Hause kommt und die Dinge mit denen man sich umgibt, von ihrer irreführenden Vertrautheit entblößt in einem neuen Licht sieht.

Aber es war nicht nur das, bei weitem nicht. Eine Sekunde lang schien alles verblassen zu wollen, um mich ganz allein zu lassen. Nur zögernd wich das Gefühl, und als ich zum Schreibtisch hinüberging, kam ich mir nur widerwillig geduldet vor. Die Welt nimmt es einem übel, wenn man zuviel daran herumpfuscht, und ich habe in dieser Beziehung schon eine ganze Menge auf dem Kerbholz.

Die Tür war von außen vernagelt worden. In Anbetracht meiner recht ungewöhnlichen Methode der Heimkehr war ich dadurch tatsächlich für eine Weile relativ sicher. Es sei denn ... Ich öffnete die Schreibtischschublade und holte den Wanzendetektor heraus.

»Hallo, Stark! Mensch! Du siehst ganz schön fertig aus!«

»Psst!«

»Was? Oh!«

Die Maschine schwieg eine Weile, und dann flackerte eine Nachricht über ihre Leuchtanzeige. »Keine Wanzen«, hieß es, und dann: »Oh, warte mal …« Nach einer kurzen Pause kam die Nachricht: »Laß mich mal kurz am Videophon schnüffeln!«

Ich trug das Gerät hinüber und schwenkte es vor dem Videophon hin und her. »Das ist nicht nötig«, besagte die Leuchtanzeige. »Halt mich einfach still.«

»Ja, das Videophon wird abgehört«, sagte die Maschine schließlich. »Standard-Frequenz-Anzapfung des Audio- und Video-Bandes. Mikro ist aktiviert. Soll ich es killen? Es ist kein Problem, außer du willst noch jemanden anrufen.«

»Werden sie feststellen können, daß es lahmgelegt wurde?« fragte ich.

»Äh, ja. Es gibt eine Selbstkontrolle. Klingt nicht sehr gut.

»Kannst du es vorübergehend aussetzen lassen?«

»Moment … ja, ich kann es mit weißem Rauschen füttern. Allerdings wird dann nach zwanzig Sekunden ein Alarmsignal gegeben.«

»Zwanzig Sekunden reichen mir völlig aus.« Ich tippte einen Code ein und wartete. Kurz darauf erhellte sich der Bildschirm, und Shelby wurde sichtbar.

»Stark, hallo! Mensch!«

»Ich weiß. Tief in der Scheiße, Shelby. Ganz tief.«

»Abholen?«

»Könntest du?«

»Dein Wunsch, Stark, absolut. Wo?«

»Meine Wohnung, Dach. Muß aufhören.«

»Zwanzig Minuten.« Der Bildschirm erlosch.

»Sehr zeitsparend«, sagte der Wanzendetektor anerkennend. Ich hatte den Verdacht, er hätte sich in der Zwischenzeit selbsttätig eine neue Persönlichkeit verpaßt. Er ärgerte mich nicht einmal halb so oft wie gewöhnlich.

»Bist du sicher, daß das alles ist?«

»Null.«

Ich ließ das Gerät auf dem Schreibtisch liegen und ging wieder zu Alkland hinüber. Nachdem jetzt das meiste Eis in seiner Kleidung und seinen Haaren geschmolzen war, saß er in einer kleinen Wasserpfütze. Sein Gesicht hatte wieder etwas Farbe angenommen, aber er sah immer noch sehr krank aus. Die Entzündung war schlimm, und ich bemerkte, daß sich unter seinem Auge eine weitere entwikkelte. Er war, man mußte es so kraß ausdrücken, in ziemlich schlechter Verfassung.

Aber er war am Leben, was bedeutete, daß er Rafe nicht begegnet war. Es war möglich, daß Rafe ihn in Ruhe gelassen hatte, damit er ihn zu mir führte, aber eine solche Zurückhaltung paßte nicht zu ihm. Er hätte seinen Kopf auseinandernehmen können, und die schwachen Spuren von Alklands Träumen hätten immer noch meine Aufmerksamkeit auf sich gelenkt. Was war los? Was für ein Spiel spielte Rafe?

Ich rief Alklands Hände, um sie zu wärmen, und wurde mit einem leisen Stöhnen belohnt. Er kam noch nicht an die Oberfläche, aber wenigstens würde er nicht sterben. Zumindest noch nicht.

Ich deckte ihn mit einer Decke zu und durchstöberte dann die Wohnung. Ich zog meine nassen Klamotten aus und tauschte sie gegen identische, aber trockene ein. Ich entdeckte noch ein paar Zigaretten und so weiter. Es dauerte nicht lange, und bald verspürte ich diese Nervosität, die einen überfällt, wenn man es eilig hat und plötzlich vor einem Haufen Zeit steht, mit dem man überhaupt nichts anfangen kann.

Um irgend etwas zu tun zu haben, machte ich mich auf den Weg in die Küche, um mir etwas Wasser für ein paar Tassen Kaffee heißzumachen. Ich kam niemals dort an.

Ich hatte das Wohnzimmer gerade zur Hälfte durchquert, als ich das unverkennbare Geräusch von abrupt abbremsenden Flugwagen hörte. Besorgt ging ich ans Fenster. Ich hob die Jalousie an und sah auf die dunkle Straße hinunter.

Drei Wagen des AZGD waren mitten auf der Straße vor dem Gebäude gelandet, und aus jedem stiegen zwei Männer aus. Sie blickten sich mit der Selbstgefälligkeit derer um, die über dem Gesetz stehen und Waffen tragen, und verschwanden dann im Eingang des Gebäudes.

»Wanzl, du Miststück!« zischte ich und drehte mich um. »Du hast gesagt, die Wohnung ist sauber!«

Die Maschine sagte nichts. Ich hob sie auf und schüttelte sie wütend.

»Gib auf, Stark«, sagte sie kurz angebunden. »Das Spiel ist aus. Finito.«

Ich erkannte, warum die Maschine anders geredet hatte. Die einzige Wanze in dieser Wohnung war die, die ich in der Hand hielt. Sie hatten den Wanzendetektor gefunden und umprogrammiert. Das blöde Ding hatte die Seiten gewechselt.

Ohne daran zu denken, daß ich jetzt viel dringlichere Sorgen hatte, marschierte ich zum Fenster zurück und machte mich bereit, der Maschine das Fliegen beizubringen. Dann kam mir eine andere Idee, und ich warf sie zurück auf den Tisch, bevor ich zum Sofa hinüberlief. Ich rief mehrmals Alklands Namen und erhielt wieder nur ein leises, unbewußtes Stöhnen als Antwort.

Mit einem heftigem Fluch packte ich den Schreibtisch und zerrte ihn aus seiner Ecke. Der Wanzendetektor rutschte herunter und landete auf dem Fußboden, aber ich stellte fest, daß ich mir nicht viel daraus machte. Als ich den Tisch in Position gebracht hatte, schob ich meine Arme unter Alklands Schultern und hievte ihn hoch. Ich schleppte ihn zum Schreibtisch hinüber und ließ ihn vorsichtig mit dem Rücken darauf fallen. Dann nahm ich seine Beine und schob ihn weiter, so daß er ganz auf dem Tisch lag.

Ich hob den Wanzendetektor auf und lief in das Schlafzimmer, wo ich mir eine Minigranate vom Nachttisch schnappte. Mit beiden Geräten in der Hand bezog ich Stellung hinter der Tür. Ich entfernte die Rückenklappe des Wanzendetektors und schob die Minigranate hinein, nachdem ich sie auf maximale Empfindlichkeit eingestellt hatte. Dann balancierte ich das Gerät auf dem Türknauf.

»Moment mal, Stark«, sagte die Maschine. »Was ist das? Was hast du mir da eingesetzt?«

»Eine Minigranate«, sagte ich. »Viel Spaß noch!«

Ohne auf das Jammern der Maschine zu hören, lief ich zum Schreibtisch zurück und sprang hinauf. Ich suchte meinen Zischer und stellte ihn auf Schneiden ein, während ich unablässig in Richtung Korridor lauschte. Noch war nichts zu hören, und auch das Pling des Fahrstuhls war noch nicht ertönt. Ich hoffte, daß sie mindestens eine halbe Minute brauchten, um ihre eigene Verriegelung von der anderen Seite der Tür zu entfernen. Es war nicht viel Zeit, aber mehr hatte ich nicht.

Ich schützter mein Gesicht mit einer Hand und hielt den Zischer gegen die Decke. Als ich ihn einschaltete, stach eine grüne Nadel aus Licht in den Plexigips. Ich war erleichtert, weil ich noch nie versucht hatte, Löcher in meine Decke zu schneiden, und nicht sicher gewesen war, ob es klappen würde.

Ich wußte, daß ich durch war, als ich einen überraschten Schrei aus der Wohnung über mir hörte. So schnell ich konnte und in der Hoffnung, daß die Leute über mir vernünftig genug waren, aus dem Weg zu gehen, beschrieb ich einen Kreis mit einem halben Meter Durchmesser in der Plexigipsdecke. Kurz bevor der Kreis geschlossen war, hörte ich auf und stieß dann kräftig gegen das Stück. Die Fußbodenscheibe flog nach oben und in die Wohnung über mir.

Zwei Gesichter unterschiedlichen Geschlechts, aber ähnlich fortgeschrittenen Alters erschienen über dem Loch.

»Was, um Himmels willen, tun Sie da?« fragte der alte Mann entrüstet. Er trug eine Brille, hatte tiefe Falten im Gesicht und schütteres gelblich-weißes Haar auf dem Kopf. Er sah aus wie die Illustration des Begriffs ›alt‹ in einem Wörterbuch.

»Ich schneide ein Loch in Ihren Fußboden«, sagte ich. Solche Gelegenheiten kommen sehr selten. Man muß sie nutzen, wenn sie da sind. Zumindest ich tue das.

»Werden Sie nicht frech, junger Mann! Sie hören jetzt sofort damit auf!«

»Das habe ich bereits«, entgegnete ich schlagfertig. Er war ein ausgezeichneter Stichwortgeber. Ich wäre gerne geblieben, um noch den ganzen Tag lang mit dem alten Kauz zu plaudern. »Und jetzt werde ich meine Wohnung durch Ihre Wohnung verlassen.«

»Das werden Sie nicht tun!«

»O doch, das werde ich. Aber es kommt noch dicker. Ich brauche dazu nämlich Ihre Hilfe.« Ich bückte mich, packte Alkland und hob ihn hoch, so daß er stand. Das heißt, eigentlich hing er eher da. Bewußtlose Menschen sind nämlich verdammt schwer. Ich hob Alklands Arme durch das Loch in meiner Decke. Der alte Mann stieß sie wieder zurück. Ich steckte sie wieder zurück.

»Neville!« sagte die alte Frau tadelnd. »Sei nicht so ein sturer alter Bock! Nun pack schon die Hände dieses armen Kerls.«

»Nora!« zischte der Alte empört über diese Unterminierung. Die Frau hörte nicht auf ihn, sondern griff in das Loch und packte Alklands Arm.

»Sie müssen meinen Mann entschuldigen«, sagte sie. »Er ist schon sehr alt!«

Neville schwankte einen Augenblick, bevor er Alklands andere Hand nahm, obwohl er dabei deutlich machte, daß eine solche Handlungsweise ganz und gar nicht seiner Überzeugung entsprach.

»Das wird noch ein böses Ende nehmen«, sagte er verdrossen. Ich verriet ihm nicht, daß er mit ziemlicher Sicherheit wahr gesprochen hatte. Ich faßte Alkland um die Hüften und schob ihn mit aller Kraft nach oben. Die Hilfe des alten Ehepaars war nicht gerade herkulisch, aber kurz darauf war Alkland durch das Loch, gerade als ich polternde Fußschritte draußen auf dem Korridor hörte.

Ich hüpfte vom Tisch, zerrte ihn wieder ein Stück weit in die Ecke zurück und sprang dann hoch, um mich an den Rändern des Loches hinaufzuziehen. Unterdessen hörte ich Warnrufe vor meiner Wohnungstür. Sobald ich im Wohnzimmer des alten Ehepaars war, legte ich die Fußbodenscheibe wieder ins Loch. Der gezackte Rand an der Stelle, wo ich sie herausgebrochen hatte, hielt sie davon ab, einfach nach unten durchzufallen. Okay, ich gebe zu, daß ich Glück hatte.

Ich warf mir Alkland über die Schulter und wäre fast gestürzt, bevor ich mein Gleichgewicht in den Griff bekam. Nachdem ich der alten Frau gedankt und zugestimmt hatte, Neville für alle Kosten zu entschädigen, die im Lauf der Fußbodenreparatur anfielen, öffnete ich die Wohnungstür. In diesem Augenblick verriet mir ein lautes Krachen von unten, daß der Wanzendetektor schließlich das vollbracht hatte, wozu ich ihn präpariert hatte. Die recht schmerzhaften Schreie deuteten darauf hin, daß ein paar der AZGD-Agenten sich in unmittelbarer Nähe befunden hatten. Sollte ich mir deswegen etwa Vorwürfe machen? Erstens: Glauben Sie vielleicht, Alkland und ich hätte meine Wohnung aus eigener Kraft verlassen können, wenn sie uns dort angefunden hätten? Und zweitens ist es mir scheißegal. Ich bin jetzt dort, wo ich bin, weil ich in jungen Jahren mehr sein wollte. Ich wollte wie im Film leben. Ich habe gesucht und gefunden. Jetzt lebe ich in diesem Film, und da sind bekanntlich alle, die gegen einen sind, die Bösen, und wenn sie draufgehen, macht man sich nichts draus.

Jetzt bin ich gar nicht mehr so scharf auf mein jüngeres Ich. Es wäre sogar mein größter Wunsch, wenn ich rückgängig machen könnte, was ich damals getan habe. Aber das geht nicht. Ich habe getan, was ich getan habe, und ich war so, wie ich war. Das gehört zu mir. Genauso wie der Teenager, der Teenager, der einmal ein Rockstar werden wollte, oder wie das Kind, dessen Finger warm und sicher in der Hand seines Vaters lagen und dem noch nie das Blut eines anderen ins Gesicht gespritzt war. All das gehörte zu mir und stand irgendwo einsam und verloren in meiner Dunkelheit. Aber ich kann sie nicht wiederfinden, weil sie sich verstecken, wenn ich nach ihnen suche. Sie wollen nichts von mir wissen, weil sie wissen, daß da eigentlich nichts ist, was sich zu wissen lohnt.

Ach, was soll's? Hören Sie am besten überhaupt nicht mehr auf das, was ich sage. Ich bin nicht ich selbst. Oder vielleicht bin ich's doch. Es ist schon so lange her, ich weiß es nicht mehr. Je besser man jemanden kennenlernt, desto unsympathischer wird er. Wenn man ihn sehr gut kennt, haßt man ihn.

Und wer kennt mich besser als irgend jemand sonst?

Rafe.

Ich machte mir nicht die Illusion, daß sich die AZGD-Männer lange durch den ›Loch-in-der-Decke‹-Trick verwirren ließen. Während ich mich über die Treppe drei Stockwerke hinaufschleppte, konnte ich nur hoffen, daß Shelby zum zweiten Mal in ihrem Leben früher als erwartet eintreffen würde.

Möge Shelby den am wenigsten langweiligen und blöden Arzt, Rechtsanwalt oder Zahnarzt ihrer Generation heiraten. Mögen ihre Dinner-Partys die am meisten bewunderten und exklusivsten von ganz Brandfield werden. Mögen sie und ihr Mann die Mitglieder eines Golfclubs werden, der nur für sie allein gegründet wurde und in dem sie die einzigen Mitglieder sind.

Sie war pünklich, will ich damit sagen.

Während ich zuletzt immer zwei Stufen auf einmal nahm und mein Rücken unter der Last eines bewußtlosen Beamten zusammenzubrechen drohte, hörte ich, wie die Tür zum Treppenhaus auf meiner Etage aufgeschlagen wurde. Sie hatten das Loch in der Decke gesehen. Oder Neville hatte mich verpetzt, was mir wahrscheinlicher erschien. Irgendwo hoffte ich sogar, daß es so war. Denn auf diese Weise würden er und seine Frau mit geringerer Wahrscheinlichkeit in Schwierigkeiten geraten.

Als ich durch die Dachtür stürmte und Shelby lässig im Lichtschein der Kontrollen auf ihrem Heliporter hocken sah, überwältigte mich die Erleichterung wie ein romantischer Sonnenaufgang. Ich stolperte bis auf drei Meter heran und ließ dann Alkland so sanft ich konnte von den Schultern gleiten. Allerdings war es nicht besonders sanft, und er gab ein leises Ächzen von sich, das erste Geräusch seit dem Verlassen meiner Wohnung. Ich schleifte ihn zum Heliporter hinüber und gab Shelby einen lauten Kuß auf die Wange. Sie errötete und sah mich von der Seite an.

»Äh, hallo!« sagte sie.

»Shelby!« rief ich. »Ich freue mich jedesmal, wenn ich dich sehe. Es ist mir immer ein großes Vergnügen. Heute jedoch, und ich beziehe mich einzig auf unsere, wie soll ich sagen, beruflichen Begegnungen, ist meine Freude größer als je zuvor.«

»Stark!«

»Mir fehlen die Worte, um meine Freude angemessen auszudrücken. Ich habe in meinem Wörterbuch gesucht, doch vergebens. Ich muß dir ein Bild malen, eine Skulptur gestalten oder vielleicht versuchen, es mit einem freien Improvisatinstanz auszudrücken.«

»Stark, du redest Schwachsinn«, sagte sie. »Es ist sehr charmanter Schwachsinn, und ich bremse dich nur ungern, aber vielleicht solltest du erst dann wieder Schwachsinn reden, wenn wir in der Luft sind.«

»Du hast natürlich völlig recht«, sagte ich und spielte in meinem Kopf fünfzig verschiedene Möglichkeiten durch, wie ich mich und den bewußtlosen Aktionisten auf einem Sitz unterbringen konnte. Dann stieß ich auf eine, die nicht auf sofortigen Selbstmord hinauslief, und setzte sie in die Tat um. Sie bestand darin, mit einer Hand an der Mittelstrebe zu hängen, ein Bein neben Shelby zu plazieren und mit dem anderen Alkland an mich zu klammern. Ich war schon erschöpft, bevor ich mich richtig in Stellung gebracht hatte, aber anders ging es nicht.

Als ich damit fertig war, sprang die Dachtür auf und drei AZGD-Männer stürmten heraus. Einer von ihnen hatte Blut auf der Kleidung. Ein vierter Mann kam sofort danach heraus. Alle schrien mich gleichzeitig an, und zwei gingen in die Knie, um zu zielen. Der letzte schien sie aus irgendeinem Grund aufhalten zu wollen, aber er stieß auf taube Ohren.

»Uh«, sagte Shelby und rümpfte ihre makellose Stupsnase, »die sehen aber recht aggressiv aus. Ich denke, wir sollten verschwinden.« Mit einer anmutigen Bewegung legte sie den Hebel um, und wieder einmal erlebten wir den einzigartigen Anblick, wie Geschosse knapp unter uns vorbeijagten, während wir in die Luft katapultiert wurden. Wenn Sie einmal eine höchst geschickte Fluchthelferin brauchen, die außerdem mit den erlesensten Küchenchefs von Brandfield und Umgebung auf du und du steht, kann ich Ihnen ohne jedes Zögern Shelby empfehlen.

Alkland sackte besorgniserregend unter der Beschleunigung zusammen, so daß ich erneut zupacken mußte. Als Shelby den Heliporter auf eine Höhe von zwanzig Metern über dem Dach gebracht hatte, schlang ich mein linkes Bein um Alklands und legte meinen Arm um seine Brust. Dann ging der Heliporter in waagerechten Flug über, während es Geschosse hagelte. Allerdings war dies ein Hagel, der sich von unten nach oben und zudem noch sehr schnell bewegte. Mit leichten und präzisen Bewegungen ihrer manikürten Hände lenkte Shelby die Maschine im Slalom durch die Luft. Damit wollte sie offensichtlich nicht direkt den Geschossen ausweichen, sondern hauptsächlich ein schlechteres Ziel abgeben. Alkland grunzte plötzlich, und ich konzentrierte mich darauf, ihn festzuhalten, während ich den Kopf zum Schutz vor dem Fahrtwind und den vorbeifliegenden Geschossen eingezogen hatte.

Der Heliporter wurde schneller, und nach ein paar langen Sekunden waren wir außer Schußweite. Während wir durch die Luft düsten, blickte ich zurück und sah, daß sie immer noch auf uns feuerten. Es waren kleine Lichtblitze in der Dunkelheit.

»Wohin?« fragte Shelby konzentriert.

»Richtung Geräusch-Viertel«, sagte ich keuchend. »Und geh nicht tiefer. Wieviel Ladung hast du noch?«

»Tonnenweise«, sagte sie grinsend. »Irgendwie kam ich nach unserem letzten Rendevouz auf die Idee, ich könnte sehr bald wieder von dir hören. Die Batterien sind bis zum Rand voll.«

»Shelby, ich ...« Ich sah sie an und wollte ihr danken, wollte ihr sagen, wie schön es war, jemanden zu haben, der immer da war, einen Freund. Jemanden, der mich mochte.

Davon gibt es nicht sehr viele, wissen Sie. Zumindest nicht genug. Ich fand keine Worte, und der Anblick ihres freundlichen Gesichts war mehr, als ich ertragen konnte. Nach einem kurzen Blick nach vorn, legte Shelby mir einen Arm um die Schulter. Ich weinte.

Mein Vater war Eigentümer eines Buchladens. Zu Anfang natürlich noch nicht – als ich sehr jung war, hat er nur in einem gearbeitet. Dann wagte er den Schritt, sparte sich etwas Geld zusammen und eröffnete seinen eigenen. Damals war ich etwa sechs, und ich kann mich noch gut daran erinnern, wie ich zum ersten Mal in seinen neuen Laden trat. Es ist die beste Erinnerung, die ich habe, die Erinnerung, die ich mehr als alles andere schätze.

Mein Vater glaubte fest daran, daß es für alles die richtige Zeit gibt. Wenn er die Abzüge seiner Urlaubsfotos abholte, blieb er nicht auf der Straße stehen, um sie durchzusehen und die, die nichts geworden waren, wegzuwerfen. Er ließ sie im Umschlag, bis er zu Hause war, bis er sich eine Tasse Tee zubereitet und es sich in seinem Sessel bequem gemacht hatte. Dann holte er die Fotos heraus und sah sie sich eins nach dem anderen genau an.

Genauso war es mit seinem Laden. Er ließ uns nicht etwa hinein, als der Vertrag unterzeichnet war, sondern wir mußten warten, bis er ihn renoviert hatte, sein Lager voller Bücher war und er sie ordentlich in die Regale gestellt hatte. Am Abend vor der Eröffnung holte er meine Mutter und mich, und zusammen gingen wir zum Laden. Wir gingen langsam, wie eine Familie beim Einkaufsbummel es für gewöhnlich tut, durch die Stadt und näherten uns dem Laden, wie es Kunden tun würden.

Als wir die dunkelgrüne Tür erreichten, lächelte er und zeigte auf das Schild über dem Fenster. ›Stark‹ stand oben in der ersten Zeile mit goldenen Buchstaben auf grünem Untergrund, und darunter ›Bücher‹, und ich verstand damals noch nicht, warum. Ich dachte, er wäre einfach nur bescheiden, wie immer. Erst viel später begriff ich, warum er das

Schild auf diese Weise hatte beschriften lassen, aber da war es schon zu spät, und ich verspürte eine bittere Traurigkeit, die nie wieder von mir wich. Er hatte ›Stark‹ so klein schreiben lassen, damit sich später noch ein ›& Sohn‹ hinzufügen ließ, wenn ich es wollte. Aber ich begriff es nie, und es kam auch nie dazu.

Wir warteten, bis er die unvertrauten Schlüssel herausgekramt hatte, und obwohl ich um einiges kleiner als meine Eltern war, erkannte ich, wie stolz und liebevoll meine Mutter meinen Vater ansah. Er öffnete die Tür weit und trieb uns hinein in den sanftgelben Lichtschein.

›Stark-Bücher‹ war ein wunderbarer Laden. Ich vermute, es hat nicht viele derartige Buchläden gegeben, und hierzulande gibt es mit Sicherheit keine mehr. Mein Vater liebte Bücher, liebte sie mit einer Leidenschaft, die nur wenige Menschen verstehen, und er hat mich gelehrt, sie ebenfalls zu lieben. Meine Mutter brachte mir das Wenige bei, was ich über menschliche Güte wußte, und mein Vater zeigte mir, daß Bücher ein großer Zauber sind, daß sich zwischen zwei Buchdeckeln alles Mögliche verbergen kann, daß jedes Buch wie ein Tor ist, obwohl es so still und unscheinbar wirkt.

Sein Laden war weniger ein Ort, wo Bücher verkauft, sondern eher einer, wo sie aufbewahrt wurden. Der Teppich war dick und grün und die Bücherregale sattbraun. Während wir leise hindurchgingen, kam es mir vor, als würden wir den Ort besuchen, wo die Bücher lebten. Wir sahen in jede Ecke und erkannten, daß hier jeder Zentimeter das Reich meines Vaters war, und meine Mutter und ich hielten uns fester an den Händen. Je mehr wir sahen, desto mehr war ich davon überzeugt, daß das Leuchten, in dem wir gingen, nicht von Lampen stammte. Es waren meine Eltern, die leuchteten.

Wir beendeten den Rundgang im Hintergrund des Ladens vor einer Tür. Ohne große Umstände griff mein Vater nach dem Knauf und öffnete sie. Wir gingen ins Büro. Es war gemütlich und warm wie der Laden, und als meine Mutter sich umsah, blieb sie mit offenem Mund stehen. Denn das hier war ihr Reich.

Meine Mutter war Buchhalterin. Bevor sie mich bekam, hatte sie für eine große Firma gearbeitet, und während ich aufwuchs, erledigte sie gelegentlich kleine Aufträge für andere Leute. Ich wußte, daß sie jetzt, wo ich alt genug für die Schule war, gerne wieder eine Vollzeitarbeit übernehmen würde, aber sie hatte bislang noch nicht ins Berufsleben zurückgefunden.

Im Büro standen zwei Schreibtische. Auf dem einen stand ein Foto meiner Mutter. Auf dem Schreibtisch meines Vaters hatte immer eins gestanden. Auf dem anderen lag ein großes rotes Rechnungsbuch, und dahinter hing ein Poster an der Wand. Es war das Foto eines Tiffany-Fensters und das Lieblingsposter meiner Mutter. Auf dem Schreibtisch befanden sich außerdem eine Porzellankanne, ein schwarzer, ein roter und ein grüner Kugelschreiber. Die Farben meiner Mutter, die Farben, die sie benutzte, wenn sie die Bücher anderer Leute mit ihrer atemberaubenden Ordentlichkeit führte.

Sie glitt mit der Hand über die Lehne des Stuhls, der ihrer sein würde, und dann steckte sie die Hand in ihre Tasche. Sie zog ein kleines Stück Speckstein heraus, eine winzige, polierte Figur, und stellte sie auf den Tisch meines Vaters. Dann fielen sie und mein Vater sich in die Arme und drückten sich so fest, daß ich Angst hatte, ihre Knochen würden brechen.

Damals wünschte ich mir, ich wäre in diesem Augenblick gestorben. Das hätte mir genügt.

Aber jetzt war ich immer noch am Leben, und sie waren tot. Und während Shelby mit uns über Farben in Richtung Geräusch flog, die eine Hand an der Steuerung und den Arm um meine Schulter gelegt, weinte ich. Ich weinte, bis ich glaubte, mein Herz würde stehenbleiben.

Eine halbe Stunde später waren wir dem Tod so nahe, daß ich für eine Weile jeden Gedanken an meine Eltern beiseite drängen mußte. Das tat weh und kam mir wie ein Verrat an ihnen vor, aber während der folgenden Ereignisse waren sie ständig dabei, und ich sah alles wie durch einen grünen und goldenen Filter.

Das erste, was ich bemerkte, nachdem ich mich wieder unter Kontrolle hatte, war Alklands Atem, den ich, da mein eigener so heftig ging, gar nicht bemerkt hatte. Er war flach und unregelmäßig. Ich wischte mit dem Handrücken über meine Augen und drehte sein Gesicht, damit ich es betrachten konnte. Es war totenblaß.

»Was fehlt ihm?« fragte Shelby und hielt mich am Arm fest, damit ich Alkland etwas ungehinderter untersuchen konnte.

»Ich weiß es nicht«, sagte ich, aber dann sah ich es. Eigentlich spürte ich es zuerst nur. Ich spürte, daß sich mein Bein, das ich um Alkland geschlungen hatte, etwas kälter als mein übriger Körper anfühlte. Als ich hinuntersah, erkannte ich einen dunklen Fleck darauf.

»Oh, nein!« Scheiße!« Ich bewegte mein Bein, damit ich mir Alklands Bein genauer ansehen konnte. Er war von einer Kugel getroffen worden.

Ich griff nach unten und drehte das Bein vorsichtig um. Es gab keine Austrittswunde, also steckte die Kugel noch in seinem Schenkel. Sie mußte sich in der Nähe der Oberschenkelschlagader befinden, und das Blut sickerte in einem ständigen Strom aus der zerfetzten Eintrittswunde.

Shelby erbleichte, als sie das dunkle Blut an meinen Händen sah. Sie blickte schnell wieder nach vorn und schluckte.

»Wie schlimm?« fragte sie.

»Sehr schlimm«, sagte ich.

»Er sah auch vorher schon nicht sehr gut aus.«

»Richtig. Mist!«

»Wo soll ich hinfliegen, Stark?«

»Katzen«, sagte ich. Sie sah mich an.

Ich nickte. »Es ist der einzige Ort, wo wir einigermaßen in Sicherheit sind.«

»Stark«, sagte sie verwundert. »Es liegt mir fern, deine Anweisungen in Frage zu stelle, aber wie soll ein Haufen Katzen euch vor den AZGD beschützen?«

»Der AZGD ist noch unser kleinstes Problem«, sagte ich

und brachte mich in eine Position, in der ich meine Jacke ausziehen konnte. »Es ist noch jemand hinter uns her.«

»Ach, und dieser Jemand hat eine Katzenphobie?«

»Nein.« Ich wickelte einen Ärmel meiner Jacke um Alkands dünnes Bein und machte einen festen Knoten hinein. Shelby unternahm eine leichte Kurskorrektur, so daß der Heliporter sich ein wenig nach rechts neigte und jetzt auf das Katzen-Viertel zuhielt. »Aber die Katzen sind auf meiner Seite.«

Shelby sah mich für eine Weile an, bis sie erkannte, daß ich nicht gescherzt hatte, worauf sie den Kopf schüttelte.

»Stark«, sagte sie, »du bist ein seltsamer Mensch.«

Alkland erzitterte heftig. Ich verstärkte meinen Griff und sah ihm ins Gesicht. Wenn Sie jemals einen Schuß ins Bein erhalten, sollten Sie folgenden Rat annehmen: Sorgen Sie dafür, daß Sie vorher bei bester Gesundheit sind und daß es nicht ausgerechnet dann passiert, wenn Ihnen eiskalt ist, Sie sich im Dunkeln und hundert Meter über dem Erdboden befinden. In einer solchen Situation sollten Sie lieber darauf verzichten. Es ist keineswegs so spaßig, wie es sich anhört, sondern überhaupt nicht gut für Sie. Vermutlich sogar noch schlimmer als Rauchen.

Alklands Haut sah zunehmend schlechter aus, während sie gleichzeitig ihre Konsistenz verlor. Über seinen immer stärker hervorstehenden Wangenknochen sah sie schlaff aus, doch seine Wangen fühlten sich schwammig an. Meine Finger hinterließen Dellen in der Haut, die nicht mehr verschwanden.

»Wird er sterben?«

»Ich bin überrascht, daß er überhaupt noch lebt«, sagte ich.

Das war ich wirklich. Nach der Verfassung zu urteilen, in der er sich in Taumland befunden hatte, stand er ohnehin schon an der Schwelle des Todes. Das Blut, das er jetzt durch eine größere Schußwunde verlor, hätte ihn eigentlich längst umbringen müssen. Irgendwo tief in seinem sterbenden Körper mußte der Aktionist sich immer noch sehr fest ans Leben klammern. Ich lockerte kurz die Aderpresse, damit frisches Blut in sein Bein strömen konnte, und zurrte sie dann wieder fest.

Danach starrte ich eine Weile blicklos auf den Boden, während ich mir vorzustellen versuchte, auf welche Weise diese Situation alles nur noch schlimmer machen konnte.

»Stark«, sagte Shelby. Die unheimliche Ruhe in ihrer Stimme ließ mich sofort aufmerksam werden. »Ich glaube, wir haben da ein Problem.«

»Was?« sagte ich, aber sie antwortete nicht sofort. Statt dessen beugte sie sich vor, um nach unten zu sehen. Als sie sich wieder aufrichtete, war ihr Gesicht leicht gerötet, und ich bemerkte zum ersten Mal seit langer Zeit wieder einmal, wie hübsch sie war.

Wie als Antwort auf meine Frage begann eine winzige rote Lampe auf dem sparsam ausgestatteten Armaturenbrett des Heliporters zu blinken. Shelby sah sie an und dann mich, wobei sie ein furchtbares kleines Lächeln lächelte, als würde ihr zum ersten Mal klarwerden, daß diese Aktionen, die ich veranstaltete, kein Spiel waren und daß wirklich schlimme Dinge dabei passieren konnten.

»Kein Saft mehr«, sagte sie. »Nächste Haltestelle: Erdboden.«

»Was meinst du damit?« fragte ich ruhig. »Du hast doch gesagt, du wärst aufgeladen.«

»Das war ich auch. Aber sein Bein war nicht das einzige, was eine Kugel aufgefangen hat.« Die Rotoren des Heliporters setzten kurz aus, und wir sackten einen Meter ab, aber dann begannen sie sich wieder ruckhaft zu drehen. So gut ich konnte, ohne Alkland loszulassen, beugte ich mich hinüber, um es mir selbst anzusehen.

Sie hatte recht. In der zweiten Batterie war ein großes Loch, und die dritte war überhaupt nicht mehr vorhanden. Wir befanden uns knapp hundert Meter über dem Boden, waren einen Kilometer vom Katzen-Viertel entfernt und hatten keinen Saft mehr.

»Geh runter«, sagte ich. »So schnell wie möglich.«

Shelby war bereits dabei. Die Rotoren setzten erneut aus, und wir sackten wieder ein paar Meter ab.

»Ich kann den Boden nicht sehen«, sagte sie. »Wohin soll ich steuern?«

Ich sah mich schnell um. Das Tor zu Katzen befand sich ein Stück rechts von uns und vielleicht sechshundert Meter entfernt. Es war unwahrscheinlich, daß wir so weit kommen würden, und hinter die Mauer sowieso nicht. Geräusch hält nicht viel von Straßenbeleuchtung, so daß das Gebiet unter uns ziemlich dunkel war. Es gab nur ein paar vereinzelte, wenig hilfreiche Lichtpunkte.

»Halt auf das Tor zu«, sagte ich. »Wir schaffen es nicht bis dahin, aber in der Gegend gibt es viele freie Flächen.«

»Stark«, sagte sie plötzlich. »Wenn wir es nicht schaffen ...«

»Vergiß es«, fiel ich ihr ins Wort. »Ich schulde dir noch ein Abendessen.«

Alkland stöhnte leise, und sein Arm zuckte, so daß ich ihn beinahe aus dem Griff verloren hätte. Ich will ehrlich sein und gebe zu, daß ich für eine Sekunde dachte, es wäre so besser gewesen. Seine Chancen, das hier durchzustehen, wurden von Minute zu Minute geringer, und sein Gesicht machte dem versagenden Heliporter schwer zu schaffen.

Aber dieser Gedanke dauerte nur eine Sekunde, und wenn Sie mich deswegen jetzt für einen schlechten Menschen halten, zeigt das nur, daß Sie noch nie in einer ähnlichen Situation waren. Sie wären überrascht, wie *Sie* in gewissen Situationen reagieren und was Sie dabei über sich selbst und ihren Selbsterhaltungstrieb erfahren würden.

Während wir immer tiefer auf Geräusch hinuntersanken und die Rotoren immer häufiger aussetzten, wurden die Straßen allmählich erkennbar. Es waren recht viele Leute unterwegs. Die Schreistunde war gerade zu Ende, und viele Schreier mit roten Köpfen waren pärchenweise auf dem Heimweg. Wenn wir eine Bruchlandung machten, hoffte ich, daß sie leise vonstatten gehen würde. Ärger von den Geräusch-Bewohnern konnten wir jetzt nicht gebrauchen.

Wir überquerten die Trasse der Einschienenbahn in knapp zwei Metern Höhe, und Shelby riß den Steuerknüppel herum, um auf eine offene Fläche zuzusteuern. Die Rotoren gaben endgültig ihren Geist auf, als wir noch drei Meter über dem Gras waren. Plötzlich wurde es sehr still, als wir auf den Boden zustürzten.

»Lehn dich zurück«, sagte ich schnell. »Zieh die Beine an und roll dich zur Seite.« Aber sie war wie gelähmt und starrte schreckerfüllt auf den näher kommenden Boden. Als wir noch einen Meter hoch waren, stieß ich sie an und rollte mich selbst weg, wobei ich Alkland mitzerrte.

Dann schlugen wir auf. Junge, war das eine harte Landung! Mir wurde sämtliche Luft aus dem Brustkorb gedrückt, und mein ganzer Körper wurde vom Aufprall erschüttert, als sich meine Schulter in den Boden rammte. Ich hörte noch ein dumpfes Krachen und dann ein lauteres Splittern, bevor es schwarz um mich wurde.

Zum Glück war ich weniger als dreißig Sekunden lang abwesend, wofür vermutlich eher der Sauerstoffmangel als eine Gehirnerschütterung verantwortlich war. Unter Schmerzen richtete ich mich halb auf und sah mich schnell um.

Der Heliporter lag drei Meter weiter wie ein zertretener Grashüpfer da. Zwei der Rotorblätter waren abgebrochen, aber davon abgesehen wirkte er weniger zerstört, als ich erwartet hätte. Shelby lag in einem ordentlichen Haufen gegenüber, und ich kroch keuchend auf sie zu. Sie hatte sich zusammengerollt und hielt sich ihre Schulter, während ihre Augen fest zugekniffen waren. Ich legte meine Arme um sie, wobei ich mich wieder einmal darüber wunderte, wie sperrig sich schlanke Mädchen anfühlen, und brachte mein Gesicht an ihres. Sie öffnete die Augen.

»Shelby?« sagte ich. »Alles in Ordnung?«

»Ich weiß nicht«, sagte sie jammernd. »Wie sieht mein Haar aus?«

»Gut«, sagte ich voller Freude, daß ich zumindest nicht für ihren Tod verantwortlich war. »Etwas zerzaust, aber es steht dir.«

»Das kann ich mir vorstellen«, sagte sie und versuchte sich aufzurichten. »Autsch!«

»Beweg deinen Arm«, sagte ich und rieb ihre Schulter. Zögernd streckte sie den Arm aus. Sie zuckte zusammen, aber dann ließ sie vorsichtig das Gelenk kreisen.

»Sieh mal einer an«, sagte sie, »es funktioniert noch.« Als sie den unverhohlenen Ausdruck der Erleichterung auf meinem Gesicht sah, lächelte sie und tätschelte meine Wange. »Mit mir ist alles in Ordnung«, sagte sie. »Allerdings kommst du jetzt nicht mehr mit einem ordinären Abendessen davon.«

»Shelby, wir werden im Maxim eine Woche lang für jeden Abend einen Tisch bestellen.«

»Wenn«, sagte sie, während ich ihr auf die Beine half. Ich sah sie verwirrt an. »Ich habe deutlich ein ›Wenn‹ gehört«, erklärte sie, »auch wenn du es nicht ausgesprochen hast.«

Alkland lag ein paar Meter weiter im Gras. In meiner Sorge um Shelbys Wohlergehen hatte ich überhaupt nicht mehr an ihn gedacht. Jetzt holte ich es nach und erinnerte mich auch an das dumpfe Knacken, das ich gehört hatte, weil sein linkes Bein sich in einem Winkel gebogen hatte, für den es überhaupt nicht entworfen war.

»Ach du Scheiße!« stöhnte ich und ging neben ihm in die Knie. Die Atmung des Aktionisten erinnerte mich unangenehm an das Geräusch, das die Rotoren des Heliporters von sich gegeben hatten, kurz bevor sie aussetzten.

»Mein Gott«, sagte Shelby. »Der Kerl hat einen sehr unangenehmen Abend.«

Ich legte meine Finger unter Alklands Kinn. Der Puls war noch zu spüren, aber nur schwach und ungleichmäßig. »Ich komme ja nur ungern auf materielle Dinge zu sprechen«, fügte sie hinzu. »Aber können wir den Heli irgendwie retten?«

»Man wird ihn konfiszieren«, sagte ich, während ich versuchte, Alklands Bein in eine etwas weniger bizarre Position zu bringen. »Du kannst ihn später zurückfordern, und dann wird man ihn dir schicken.«

»Na, immerhin«, sagte sie. »Es wäre mir gar nicht recht, ihn zu verlieren.« Etwas in ihrer Stimme ließ mich aufblikken, und ich nickte ihr lächelnd zu.

»Ja«, sagte ich. Dann fluchte ich, weil ich nicht allzu weit entfernt Rufe hörte. »Komm jetzt. Wir müssen verschwinden.«

»Wollen sie uns was Böses?« fragte sie und bückte sich, um mir zu helfen, Alkland aufzuheben.

»Nein, ich glaube nicht. Aber wir haben keine Zeit, mit ihnen zu diskutieren. Außerdem wird auch der AZGD unterwegs sein. Wir sollten gehen.«

Als Alkland aufrecht stand, hob ich ihn über meine Schulter und lief sofort auf das massive Tor zum Katzen-Viertel zu, das sich knapp vierzig Meter weiter in der Dämmerung erhob. Shelby spazierte gelassen neben mir her und verfiel nur ab und zu in einen Dauerlauf, um nicht den Anschluß zu verlieren. Ich versuchte Alklands Bein festzuhalten, damit es nicht zu sehr hin und her schaukelte, aber vermutlich machte das überhaupt keinen Unterschied, da er ohnehin bewußtlos war.

»Äh, sie verfolgen uns jetzt, und sie laufen ziemlich schnell«, stellte Shelby atemlos fest, nachdem sie sich umgeblickt hatte. »Bist du sicher, daß sie keine Gefahr für uns sind?«

»So weit ich weiß«, keuchte ich, doch dann fiel mir etwas auf. Sie hatten gerufen. Die Leute, die auf uns zuliefen, hatten gerufen! »Wenn ich es mir recht überlege, wollen sie vielleicht doch etwas Böses. Beeil dich!«

Als wir den Torkomplex erreichten, drehte ich mich schnell um, bevor wir im Eingangsbereich verschwanden. Vier Männer in Anzügen liefen mit besorgniserregende Entschlossenheit auf uns zu. Es war zu dunkel, um sicher zu sein, aber sie sahen auf erschreckende Weise wie AZGD-Leute aus. Einer von ihnen bemerkte, daß ich mich umgedreht hatte, und rief etwas, aber ich packte Shelby am Arm und zerrte sie in den Tunnel. Unten erreichten wir die Treppe, die zum eigentlichen Tor führte, und hetzten sie hinauf. Oben liefen wir direkt auf das große, gußeiserne Tor zu.

Es öffnete sich nicht.

19. KAPITEL

Ich hatte als Kind einmal einen Kampf wegen einer Katze. Zwei ältere Jungen hatten Jagd auf sie gemacht. Zuerst achtete ich nicht weiter darauf, denn eine Katze auf der Flucht kann mit ein oder zwei Jungen leicht fertig werden. Dann bemerkte ich, daß die Katze humpelte und einer der Jungen einen Behälter mit Feuerzeugbenzin bei sich hatte.

Ich lief, so schnell ich konnte, hinter ihnen her und warf mich auf den Jungen mit dem Benzin. Ich dachte überhaupt nicht nach. Sie nahmen sich soviel Zeit, mich zu verprügeln, daß die Katze entkam. Ich gebe zu, daß ich mich zu der Zeit gefragt habe, ob das die Sache wert gewesen war, aber seitdem haben sie auf mich aufgepaßt.

Bis jetzt.

»Hallo?« rief ich irritiert, während wir das Tor anstarrten. Ich bin schon oft im Katzen-Viertel gewesen, und bislang hat sich das Tor immer geöffnet. »Hallo?« Das Tor öffnete sich immer noch nicht.

»Du magst doch Katzen, oder?« fragte ich schließlich mit einem verzweifelten Blick auf Shelby.

»Ich verehre sie«, sagte sie entrüstet. »Warum?«

»Weil man uns nicht reinläßt. Es wird niemand reingelassen, der keine Katzen mag.«

»Vielleicht mag Alkland keine Katzen.«

»Doch, er mag sie. Er hat Paillette am Ohr gekrault.« Ich hörte das hallende Geräusch von Schritten im Tunnel und sah zum Tor hinauf.

»Komm schon, verdammt nochmal!« zischte ich. »Laß uns rein!« Ich wußte nicht, zu wem ich sprach. Es gibt hier keinen Computer, so weit ich weiß, aber irgend etwas muß das Tor bewegen.

»Gibt es keinen anderen Eingang?«

»Nein. Das hier ist der einzige. Und die Mauern sind sehr hoch und dick.« Das Geräusch der Schritte hinter uns veränderte sich. »Komm schon, Tor! Diese Leute wollen uns umbringen!«

Es gab eine kleine Pause, und dann glitt das Tor geräuschlos auf. Ich schob Shelby durch die Öffnung, und wir liefen zur Seite, sobald wir durch waren. Das Tor schloß sich sofort hinter uns.

»Wo sind sie?« rief eine verärgerte Stimme.

»Weiß nicht. Sie müssen hier irgendwo sein.«

»Belag, das blöde Tor ist zu. Sie können hier nicht durchgegangen sein.«

»Wo sollen sie sonst sein? Wir sind ihnen doch bis hierher gefolgt!«

»Er hat recht«, sagte eine neue Stimme, die mir bekannt vorkam. »Sie sind irgendwo da drinnen.«

»Aber sehen Sie doch, Sir: Das Tor ist verschlossen.«

»Das sehe ich«, knirschte die Stimme, und ich erkannte sie. Es war Darv. Diesmal hatten wir nicht nur Fußsoldaten auf den Fersen. Die Geschichte zog jetzt weitere Kreise. »Angeblich öffnet sich das Tor nur dann, wenn man Katzen mag. Vielleicht ist das Unsinn, vielleicht aber auch nicht. Mag hier jemand Katzen?«

»Nein.«

»Scheiße, nein.«

»Ich hasse diese Mistviecher.«

»Ich ebenfalls. Gut. Znex, du bleibst hier bei mir. Ihr zwei geht zurück nach Geräusch und sucht jemanden, der Katzen mag. Beeilt euch!«

Ich atmete schwer und verbittert auf. Darv war offensichtlich gar nicht so blöde, wenn er im Einsatz war. Es würde nicht lange dauern, bis sie jemanden gefunden hatten, für den sich das Tor öffnen würde, und dann mußten sie nur mit hindurchschlüpfen. Das Tor schien sich allerdings etwas merkwürdig zu benehmen, nach den Problemen zu urteilen, die es uns gemacht hatte. Vielleicht würde uns das helfen, vielleicht aber auch nicht.

»Stark, sieh mal!« flüsterte Shelby. Drei Meter entfernt hockte im Schatten der Mauer eine schwarze Katze. Sie beobachtete uns ernst. Ich erwiderte den Blick für eine

Weile, dann stand ich auf und ging los, wobei ich mich in der Nähe der Mauer hielt.

»Folge dieser Katze!« sagte ich.

Während ich mir so idiotisch wie schon lange nicht mehr vorkam, folgten wir der Katze. Nach fünfzig Metern begann sie sich von der Mauer zu entfernen. Ich blickte mich nervös um, weil ich befürchtete Darv und seine Truppe am Tor könnten uns sehen, aber die Katze schien genau zu wissen, welchen Weg sie nahm. Je größer unser Abstand vom Tor wurde, desto weiter konnten wir uns von der Mauer entfernen, ohne vom Tor aus gesehen zu werden.

Ich teilte Shelby meine Überlegungen mit, die daraufhin nickte, dann über die Bedeutung des Gesagten nachdachte und schließlich mit verdattertem Gesichtsausdruck den Kopf schüttelte. Die Katze schien uns durch den Park, der den Innenbereich am Tor umgab, zum ersten Gebäudeblock zu führen.

»Wohin bringt sie uns?« flüsterte Shelby.

»Zu Paillette, vermute ich.«

»Stark, es ist ... ich meine, es ist doch nur eine Katze, oder?«

»Bist du schon mal hiergewesen?«

»Nein.«

»Oh.«

Ich informierte sie über die seltsamen Verhältnisse des Viertels, während uns die Katze zu Tabby 5 führte. Die Straßen waren menschen- beziehungsweise katzenleer, was ungewöhnlich war. Normalerweise gab es ein ständiges Kommen und Gehen von melzigen Körpern, die sich bei Nacht um die Ecken des Katzen-Viertels schlichen. Heute waren auf dem Kopfsteinpflaster nur die Reste des Regens und die Spiegelungen der Straßenlampen zu sehen. Es war sehr still.

Zu meiner Überraschung durchquerten wir Tabby, wo sich Paillette gewöhnlich aufhält, wenn er hier ist, und gingen weiter nach Perser 1. Mein Rücken begann jetzt unter Alklands Gewicht heftig zu schmerzen, und ich verzichtete darauf, ständig nach seinem Gesicht zu sehen. Dadurch würden sich meine Probleme bestimmt nicht verringern.

Während wir so dahinwanderten, stellte ich fest, daß die Straßen hier sehr denjenigen ähnelten, durch die wir gegangen waren, als er und ich gerade nach Taumland gekommen waren, als ich dem Einkaufswagen gefolgt war. Vermutlich hatte es nichts zu bedeuten, und ich dachte nicht weiter darüber nach. Wie ich schon sagte, würde ich verrückt werden, wenn ich all die losen Enden meines Lebens verknüpfen wolle. Ich habe schon genug Probleme damit, die Enden zu verknüpfen, die zusammenpassen.

Etwa zwanzig Meter vor uns blieb die Katze stehen und setzte sich aufs Pflaster. Als wir sie einholten, stand sie wieder auf und führte uns in einen Hauseingang an der Straße. Eine abgenutzte Treppe führte zu einer großen Holztür hinauf, die sehr alt aussah. Oben setzte sich die Katze erneut und sah zur Tür hinauf. Wir standen einen Augenblick reglos da und warteten ab, was als nächstes geschehen würde. Dann lachte Shelby.

»Ich hatte doch tatsächlich einen Moment lang erwartet, daß die Katze die Tür öffnet«, gestand sie unsicher und griff nach dem Knauf.

Die Tür ging auf, und ich brauchte eine Weile, bis ich erkannte, was ich sah. Zuerst dachte ich, der Raum wäre voller Wolle aus verschiedenen Farben, die wahllos mit grünen Knöpfen besetzt war. Aber das war es nicht.

Vor uns lag eine Eingangshalle. Im Hintergrund befand sich eine breite, repräsentative Treppe, die in ein großes Foyer führte. Der Fußboden der Eingangshalle und jedes verfügbare Plätzchen auf der Treppe war mit Katzen überfüllt. Katzen jeder möglichen Zeichnung und Varietät saßen aufgereiht nebeneinander. Es war völlig still.

Dann hörte ich Shelby schlucken und drehte mich zu ihr um.

»Wahnsinn!« sagte sie. Die Katze, die uns hergebracht hatte, trat über die Schwelle und verschwand im Gewirr aus Fell und Schnurrbarthaaren. Ich ging einen Schritt vor und stand jetzt auf der Türschwelle. Die Katzen rührten sich nicht. Ich schob mich ein paar Zentimeter weiter hinein. Sie rührten sich immer noch nicht. »Was ist denn hier los?«

»Ich weiß es nicht«, murmelte ich verwirrt. Ich komme eigentlich außergewöhnlich gut mit Katzen zurecht. Das ist eine meiner beeindruckendsten Fähigkeiten. Aber heute ... zuerst das Eingangstor und jetzt das!

Plötzlich bewegten sich die Katzen in der Eingangshalle und öffneten einen schmalen Weg. Ich trat in den freien Raum und verlagerte Alklands Gewicht, so daß jetzt ein anderer Teil meiner Schulter schmerzen konnte. Shelby folgte mir. Wir hatten die Halle zur Hälfte durchquert, als die Katzen aufhörten, uns einen Weg freizumachen.

»Was jetzt?«

»Die Tür«, schlug ich vor. Sie ging zurück und schloß sie. Daraufhin begannen sich die Katzen auf den untersten Stufen auseinanderzubewegen. Dann standen sie plötzlich alle ohne ersichtlichen Grund auf und begannen herumzulaufen, vielleicht zweihundert Katzen oder noch mehr, die die Stufen rauf und runter gingen, durch die Eingangshalle streiften und wie ein Fluß mit leichten Stromschnellen herumwirbelten.

Als wir das Ende der Treppe erreichten, erschien unser Führer wieder aus dem Gewusel und brachte uns ins große Foyer. Es maß etwa dreißig Meter im Quadrat, und an der einen Seite befand sich ein abgeschirmter Bereich, der von einem alten Tresen aus Holz begrenzt wurde. Es war eindeutig die Lobby eines ehemaligen Hotels. Auf der freien Fläche bewegten sich Hunderte, vielleicht Tausende von Katzen. Sie schienen uns keine besonderne Aufmerksamkeit zu schenken, als wir hindurchgingen, sondern spazierten nur herum und rieben sich gelegentlich an unseren Beinen.

Shelby hielt meinen Arm, während wir uns langsam durch das Gewusel bewegten. Ich war beinahe froh, daß Alkland nicht bei Bewußtsen war und das hier sah. Er hätte sicher eine Erklärung verlangt, aber ich hatte keine.

Wir näherten uns einer Treppe auf der gegenüberliegenden Seite der Lobby, die ebenso breit wie die erste und ebenso mit Katzen übersät war. Als wir ein Stück weit die Treppe hinaufgestiegen waren, drehte ich mich kurz um und sah in die Lobby zurück, um irgendein Muster in ihren Bewegungen zu erkennen, irgendeinen Sinn.

Aber sie bewegten sich gar nicht mehr. Sie hockten alle wieder regungslos da und blickten in die Richtung, aus der wir gekommen waren, zur Tür, die auf die Straße hinausführte. Ich sah nur die Rücken von etwa tausend Katzen. Das gleiche geschah, als wir weiter die Treppe hinaufstiegen. Sobald wir an ihnen vorbei waren, rührten sich die Katzen nicht mehr.

Ich hätte auf das vorbereitet sein sollen, was uns im ersten Stock des Hotels erwartete, aber ich war es nicht. Oben teilte sich die Treppe elegant in zwei Fluchten, die zu den beiden Flügeln des Stockwerks führten. Als unsere Köpfe sich über die Ebene des Fußbodens erhoben, sah ich, daß die Etage sich ziemlich weit erstreckte, vermutlich bis zu nächsten Straße. Neben der Treppe war ein etwa drei Meter breiter Korridor, der von Türen gesäumt war, hinter denen vermutlich die Hotelsuiten lagen.

Dieser Korridor, Flur, dieses Mezzanin oder was auch immer die richtige architektonische Bezeichnung sein mochte, war ebenfalls mit Katzen überfüllt. Sie wieselten nicht herum, sondern hockten stumm da und beobachteten, wie wir zur Tür von Suite 102 geführt wurden. Ich blieb einen Moment vor der Tür stehen und warf noch einen Blick auf die Katzen, wobei ich mich fragte, was sie vorhaben mochten. Es war gar nicht so sehr die Tatsache, daß sie alle hier versammelt waren, sondern vielmehr, daß sie alle so ernst wirkten. Die Katzen im Katzen-Viertel sind immer freundlich, denn das Viertel gehört ihnen, und sie haben nichts von den Leuten zu befürchten, die hierher kommen. Tausende von Augen starrten mich gelassen an.

Ich klopfte an die Tür.

Schon seit meiner Rückkehr aus Taumland, während der Flucht aus Farben und unseres merwürdigen Eintritts ins Katzen-Viertel hatte ich so ein Gefühl gehabt. Es ist schwer zu beschreiben, außer, daß es sich wie ein Muster anfühlte. Es war, als würden die Dinge irgendwie zusammenkommen, als würde etwas, das sich seit einiger Zeit am Horizont abzeichnete, nun endlich näher kommen. Ich mochte das Gefühl überhaupt nicht. Ich habe gelernt, Mustern zu mißtrauen, weil es in der Regel bedeutet, daß etwas vor sich geht, von dem man nichts weiß. Gegen dieses Gefühl hier hegte ich ein besonderes Mißtrauen, weil es von Ihnen zu kommen schien.

Als sich die Tür öffnete und Jis massige Gestalt vor mir aufragte, war ich ausgesprochen froh, ihn wiederzusehen. Wir beide waren froh und starrten uns zuerst nur gegenseitig an. Dann machte er schnell einen Schritt nach vorn und nahm mir Alkland von der Schulter. Er nahm ihn so behutsam in die Arme, daß ich das Gefühl hatte, bei ihm wäre auch ein Baby völlig sicher.

Er drehte sich um und ging den kleinen Flur entlang zu einem Zimmer am Ende. Ich folgte ihm, wobei ich zusammensackte, weil ich nur mein eigenes Gewicht zu tragen hatte, und hinter mir holte Shelby mich ein und massierte sanft meine Schultern.

Als wir das Hauptzimmer der Suite betraten, standen Zenda und Snedd auf. Genauso wie Ji schaffte es auch Snedd, immer noch grobschlächtig und gefährlich auszusehen, selbst wenn er sich in einer ehemaligen Fünf-Sterne-Suite aufhielt. Er nickte mir zu.

»Ich schätze, das heißt, daß du das richtige Versteck gewählt hast, Ji«, sagte er.

Ji brummte etwas und legte Alkland vorsichtig auf dem Sofa ab. Er zerriß die untere Hälfte seines Hosenbeins und beugte sich über ihn, um seine Verletzung zu untersuchen.

Ich sah Zenda an und sie mich. Statt der weiten Röcke und sportlichen Anzüge, in die sie sich in den letzten Jahren gekleidet hatte, trug sie jetzt eine abgenutzte schwarze Hose und einen langen, dunkelgrünen Mantel. Ihr Haar war lokker mit einem Gummiband zurückgebunden, und sie sah sehr jung und groß aus, wie immer.

Sie lächelte und ging auf mich zu. Ich vermutete, daß ich ebenfalls wie immer aussah, denn ich habe ständig die gleiche Kleidung getragen. Als sie mich umarmte, spürte ich, wie zehn Jahre von uns abfielen und das Muster wieder da war. Ich wußte, daß es so hatte kommen müssen. Es dauerte nur einen Augenblick, aber das genügte mir, um zu wissen, daß sich einiges würde ändern müssen.

»Gebrochen?« fragte Snedd aus dem Hintergrund.

»Ja«, sagte ich. Zendas Hand glitt meinen Arm hinab, und wir trennten uns voneinander. »Und angeschossen.« Ich ging zum Sofa hinüber, um mich neben Ji zu hocken, während Shelby und Zenda sich höflich begrüßten. Sie sind sich schon gelegentlich begegnet, aber nicht oft. Ich verstehe nicht, warum, aber zwischen ihnen schien es schon immer eine gewisse Spannung gegeben zu haben. »Wie schlimm ist es, Jil?«

»Schlimm. Er wird sterben.«

»Nein, du darfst mir nichts vorenthalten. Sag mir die Wahrheit.«

»Was soill ich dir sagen, Stark? Er wird draufgehen, verdammt noch mal. Sieh dich doch an.« Ich tat es. Ich war blutbesudelt. »Er hat eine ganze Waggonladung Blut verloren, und er ist sehr krank. Wenn er sofort auf die Intensivstation käme, hätte er vielleicht noch eine Chance. Aber hier gibt es keine, und bis zur nächsten wird er es nicht schaffen.«

Ich sackte zusammen und schlug mir die Hände vors Gesicht. Ich habe schon gelegentlich Klienten verloren, und ich denke, ein Arzt, der eine traurige Nachricht überbringt, dürfte sich genauso fühlen. Die Dinge gehen nicht immer gut aus. Wenn jemand stirbt, kann man sich noch so oft sagen, daß man alles Menschenmögliche getan und zu jedem Augenblick die richtigen Entscheidungen getroffen hat. Trotzdem fühlt man sich beschissen. Man hätte es nicht verhindern können, aber trotzdem fühlt man sich schuldig.

Ich trat vom Sofa zurück. Zenda, Shelby und Snedd beobachteten mich, und mir gefiel es überhaupt nicht, plötzlich im Mittelpunkt der allgemeinen Aufmerksamkeit zu stehen. Es war ein mieses Gefühl. Das hier war nicht irgendein Klient. Es war kein gewöhnlicher Auftrag. Die Suite kam mir wie eine Bühne mit gedämpfter Beleuchtung vor und meine neuen Freunde wie im Stich gelassene Schauspieler. Es gab kein Publikum und keinen Text. Als ich so dastand und die

Blicke der Menschen auf mir spürte, die wußten, wer ich war, erkannte ich endlich, daß nun alles zusammenkam, daß ich mich selbst wiederfinden und etwas unternehmen mußte.

Der Moment zog sich unerträglich in die Länge, und als ich schließlich zur Kaffeekanne griff, fragte Shelby im gleichen Augenblick im Plauderton: »Habt ihr eigentlich bemerkt, daß sich draußen die Katzen sozusagen bis zur Decke stapeln?«

Alle drehten sich ein Stück, bewegten sich, und dann war das Zimmer wieder ein ganz normales Zimmer.

»Ja«, sagte Snedd mit einer leichten Nervosität. »Sie haben sich im Lauf der letzten paar Stunden angesammelt. Starks Katze ist auch irgendwo da draußen.« Er verstummte und sah Shelby an. »Wer sind Sie eigentlich genau?«

Zenda kam und nahm sich auch etwas Kaffee.

»Warum diese Suite?« fragte ich. Sie zuckte mit den Schultern. Ich stellte fest, daß ich nach einem Feuerzeug suchte, meinen Kaffee beobachtete und ähnliche Dinge tat, nur um sie nicht ansehen zu müssen. Ich fragte mich, ob sie es bemerkte und ob sie dabei etwas empfand. Ich wünschte mir, ich hätte gewußt, ob dies alles allein mit mir geschah.

»Wir wollten nach Tabby 5«, sagte sie. »Aber Paillette sprang mir dort aus den Armen und lief hierher. Wir folgten ihm.« Sie zuckte erneut die Achseln, diesmal etwas gezierter. Ich nickte. »Aber trotzdem«, fügte sie ernsthaft hinzu. »Hier geht etwas Merkwürdiges vor sich.«

»Was du nicht sagst!«

»Ich weiß, aber hör mir zu. C bat mich um ein Gespräch, etwa fünf Minuten bevor Ji anrief.«

Als ich das hörte, erinnerte ich mich daran, daß Darv und drei weitere Agenten draußen vor dem Tor zum Viertel herumlungerten. Viellcicht waren sie inzwischen drinnen.

»Und?«

»Er sah müde aus. Sehr müde.«

»Was wollte er von dir?«

»Ich bin mir nicht sicher. Das war ja das Merkwürdige an der Sache. Er kam in mein Büro und sagte Hallo. Dann fragte er, wie es mir ginge. Viel mehr hatte er gar nicht zu sagen, aber er blieb noch eine Weile. Es war, als ob ...« Sie verstummte.

»Als ob was? Sag's mir!«

»Es war, als ob er mir etwas sagen wollte, aber nicht wußte, was es war. Er blieb ein paar Minuten und ging dann. Kurz bevor er die Tür schloß, sagte er noch etwas. Er sagte: ›Es geschieht etwas sehr Seltsames, und ich weiß nicht, was es ist. Sagen Sie Ihrem Freund, er soll vorsichtig sein.‹«

Bevor ich darauf reagieren konnte, sprach Ji.

»Stark, Alkland hat Probleme.«

Ich ging schnell zum Sofa hinüber und betrachtete den Aktionisten. Sein Atem ging sehr unregelmäßig und kam in keuchenden, aber flachen Stößen, und sein Gesicht erinnerte mich an das meines Großvaters im Schnee. Die nächsten dreißig Sekunden vergingen, als würden sie von einem Metronom getaktet. Snedd neigte plötzlich den Kopf zur Seite.

»Stark, ich höre etwas.«

»Wo?«

»Im nächsten Block.«

»Zwei Pistolen.«

»Macht das Licht aus!«

Snedd sprang sofort und lautlos zu den Lichtschaltern, und das Bild, eine Sekunde bevor es dunkel wurde, brannte sich wie ein Foto in mein Gehirn ein: Ji, der sich aufrichtete und umdrehte, aber immer noch in Alklands sterbendes Gesicht sah. Shelby, die sich in ihre Jacke hüllte und verängstigt und einsam wirkte; Zenda, die sich neben das Fenster gekauert hatte, und Snedd an den Lichtschaltern.

Ich ging auf Zenda zu, und dann gingen die Lichter aus.

Es war sehr dunkel. Ein wenig Licht drang von den Lampen im Korridor unter der Tür hindurch, aber dort draußen gab es keine Fenster. Die Vorhänge hinter mir waren zugezogen und leuchteten sehr schwach im Licht einer Straßenlampe. Im Zimmer gab es ein paar hellere Schatten von Gesichtern und Möbelstücken. Mehr nicht.

Wir lauschten. Snedds Gehör ist geradezu übersinnlich, das weiß ich aus Erfahrung. Es vergingen mehrere Minuten, bis ich eine winzigen Geräuschfetzen vernahm. Er war mehrere Straßen weit entfernt.

»Könnten sie uns aufspüren?« fragte ich mit gedämpfer Stimme.

»Möglich«, sagte Ji. »Die Straßen sind naß. Ist die Tür zur Straße verriegelt?«

»Nein«, sagte Shelby tonlos. »Nur verschlossen. Was machen wir jetzt?«

»Warten.«

»Worauf?«

Dann gab es hinter einer der Türen neben unserer Suite ein Geräusch. Es war beinahe zu hören, wie fünf Köpfe gleichzeitig herumfuhren.

»Was befindet sich dort?« flüsterte ich.

»Badezimmer.«

»Was ist das für ein Geräusch?«

Es wiederholte sich, und dann erkannte ich, daß es eine Note war. Es war eine Stimme, die eine Note sang, ein ›La‹, so leise, daß es kaum zu hören war.

Das ›La‹ kam noch einmal, auf derselben Note, und dann wieder. Ich spürte, wie sich in der Dunkelheit mein Nackenhaar sträubte und meine Augen feucht wurden. Ich konnte nicht blinzeln. Zenda hielt meinen Arm fest umklammert, so fest, daß sie mich beinahe verletzte, und ihr Arm zitterte heftig. Niemand von uns atmete.

»La, la, la.«

Es klang wie das unbewußte Singen eines Kindes, das mit etwas ganz anderem beschäftigt war und vermutlich überhaupt nicht bemerkte, daß es sang.

Dann gab es ein leises Geräusch, als würde ein Badvorleger über einen Fliesenfußboden geschoben, und die Tür des Badezimmers begann sich langsam zu öffnen. Ich mußte blinzeln, um meinen Blick zu klären, und ich mußte auch irgendwann wieder atmen, aber jetzt noch nicht. Ich konnte es einfach nicht.

Die Tür ging langsam nach innern auf. Dahinter lag ein

Raum, in dem es sogar noch dunkler als in unserem war. Für eine Weile rührte sich nichts in der Finsternis, doch dann bewegte sich ein Schatten. Ich glaubte, ein leises Geräuch vom Sofa zu hören, als würde Alkland tiefer durchatmen. Der Schatten trat aus dem Türrahmen und nahm Gestalt an, während er mitten in die Suite trat.

Es war ein kleines Mädchen, ein kleines Mädchen mit einem hübschen, runden Gesicht und blondem Haar, das in alle Richtungan abstand, eine Frisur, über die eine Mutter sofort hergefallen wäre, aber die so, wie sie war, wunderschön aussah. Unter dem Arm hielt das Mädchen einen ramponierten Teddybären.

»La, la, la«, sang das Mädchen leise, »la, la, la.« Alklands Atem wurde erneut heftiger, und das Mädchen trat mit wackligen Baby-Beinen einen Schritt auf ihn zu. Es grinste, als hätte es einen Hund gesehen, der mit dem Schwanz wedelte. Es legte die Hand auf Alklands Arm und rüttelte daran. Es wartete einen Moment und rüttelte dann noch einmal, etwas fester, aber immer noch sanft und liebevoll wie ein kleines Mädchen, das seinen Bruder auf sich aufmerksam machen will, und dann wußte ich plötzlich Bescheid.

Langsam und lautlos begann das Mädchen zu weinen, während es das Gesicht verzog und den Mund öffnete, ohne daß es irgendwelche Laute fand. Es zerrte noch einmal verzweifelt an Alklands Arm und drehte uns das Gesicht zu, doch sein Blick sah nicht uns, sondern suchte nach einer Mutter, die nicht da war, nach einem Vater, der vor Jahren gestorben war. Sein Atem ging gleichzeitig mit dem Alklands, als es den Schmerz auszudrücken versuchte, das schreckliche Unverständnis, das ihm das Herz zerriß, genauso wie vor sechzig Jahren. Sein Bruder konnte ihm auch jetzt nicht helfen, war genauso verletzt, litt immer noch unter dem alten Schmerz und unter der Schuld, seine Schwester nicht beschützen zu können; unter dem Schock, der sich in ihrem Gesicht zeigte, auf dem nie wieder ein Lächeln entstehen konnte, und unter dem Wissen, daß eine Hand an ihrem strohblonden Haar gezerrt und ihre Baby-Beine verletzt hatte.

Sie waren gemeinsam an jenem Tag im Park gestorben, als jemand das Lachen des Mädchens zum Verstummen gebracht hatte, indem er es gegen eine Wand schmetterte, so lange, bis es blutete und in seinen besudelten Händen nur noch Schweigen war, ein Schweigen, das zwischen Alkland und Suzanna immer lauter wurde, weil so viele Dinge nicht mehr gesagt und so viele Gefühle nicht mehr gefühlt werden konnten.

Ich hörte, wie Zenda hinter mir in meine Jacke schluchzte, und blinzelte ein paar mal. Ich erinnerte mich an das Foto, das ich gesehen hatte, und an das Gefühl: Als das kleine Mädchen in lautlosem Schrecken hinter einer Glasscheibe weinte, roch ich den Schmerz in Alklands tiefen Wassern.

Man glaubt nie, daß es einem selbst passieren kann, man versteht nie, wie es dazu kommen kan. Wenn ein lächelnder Vater seine Tochter beim Spielen im Garten beobachtet, die lachend unter dem Himmel herumtobt, wie soll er wissen, daß seine kleine Prinzessin eimal als brabbelnde Verrückte enden wird, als flohverseuchtes Bündel in verpißten Lumpen in einem Pappkarton unter einer Brücke? Wenn man sich all die Familienalben mit den Fotos von kleinen Mädchen ansehen könnte, die fröhlich ihre pummeligen Hände zusammenklatschen, ihre hübschesten Kleidchen tragen, unter der Sonne glücklich sind und von Müttern beobachtet werden, die unglaublich jung aussehen, wie könnte man da sagen, wieviele von ihnen sich eines Tages die Gesichter zerkratzen, um die Spinnen zu verscheuchen, die es gar nicht gibt?

Und wenn man selbst der Bruder dieses kleinen Mädchens ist und man sie nicht beschützen konnte, ihr nicht helfen konnte und sie nie wieder zum Lachen bringen konnte, kann man sich dann jemals selbst verzeihen?

Alkland hustete heftig, seine Brust bäumte sich auf, als würde von innen etwas dagegen stoßen, und plötzlich wurde es eiskalt im Zimmer. Es gab ein splitterndes Geräusch, und ein intesiv gelber Lichtschein erschien an der Decke, der aus einem Riß in Alklands Brust drang.

»Stark!« kreischte Shelby und drängte sich schluchzend gegen die Wand.

Ich stand auf und spürte, wie meine Zähne vor Wut klapperten. Ich hörte einen Schrei von der Straße, aber das war jetzt überhaupt nicht wichtig. Ich schrie selbst, schrie den wachsenden Riß an.

»Ich *komme*!«

Steif ging ich zum Sofa, am schluchzenden Kind vorbei. Alkland riß erschrocken die Augen auf, als er den Tod auf sich zukommen sah, als er das Böse spürte, das ihn seit Wochen oder Monaten verfolgt hatte und ihn nun wie etwas Nutzloses auf den Boden schmetterte. Ji sprang auf und warf Snedd seine Waffe zu.

Dann gingen wir, wie wir es schon einmal getan hatten, gemeinsam darauf zu. Alklands Brust brach auf, und wir traten ins Licht.

20. KAPITEL

Ein Geist sagte einmal: »Ich bin kein himmlisches Wesen.«

Auch ich bin kein himmlisches Wesen.

Ich habe meinen besten Freund getötet. Ich sah, wie seine Stirn aufplatzte, wie seine hellgrünen Augen von Schädelsplittern zerfetzt wurden, während sein Hirn durch das Zimmer spritzte. Daran war überhaupt nichts Heldenhaftes, kein großartiger Höhepunkt, keine romantische Konfrontation titanischer Kräfte des Guten und Bösen mit Tausenden von Schergen. Ji und ich verfolgten seine Spur, hetzten ihn durch Taumland und die City und trieben ihn im Turn-Viertel in die Ecke. Rafe versuchte zurückzuspringen, sich einen Weg zurück nach Taumland zu bahnen, aber ich hielt ihn fest. Damals war ich noch stärker, viel stärker. Das war damals, in der guten alten Zeit, als ich gelegentlich noch ich selbst war, als ich noch mehr oder weniger bei Bewußtsein war.

Ich zwang ihn in die Knie, und er flehte nicht um Gnade. Er starrte nur mit eisgrünen Augen zu mir auf, während Ji seine Waffe zog und sie gegen seinen Schädel drückte. Dann betätigte Ji den Abzug und verstreute Rafes Gesicht über drei Quadratmeter verwitterten Beton in einem dunklen Raum, der nach Scheiße roch.

Natürlich kamen wir in der Stadt heraus, in der staubigen Geisterstadt. Ji und ich standen mitten auf einem verlassenen Platz, der von der schwachen Nachmittagssonne beschienen wurde. Der Wind heulte durch eine kaputte Tür, und Büsche rollten desinteressiert an uns vorbei. Die Sonne spiegelte sich in den zerbrochenen Fensterscheiben der Gebäude rund um den Platz, und hinter den Ruinen der Stadt begann – für uns unsichtbar – die Wüste.

»Da wären wir also wieder«, sagte Ji. Da waren wir also wieder, nach acht Jahren, die keinen von uns beiden wesentlich älter gemacht hatten. Acht Jahre, in denen wir uns verändert hatten, aber dieselben geblieben waren.

Als es ein schepperndes Geräusch gab, drehten wir uns um, aber es war nur ein Fensterladen, der vom Wind gegen die Wand geschlagen wurde. Wenn wir einfach nur reglos mitten auf dem alten Platz stehenbleiben würden, würde nichts geschehen. Wir mußten ihm entgegengehen. Das war unsere Aufgabe, und wieder mußten wir sie angehen.

Ich sah Ji an, der es ebenfalls wußte. Er war kein starker Träumer gewesen, bevor jemand sich in seine Träume gedrängt hatte, aber er versteht. Wir konnten einfach hier stehenbleiben und uns jung fühlen, als wären all die Jahre gar nicht vergangen. Der Platz würde sich nicht verändern, sondern für immer in diesem kostbaren Augenblick erstarrt sein. Ich spürte ein Zucken im Genick und hielt meinen Kopf ruhig, bemühte mich einen klaren Gedanken zu fassen. Ji stand einfach nur da und wußte, daß er niemals alles verstehen und niemals erfahren würde, wie dieser Platz gewesen war, bevor alles schiefgegangen war.

Es dauerte nicht lange. Ich schluckte einmal und nickte

dann. Wir begannen über den Platz zu gehen, und als Ji mir plötzlich einen Blick zuwarf, sah ich etwas in seinen Augen. Er schien zu ahnen, was uns bevorstand. Es konnte sich nur um eine Intuition handeln, aber er griff nach meiner Hand und sah mir kurz in die Augen. Dann ließ er mit der leisesten Andeutung eines Lächelns wieder los, und wir gingen weiter.

Der Wind lebte auf, während wir gingen, und der Stab zu unseren Füßen wirbelte hoch, so hoch, daß wir die Sonne nicht mehr sehen konnten, daß der Himmel dunkel vor Staub wurde. Wir konnten die Ecke des Platzes nicht mehr erkennen, auf die wir zugingen, aber das war nicht wichtig, weil es gar nicht um eine bestimmte Ecke ging. Wir bewegten uns gar nicht durch den Raum, nicht einmal durch Taumland. Es wurde immer dunkler, und während der wirbelnde Staub das Licht verdüsterte, war es nur noch so hell wie bei Mondschein.

Ich spürte, wie sich meine Nackenhaare sträubten und wünschte mir einen kurzen, bedeutungslosen Augenblick lang, daß wir uns nicht von der Stelle bewegt hätten, sondern in der Sonne stehengeblieben wären. Aber das hätten wir nicht tun können. Heut emußte endlich alles ein Ende finden, und diesmal mußte es wirklich endgültig sein.

Der Staub wirbelte um uns herum, und der Platz war fast unsichtbar geworden. Die Gebäude waren nur noch zu erahnen. Das Licht kam jetzt aus dem Staub, ein schwarzes und schmerzendes Rot, und überall waren leise Geräusche. Ich spürte, wie Ji immer angespannter wurde, und wußte, daß er es nicht mehr lange würde ertragen können. Er kannte einige von den Dingen, die passieren würden, und wollte nicht länger warten.

Ich glaubte nicht, daß er es würde tun müssen.

Ich traf Ji, nachdem ich ein paar Jahre lang in der City gelebt hatte. Ich war viel herumgezogen und hatte versucht, herauszufinden, was ich tun wollte, wie ich den Rest meines Lebens verbringen wollte. Damals übernahm ich schon Aufträge in Taumland und brachte den Mist in Ordnung, den ich selber mit angerichtet hatte. Dadurch lernte ich ein paar merkwürdige Leute kennen. Ich sackte immer tiefer ab, würden Sie vielleicht sagen.

Ich hatte kein Büro mit meinem Namen auf einer Milchglastür, aber das machte keinen großen Unterschied. Ich war ein Schwachkopf. Ich bin schon immer ein Schwachkopf gewesen, aber damals war es am schlimmsten. Ich hatte gefunden, wonach ich suchte, und saß dann ziemlich auf dem Trockenen. Ich hatte noch keine Charakterstärke entwickelt, auf die ich mich hätte stützen können. Ich war nur ein heulender kleiner Junge, der herumzog und nach Entschuldigungen suchte, um sich selbst leid zu tun. Wenn man jemanden, wie gesagt, gut kennt, haßt man ihn irgendwann, und ich kannte mich selbst viel zu gut. Ich hatte mein Innerstes gesehen, mich selbst auseinandergerissen und tobte nun zwischen den Fetzen herum, weil ich hoffte, etwas zu finden, woran ich mich festhalten konnte, aber da war nichts mehr. Von mir war nichts mehr übrig. Ich hatte nur noch meine Erinnerungen, und der leere Raum dazwischen war mit ekligem Matsch erfüllt.

Damals flehte ich zu Gott, daß ich einen kleinen Job annehmen würde, etwas ganz Gewöhnliches, um eines Tages entmannt und entwaffnet in einem Hinterzimmer zu sitzen und mir von jemandem das Gesicht zerschmettern zu lassen, der nicht wußte, wer ich war, und dem es auch völlig gleichgültig war. Lange Zeit war es das einzige, was ich wollte: daß mir jemand weh tat. Ich habe es mir immer wieder vorgestellt, wie ich zusammengeschlagen wurde oder ich mich selbst verstümmelte. Dann hörte ich damit auf, weil mir alles egal war, so daß ich mich nicht einmal mehr hassen konnte.

Das einzige, was mir damals ein gutes Gefühl geben konnte, waren Rafes Machenschaften, weil er der Böse war. Wenn er in der Nähe war, konnte ich so tun, als wäre ich auf der Seite des guten. Dann konnte ich mir ein weißes Pferd herbeizaubern und darauf reiten. Jeder braucht das Gefühl, in seinem eigenen Leben der Held zu sein. Jeder braucht das

Gefühl, auf der Seite des Guten zu stehen, auch wenn dazu viele Lügen nötig sind. Doch die Wahrheit ist, daß man einfach nur das tut, was man tun will, daß man sich selbst schützt und die Leute umzubringen versucht, die einem in die Quere kommen wollen.

Ich habe niemals behauptet, daß ich der Gute wäre. Es gibt keine Guten.

Ji hatte einfach nur Pech gehabt, daß ich gerade mit ihm arbeitete, als die Krise ihren Höhepunkt erreichte, als Rafe beschloß, die Schleier wegzureißen. Rafe hat ihm wirklich übel mitgespielt, also mußte Ji auf meiner Seite sein und mir helfen, wenn er weiterleben wollte. Ich hatte Ji das Leben gerettet und er mir. Und jetzt wollte Rafe uns beide.

Dann hörte ich, wie irgendwo ein Auto angelassen wurde, wie ein Hund bellte und eine Flasche zerschmettert wurde. Alles bedeutungslose Fragmente wie Schritte auf Steinpflaster. Wir hörten ein nasses Geräusch und blickten zur Seite. Ein Mann mit grünem Lidschatten und blauem Lippenstift hockte neben den Resten einer Leiche und kaute mit mahlenden Kiefern.

»Ein Etwas?« fragte Ji.

»Ja«, sagte ich. »Sie versammeln sich.«

Etwas anderes huschte in der Dunkelheit knapp außerhalb unseres Gesichtsfelds vorbei, und in Jis Gesicht zuckte es.

»Dieses verdammte Diliganz II gibt es überhaupt nicht, stimmt's?«

»Richtig«, sagte ich. »Keine Spur.«

»Glaubst du, Alkland hat es gewußt?«

»Nein. Er war nur ein unbeteiligter Passant, der selber genug Probleme hatte. Er hatte keine Ahnung, was gespielt wurde. Sogar ich hatte keine Ahnung. Ich habe ihn nach Katzen getragen, weißt du noch? Ich habe Rafe hineingebracht. Darum wollte sich das Tor nicht öffnen. Als Alkland mir von Diligenz II erzählte, hätte ich ihm eine Frage stellen müssen. Ich hätte ihn fragen sollen, wie er es entdeckt hat.«

»Warum hat sich Rafe nicht eher gezeigt? Ich meine, wenn er schon seit Wochen in Alkland steckt, warum ist er nicht sofort hervorgekommen, um dich zu holen?«

»Ich glaube nicht, daß es so war. Ich denke, er war nur kurz in ihm, um ihm die Idee mit Diligenz II einzupflanzen und dann Alkland als Köder auszuwerfen. Dann dürfte er zurückgekommen sein, während Alkland allein in Taumland festsaß. Warum er da noch gewartet hat, weiß ich nicht. Vielleicht war er nicht stark genug. Vielleicht wollte er nicht nur mich, sondern auch dich. Ich weiß es nicht, Ji.«

»Was ist drüben im Hotelzimmer passiert?«

»Auch das war ein Etwas. Es muß eins gewesen sein.«

»In der City? Wie, zum Teufel, ist es da hingekommen?«

»Ich weiß nicht. Durch Rafe vermutlich. Das hat er auch beim letzten Mal versucht, weiß du noch? Die Mauer niederzureißen.«

»Wo ist er jetzt?«

»Ji, ich weiß es wirklich ...«

Plötzlich war überall Lärm, ein tosender, explodierender Schrei. Von einem Augenblick auf den anderen wich die Dunkelheit einem grellroten Licht. Hunderte von Gesichtern umringten uns in übereinanderliegenden Reihen und in einem vierzig Meter durchmessenden Kreis, und jedes Gesicht zeigte dieselbe anklagend schreiende Fratze. Wie ein Stroboskop-Blitz umgab uns das Bild und das Schreien der elenden Gesichter, und dann war es ebenso plötzlich wieder dunkel und still.

»Scheiße«, sagte Ji zitternd. Ich mußte ihm zustimmen.

Wir gingen eine Weile etwas langsamer weiter, und dann blitzte das Licht erneut auf, während die Schreie noch lauter und schrecklicher dröhnten. Schließlich verschwanden sie wieder. Wir blickten uns nervös in der Dunkelheit um, und als wir gerade einen Schritt weitergehen wollten, ging das Spektakel von neuem los. Das Kreischen hämmerte sich wie eisige Fäuste in unsere Schädel. Blut schoß Ji aus der Nase und tropfte auf das Steinpflaster.

Dann war wieder Dunkelheit und Stille, und wir hatten kaum die Zeit, uns zu rühren, bevor die Gesichter erneut erschienen. Dunkelheit und Schrecken wechselten sich in immer schnellerer Folge ab, bis es ein ständiges Flackern aus Lärm und Zorn war. Dann blutete auch meine Nase auf mein Hemd, und wir drückten die Hände auf die Ohren, obwohl wir wußten, daß es nichts nützen würde. Wir krümmten uns hinter dem Gewicht des Lärms und der Schmerzen, und da jetzt mehr Licht als Dunkelheit herrschte, konnte man hinter dem Ring aus Gesichtern erkennen, daß sich dort dunkle Türme erhoben. Die Türme waren ohne Struktur und standen vor einem Himmel, der ein wirbelndes Schwarz war, ein Himmel, der nicht hinter den Gebäuden blieb, sondern sich wie dunkle Schatten wirbelnd nach vorn bewegte.

Als das Flackern immer heller wurde, begann sich der Ring aus Gesichtern zu nähern. Alles Licht war jetzt in ihnen, ein widerliches rotes Glühen, das mit Streifen aus bleichem Gelb durchmischt war. Dahinter herrschte ein trübes Zwielicht aus verlaufenen Farben, die sich spiralförmig nach oben schraubten, um sich mit dem Himmel zu vereinen.

Es war eine Alptraumversion des Turn-Viertels, und während wir weiterstolperten, versuchte ich Ji nach unten zu drücken, damit er es nicht sah.

Der Kreis wurde immer enger, und die Gesichter kamen immer näher. Jedes Augenpaar war eins, das ich kannte. Zendas war da, und Shelbys, und das meines Vaters und meiner Mutter, und sie sprangen von einem austauschbaren leeren Gesicht zum nächsten, die allesamt von der Gewalt der markerschütternden Schreie verzerrt waren.

Plötzlich lag ein Baby auf dem Boden. Es hatte keinen Unterkiefer. Sein Gesicht war mit braunen Entzündungen übersät, und Blut tropfte aus einem Mund auf die Steine, während es auf uns zukroch und eine schmierige Spur aus Fleischfetzen hinter sich herzog.

Ji und ich schrien hilflos, brüllten gellende Schreckensschreie, die fast gleichzeitig mit den Lichtblitzen kamen. Gedankenlose, unkontrollierte Schreie, Körper ohne Geist, die im Takt eines Metronoms ihren Schrecken hinausschrien. Der Oberkiefer des Babies sackte in sich zusammen und fiel heraus, als es nach Jis Hand langte und er mit einem Muskelreflex zurücksprang, an dem sein Wille keinen Anteil hatte.

Wir wußten inzwischen gar nicht mehr, wer der andere war, und nahmen uns gegenseitig nur als Gestalt wahr, die sich ebenfalls in dieser Dunkelheit befand. Jis Augen starrten blicklos an meinen vorbei zum Himmel hinauf. Er öffnete heulend den Mund, als er sah, wo er war. Er heulte noch einmal, und die Sehnen in seinem Nacken spannten sich bis zum Zerreißen an, während jeder Muskel seines Körpers sich verkrampfte und sein Körper in alle Richtungen gleichzeitig fliehen wollte. Sein Gesicht schnellte noch einmal an meinem vorbei, und er hatte überhaupt keine Ahnung, wer ich war.

Er machte einen Satz auf die Mauer aus Gesichtern zu, wobei sein Fuß durch den Rücken des Babies brach und ihn unter seinem Gewicht zerquetschte. Er schlug wahllos auf die Gesichter ein, die unter seinen Händen zerplatzten. Schillernder Schleim quoll unter der Haut hervor. Ji stürmte durch die Mauer,und als er sein Bein hob, riß er das Baby mit hoch, das von seinem Fuß aufgespießt worden war. Als ich auf die Mauer zutaumelte und Ji folgen wollte, sah mich das Baby an und gluckste.

»Es wäre eine Tochter geworden, Stark«, sang es düster. »Es wäre eine Tochter geworden.«

Ich versetzte ihm einen Fußtritt, der ihm den Kopf abtrennte und gegen die Wand klatschen ließ. Und als die schleimige Substanz hinunterlief, bildete sie ein Muster, das Muster eines Baumwollkleides von vor langer Zeit.

Zu Anfang waren Rafe und ich Partner. Wir waren die einzigen Leute, die wußten, wie die Sache funktionierte, die einzigen, die in die Träume anderer Leute einsteigen konnten. Taumland gehörte uns, und wir durchstreiften es, lernten es kennen und entdeckten, wie es funktionierte. Es war wunderbar. Wie ein Abenteuerspielplatz. Wir waren wieder jung und erinnerten uns, wie es war. Badeten uns in einer Sonne, wie sie einmal gewesen war, als wir noch wußten, daß der folgende Tag nur eine aufregende Version des heutigen sein würde, als die Sommer noch ewig zu dauern schienen.

Bevor wie den Weg hinaus fanden, wußten wir natürlich nicht wirklich, was es war. Es kam uns wie eine Traumwelt vor, und es ging zu wie in einer Traumwelt, aber wir wußten es nicht wirklich. Dann entdeckte Rafe, daß wir die Mauer durchstoßen konnten. Es war immer Rafe, der etwas entdeckte, außer beim ersten Mal. Er führte an, und ich folgte ihm, wie ich es schon immer getan hatte. Wenn ich an den Rafe jener Zeit denke, erinnere ich mich nur an seinen Rükken und an meinen keuchenden Atem, während ich mit ihm mitzuhalten versuchte.

Mit der Zeit hielt ich mich jedoch immer länger in der City auf. Ich war zu lange ziellos durch die Gegend getobt, und ich war ausgebrannt. Ich brauchte eine Grundlage, irgend etwas Vertrautes. Ich wußte damals schon, daß ich es von Zuhause nicht mehr bekommen konnte, aber ich brauchte es von woanders. Ich glaube, das war der Punkt, an dem Rafe mir entglitt, als ich allem, was wir entdeckt hatten, den Rücken zukehrte, als ich meinen Mut verlor und mein Bedürfnis nach Abenteuer, koste es, was es wolle. Und dann traf ich Zenda.

Ich traf Zenda und verlor sie wieder. Sie hatte mir eigentlich nie gehört, und daran erkannte ich, daß ich im Grunde genommen immer noch dieselbe Person war, daß die Flucht und die Entdeckungen mich überhaupt nicht verändert hatten.

Das tat weh. Es schmerzte mich sehr. Zenda war alles, was ich jemals gewollt hatte, aber ich habe nie versucht, es mir zu nehmen und ihr zu zeigen, was ich empfand, außer einmal.

Ich vermute, sie war traurig. Nach einer Weile hörte sie auf, neben mir zu stehen und sich zu fragen, ob wir uns ewig aufeinander freuen sollten. Sie wandte sich ab und setzte ihr eigenes Leben fort. Sie bewegte und entwickelte sich weiter, aber nicht weg von mir, und ließ mich allein in dem Sarg stehen, den ich mir selbst gezimmert hatte. So weit gekommen und doch am selben Ort geblieben zu sein, war mehr, als ich ertragen konnte, und als ich erfuhr, was Rafe mir zu sagen hatte, zerbrach ich. Alles, was ich erreicht hatte, war, mich selbst zu zerfetzen und meine Wurzeln zu kappen. Jetzt wuchs nichts mehr nach, und ich erlebte, wie lange ein Baum noch gesund aussehen konnte, nachdem er innerlich bereits tot und ausgetrocknet war.

Rafe hatte unterdessen Fortschritte gemacht. Es war nicht mehr derselbe Mensch, er hatte seine Zeit nicht verplempert. Er war weitergegangen und hatte sich verändert wie jeder andere auch. Jeder außer mir, und als ich ihn betrachtete, stellte ich fest, daß ich ihn überhaupt nicht mehr kannte, den einzigen Menschen auf der Welt, der wußte, wer ich war.

Ich weiß nicht, was damals seine Absichten waren. Ich sah ihn nur noch selten, und nach einer Weile begegneten wir uns nur noch in unseren Träumen. Und da war bereits alles auseinandergefallen, und wir haßten uns so sehr, daß wir in unserer gegenseitigen Mordlust beinahe die Welt zerstört hätten. Ich schwöre, daß ich damals dachte, ich wäre derjenige auf der rechten Seite, und ich glaube immer noch daran.

Aber das ist sehr schwer zu beurteilen, und als es zur Sache ging, war es völlig unwichtig, wer von uns beiden recht hatte. Wir hatten Taumland verändert, und Taumland hatte uns verändert. Ich tötete Rafe, um Taumland zu retten, um die Erinnerung an die vergangene Kindheit zu bewahren. Ich tötete ihn auch, weil ich seinen Tod wollte. Aber wir waren starke Träumer, Rafe und ich, also habe ich ihn am Ende gar nicht getötet.

Er war schon immer schneller als ich gewesen, war mir immer einen Schritt voraus. Wie auch jetzt. Da war ich, trieb mich immer noch wie eine armselige Philip-Marlowe-Karikatur in der City herum, wollte cool sein, wollte witzig sein, wollte irgendwas sein. Und er hat mich zum Narren gehalten.

Ja genau, schnapp dir jemanden aus dem Zentrum, damit Zenda eingeschaltet wird und Stark ruft. Dann sag, daß

Idylle in Gefahr ist, Zendas Heimat-Vierte, damit er ihretwegen die ganze Sache auf sich nimmt. Dann gib Alkland schlimme Alpträume, damit Stark sich an Dinge erinnert, deretwegen er lieber sterben würde, nur um nie vergessen zu können. Ja genau, denn Stark wird nichts merken, weil er einfach zu blöde ist.

Und warum hatte er all dies tun können? Weil ich es zugelassen habe.

Sobald ich aus dem Ring heraustrat, stürzte ich und knallte mit der Wange auf das heiße Kopfsteinpflaster. Das Baby an Jis Fuß versuchte mich immer noch anzusingen, obwohl es gar keinen Kopf mehr hatte, und das rasselnde Summen seines Atems verstärkte das Rauschen in meinen Ohren. Ich rappelte mich auf und folgte Ji. Ich rief ihm nach, schrie ihm nach, er solle aufhören. Aber er konnte mich nicht hören und erinnerte sich wahrscheinlich nicht einmal daran, daß ich noch hier war.

Ich schlitterte über die rutschige Straße und folgte eigentlich nur dem Geräusch von Schritten. Die Luft war zu dick, als daß ich noch etwas sehen konnte. Sie war giftgrün. Außerdem war es heiß, viel heißer als in Turn, und während ich lief, wurde die Luft zähflüssig, geronn zu Gestalten, die gegen mich stießen und fester wurden, bis ich mich durch einen lockeren Berg aus Fleisch kämpfte, der sich wand und dehnte. Es war, als würde ich in der Dunkelheit durch ein Meer aus abgetrennten Gliedmaßen laufen, durch Arme und Beine, die mich vollständig einschlossen und beiseite glitschten, während ich mich durch sie hindurchzwängte. Ich konnte nichts mehr hören, und ich sah nur noch dunkelgrün, als wären meine Augen geschlossen, aber ich kämpfte mich weiter, um Ji einzuholen, obwohl ich in gewisser Weise bereits bei ihm war.

Ich prallte gegen etwas sehr Hartes und stellte fest, daß es eine Wand war. Ich tastete ein wenig herum und fand dann eine Tür, die ich gegen das Gewicht der herabstürzenden Luft aufdrückte. Ich stürmte in den Eingang und stolperte erneut, weil kurz darauf eine Treppe kam. Ich kroch so schnell ich konnte die Stufen hinauf, während ich das Gefühl hatte, ein Teil meines Geistes wäre an den Boden genagelt und mein Fleisch würde mit jedem Schritt, den ich machte, zurückgerissen. Es war, als wären meine Sehnen zum Zerreißen gespannt.

Als ich oben ankam, stand ich wieder auf und trottete über schmierige Fliesen weiter, während die sirupartige Luft immer heißer wurde und ich Ji langsam einholte. Er war mir immer noch ein paar Meter voraus, aber ich spürte ihn zerren, spürte, daß ganz Taumland sich in diesem vermoderten Korridor dieses toten Gebäudes zusammenballte. Es trieb mich erbarmunslos weiter, und jeder Schritt fühlte sich an wie die Nachricht, daß ein geliebter Mensch gestorben war, jeder Atemzug war wie der Schlag eines heißen Bügeleisens ins Gesicht. Ich hörte einen Schrei und kämpfte mich noch verzweifelter durch den zähen Schleim der Luft, die jetzt aus Fleisch zu bestehen schien. Ich hatte jegliches Gefühl für Zeit und Raum verloren. Mein Kampf hätte Minuten oder Stunden dauern können. Er hätte Jahre dauern können.

Dann stieß ich wieder unvermittelt gegen etwas Hartes. Ich tastete nach einer Tür, fand aber keine, sondern nur rauhe Steinfugen.

Ich blickte nach oben. Ein paar Meter über mir keuchte rasselnd die Luftröhre des Babies, und dann verschwand sie schmatzend in der Wand. Aber es war gar keine Wand. Es war der Fußboden, und Ji kroch ein Stück vor mir, er kroch auf etwas zu, das in der Ecke des Raumes heulte. Ich zerbrach mir die Fingernägel in den Steinfugen, als ich hinter ihm herkletterte. Aufzustehen, war undenkbar, völlig undenkbar. Selbst die Vorwärtsbewegung fühlte sich an, als würde man seinen Kopf durch Stein bohren.

Ich spürte eine trockene, warme Hand auf meiner und zog sie zurück, noch bevor ich das Gefühl wiedererkannt hatte. Als ich den Dreck an meinen Fingern bemerkte, wußte ich, daß ich die Hand eines Vaters gespürt hatte. Und als ich den Gestank des Schleims roch, durch den ich kroch, wußte ich, was es war und wo ich war. Ich war schon einmal hiergewesen und hatte Ji zurückhalten können. Doch damals war ich stärker gewesen.

»Ji, nein!« schrie ich. Ich schüttelte das verweste Fleisch von meiner Hand und beugte meinen Rücken gegen das Gewicht in meinem Kopf. Ich konnte nicht aufstehen, aber ich bewegte mich jetzt etwas schneller und sah, wie Ji sich vor den Füßen einer Frau auf die Knie erhob. Sie hatte wallendes schwarzes Haar und zitterte wie etwas Geronnenes, und ihre Augen waren ebenfalls schwarz, weil ihr Kopf voller Spinnen war.

Sie lächelte Ji an, der die Arme nach ihrem Schoß ausstreckte und sich zu ihr hinaufzog, und ihr Lächeln war das Schlimmste, was ich jemals gesehen habe. Ji wandte ihr das Gesicht zu, in dem all die Schmerzen standen, die er seit ihrem Tod durchlebt hatte, und all die Leiden eines Erwachsenen, die sie nicht hatte lindern können. Sie streckte ihre Arme aus und strich mit ihren Händen über sein Gesicht, und ich wußte, daß ich ihn diesmal nicht würde retten können.

Denn sie streichelte ihn nicht, sondern kratzte mit ihren Fingernägeln unter seinen Augen über die Wangenknochen. Sie riß die Haut auf, und als die Schnitte tief genug waren, schob sie ihre Finger hinein, arbeitete sich bis zum Knochen vor und lockerte die Haut. Ji schrie, versuchte aber nicht zu entkommen. Er wollte gar nicht fliehen. Er wollte bei seiner Mutter sein.

Als ihre Finger tief genug vorgedrungen waren, stand sie auf, stemmte die Beine auseinander und zerrte an Jis Kopf, bis er mit dem Hals wie eine Zahnwurzel aus dem Körper gerissen wurde. Als sie ihn hochhob und dann zu Boden schleuderte, bewegten sich seine Lippen immer noch. Das letzte, was er schrie, galt mir.

»Du gibt es, Stark! Du hast es getan!«

Er zerschellte vor mir auf dem Boden, und plötzlich konnte ich wieder stehen. Ich konnte stehen, weil ich endlich verstanden hatte. Es war nicht Ji, der gesprochen hatte, trotzdem war es wahr. Ich hatte es getan. Ich war für alles verantwortlich.

Ich lief auf Jis Mutter zu und stürzte mich auf sie. Sie verschwand, bevor ich sie erreichte, so daß ich über Jis Körper stolperte und stürzte. Noch während ich flog, sah ich im Augenwinkel etwas Schwarzes, einen schwarzen Mantel, dem ich immer gefolgt war, den Mantel des Mannes, der mir immer vorausgegangen war. Ich erkannte die Beschaffenheit des Materials, die Naht auf der Mitte des Rückens und wie sich der Stoff hinter jemandem bauschte, der immer unterwegs war. Ich hörte seinen Atem und seine Fußtritte auf dem Stein, und ich erinnerte mich, daß es ein heldenhaftes Geräusch war, damals, als wir noch Helden waren, als wir noch Freunde waren. Und ich erinnerte mich, wie sehr ich dieses Geräusch und diesen Mantel geliebt hatte. Die letzten Schlammablagerungen wurden aus mir hinausgespült, und alles, was übrigblieb, waren Erinnerungen.

21. KAPITEL

Ich lernte Robert Afeld kennen, als ich acht war. Zu der Zeit lief ›Stark-Bücher‹ recht gut. Der Laden florierte auf die stille Weise, wie mein Vater es gewollt hatte, und wir waren in ein Einzelhaus in der Vorstadt umgezogen. Ich war ein ruhiger Junge, ernsthaft und büchervershessen, der immer sein Zimmer aufgeräumt hielt und höflich zu Besuchern war.

Als Rafe auf meine Schule kam, hatte ich mir dort mein eigenes Leben eingerichtet. Ich war der Stille und Fleißige. Das war alles, was die meisten von mir wußten, und es gab nur wenige, die mehr wissen wollten.

Rafe war ganz anders. Rafe war der böse Junge, der immer im Gang stehen mußte, der offenbar keine Stunde verstreichen lassen konnte, ohne etwas zum Lehrer zu sagen, an dem dieser Anstoß nahm. Er war nicht dumm, nur ungeduldig, aber Schulen mögen keine ungeduldigen Kinder.

Unsere Freundschaft begann durch einen unwahrscheinlichen Zufall. Ich spielte mit ein paar Klassenkameraden

Murmeln auf dem Pausenhof, und Rafe befand sich in einer zweiten Gruppe ein paar Meter weiter. Die Gruppen auf dem Pausenhof verhielten sich wie unabhängige Staaten zueinander, die überhaupt nicht auf die Anwesenheit des Nachbarn achteten. Zu dem Zeitpunkt hatte ich noch nie mit Rafe gesprochen, nicht ein einziges Wort. Obwohl wir seit ein paar Monaten in dieselbe Klasse gingen, hatten sich unsere Wege noch nie gekreuzt. Wir waren wie zwei Stücke Treibholz, die auf verschiedenen Seiten eines Flusses trieben. Das Komische daran ist, daß es für immer so geblieben wäre, wenn es nicht diese Delle im Asphalt des Pausenhofs gegeben hätte. Dann wäre all das nie passiert.

Ich kann mich heute nicht einmal mehr daran erinnern, wie man Murmeln spielt. Ich habe nicht die leiseste Ahnung, was das für Spielregeln waren, die uns damals so wichtig erschienen. Ich erinnere mich nur, daß eine von mir geworfene Murmel über diese Delle im Asphalt sprang, in das Nachbarspiel rollte und dort die Murmeln durcheinanderbrache.

Ich war sofort aufgesprungen, um mich zu entschuldigen, guter kleiner Junge, der ich war, aber Rafe wollte davon nichts wissen. Er hob meine Murmel auf und warf sie über den Zaun. Das war dumm und kindisch, aber Rafe hatte ein paar schwere Monate in der Schule durchgemacht, und es zeichnete sich bereits ab, daß er für den Rest seines Lebens der böse Junge sein würde. Ich stellte fest, daß er eine durchaus nachvollziehbare Reaktion gezeigt hatte, denn bevor ich wußte, was ich tat, schnappte ich mir wütend eine von seinen Murmeln und warf sie ebenfalls über den Zaun.

Rafe starrte mich einen Augenblick lang verblüfft an. Dann holte er sich eine Handvoll Murmeln aus unserem Spiel und warf sie weg. Inzwischen hatten sich die Jungen, mit denen wir gespielt hatten, auf eine sichere Entfernung zurückgezogen, so daß wir beide ganz allein dort am Zaun standen und abwechselnd unsere hart erkämpften Murmeln mit dem Zorn von Göttern über den Zaun warfen.

»Was, zum Teufel, treibt ihr denn da?«

Als wir das Kreischen hörten, drehten wir uns gleichzeitig um und sahen Mister Marchant wie einen kantigen Hurrikan auf uns zustürmen. Plötzlich waren wir nur noch zwei kleine Jungen, die man erwischt hatte. Und als der Lehrer uns anbrüllte und wissen wollte, was wohl passiert wäre, wenn jemand hinter dem Zaun gestanden hätte, schämten wir uns und kamen uns wie Volltrottel vor. Wir wurden zurck in die Schule geführt und mußten auf der Bank vor dem Büro des Schuldirektors warten.

Dort wurde unsere Freundschaft geschlossen. Der gute und der böse Junge, die wegen desselben Verbrechens auf derselben Bank saßen. Wir hatten uns nichts zu sagen, aber während wir dort saßen, standen wir die Sache gemeinsam durch, und Rafe lächelte mich an, als ich ins Büro gerufen wurde. Er hatte ein gutes Lächeln.

Anschließend nickten wir uns immer zu, wenn wir uns in den Gängen trafen, und irgendwann redeten wir auch miteinander. Mit zehn Jahren waren wir die besten Freunde.

Ich bin schon einmal in Gedächtnis gewesen, vor langer Zeit. Eigentlich unterscheidet es sich gar nicht so sehr von Taumland. Es ist nur einfacher und solider.

Wie gigantische Redwoods standen große Bäume beiderseits des Weges und erstreckten sich so weit ich sehen konnte in die Dunkelheit. Es war ähnlich wie der Wald, durch den Alkland und ich gekommen waren, nur majestätischer und schlichter.

Ich liebte Redwoods. Die Stämme waren mehrere Meter dick und ragten in den Himmel auf. Sie begannen sich erst dreißig Meter über meinen Kopf zu verzweigen. Ganz weit oben war das dichte und undurchdringliche Blätterdach, das kein Licht hindurchließ. Ich ging den Weg geradeaus weiter, ohne mich darum zu kümmern, was hinter mir lag. Es ging nicht anders.

Ich bildete mir gerne ein, daß ich Rafe vor etwas gerettet habe, daß er ein schlimmes Ende genommen hätte, wenn er nicht mein Freund geworden wäre, daß er vermutlich durchgefallen und von der Schule geflogen wäre. Vielleicht ist das sogar die Wahrheit. Aber die Wahrheit ist auch, daß Rafe mich ebenfalls gerettet hat.

Was ich hatte, waren Gedanken, Reflexionen und ein Interesse an Dingen, die über das Hier und Jetzt hinausgingen. Ich hatte schon immer viel gelesen, ich mußte es einfach, in Anbetracht meiner Eltern. Ich wußte, daß es Welten jenseits der Welt gab, in der wir lebten, Welten, die man auf dem Papier entdecken konnte.

Aber ich war kein ›Mann der Tat‹. Ich war ein Sessel-Romantiker, jemand, der dasaß und dachte und es vielleicht mit zunehmender Sinnlosigkeit bis ans Ende seiner Tage getan hätte. Rafe war das Gegenteil, er war ein Wirbelwind der Aktivität und des unbändigen Willens. Er war immer unterwegs, ging irgendwohin und tat irgend etwas.

Mit der Zeit wuchsen wir immer enger zusammen. Wir verstrickten uns ineinander, bis wir zwei Hälften eines Ganzen wurden. Rafe brachte mir bei zu handeln, und ich brachte ihm bei zu denken. Ich war jemand, den er mit sich reißen konnte, und er war jemand, an dem ich meine Ideen ausprobieren konnte. Mit der Zeit lernte ich, auch ihn gelegentlich mitzureißen, und manchmal hatte auch er Ideen.

So war es Rafes Idee, Musik zu machen. Er bequatschte seine Eltern, ihm eine Gitarre zu kaufen, als er vierzehn war, und meine Eltern mußten bald nachziehen. Ich muß lächeln, wenn ich jetzt an ihre damalige Nachsicht denke. Steht es irgendwo im Elternvertrag, daß man sich neben allem anderen auch noch mit abartig lauten und gräßlich stümperhaft gespielten Elektrogitarren abfinden muß?

Wir entdeckten dieselben Bands, lernten dieselben Griffe und quälten uns mit denselben Melodien ab, und als wir sechzehn waren, sahen wir darin unsere Zukunft. Wir wollten in einer Band spielen und berühmt werden. Wir glaubten an uns und daran, daß uns nichts davon abhalten konnte. Wir hatten einen gemeinsamen Willen, und wir wollten die Welt unserem Willen entsprechend verändern.

Natürlich geschah nichts von alledem. Nach all der zusammen verbrachten Zeit, nach all den Gemeinsamkeiten waren wir immer noch verschieden. Meine Freundinnen waren intelligent, seine einsilbig, und unsere Prüfungsarbeiten fielen genauso aus. Als die Schule zu Ende war, hatte ich einen Studienplatz und Rafe nicht.

Also ging ich weg, und wir sahen uns nur noch in den Semesterferien und an gelegentlichen Wochenenden, wenn Rafe sich aufraffte und mich in der Stadt besuchte. Dann bedröhnten wir uns und redeten die ganze Nacht lang. Wir konnten nicht mehr üben, und allmählich verblaßte die Idee von einer gemeinsamen Band, obwohl wir ab und zu noch davon träumten, während wir auf dem Fußboden meines Zimmers lagen, weil wir zu bekifft waren, um noch aufrecht sitzen zu können.

Also entwickelten wir statt der Musik eine neue Gemeinsamkeit. Eine Idee.

Was bringt die Menschen dazu, sich immer wieder andere Welten vorzustellen, andere Realitäten hinter der, die jeder wahrnehmen kann? Es kann nicht nur vom Lesen kommen, denn viele Leute lesen, und nur wenige glauben und fühlen irgendwann das, was ich glaubte und fühlte. Ich glaube, manchen Menschen passiert etwas, wie es auch mir passiert ist, eine zufällige Wahrnehmung oder ein unerklärliches Ereignis, das ihnen eine Überzeugung gibt, die sie nie wieder verlieren, auch wenn sie sich gar nicht mehr daran erinnern, was der ursprüngliche Auslöser gewesen ist. Ich kann mir nicht vorstellen, daß viele von ihnen einen kopflosen Mann vor der Tür gesehen haben, als sie noch Kinder waren, aber irgend etwas müssen sie erlebt haben, das ihnen diese Überzeugung vermittelt hat. Manche Leute werden dadurch verleitet, seltsamen und verworrenen Religionen zu folgen, in verdunkelten Zimmern im Lotussitz zu hocken und sehnsüchtig nach etwas zu streben, was ihrer Ansicht nach irgendwo da sein muß. In meinem Fall entwickelte es sich ganz anders, und ich nahm Rafe mit auf diesen Weg.

Ich erkannte, daß das Bewußtsein, das man tagsüber hat, dasselbe ist wie während der Nacht. Das klingt vermutlich nicht wie ein bahnbrechender Gedanke, aber trotzdem hatte er bedeutsame Konsequenzen, wie sich im weiteren Verlauf zeigte. Das Bewußtsein, das im Traum scheinbar aus dem Nichts Szenen und Ereignisse entstehen läßt, ist dasselbe Bewußtsein, das nur auf äußerst dürftige Weise phantasieren kann, wenn man wach ist. Ich überlegte mir nun folgendes: Wenn man sein Bewußtsein darauf trainieren könnte, im Wachzustand genauso zu funktionieren wie im Schlaf, dann müßte man träumen können, während man wach ist, und eine ganz andere Welt wahrnehmen.

Rafe und ich haben es im Lauf der Jahre immer mal wieder versucht. Wir haben Konzentrationsübungen gemacht und unsere Phantasie trainiert. Aber es funktionierte nicht, so daß wir das Interesse verloren und wieder mal eine New-Age-Erleuchtung den Bach runterging.

Ich weiß jetzt, daß wir uns schon damals auseinander entwickelten, daß unsere ehemals nahtlose Verbundenheit schon zu diesem Zeitpunkt Risse bekommen hatte. Gemeinsame Erlebnisse und eine Freundschaft seit Kindertagen können einen ziemlich lange zusammenhalten, aber all das kann sich nicht gegen den Rest der Welt durchsetzen und auch nicht gegen einen selbst.

Als ich mein Studium beendete, war ich immer noch ein Junge, auch wenn ich älter und trauriger geworden war. Ich lebte eine Zeitlang wieder bei meinen Eltern, während ich mir klarzuwerden versuchte, was ich mit meinem Leben anfangen wollte. Rachel setzte das Studium fort, um noch einen weiteren Abschluß zu erreichen.

Ich lernte Rachel im ersten Semester kennen, und wir verliebten uns ineinander. Es war wirklich ganz einfach und wundervoll. Wir ließen uns Zeit und kamen uns vorsichtig näher, als hätten wir damals schon gewußt, daß es so das Beste sein würde. Erst nach Monaten geschah das Unvermeidliche, doch als es geschah, kehrten wir unseren alten Partnern sofort den Rücken.

Wie soll man es anstellen, wenn man jemandem sagen will, daß man ihn liebt? Ich kann mich an so viele Augenblicke erinnern, an so viele Bilder. Wir sitzen auf dem Oberdeck eines Busses und grinsen uns gegenseitig an, während dieses überwältigende Gefühl uns sprachlos macht. Wir hocken an einem dunklen Winternachmittag in einem warmen Zimmer, und nur die grünen Lämpchen an der Stereoanlage in der Ecke und weiße Schatten von der Straßenbeleuchtung spenden etwas Licht. Wir gehen Arm in Arm, und ich spüre die Festigkeit ihres Körpers an meinem, als wir um eine Ecke biegen. Wir sitzen an verschiedenen Arbeitstischen und drehen uns im selben Augenblick um, um uns anzulächeln und uns zu zeigen, daß wir da sind. Ich liege hinter ihr im Bett, sie drückt meinen Arm fest gegen ihre Brust, und ich horche, wie sie im Schlaf gleichmäßig atmet.

Jeder versteht die schlimmen Augenblicke, aber wie soll man die guten erklären? Ich kann versuchen, es Ihnen zu erklären, aber ich schaffe es niemals, daß Sie sie genauso sehen. Ich kann Ihnen eine Postkarte schicken, aber Sie können nicht selbst herkommen, um es sich anzusehen.

Ich habe sie geliebt. Ich liebe sie immer noch. Ich werde sie immer lieben.

Es ging während unseres letzten Studienjahres schief. Rachel war ein sehr hübsches Mädchen, das bei weitem schönste Mädchen, mit dem ich jemals zusammen gewesen war. Leider wurden auch andere Leute auf sie aufmerksam. Ich war unsicher und hatte viel zu tun. Wir sahen uns nicht mehr so oft an, und unsere Arme lagen nur noch locker auf den Schultern des anderen.

Wir beide haben Fehler gemacht, wir haben beide Nächte erlebt, in denen jemand anderer kam, um die Kontrolle über unsere Körper zu übernehmen und sich zu nehmen, was verfügbar war. Und wir dachten nicht daran, wie es am Morgen sein würde. Wir liebten uns immer noch sehr und blieben zusammen. Wir flickten und reparierten, aber das funktioniert nicht, wissen Sie, nicht wirklich. Man kann die Risse mit Reden und Versprechungen zukleistern, sich entschuldigen und Besserung loben, sich streiten und Tränen vergießen, aber wie unsichtbar und stark der Kleister auch sein mag, es ist eben Kleister. Darunter ist immer noch der Riß.

Es war noch viel schlimmer, als ich ging. Zu der Zeit war ich so unsicher, so verbittert und mißtrauisch, daß ich in allem nur schlechte Vorzeichen sah. Ich lebte in einer selbstgeschaffenen Welt, deren Wände in den Farben der Treulosigkeit und des Schmerzes tapeziert waren. Damals war ich von Rachel und von unserer Beziehung besessen. Ich konnte mir nicht vorstellen, ohne sie zu leben, konnte mir nicht vorstellen, wie ein Leben ohne sie aussehen könnte. Ich versuchte mit allem, was geschah, fertigzuwerden, es zu verzeihen und es unter mildernden Umständen zu betrachten. Ich kämpfte einen endlosen, verzehrenden Kampf gegen das Unvermeidliche, genauso wie sie, da auch ich nicht vollkommen war. Und trotzdem blieben wir zusammen, bauten weiter an unserer tristen Welt, überhäuften uns gegenseitig mit unserer geronnenen Liebe und schwankten auf den Stelzen unserer Erinnerungen.

In meiner zunehmenden Verzweiflung brauchte ich etwas anderes, wohin ich mich flüchten konnte, woran ich glauben konnte. Ich brauchte jemanden, der mich umwarf, aber das konnte niemand, weil ich im Innern viel zu schwer und träge war. Ich war gefangen, an die Erde gefesselt, und ich wußte, daß Rafe genauso empfand. Keine Frau hatte ihn verletzt oder zugelassen, daß sie verletzt wurde, aber die Welt hatte es getan, hatte immer wieder versucht, ihn in die Knie zu zwingen. Sie hielt eine kleine Kiste für ihn bereit, und während alles, was er anfaßte, fehlzuschlagen schien, rutschte er immer tiefer hinein.

Ich erinnere mich noch an die dunklen Nächte, die wir damals zusammen verbrachten auf der Suche nach etwas in uns selbst. Wir redeten immer noch gelegentlich von der Band, von der wir jetzt wußten, daß es sie niemals geben würde. Die Gitarren, die einst die Talismane unseres Erfolgs gewesen waren, wurden nun zu Symbolen unseres Versagens. Wir erkannten, wie es wirklich sein würde, wenn wir sie in zwanzig Jahren beim Aufräumen unserer Rumpelkammern wiederfinden würden, wie sie verstaubt und vergessen unter den trockenen Jahren lagen.

Es mag nicht sehr bedeutsam klingen, und wir sprachen es auch niemals aus, aber wir wußten, daß dies eine schwere Belastung unserer Freundschaft war, ein Verrat an den Träumen, die wir gemeinsam entwickelt hatten. Für jeden von uns stellte der andere den lebenden Beweis dar, daß das Leben anders war, als wir erträumt hatten. Solange man ein Kind ist, übt die Welt noch Nachsicht, erlaubt einem die Flüge der Phantasie und die Illusion, etwas Besonderes zu sein. Aber früher oder später gelten diese Privilegien nicht mehr, und bald steht man mit der bitteren Erkenntnis da, daß man genauso wie jeder andere ist.

Wir beide hatten das Bedürfnis, alles um uns herum abzulehnen. Wir brauchten einen Film, in dem wir die Stars waren, wir brauchten Sigourney Weaver, die an unserer Seite kämpfte, während wir uns in einem immerwährenden Showdown über zusammenbrechende Brücken zurückzogen. Es war ein Bedürfnis, das im Laufe der Jahre des Verstehens verstärkt worden war durch das Drehmoment einer Freundschaft, die unter der Fliehkraft der Enttäuschung zu zerreißen drohte. Und ich glaube, daß es schließlich dieses Bedürfnis war, daß uns das erreichen ließ, was wir bisher nicht geschafft hatten.

Das und noch etwas anderes.

Der Wendepunkt kam, als ich gerade Ferien hatte. Oder zumindest kurz danach. Ein Studienfreund wollte in New York heiraten, und ich überquerte den Atlantik, um ihn in sein Eheglück zu begleiten.

Eigentlich war es eine schöne Zeit. Ich entspannte mich wirklich, etwas, zu dem ich in England offenbar nicht mehr in der Lage war. Zuhause fühlte ich mich ständig in einem Netz aus Tatsachen und Gewohnheiten gefangen, ich dachte ständig dieselben Gedanken und flickte und zerriß immer wieder dieselbe Liebe, immer wieder. Während der Hochzeit entkam ich alldem für eine Weile, und trotz allem, was dann geschah, bin ich froh, daß es so war, weil es mein letztes wirkliches Erlebnis war.

Während des Fluges sah ich zufällig auf den Ozean hinaus, als ich darauf wartete, daß eine der Toiletten frei wurde. Ich starrte auf das Meer hinunter und bemerkte, daß es fast so aussah, als wäre es eine riesige Schlammebene mit Buckeln und Wellen, die sich unendlich weit erstreckte. Ich war fasziniert und fragte mich, was wohl geschah, wenn man jemanden an einem Seil hinunterließ. Würde man einfach ins Wasser fallen, oder würde man sich auf dieser Ebene wiederfinden, in einem Land aus einer anderen Welt?

Ich mußte Rafe wegen etwas anrufen, als ich drüben war, und dabei erzählte ich ihm davon. Er war sehr interessiert, wie ich es erwartet hatte. Ich sagte ihm, wann ich zurückflog, und er alberte herum, daß er sich dann auf den Weg zur Küste machen und nachsehen würde, was geschah, ob meine Wahrnehmung die Welt verändern würde. Ich hätte niemals gedacht, daß er es wirklich tun würde.

Auf der Hochzeitsfeier traf ich dann jemanden, der etwas Besonderes hatte, jemanden den ich wirklich registrierte. Während der ganzen Zeit, in der Rachel und ich uns abwechselnd nah und fern gewesen waren, war das nie passiert. Ich hatte mit Gespenstern und Phantomen geschlafen, mit Mädchen, die an mir vorbeigingen, ohne mich wirklich zu berühren, obwohl das nicht ihre, sondern meine Schuld war. Einige hatte ich durch betrunkene körperliche Zusammenstöße kennengelernt. Es waren diese traumatischen sexuellen Unfälle, nach denen man sich wünscht, es gäbe eine Versicherung gegen emotionale Verirrungen. Bei dem Rest hatte es sich einfach um Ereignisse gehandelt, die auf ihre Verwirklichung warteten und einen Teilnehmer brauchten, und ich war daran nur insofern beteiligt, als sich der umherirrende Teil meiner Seele, der niemals wußte, was er wollte, davon mitreißen ließ, jener Teil, dem alles durch die Hände rann, weil er sich selbst nicht gut genug kannte, um zu wissen, was er festhalten sollte.

Wenn man nicht weiß, was man will, klammert man sich an allem Möglichen fest. Man glaubt, daß es besser ist, weil es neu ist, und erkennt nicht, daß bloß ein Niemand mit nichts glücklich sein wird. Aber während der Hochzeit war es anders. Diesmal bedeutete es etwas. Das war nicht nur die übliche Besessenheit meines Bewußtseins durch den Poltergeist, der einen ins sexuelle Abenteuer treibt. Ich war selbst daran beteiligt.

Und ich war es selbst, der anschließend in einem Hotelzimmer aufwachte, den Bus verpaßt hatte und sich fragte, was ich nun machen sollte. Theoretisch waren Rachel und ich immer noch zusammen. Als wir das letzte Mal miteinander gesprochen hatten, hatte ich von ihr sogar eine Wärme gespürt, die ich seit langem nicht mehr erlebt hatte. Ich hatte den Eindruck gehabt, daß die Liebe endlich zu mir zurückkehren würde, statt nur irgendwo in meiner Nähe zu lauern. Jetzt hatte ich es vermasselt, und es schien überhaupt nichts gebracht zu haben. Ich hatte keine Ahnung, was ich tun sollte.

Als die Hochzeitsfeier zu Ende war, flog ich wieder nach Hause. Auf dem Rückflug stand ich wieder an dem Fenster hinten im Flugzeug. Befriedigt stellte ich fest, daß das Meer wieder genauso aussah wie auf dem Herflug. Ich fragte mich sogar, was wohl geschehen würde, wenn Rafe tatsächlich an die Küste gefahren wäre und wir zufällig zur gleichen Zeit auf das Wasser hinaussahen, ich von hier oben und er von unten.

Das erste, was ich nach meiner Rückkehr tat, war Rachel zu besuchen. Ich mußte es einfach. Damals konnte ich noch keine Geheimnisse für mich behalten, ganz anders als heute. Ich ging zu der kleinen Wohnung, die sie gemietet hatte, und sie sah so schön und glücklich aus, wie sie in ihrem weißen Baumwollkleid mit dem Muster aus roten und blauen Streifen leuchtete. Sie freute sich so sehr, mich zu sehen.

Eine Stunde später verließ ich sie, und wir sahen uns nie wieder. Hinterher gab es für uns keine Freundschaft mehr. In der Beziehung habe ich gelogen.

Das war der Wendepunkt. Oder zumindest der Anfang davon.

Als ich zu Hause ankam, fand ich elf Nachrichten von Rafe, in denen er abwechselnd bat, mich ganz dringend anzurufen, und fragte, wo ich verdammt noch mal steckte. Doch an diesem Nachmittag verfolgte mich nur Rachels Gesicht mit den verweinten roten Augen, und ich konnte mich nicht überwinden, ihn zurückzurufen. Ich wollte mit niemandem reden. Ich hatte nichts zu sagen. Nun war das Band, das Rachel und mich bisher trotz allem zusammengehalten hatte, zerrissen, war brutal zerschnitten worden. Ich war es gewesen, der es durchtrennt hatte, und jetzt wußte ich überhaupt nicht mehr, was von mir noch übrig war.

Eine Stunde später kam Rafe. Nachdem mein Vater ihm die Tür geöffnet hatte, marschierte er an ihm vorbei und stapfte schnurstracks die Treppe zu meinem Zimmer hinauf. Ich konnte nur kurz darüber nachdenken, wie lange es schon her war, seit er das letzte Mal hier gewesen war, und daß mein Freund jetzt nicht mehr ein Junge, sondern ein Mann war. Er erzählte mir sofort von der Sache.

Er hatte das getan, was er angekündigt hatte. Er war an die Küste gefahren und hatte drei Stunden lang mit dem Rücken zum Wasser dagestanden, um sich immer wieder umzudrehen. Als er sich allmählich schon wie ein Idiot vorkam und bereits einige verwunderte Blicke auf sich zog, spürte er plötzlich irgendwo in seinem Kopf ein Kribbeln. Er schloß für einen Moment die Augen und versuchte festzustellen, was das für eine Empfindung war. Als er die Augen wieder öffnete, war der Strand menschenleer, der Himmel war kohlegrau, und ein seltsamer Wind zerrte an seinen Beinen. Ganz langsam hatte er sich umgedreht, um aufs Meer hinauszublicken.

So hat alles angefangen. Auch in dieser Beziehung habe ich gelogen. Es gab kein Liebespaar, sondern nur Rafe und mich. Die Liebespaar-Version ist für meine Klienten.

Aber auch das ist nicht die Wahrheit. Die Liebespaar-Version ist meine Wunschvorstellung. Ich hatte mir gewünscht, daß es Rachel und mir passiert wäre, aber so war es nicht.

Rafe und ich starrten uns in meinem Zimmer an, und tief in mir spürte ich, wie sich etwas veränderte. Ich wußte, daß er die Wahrheit sagte. Es gab keinen Grund, warum er lügen sollte. Was ich schon immer geglaubt und gewußt hatte, war eine Tatsache.

Können Sie sich vorstellen, was das für ein Gefühl war? Können Sie sich vorstellen, wie wir beide dastanden und nicht wußten, was wir tun sollten, daß wir uns nicht einmal rühren konnten. Die Welt war aus den Angeln gehoben, und wir waren die einzigen, die es wußten.

Wir hatten unseren Film gefunden.

Während ich den Weg entlangging, wußte ich, daß er irgendwann zu Ende sein würde. Ich näherte mich einem Treffpunkt, während ich in der Zeit zurückging, und das Ende der Erinnerung lag in nicht allzuweiter Ferne. Die dunklen Säulen, zwischen denen ich hindurchging, waren ein Teil von mir, die architektonischen Pfeiler meines Gedächtnisses. Ganz oben befand sich mein Gesicht, die Außenwelt, die Blätter, die von meiner Vergangenheit gestützt wurden. Zwischen den Bäumen war nichts, nur Leere.

Wir brauchten ein paar Tage, um uns vorzubereiten. Wir kauften Rucksäcke, Proviant und Stiefel und erzählten unseren Eltern, daß wir ein paar Tage unterwegs sein würden. Zumindest sagte ich es zu meinen. Wir wollten noch niemandem verraten, was wir entdeckt hatten. Einerseits wollten wir uns nicht ohne jeden Beweis lächerlich machen, andererseits glaube ich, daß wir es einfach nur eine Weile für uns behalten wollten. Wir wußten noch nicht, was es war, aber es würde uns gehören.

Wir verschwendeten keine großen Gedanken daran, wie wir es noch einmal geschehen lassen könnten. Diesmal würde niemand hoch oben in einem Flugzeug sitzen, der uns beim Öffnen des Tores half. Wir glaubten, das es reichen würde, wenn wir beide es wußten.

Vielleicht hatten wir recht. Allerdings geschah noch etwas anderes, was für mich endgültig die Wende brachte. Etwas, das mich von allem trennte, was ich zuvor gewesen war, und das mich in die Welt hinausstieß und mir ein ›Geschlossen‹-Schild vor das Herz hing.

In der Nacht vor unserem Aufbruch war ich zu Hause und dachte über das nach, was wir tun wollten. Ich überprüfte noch einmal, ob ich alles dabeihatte, was ich gebrauchen könnte, und legte einen Film in meine Kamera. Rafe meinte, daß es vermutlich nicht auf einem Foto erscheinen würde, selbst wenn wir es noch einmal geschehen lassen könnten, aber ich dachte, daß es zumindest einen Versuch wert wäre.

Das Telefon klingelte, aber ich ging nicht ran. Meine Eltern waren in der Nähe, und außerdem wußte kaum jemand, daß ich zu Hause war. Dann rief Dad hinauf, daß es für mich wäre.

Es war Rachel. Als ich ihre Stimme hörte, wurde ich sofort von einer verwirrenden Gefühlsmischung überwältigt. In Anbetracht von Rafes Entdeckung und unseren Plänen hatte ich versucht, jeden Gedanken an Rachel aus meinem Kopf zu verbannen, und der Klang ihrer Stimme war wie das Öffnen einer Kiste voller Würmer. Ich fragte mich, was sie mir noch zu sagen hatte, ob sie ihre Aufforderung, ich sollte zum Teufel gehen, zurücknehmen würde, und wie ich darauf reagieren würde, wenn sie es sagte. Rachel hatte schon immer diese Wirkung auf mich gehabt. Irgendwie konnte ich jedesmal einen neuen Strohhalm hervorzaubern, selbst wenn alle Schuld auf meiner Seite lag.

Sie nahm ihre Aufforderung nicht zurück. Sie fragte mich nur, wie es mir ging, aber mit einer eisigen Stimme, bei der sich meine Nackenhaare sträubten. Ich hatte sie noch nie so sprechen hören. Ich sagte, daß alles okay sei, und fragte sie dasselbe. Ohne jede Ankündigung sagte sie mir, daß es da etwas gab, das ich wissen solle.

Sie erzählte mir, daß sie, als wir uns das letzte Mal gesehen hatten, schwanger gewesen war, und daß sie jetzt abgetrieben hatte. Dann machte sie eine Pause, in der ich den Telefonhörer auflegte. Ich wollte sie damit nicht verletzen. Ich wollte nur nicht mehr darüber hören.

Dann saß ich in meinem Zimmer und weinte. Ich weinte, bis ich glaubte, mein Kopf würde zerplatzen. Nach ein paar Stunden gingen meine Eltern ins Bett, und mein Vater klopfte an die Tür, um mir eine gute Nacht zu wünschen. Wie gewöhnlich öffnete er die Tür nicht. Wenn er draußen noch eine Sekunde länger gewartet hätte oder zur Abwechslung doch hereingekommen wäre, hätte ich ihm alles erzählt.

Ich hätte versucht, ihm zu erklären, was es für ein Gefühl war, zu wissen, daß das Mädchen, das ich vier Jahre lang geliebt hatte, schwanger gewesen war, und daß sie wegen etwas, das ich getan hatte, eine Abtreibung gehabt hatte. Ich hätte versucht, ihm zu erklären, daß ich bis heute abend nicht erkannt hätte, daß ich bereit dazu war, ein Vater zu sein, und daß ich mir eine Tochter gewünscht hätte. Vielleicht hätte ich ihm auch gar nichts erzählt, sondern nur seine warme, trockene Hand gehalten, und das wäre auch schon etwas gewesen.

Aber er kam nicht herein, und als ich hörte, wie er den Korridor hinunterging, verschloß sich mein Herz. Ich drehte mich um und blickte aus dem Fenster, wo ich eine Nacht sah, die auch heute noch in meinem Kopf existiert.

Als Rafe am nächsten Morgen um zehn Uhr eintraf, fragte er mich sofort, was los war. Ich habe ihm nichts erzählt, sondern erst später im Verlauf des Tages, als wir kurz vor der Küste waren. Er wirkte schockiert, und das bedeutete mir viel. Es war gut, jemanden zu haben, der wußte, wie ich mich fühlte.

Es war ein seltsamer Tag, als wir im Zug saßen und in Richtung Küste fuhren. Es schien, als wäre alles zum Stillstand gekommen, als wäre das Kapitel oder das ganze Buch zu Ende. Ich glaube, daß es meine innere Leere war, die uns bei dem half, was wir uns vorgenommen hatten. Aber ich glaube auch, daß sie alles verändert hat. Vor allem den Ort, den wir fanden.

Wir waren sehr aufgeregt und sprühten vor Begeisterung, so daß uns die Leute nachstarrten, als wir vom Bahnhof zum Strand liefen. Wir müssen wie Schauspieler auf der Bühne, wie das junge Leben selbst ausgesehen haben.

Nach den ganzen Vorbereitungen war die Sache selbst dann unglaublich einfach. Rafe zeigte mir, wo er gestanden hatte. Wir wußten nicht, was geschehen würde, aber wir wußten, daß es ein Abenteuer oder *das* Abenteuer überhaupt werden würde. Wir hielten uns an den Händen und schlossen die Augen. Es war 16 Uhr 05 am Samstag, dem 17. September 1994.

22. KAPITEL

Nach ein paar Minuten sah ich ein Licht vor mir. Nicht direkt ein Licht, sondern eher eine Helligkeit. Gedächtnis war bald zu Ende, und ein paar hundert Meter vor mir war die Außenhülle. Der Weg zwischen den Bäumen führte geradeaus weiter, und als ich in die Ferne starrte, glaubte ich, einen Blitz Dunkelheit gesehen zu haben wie ein vorbeihuschender schwarzer Mantel.

Als wir die Augen öffneten, erstreckte sich vor uns die Ebene, und eine Minute lang konnten wir nur dastehen und staunen. Ich dachte nicht einmal daran, meine Kamera hervorzuholen. Irgendwie wäre es auch unangemessen gewesen. Irgendwo habe ich noch diese Kamera. Darin liegt immer noch derselbe alte Film.

Und dann jubelten wir, machten begeisterte Luftsprünge und liefen auf den Strand hinunter. Wir liefen, bis die Hügel uns irgendwohin zu führen schienen. Und dann wurde es plötzlich kalt und schwer, und wir wachten auf einem staubigen Platz im Dämmerlicht auf, in einer Geisterstadt mitten in einer Wüste.

Ein paar Tage lang streiften wir nur herum, marschierten, schliefen und fanden heraus, wie diese Welt funktionierte. Es dauerte nicht lange, bis wir merkten, daß es wie Träumen war, und wir erinnerten uns an wilde Spekulationen in betrunkenen Nächten und staunten, wie recht wir gehabt hatten. Und aus den Tiefen meiner Erinnerung holte ich den passenden Namen für diesen Ort hervor. Diese paar gemeinsamen Tage waren die letzten Tage des Sommers, die letzte Zeit, in der wir wirklich Freunde waren, als wir zwei Hälften eines Ganzen waren. Ich könnte noch wochenlang über die Dinge erzählen, die wir entdeckten, und wie es sich anfühlte, aber ich werde es sein lassen. Sie würden nie verstehen, wie es wirklich war.

Es war eine andere Welt, und sie gehörte uns.

Es dauerte nicht lange, bis wir entdeckten, daß diese Welt nicht nur aus Schönheit und Licht bestand. Als wir uns am zweiten Tag einer Burg näherten, ganz ähnlich der, die Alkland und ich gesehen hatten, bemerkte ich etwas im Augenwinkel und ging hinüber, um es mir genauer anzusehen.

Es war ein Baby, ein kleines Mädchen, und es hockte fröhlich brabbelnd unter einem Strauch, ganz allein auf einer Ebene, die die Größe von Dänemark hatte. Es war unheimlich und schmerzte mich ein wenig, aber damals waren die Babies noch erträglich und nicht so unangenehm. Sie haben sich erst später geändert. Ich habe mich oft gefragt, ob es bereits Babies in Taumland gegeben hat, bevor wir den Weg dahin fanden. Ich bin mir nicht sicher. Ich glaube, wir haben Taumland von Anfang an verändert, schon bevor Rafe begonnen hatte, es absichtlich zu tun.

Zwei Tage später sahen wir unser erstes Etwas, und wir sahen auch, wie es sich in ein Monster verwandelte. Es war Rafes Monster und sah seinem Vater sehr ähnlich. Ich bin dieser Sache niemals richtig auf den Grund gegangen, aber ich glaube, daß ich es mir in etwa denken kann. Rafes Vater war kein besonders netter Kerl. Er war nichts gegen Jis Mutter, aber nach gewöhnlichen Maßstäben war er sicherlich ein ziemliches Arschloch.

Das hat Rafe verändert, glaube ich. Nach dem Monster hatte er eine andere Einstellung zu Taumland, und Taumland offenbar auch zu ihm. Ich glaube nicht, daß alles genauso gekommen wäre, wenn wir Taumland nicht entdeckt hätten. Taumland hat uns beide ebensosehr verändert, wie wir Taumland verändert haben. Für Rafe galt das in viel stärkerem Ausmaß, und ich glaube, daß er deswegen durchgedreht ist und ich deswegen zu dem geworden bin, was ich heute bin. Ich habe keine Ahnung, wer von uns beiden das bessere Los gezogen hat.

Am Abend nach dem Monster begann ich darüber nachzudenken, wieder nach Hause zurückzugehen. Ich hatte meinen Leuten erzählt, daß wir nur ein paar Tage lang weg sein würden, und wie Alkland auf seinem ersten Trip hatte ich das Gefühl, ich müßte wieder etwas Realität nachtanken.

Rafe hatte sich in den letzten Stunden irgendwie seltsam verhalten. Er blieb immer wieder stehen und schien auf etwas zu horchen, sagte aber, daß alles in Ordnung wäre. Er erklärte erst, was los war, als ich erwähnte, daß ich gerne nach Hause gehen würde.

Rafe hatte das Gefühl, daß hier noch etwas anders war, eine Art zweite Schicht. Es war dasselbe Gefühl, das ich schon immer in der normalen Welt gehabt hatte, das Gefühl, daß es da noch etwas gab. Und er wollte wissen, was das war.

Also konzentrierten wir uns, öffneten unser Bewußtsein und tasteten nach etwas anderem, nach mehr. Wir waren niemals mit dem Erreichten zufrieden.

Als wir die Augen wieder öffneten, waren wir in der City. Es dauerte eine Weile, bis wir erkannten, daß es nicht nur ein weiterer Teil von Taumland war. Und dann war es, als ob man am Weihnachtsabend noch ein weiteres Zimmer voller Geschenke entdecken würde, und ich dachte überhaupt nicht mehr daran, wieder nach Hause zu gehen. Schon nach wenigen Stunden wußte ich, daß ich hier glücklicher als in Taumland sein würde, daß dies der Ort war, zu dem ich in den nächsten Jahren immer wieder zurückkommen würde. Es war, als hätte man einen Science-fiction-Film ganz für sich allein, eine fremdartige Welt, in der man die Regeln gut genug kennt, um darin klarzukommen. Es war die Art Welt, nach der ich immer gesucht hatte: interessant, aber durchschaubar, ein Ort, an dem ich ein rätselhafter Fremder sein konnte.

Rafe wurde es nach ein paar Tagen langweilig, und er wollte nach Taumland zurück. Ich wußte, daß ich dringend nach Hause mußte, also folgte ich ihm. Rafe verstand nicht, wieso ich wieder in meinem Elterhaus in der Vorstadt aufkreuzen mußte, damit meine Leute wußten, daß es mir gutging, aber er wurde durch die Tatsache beschwichtigt, daß ich entschlossen war, sofort wieder zurückzukehren.

Wir stießen wieder nach Taumland vor und suchten uns ein ruhiges Plätzchen. Dann machten wir es genauso wie bei unserem Eintritt, schlossen die Augen und konzentrierten uns auf unsere Freundschaft und unser Wissen, erinnerten uns an Zuhause und strebten danach, dorthin zurückzukehren.

Als wir die Augen öffneten, waren wir immer noch in Taumland.

Wir versuchten es wieder und wieder. Wir wechselten unseren Standort und versuchten es erneut. Wir drangen wieder in die City ein und versuchten es noch einmal, landeten aber ebenfalls in Taumland. Anderthalb Tage lang versuchten wir es jede Stunde einmal, bis wir Kopfschmerzen hatten und uns gegenseitig in die blutunterlaufenen Augen starrten.

Wir schafften es nicht. Wir konnten nicht mehr zurück.

Wir redeten uns ein, daß es nur ein vorübergehendes Problem war, daß wir müde und erschöpft waren. Ich kehrte in die City zurück, um mich an einem halbwegs vernünftigen Ort ein paar Tage lang auszuruhen. Rafe ließ ich in Taumland zurück.

Es war das erste Mal, daß wir uns seit unserem Vorstoß trennten, aber ich hatte fürs erste genug. Ich brauchte dringend etwas Beständiges. Ich kann mich noch an Rafes Blick erinnern, den er mir zuwarf, bevor ich hinüberwechselte. Er nickte, und es war ein Nicken, das ich schon unzählige Male gesehen hatte, in der Schule, auf den Straßen, in irgendwelchen Bars. Aber seine Augen waren anders, sie waren ganz woanders. Seine Augen hatten begonnen, den Blick nach innen zu kehren.

In den nächsten paar Wochen versuchten wir es erneut. Ich sagte Rafe, wo er mich in der City finden konnte, und alle paar Tage kam er herüber, um mich zu holen. Aber es klappte nicht.

Als aus den Wochen Monate wurden, versuchten wir es immer seltener. Nachts träumte ich von meinen Eltern. Ich verlor sogar an Gewicht, weil ich daran dachte, wieviel Sorgen sie sich um mich machen mußten. Ich versuchte, ganz ruhig zu sein und mich zu entspannen. Immerhin gab es keinen logischen Grund, warum wir nicht auf demselben Weg zurückkehren sollten, auf dem wir gekommen waren.

Warum erschien es mir dann mit jedem Tag unwahrscheinlicher? Vielleicht, weil ich jedesmal, wenn ich Rafe sah, das Gefühl hatte, ihm weniger nah zu sein, weil ich erkannte, daß er sich von mir fortbewegte.

Zenda habe ich völlig zufällig getroffen. Ich hatte gerade das Katzen-Viertel entdeckt und war dazu übergegangen, dort meine Wochenenden zu verbringen. Die Katzen schienen nichts dagegen zu haben, daß ich mich dort aufhielt, und ich habe Katzen schon immer gemocht.

An einem Wochenende saß ich draußen auf dem Rasen in der Nähe von Tabby 5 und hatte ein paar Kätzchen etwas aufregend Neues gezeigt, auf dem sie herumklettern konnten, als ich sah, wie ein großes schlankes Mädchen den Weg entlangkam. Für einen Augenblick dachte ich erschrocken, daß es Anjali wäre, das Mädchen, das ich in New York getroffen hatte, aber als sie näher kam, sah ich, daß sie ganz anders war. Später habe ich erkannt, daß die einzige Ähnlichkeit zwischen ihr und Anjali die wichtigste überhaupt war und daß sie darin auch Rachel ähnelte. Ich registrierte sie. Sie hatte etwas Besonderes.

Sie sah mich, grüßte mich, und wir redeten miteinander. In den nächsten paar Wochen trafen wir uns immer wieder. Inzwischen war es sechs Monate her, seit Rafe und ich nach Taumland gekommen waren. Ein Weihnachtsfest war gekommen und vergangen, das ich allein als kleines Häufchen Elend in meiner Wohnung verbracht hatte, während ich an Zuhause und meine Eltern dachte. Ich hatte Rachel noch nicht verwunden, aber ich war bereit, damit anzufangen, es zu versuchen.

Dann besuchte ich eines Tages Zendas Heimatviertel. Ich hatte schon von Idylle gehört, hatte es mir aber noch nicht angesehen. Es gefiel mir, sobald ich meinen Fuß über die Torschwelle setzte. Es hatte etwas sehr Seltsames, etwas sehr Nettes.

Ich holte Zenda aus ihrer Wohnung ab, und wir gingen ein Stück spazieren. Wir genossen den Ausblick, und dann nahm sie mich am Arm und führte mich in eine schmale Gasse. Am Ende befand sich ein großer Platz, der so mit

Pflanzen überwuchert war, daß er wie ein Dschungel aussah. Das war der älteste Platz von Idylle, sagte Zenda stolz, der Platz, der sich am wenigsten verändert hatte. Die Mitte war eingezäunt, und innerhalb des Zaunes lag eine große, zerbrochene Steinsäule. Wir gingen daran entlang, bewunderten sie und stellten uns vor, wie sie wohl ausgesehen hatte, als sie noch aufrecht stand.

Als wir das andere Ende der Säule erreichten, blieb ich stehen und starrte sie fassungslos an. Ich starrte so lange, bis ich glaubte, ich müßte ohnmächtig werden. Am letzten Stück der Säule befand sich eine säurezerfressene Statue. Sie stellte einen Mann auf einem Pferd dar.

Es war die Nelson-Säule.

Als ich mich dem Licht näherte, sah ich, daß ich mich nicht getäuscht hatte. Am Ende des Weges stand jemand in einem schwarzen Mantel. Ich glaube, wenn ich darüber nachgedacht hätte, wie ich mich in einem solchen Augenblick fühlen würde – vorausgesetzt, ich hätte so etwas jemals für möglich gehalten –, hätte ich vermutlich erwartet, Furcht zu empfinden oder Wut oder Haß. Aber ich ging einfach nur schneller und lief auf ihn zu.

Zenda brachte mich in ein Café. Sie mußte mich praktisch tragen.

Ich sagte es ihr. Ich mußte es tun. Ich mußte es irgend jemandem sagen.

Zuerst dachte sie natürlich, ich sei völlig durchgedreht. Also brachte ich sie nach Taumland. Ich mußte mich sowieso mit Rafe treffen, um ihm zu erzählen, was ich entdeckt hatte. Ich brauchte ein paar Wochen, bis ich einen Weg gefunden hatte, wie ich sie mitnehmen konnte, aber dann schaffte ich es. Sie hatte nicht denselben geistigen Hintergrund wie Rafe und ich, also mußte ich einen anderen Weg finden, um sie zu überzeugen. Ich ging an die Küste und fand Villig. Es funktionierte, und ich brachte sie hinüber. Sie sah es.

Wir gingen eine Stunde lang durch einen Wald aus schlanken Bäumen, bis wir an einen Wasserfall kamen. Es war Zendas Wasserfall. Sie hatte als Kind davon geträumt, und ihre Freude, ihn wiederzusehen, machte mich so glücklich, machte mich wieder so stolz auf Taumland.

Es war ein wunderbarer Nachmittag, der letzte wirklich schöne. Wir saßen am Ufer im Gras, wurden von den Sonnenstrahlen umspielt und redeten. Ich erkannte endlich, daß sie die andere Hälfte von mir war, nach der ich schon immer gesucht hatte. Sie strahlte im Licht wie ein Engel, und ich fand den Mut, ihre Hand zu nehmen.

Dabei blieb es. Ich bin niemals näher dran gewesen, ihr meine Gefühle zu gestehen.

Dann plötzlich hörten wir hinter uns ein Lachen, und als ich mich umdrehte, sah ich Rafe am Waldrand stehen. Es war kein freundliches Lachen, und als ich aufstand, um ihn vorzustellen, hatte ich das seltsame Gefühl, daß die Dinge sich verschoben hatten.

Für einen Moment kannte ich ihn überhaupt nicht. Ich sah nur einen Mann, der nicht so aussah, als würde er mich mögen.

Ich habe Taumland niemals so gut verstanden wie Rafe, denn mit der Zeit hat er mehr davon in sich aufgenommen. Vielleicht war es ein Zufall, daß er an diesem Ort auftauchte, vielleicht auch nicht.

Ich erzählte ihm über Idylle und über die zerbrochene Steinsäule. Er verstand, was das bedeutete. Es gab eigentlich gar keine andere Möglichkeit.

Die City war gar keine andere Welt, keine zweite, alternative Realtität. Es war die Realität, aus der wir ursprünglich gekommen waren. Es war die reale Welt, nur zu einem späteren Zeitpunkt, zu einem viel späteren.

Wir sahen uns eine ganze Weile lang an, und ich glaubte, da erkannten wir, daß alles vorbei war, daß wir nicht mehr nach Hause zurückkehren konnten. Es ist sehr schwer, etwas als die Zukunft zu akzeptieren, wenn man sie nicht auf dem üblichen Weg erreicht hat, aber so war es, und wenn man sich einmal vorwärts bewegt hat, kann man nicht mehr zurück nach Hause. Wir waren für immer von unserer Kindheit abgeschnitten, und in diesem Augenblick zerriß das Band zwischen uns. Die Sonnenstrahlen verblaßten, und Zenda hüllte sich in ihre Jacke, als es plötzlich kalt wurde.

Während wir uns wie Fremde anstarrten, kicherte Rafe und drehte seinen Kopf ruckhaft in Zendas Richtung.

»Hast 'ne Neue gefunden, was?« sagte er in anzüglichem Tonfall. Ich sagte nichts. »Halte nicht sehr viel von ihr«, fügte er hinzu, und ich schwieg immer noch. Ich spürte, daß er auf etwas hinauswollte. Es überraschte mich nicht, daß er Zenda nicht mochte. Sie sah aus, als hätte sie zuviel eigene Ansichten. Sie ließ sich nicht herumschubsen, nicht einmal in dieser Situation. »Nein, die kannst du behalten«, sagte er schließlich und zwinkerte mir zu.

»Wovon redest du überhaupt?« fragte ich ruhig. Mir war sehr kalt. Rafe starrte mich an und bezog dann Zenda in das Gespräch mit ein. Die Bewegung, mit der er seinen Kopf herumdrehte, war ruckhaft und unkontrolliert.

»Weißt du, daß er mir sogar von ihrem Baby erzählt hat? Ich sollte ihm sagen, daß alles okay ist.«

Zenda zuckte zusammen, als hätte man ihr ins Gesicht geschlagen, und Rafe grinste wild. Dann wandte er sich mit einem Ruck wieder mir zu und schrie mir ins Gesicht. »Was meinst du wohl, wie beschissen *ich* mich gefühlt habe?«

Sie kennen das vielleicht auch, daß man manchmal schon eine Ahnung hat, was jemand sagen wird, noch bevor er es ausgesprochen hat, eine Intuition, was als nächstes passieren wird. Ich hatte so ein Gefühl, aber bevor es mir richtig klar wurde, hatte er es schon ausgesprochen.

»Das war *mein* Baby, Stark! Nicht deins. *Meins*!«

Rafe hatte eine Affäre mit Rachel gehabt. Sie dauerte sechs Wochen. Vier Wochenenden, um genau zu sein. Sie hatten achtmal miteinander geschlafen. Sie hat ihm zuerst von dem Baby erzählt. Sie war sich nicht sicher, von wem es war, aber sie hatte sich für mich entschieden und wollte mir sagen, daß es meins wäre. Rafe glaubte, es wäre von ihm. Vielleicht hatte er recht. Vielleicht wollte sie es mir bei ihrem letzten Anruf sagen. Vielleicht hatte sie schon damit angefangen, als ich auflegte. Wer weiß?

All dies schrie mir Rafe in Zendas Beisein ins Gesicht. Er schlug mir ins Gesicht und in den Magen, und ich fiel hin. Ich wehrte mich nicht. Ich konnte es nicht. Ich wußte nicht, wie ich mich wehren sollte. Er versetzte mir zwei Fußtritte, dann ging er weg.

Ich brachte Zenda zurück in die City. Wir sahen uns noch gelegentlich, aber in mir war etwas gestorben. Ich hatte immer gedacht, daß ich zumindest meine Welt kennen würde, die, in der ich aufgewachsen war. Aber das stimmte nicht. Ich hatte sie überhaupt nicht gekannt. Ich hatte immer gedacht, daß Lügen irgendwie anders klingen würden, daß man durch Zuhören feststellen könne, was die Wahrheit war.

Ich lag völlig falsch. Mehr als Taumland oder die City hatte Rachels Baby mir etwas bewiesen. Man weiß überhaupt nichts über die Welt, die reale Welt, die, auf die es ankommt. Ich konnte nicht verstehen, wie Rachel und Rafe das hatten tun können. Ich meine das nicht mal gefühlsmäßig, sondern ganz praktisch. Ich konnte nicht verstehen, wie sie es angestellt hatten, wie sie die Zeit dazu gefunden hatten, ohne daß ich etwas bemerkt hatte. Man glaubt, man sieht die Welt so, wie sie wirklich ist, man glaubt, man erkennt die Lücken und die Zeit so, wie sie wirklich sind. Aber es gibt noch andere Lücken, von denen man nichts weiß, und in diesen Lücken treiben die Teufel ihr Unwesen. Man weiß überhaupt nichts über die Welt. Man hat nicht den blassesten Schimmer.

Also zog ich mich aus ihr zurück. Ich habe mich nicht umgebracht, obwohl ich mehr als einmal zitternd mit einer zerbrochenen Flasche in der Hand dastand. Ich verschloß mich einfach nur für eine Weile, und als ich das Geschäft wiedereröffnete, war ich nicht mehr derselbe. Ich habe eine neue Persönlichkeit gefunden. Sie haben sie kennengelernt.

Ein Jahr verging, bevor ich nach Taumland zurückkehrte, und das hatte einen ganz bestimmten Grund. Eine Freundin einer Freundin hatte sehr schlimme Alpträume, die sie langsam umbrachten. In ihren Träumen begegnete sie immer wieder einem Mann, dessen Beschreibung ziemlich genau auf Rafe paßte.

So fing es an. Das nächste Jahr verbrachte ich damit, herauszufinden, was Rafe in Taumland trieb, aber ich konnte nicht mit ihm mithalten. Er war verrückt geworden, scheuchte die Monster auf und machte sie stärker, hetzte sie verschiedenen Leuten in die Träume und tötete sie sogar damit. Aus Spaß. Nur um etwas zu tun.

Er war genauso verloren wie ich, aber er war ganz von Taumland erfüllt. Es hatte meinen Freund genauso zielstrebig getötet, wie Rachels Baby seinen Freund getötet hatte. Der Rafe, den ich kannte, hätte sich niemals darauf verlegt, Leute umzubringen, indem er ihnen von innen die Faust durch den Schädel schlug. Je mehr Zeit ich in Taumland verbrachte, um ihn zu suchen, desto mehr haßte ich ihn, und als er beschloß, die ganze Sache mit einem großen Knall zum Abschluß zu bringen und die Mauer zwischen Taumland und der City einstürzen zu lassen, bestieg ich mein Roß und zog in den Kampf.

Ji und ich fanden ihn und töteten ihn. Der Unterschied zwischen den Welten, der Abschluß von zwanzig gemeinsamen Jahren, das Ende von allem fand in einem versifften Raum in der Zukunft statt mit dem niederträchtigen Haß zweier Menschen, die den Schmerz des Lebens nicht mehr ertragen konnten. Ji betätigte den Abzug, aber das war nur eine Formsache. In Wirklichkeit war ich es, der ihn tötete, und ich verspürte eine wilde Freude.

Und nachdem ich jahrelang in der City herumgezogen war, um die Monster aufzumischen, die acht Jahre nach Rafes Tod noch immer ihr Unwesen trieben, kam ich an das Ende eines Waldweges, wo ich feststellte, daß diese Monster nicht die einzigen waren, für die er niemals gestorben war.

Die Veränderung von Taumland, unter der Alkland gelitten hatte, das Etwas, das Bellrip auf Rafes unverkennbare Weise getötet hatte, die Schattengestalt, die in Rot Fragen gestellt und mich in Royle angeschossen hatte, der gesamte Alptraum, das war ich. Ich habe all das getan.

Als ich noch ein paar Meter von der Gestalt entfernt war, blieb ich kurz stehen, bevor ich einen weiteren zögernden Schritt vorwärts ging. Der Mantel sah genauso aus, wie ich ihn in Erinnerung hatte, das Haar, die Haltung, alles. Es war Rafe.

Er drehte sich langsam um. Eine dunkle Haarlocke fiel ihm über die gebräunte Stirn, und sein Gesicht sah müde aus. Seine Augen wirkten ebenfalls müde. Müde, aber lebhaft, so wie immer, und diesmal konnte ich meine Tränen nicht zurückhalten, die aus mir herausdrängten. Ich wischte mir mit dem Ärmel über die Augen, weil ich klar sehen wollte, weil ich meinen Freund deutlich erkennen wollte. Sein Gesicht.

Ich versuchte zu lächeln, und er lächelte zurück. Sein Lächeln war wie immer. Es war das Lächeln, das er schon als kleiner Junge gehabt hatte, damals, als wir vor über vierhundert Jahren gemeinsam auf der Bank vor dem Büro des Schuldirektors saßen. Es war genauso, wie ich es in Erinnerung hatte.

Es konnte nicht anders sein, denn es war meine Erinnerung, mehr nicht. Zum Schluß hatte ich stärker geträumt, als es je ein Mensch zuvor getan hatte, so stark, daß ich mein Monster wieder zum Leben erweckt hatte, nur um ihm am Ende wieder gegenüberzutreten.

Rafe, der immer noch grinste, wandte seinen Kopf ruckhaft der Mauer zu. Ich trat zögernd vor, und Seite an Seite blickten wir durch die durchsichtige Hülle auf einen Septembertag des Jahres 1994, auf ein Haus in einer herbstlichen Straße. Die Tür ging auf, und wir kamen zusammen heraus. Wir sahen so jung aus und viel mehr wie wir selbst. Wir standen auf dem Weg, und Mutter und Vater winkten uns zum Abschied zu, ohne daß sie wußten, daß sie mich nie wiedersehen würden.

Ich konnte ihre Gesichter deutlich erkennen, wie sie Arm in Arm auf der Schwelle standen und gleichzeitig winkten. Als ich einen Stich in der Brust verspürte, hob ich meine Hand und winkte zurück. Rafe winkte ihnen ebenfalls zu, und dabei flüsterte ich mir selbst all die Dinge zu, die ich ihnen niemals hatte sagen können. Es war nicht dasselbe, aber es war das mindeste, was ich tun konnte.

Dann hörten sie auf zu winken, und Vater drehte sich zu Mutter um. Bevor sie hineingingen, sagte er ihr noch etwas, worüber sie lachte. Und genau dieses Bild ist es, das ich von ihnen im Gedächtnis behalten habe. Es ist ein gutes Bild, ein Schnappschuß vom letzten Tag, den ich mit ihnen verbracht habe, und ich bin froh, daß sie an diesem Tag glücklich waren.

Als sie die Tür geschlossen hatten, wandte ich mich Rafe zu, und wir sahen uns lange an, nahmen eine allerletzte Gelegenheit wahr.

Denn Rafe war fort, außer in mir. Ich hatte ihn all die Jahre lang am Leben erhalten, ihn verdammt, ihn gehaßt, bis die Säulen meiner Erinnerung so sehr verwitterten, daß sie nichts mehr tragen konnten. Das Licht des Lebens scheint vom Augenblick der Geburt an, und ich hatte unterwegs so viel von mir zurückgelassen, daß ich jahrelang im Zwielicht gestanden hatte, einsam und allein, während die Person, die ich einst gewesen war, immer noch wutschnaubend tobte, das Licht blockierte und die Sonne vergiftete. Die Welt konnte mich nicht mehr erreichen, und meine Vergangenheit war alles, was mir noch geblieben war, eine Vergangenheit, in die ich nicht mehr zurückkehren konnte, die ich nicht mehr ändern konnte.

Alles, was man getan hat, gesehen hat und geworden ist, all das bleibt. Man kann nie zurück, nur nach vorn, und wenn man seine gesamte Persönlichkeit nicht mitnehmen kann, wird man nie wieder die Sonne sehen.

Ich streckte unbeholfen meine Arme aus und hielt mich an ihm fest. Auch er umarmte mich. Das mußte genügen, um alles wiedergutzumachen. Wir wußten es und lagen uns an der Mauer in den Armen, während wir uns gegenseitig die Mäntel vollheulten. Wir umarmten uns, weil wir einst Freunde gewesen waren und weil wir hätten Freunde bleiben sollen, um der miteinander verbrachten und der verlorenen Zeit willen. Wir lehnten uns für eine Weile zurück und lachten zitternd, weil wir einfach glücklich waren, noch einmal das Gesicht des anderen zu sehen, und dann umarmten wir uns noch einmal. Und als ich meine Augen öffnete, war er verschwunden.

Etwas später ging ich langsam den Weg zwischen den Bäumen zurück. Ich würde nie wieder hierher kommen, also ließ ich mir Zeit und versuchte mich zu erinnern, was er für ein Mensch gewesen war. Zwischen den Bäumen war immer noch nichts, aber jetzt fühlte es sich anders an. Es war keine Leere mehr, sondern Raum, und ein Raum kann gefüllt werden.

Irgendwann war ich dann wieder in Taumland. Ich machte mir nicht die Mühe, nach Jis Leiche zu suchen. Ich wußte, daß ich sie niemals finden würde, und ich überlegte, wie weit sie wohl gehen müßte, bevor sie den Wohnblock wiederfand, in dem ich als Kind gelebt hatte, und was wohl mit ihr geschehen war, nachdem sie mit mir gesprochen hatte. Ich erreichte wieder den alten Platz und blieb noch einmal stehen, um mich zu erinnern. Zum ersten Mal war es ein gutes Gefühl, an diese Zeit zu denken.

Ich spürte, daß ich nicht oft nach Taumland zurückkehren würde, daß ich mit den Jahren immer seltener und unregelmäßiger kommen würde, daß ich vielleicht eines Tages nie wiederkehren würde. Das war in Ordnung.

Dann schloß ich die Augen und wachte auf.

»Mein Gott, Stark! Alles in Ordnung?«

»Ja«, sagte ich.

DAS ENDE

Sie erzählten mir, was passiert war.

Irgendwann war der AZGD aufgetaucht. Paillette hat sie hereingelassen, doch die Suite war bis zum Bersten mit Katzen gefüllt, für den Fall, daß es Probleme gab. Aber es gab keine. Der AZGD warf mir nichts mehr vor.

C hatte wirklich geglaubt, daß Alkland entführt worden war. Erst hatte er jemand anderen in Verdacht gehabt, dann mich. Der Kerl, der die Bombe gelegt hatte, hatte aus eigenem Antrieb gehandelt, weil er auf diese übereffektive Weise seine AZGD-Karriere hatte beschleunigen wollen. Jetzt war er ein Bahnbeamter im 43. Dienstgrad, was ihm ganz recht geschieht. C hatte lediglich versucht, Alkland zu schützen. Er hatte überhaupt keinen Dreck am Stecken.

Es stellte sich heraus, daß Diligenz ein Pflanzenextrakt war. Offensichtlich wird es von niemandem mehr benutzt, denn es hat überhaupt keine Wirkung.

Ich erzählte Snedd von Ji, und er nickte. Ich glaube, er hat es schon vorher geahnt. Ich wollte noch etwas sagen, aber er winkte ab. Er verstand.

Dann verließen wir das Katzen-Viertel. Die AZGD-Leute trugen Alklands Leiche. Er wurde im Zentrum neben seiner Schwester begraben. Snedd kehrte ins Rot-Viertel zurück. Er hat jetzt fast das gesamte Gebiet unter Kontrolle und schickt mir ständig widerlich detaillierte Presseerklärungen. Shelbys Heliporter wurde nach Brandfield zurückgeschickt, und ich reparierte ihn für sie in der Woche, in der wir jeden Abend ins Maxim essen gingen. Ich zahle immer noch die Rechnung ab.

Und Zenda? Sie arbeitet immer noch im Zentrum und ist immer noch die hyperaktive Powerfrau. Aber sie hat von C eine Sondergenehmigung bekommen und lebt jetzt bei mir in Farben. Seit einem Jahr schon, und es läuft ziemlich gut. Ich glaube, daß es so bleiben wird. Ich hoffe es. Jeder hat ein Happy-End verdient.

Sogar ich.